C. M. Spoerri
Die Greifen-Saga – 3

Die Greifen-Saga – Band 3: Die Stadt des Meeres

Drei Jahre sind vergangen, seit Mica und ihr Bruder voneinander getrennt worden sind.
Drei Jahre können viel verändern – oder aufzeigen, was im Leben gleich bleibt. Mica wird zur Greifenreiterin ausgebildet und versucht, nach vorne zu blicken. Doch dann kommt der Tag, an dem sich hoher Besuch im Zirkel von Chakas ankündigt und den Greifenorden um Hilfe bittet. Die Hauptstadt Merita ist in Gefahr und für Mica beginnt eine Reise, die sie unweigerlich wieder in ihre Vergangenheit führt.

Die Autorin

C. M. Spoerri wurde 1983 geboren und lebt in der Schweiz. Sie studierte Psychologie und promovierte im Frühling 2013 in Klinischer Psychologie und Psychotherapie. Seit Ende 2014 hat sie sich jedoch voll und ganz dem Schreiben gewidmet. Ihre Fantasy-Jugendromane (›Alia-Saga‹, ›Greifen-Saga‹) wurden bereits tausendfach verkauft, zudem schreibt sie erfolgreich Liebesromane. Im Herbst 2015 gründete sie mit ihrem Mann den Sternensand Verlag.

C. M. SPOERRI

Die Greifen-Saga

Band 3: Die Stadt des Meeres

High-Fantasy Jugendroman

www.sternensand-verlag.ch | info@sternensand-verlag.ch

1. Auflage, April 2020
© Sternensand-Verlag GmbH, Zürich 2020
Umschlaggestaltung: Alexander Kopainski
Landkarten: C. M. Spoerri 2020
Lektorat / Korrektorat: Wolma Krefting | bueropia.de
Korrektorat 2: Sternensand Verlag GmbH | Jennifer Papendick
Satz: Sternensand Verlag GmbH
Druck und Bindung: Smilkov Print Ltd.

Alle Rechte, einschließlich dem des vollständigen oder auszugsweisen Nachdrucks in jeglicher Form, sind vorbehalten.
Dies ist eine fiktive Geschichte. Ähnlichkeiten mit lebenden oder verstorbenen Personen sind rein zufällig und nicht beabsichtigt.

ISBN-13: 978-3-03896-083-6
ISBN-10: 3-03896-083-6

Stell dich deiner Zukunft.
Stell dich deiner Vergangenheit.
Aber vor allem: Stell dich dir selbst.

C.

Landkarte von Chakas

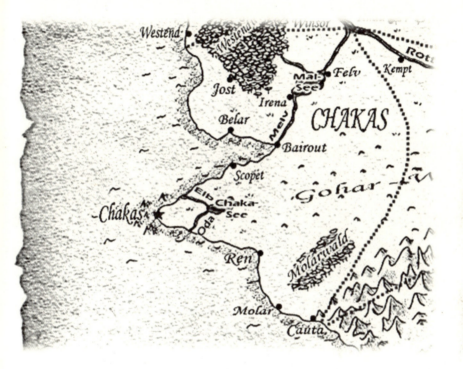

PROLOG

Schiffe …
Kanonen …
Männer mit Schwertern …
Tote Menschen …
Ein Meer aus Blut …

Sie erwachte schweißgebadet und atmete keuchend die feuchte Luft ein, die Merita auch in der Nacht wie eine schwere Decke umgab. Ihr Körper zitterte allerdings trotz der warmen Temperaturen so sehr, als befände sie sich wieder in den Eiswäldern des Nordens von Altra, zwischen Schneestürmen gefangen, die Finger klamm vor Kälte.

Erst als der Schleier der schrecklichen Bilder sich langsam lüftete, begriff sie, dass das Unheil, das eben noch mit beängstigender Kraft über ihre Stadt hereingebrochen war, nicht real war.

Sie befand sich im Zirkel von Merita. Es war mitten in der Nacht und sie hatte schlecht geträumt.

Nein … es konnte kein Traum gewesen sein. Dafür waren die Bilder viel zu lebendig, viel zu deutlich gewesen. Ihre Angst viel zu beklemmend. Sie hatte es schon gespürt, als sie sich zu Bett begeben hatte ... als die Unruhe in ihr nicht abklingen wollte ... so hatte sie sich schon einmal gefühlt – in einem vergangenen Leben.

»Cíara, was ist los?«, fragte ihr Gemahl, der neben ihr aufgewacht war und eine Hand auf ihre bebende Schulter legte.

»Eine ... Vision. Ich hatte eine Vision«, flüsterte sie. Ihre Stimme zitterte ebenso stark wie ihr Körper und sie hatte Mühe, das Grauen daraus zu verbannen, das ihr Herz rasen ließ, obwohl es im Grunde vor Furcht erstarren wollte. »Merita ist in Gefahr. Bald werden sie kommen und uns angreifen. Sie wollen ... er will das Auge des Drachen.«

Ihr Gemahl bildete eine magische Lichtkugel, die das Schlafgemach erhellte. Gerade so weit, dass ihre Tochter, die im Raum nebenan schlief, davon nicht erwachte. Die Tür zu ihrem Zimmer war nur angelehnt – Layla mochte es nicht, wenn sie geschlossen war. Sie war ein sehr anhängliches Kind.

»Bist du dir sicher?«, fragte der Mann leise und ließ das Licht etwas höher schweben, sodass sie ihn besser sehen konnte.

Sie nickte und wischte sich mit der Hand über die Augen, ehe sie eine dunkle Haarsträhne aus dem Gesicht strich. »Ja ... die Zeichen waren eindeutig. Es war eine Vision, die mir die Götter geschickt haben, um uns zu warnen. Gefahr droht. In weniger als drei Monaten wird sie uns erreichen ... viele Menschen werden sterben, wenn wir nichts unternehmen.«

Der Mann fuhr über ihr langes Haar und beugte sich vor, um ihre Wange zu küssen, die vor Schweiß feucht glänzte. »Das werden wir verhindern«, murmelte er. »Schreib ganz genau auf, was du gesehen hast, damit wir es morgen mit den Zirkelräten besprechen können.«

Sie nickte und ließ sich von ihm in eine kurze Umarmung ziehen.

Sie würde alles daran setzen, dass ihrer Stadt – ihrem Volk – nichts geschah. Hier war ihre Heimat, hier lebte ihre Familie ... sie würde sie beschützen und zu verhindern wissen, dass diese schrecklichen Bilder Wirklichkeit werden konnten.

Womöglich war es an der Zeit, ihren Cousin in Chakas um Hilfe zu bitten.

1
MICA

Jahre sind bedeutungslos, denn der Moment zählt.‹ Es war eine Redewendung der Nomaden von Chakas. Ein Spruch, der Mica gerade in diesem Augenblick jedoch vielmehr wie ein schlechter Scherz vorkam als eine ernstzunehmende Weisheit der Alten. Ihre Mutter hatte danach gelebt, es war ihr Lebensmotto gewesen … jetzt war sie tot. Ebenso wie ihr Vater und ihr Bruder …

Jahre bedeuteten viel, sehr viel sogar. Sie bedeuteten Erinnerungen, Reue, verpasste Chancen, Verluste …

Seufzend lehnte sich Mica gegen das Geländer ihres Balkons und fuhr mit der Hand durch das lange Haar, das in einer schwarzen Lockenpracht bis über ihre Schultern fiel. Sie hatte es schon lange nicht mehr geschnitten. Nicht mehr seit …

Abermals seufzte sie und versuchte, die Gedanken an die grünen Augen mit den goldenen Sprenkeln zu verdrängen. Doch es wollte ihr einmal mehr nicht gelingen. Sie suchten sie heim. In jeder Nacht, in der sie wach lag – verfolgten sie bis in ihre Träume …

und wenn sie seinen Vater Aren sah, war die Erinnerung an den Dieb so lebendig, als sei er nie weggegangen.

Sie vermisste ihn. Sehr sogar.

Und er hatte einen wichtigen Teil von ihr mitgenommen, als er damals vor drei Jahren ohne Abschied die Stadt verlassen hatte.

Als er einfach mit seinem Onkel wegfuhr und sie alleine ließ. Er besaß etwas, das sie ihm nie hatte geben wollen und das er dennoch vom ersten Moment an, seit sie ihm damals begegnet war, gestohlen hatte: ihr Herz.

Sie schloss die Augen und hielt ihr Gesicht in die frische Brise, die hier in Chakas immer vom Meer her zum Zirkel wehte und einen angenehmen Salzgeruch in ihre Nase trug.

Es roch nach Heimat. Nach Verlässlichkeit und Geborgenheit. Denn der Wind war im Gegensatz zu den Männern in ihrem Leben stets da, verlässlich und tröstend. Ebenso wie das Rauschen der Wellen und das Kreischen der Möwen, das vom Meer her zu ihr in den Zirkel drang.

Mica mochte diese Morgenstunden, wenn ein neuer Tag anbrach, der den vorangehenden zur Vergangenheit werden ließ.

Oh, sie hatte versucht, im Moment zu leben, wie ihre Mutter. Im Hier und Jetzt. Ja, sie hatte sich angestrengt, die Vergangenheit ruhen zu lassen, über die Verluste hinwegzukommen, nach vorne zu blicken, wie es ihr alle rieten. Sie hatte versucht, das, was sie verloren hatte, als etwas zu sehen, das sie stärker machte. Aus Verlust Kraft zu schöpfen. Sie hatte versucht, glücklich zu sein. Sie wollte es so sehr ... und doch war es ihr nicht gelungen. Ihre Vergangenheit saß wie eine Biene in ihrem Nacken, bei der geringsten falschen Bewegung dazu bereit, zuzustechen. Und dieser Stich wäre sehr, sehr schmerzhaft.

Obwohl sich seit ihrem Leben als Kanalratte so viel verändert hatte, war zur selben Zeit so viel gleich geblieben. Aus Neuem war

Alltag geworden, aus Aufregendem Gewohnheit, aus Schmerz Wehmut.

Sie fuhr mit dem Zeigefinger über den schwarzen Ring mit den Feuerrunen an ihrer rechten Hand. Er fühlte sich warm und tröstend an. Die Magie war das einzig Fassbare in ihrem Leben. Das Einzige, das sich nicht falsch anfühlte.

Als sich eine Hand sanft auf ihre nackte Schulter legte, erschrak sie und zuckte unwillkürlich zusammen. Sie hatte ihn nicht kommen hören. Wie auch. Er war der größte Schurke, den es gab und nur ein Elf hätte seine Schritte wahrnehmen können.

»Kommst du nicht wieder ins Bett?«, erklang seine angenehm tiefe Stimme.

Sie drehte sich um und rang sich ein Lächeln ab, als sie ihn musterte. Auch er war älter geworden, aber das hatte seinem Aussehen keinerlei Abbruch getan. Im Gegenteil. Hatte sie ihn schon männlich empfunden, als sie ihn zum ersten Mal sah, so hatten die drei Jahre sein Erscheinungsbild nur noch verfeinert und zur Perfektion geschliffen.

Wie immer war sein charismatisches Gesicht bartlos, aber morgens zierten kurze, dunkle Stoppeln sein Kinn, was seinem Aussehen etwas Verwegenes verlieh. Er trug einen leichten Lendenschurz, sodass sie den Rest seines muskulösen Körpers bewundern konnte, der über und über mit Narben gezeichnet war. Er hatte ein abenteuerliches Leben gehabt, ehe er in den Zirkel von Chakas zurückgekehrt war. Einmal hatte er begonnen, ihr aufzuzählen, woher die alten Verletzungen alle stammten, aber sie war noch vor Nummer zwanzig auf seiner Brust eingeschlafen.

Sein dunkelbraunes Haar fiel ihm offen bis fast zur Taille. Sie mochte es, wenn es sie streichelte und wie ein Vorhang über sie fiel. Dann konnte sie die Zeit und alle Melancholie vergessen und zumindest für einen Moment im Hier und Jetzt leben.

Er sah sie mit diesem funkelnden Blick an, den sie inzwischen schätzen gelernt hatte. Zwar hing ihr Herz immer noch an dem Dieb, mit dem sie viel zu wenig Zeit verbracht hatte, aber im Hier und Jetzt gab es ihn nicht. Womöglich in der Zukunft, aber das würden weitere Jahre zeigen.

Er beugte sich zu ihr herunter und küsste sie auf den Mund. Seine Lippen waren so weich und leidenschaftlich wie seine Hände, die ihren Körper mit sanfter Bestimmtheit an sich zogen.

»Mica«, raunte er, als er den Kuss beendet hatte und seine dunklen Augen blitzten wie immer, wenn er ihren Namen flüsterte. Er sprach ihn so schön aus wie sonst niemand. »Du wirkst im Morgenlicht wie eine Göttin.«

Mica verzog den Mund zu einem schiefen Grinsen. »Du hörst wohl nie auf mit deinen dämlichen Sprüchen, was?«, fragte sie scherzend. »Wann begreifst du endlich, dass ich darauf nicht anspringe, Néthan?«

Der Schurke lachte leise und gab ihr einen weiteren Kuss, dieses Mal auf die Wange. »Solange du nicht darauf anspringst, habe ich einen guten Grund, dich zu umgarnen«, meinte er augenzwinkernd. »Du entscheidest also selbst, wann du genug von mir hast.«

Auch wenn Mica wusste, dass er es im Scherz sagte, so taten ihr seine Worte dennoch gut. Sie hatte Néthan nie etwas vorgemacht. Er wusste, dass ihr Herz Cassiel gehörte – und immer gehören würde.

Ein Dieb war im Stehlen einfach besser als ein Schurke.

Dennoch hatte sie sich irgendwann von Néthan verführen lassen. Wie ihre erste Nacht mit ihm gewesen war, konnte sie im Nachhinein nicht mehr genau wiedergeben. Sie wusste nur noch, dass sie ziemlich betrunken gewesen war – ebenso wie er.

Es war passiert, nachdem sie beide als vollwertige Mitglieder in den Greifenorden aufgenommen worden waren. Vor eineinhalb

Jahren, nachdem Wüstenträne und sie ihre Magie miteinander verbunden hatten.

Cilian war mehr als beeindruckt von Micas Fortschritten. Aber nicht nur sie hatte in ihrer dreijährigen Ausbildung im Zirkel viel dazugelernt, auch Wüstenträne hatte sich prächtig gemacht. Sie war zu einem stattlichen Greif herangewachsen und schon bald hatte Mica kleinere Ausflüge auf ihrem Rücken unternehmen können. Ausflüge über das Meer ...

»Schmachtest du wieder deinem Dieb hinterher?«, fragte Néthan, während er zärtlich in ihr Ohrläppchen biss.

Sie drückte ihn etwas von sich weg, da sein Atem sie im Ohr kitzelte, und sah ihn stirnrunzelnd an. Auch wenn er sich Mühe gab, sein Grinsen echt wirken zu lassen, so konnte Mica dennoch tief in seinen dunklen Augen einen leisen Schmerz erkennen.

Ja, Néthan liebte sie – wie ein Mann eine Frau nur lieben konnte. Manchmal fühlte sie sich deswegen schlecht und geißelte sich mit Schuldgefühlen. Dennoch ... sie konnte nichts dagegen tun, dass sie seine Gefühle nicht zu erwidern vermochte. Und Néthan hatte sich damit abgefunden.

Oft hatte Mica daran gedacht, sich von dem Schurken zu trennen, aber dafür war sie einerseits zu feige und andererseits zu egoistisch.

Sie wollte ihm nicht wehtun und ... er tat ihr gut. Sie mochte ihn inzwischen sehr – was sie nicht immer hatte behaupten können. Zu Beginn, als sie ihn kennenlernte, hatte sie ihn verachtet. Bestenfalls war sie von seinen anzüglichen Sprüchen und seinem überquellenden Selbstbewusstsein verwirrt, wenn nicht eher genervt gewesen.

Aber in den vergangenen Jahren hatte sie seine Ehrlichkeit und vor allem seine direkte Art zu schätzen gelernt. Vielleicht sogar zu lieben. Wenn auch nicht auf dieselbe Weise, wie sie Cassiel liebte.

Dennoch mochte sie es, wenn er bei ihr war. Und Néthan hatte ihr immer wieder das Gefühl gegeben, dass auch *sie* gut für ihn war. Er konnte ruhiger schlafen, war ausgeglichener und besser gelaunt, wenn sie neben ihm im Bett lag. Sie bildeten eine Art Symbiose – jeder war für den anderen das, was er ansonsten vermisst hätte.

Aber Mica vermied es, Néthan zu viel von Cassiel oder den Dieben zu erzählen. Zu groß waren die verwirrenden Gefühle, die sie empfunden hätte, wenn sie es dennoch getan hätte. Sie wusste, dass Néthan sich immer noch erhoffte, bei den Dieben etwas über seine Vergangenheit herauszufinden, auch wenn er es in den letzten Monaten nicht mehr täglich erwähnte.

Doch es stand nicht in ihrer Macht, ihn in die Gilde zu lassen oder sie ihm gar zu zeigen. Und selbst wenn, sie hätte es wahrscheinlich nicht getan. Schon deshalb nicht, weil es für sie selbst bedeutet hätte, dass sie womöglich Neuigkeiten über Cassiel erfuhr, die sie nicht hören wollte.

Sie hatte Aren angewiesen, er solle ihr nichts über seinen Sohn erzählen, solange dieser nicht leibhaftig wieder vor ihr stand, damit sie ihm ins Gesicht sagen konnte, was sie von ihm hielt. Das hatte der Meisterdieb akzeptiert und Mica hatte es bisher genügt zu wissen, dass Cassiel noch nicht zurück war, da Aren dieses Thema seither nie angesprochen hatte, wenn er sie ab und an im Zirkel besuchte.

Cassiel fuhr mit seinem Onkel irgendwo auf dem Meer herum und versuchte, vor seinen Problemen davonzusegeln. Doch die Lektion, dass man das nicht konnte, würde er alleine lernen müssen. Da konnte Mica ihm nicht helfen – er hatte außerdem keine Hilfe gewollt. Sonst hätte er sich von ihr verabschiedet. Alles, was ihr von ihm geblieben war, war der Dolch, den er ihr geschenkt hatte. Sie benutzte ihn jedoch nur im Training. Ansonsten hielt sie die Klinge in einer Kommode in ihrem Zimmer verwahrt.

Nicht einmal Cilian, dem Zirkelrat von Chakas, hatte sie erzählt, dass Cassiel auf See war. Er wusste nur, dass sie nicht mehr mit dem Dieb zusammen war seit jenem Abend vor drei Jahren. Wo Cassiel sich aufhielt und was er tat, das hatte sie ihm nie verraten. Und auch Aren hatte sie gebeten, nicht mit Cilian über seinen Sohn zu sprechen. Sie hätte das Mitleid in den azurblauen Augen des Zirkelrates nicht ausgehalten, wenn er gewusst hätte, dass Cassiel ihretwegen sogar die Stadt verlassen hatte. Es reichte ihr schon, dass Néthan Bescheid wusste.

Und dennoch … trotz allem hoffte sie jeden Morgen aufs Neue, am Horizont, hinter den Klippen, die den Hafen umgaben, die Segel zu entdecken, die ihr Cassiel zurückbringen würden. Doch jeder Sonnenaufgang wurde vom nächsten als Heuchler enttarnt und zeigte ihr auf, dass sie einfach nur einfältig war, wenn sie auf einen Mann wartete, der sie verlassen hatte.

»Sprichst du nicht mehr mit mir?« Néthan strich ihr sachte mit dem Finger über die Stirn und wischte dabei ein paar Locken zur Seite, die ihr widerspenstig in die Augen fallen wollten.

»Lass uns nicht von ihm sprechen«, meinte Mica ausweichend und stellte sich auf die Zehenspitzen, um ihn mit einem kurzen Kuss abzulenken. »Heute will mir Cilian zeigen, wie ich mit Wüstenträne zusammen einen Feuerregen wirken kann. Was wirst du trainieren?«

Néthan lächelte und zog sie wieder fester an sich. »Ich werde mit Meteor weiter an unseren Flugkünsten arbeiten. Er ist ein widerspenstiges Ding – erinnert mich manchmal sehr an dich.« Er grinste sie anzüglich an. »Vor allem, wenn ich auf ihm reite.«

Mica hatte sich inzwischen an seine saloppen Sprüche gewöhnt und lächelte nur noch halbherzig darüber, ganz zu schweigen davon, dass sie rot geworden wäre. Sie wusste, dass er nicht anders konnte, als in der Gegenwart von Frauen solche Floskeln auszusprechen. Es war für ihn eine Art Schutz, da *er* dadurch selbst derjenige war, der andere provozierte und verwirrte – und sich somit weniger angreifbar machte.

»Du willst mich wohl noch eine Weile umgarnen, wie?«, griff sie seine Bemerkung von vorhin auf.

»Wenn du es erlaubst? Sehr gerne.« Er schenkte ihr ein hintergründiges Grinsen. »Komm, wir haben noch eine Stunde, ehe wir zum Training müssen. Die will genutzt sein.«

Mica verdrehte leicht die Augen, ließ sich aber ohne große Gegenwehr von ihm zurück ins Schlafzimmer ziehen. Seit einem halben Jahr hatten sie gemeinsame Gemächer, die aus einem großen Schlafraum, einem Aufenthaltsraum und einem Badezimmer bestanden. Néthan hatte Cilian dazu überreden können, ihnen dies zu erlauben. Der Zirkelrat war zwar im ersten Moment nicht einverstanden gewesen, aber schließlich hatte er vor Néthans Überredungskünsten kapitulieren müssen.

Vor allem, seit Cilian Néthan zu einem der beiden Hauptmänner seines Greifenordens ernannt hatte, schien der Zirkelrat dem ehemaligen Schurken gegenüber aufgeschlossener zu sein. Das hatte wahrscheinlich auch damit zu tun, dass Meteor, Néthans Greif, ein Königsgreif war. Cilian schien allein die Tatsache, dass Néthan sich mit einem solch edlen Tier verbunden hatte, für einen Wink der Götter zu halten, dass er noch Großes leisten würde. In dieser Hinsicht war Cilian fast abergläubischer als Mica.

Doch der Zirkelrat hatte allen Grund dazu, Néthan zu vertrauen. Der Schurke machte seine Sache äußerst gut. Er war der geborene Anführer und die anderen Greifenreiter liebten ihn und seine strenge, aber vor allem gerechte Art. Alle behandelten ihn mit großem Respekt, was auch Mica zugutekam. Zwar war sie immer noch die Außenseiterin, die durch einen dummen Zufall zu einem Königsgreif gekommen war, aber in Néthans Gegenwart getraute sich niemand, sie dies spüren zu lassen.

Ein weiterer Grund, warum Mica die Beziehung zu ihm aufrechterhielt: Er machte ihr Leben um vieles einfacher.

2
NÉTHAN

Während Néthan sich ankleidete, sah er schmunzelnd zu Mica hinüber, die sich genüsslich in den weichen Leinendecken räkelte. Wie er es liebte, wenn sie das tat. Sie erschien ihm dann wie eine Katze, die um Aufmerksamkeit buhlte. Auch wenn dies nicht in ihrer Absicht lag. Letzteres war jedoch nur ein weiterer Grund, dass er sich von ihr angezogen fühlte wie eine Motte von den zerstörerischen Flammen.

Vor etwas mehr als einem halben Jahr hatte er es geschafft, sie endlich davon zu überzeugen, dass es nichts brachte, diesem Rüpel von einem Dieb nachzutrauern, der sie in einer Nacht-und-Nebel-Aktion, ohne Erklärungen oder ein Wort des Abschieds, verlassen hatte. Sie hatte etwas Besseres verdient als diesen wankelmütigen Cassiel. Jemanden, dem sie wirklich am Herzen lag und der sie nicht verließ, wenn er sich mit seinem Leben überfordert fühlte. Néthan gab sich alle Mühe, dieser Jemand zu sein. Ob es ihm gelang, konnte nur Mica alleine entscheiden.

Sie hatte sich zunächst mit Händen und Füßen gegen seine Avancen gewehrt, bis ihr eines Tages nichts anderes übrig geblieben war, als ihnen nachzugeben. Néthan konnte sehr hartnäckig sein, wenn er wollte – und noch viel sturer als Mica.

Er erinnerte sich noch genau an die Nacht, als sie sich ihm hingegeben hatte. Er hätte jede einzelne Sekunde wiedergeben können. Jede Regung ihres Gesichtes hatte sich in sein Gehirn eingebrannt, während er sie zum ersten Mal verführte. Diese Ungläubigkeit und Lust, die ihm aus ihren Augen entgegengeschlagen waren, hatten ihn für das lange Warten mehr als entschädigt. Wie hatte er es genossen, ihr zu zeigen, dass Männer nicht nur Schmerzen zufügen konnten, wie sie es aus ihrem früheren Leben gekannt hatte. Dass Schreie nicht nur vor Qual, sondern auch vor Leidenschaft einen Raum erfüllen konnten.

Er schüttelte lächelnd den Kopf bei der Erinnerung, was dieses unschuldige Mädchen mit ihm angestellt hatte. Sie hatte sein Herz im Sturm erobert, wie er es nie für möglich gehalten hätte. Schließlich war *er* es immer gewesen, der mit den Gefühlen der Frauen spielte – nicht umgekehrt. Aber bei Mica machte er gerne eine Ausnahme. Sie war etwas Besonderes, auch wenn er nicht genau benennen konnte, was sie so besonders für ihn machte.

In den letzten Jahren, seit Aren ihm die Kopfschmerzen genommen hatte, war seine Vergangenheit wieder wie in Watte gepackt. Wohl mit einer der Gründe, warum es ihm plötzlich nicht mehr allzu dringend erschien, mehr darüber herauszufinden, was in den ersten zehn Jahren seines Lebens passiert war und welchen Zusammenhang es mit der Diebesgilde gab. Obwohl Steinwind, sein treuer Freund, sich nie wirklich damit hatte abfinden wollen. Er hatte Néthan immer wieder daran erinnert, dass der Grund, warum sie in die Stadt gekommen waren, weder der Greifenorden noch Mica waren. Es war die Tatsache gewesen, dass Néthan mit seinen inneren Dämonen hatte Frieden schließen wollen. Doch wenn ihn keine Kopfschmerzen plagten, erschien es ihm nicht wirklich sinnvoll, diese Dämonen erneut zu erwecken.

Néthan hatte schließlich auf Steinwinds Drängen ein paar Mal probiert, Mica über die Ratten von Chakas auszuhorchen, biss aber jedes Mal auf Granit. Sie schwieg eisern, was dieses Thema anging, sodass er es aufgegeben hatte, jemals etwas von ihr zu erfahren. Vielleicht würde sie ihm die Gilde zeigen – irgendwann. Doch dazu brauchte sie wohl mehr Zeit als Cilian.

Der Rat des Wasserzirkels war Néthan gegenüber erstaunlich offen und vor allem freundlich geworden. Obgleich er deutlich gemacht hatte, dass er ihm noch nicht vollkommen vertraute und demnach keinen Kontakt zu den Dieben herstellen wollte. Wäre Mica nicht gewesen, hätte Néthan dem Zirkelrat wohl mit mehr Entschlossenheit Druck gemacht, aber so hatte er sich mit halbherzigen Versprechungen hinhalten lassen.

Doch lange würde er das nicht mehr tun. Er war es trotz allem leid, nur die Hälfte seines Lebens zu kennen. Auch wenn diese Hälfte gar nicht so schlecht war und, seit Mica in sein Leben getreten war, noch um einiges interessanter und vor allem erfüllender wurde.

Vielleicht würde er es mal bei Aren probieren, der ganz augenscheinlich selbst ein Dieb war, da konnten ihm Mica und Cilian noch so das Gegenteil weismachen wollen. Womöglich war Aren aufgeschlossener als die beiden. Aber diesen Plan hatte Néthan immer wieder vor sich hergeschoben, da er neben der Neugierde, was ihn in der Diebesgilde erwarten würde, auch ein weiteres Gefühl empfand: Angst. Auch wenn er es sich selbst nur schwer eingestehen wollte, er hatte zum ersten Mal im Leben etwas zu verlieren. Und dieses Etwas räkelte sich gerade in den zerwühlten Laken.

»Kätzchen, du solltest langsam zusehen, dass du auf die Beine kommst«, meinte er mit vielsagendem Blick zum Bett, wo Mica sich soeben gähnend wieder in ihr Kissen kuschelte.

Ein Murren antwortete ihm, gefolgt von einem anklagenden Augenaufschlag. »Wer ist denn bitteschön Schuld daran, dass ich wieder hier gelandet bin?«, fragte sie mit gespieltem Ärger in der Stimme.

Néthan schlenderte betont gelassen auf sie zu, während er den Gurt seiner ledernen Hose festzog, die er immer im Training trug. Vor ihr blieb er stehen und blickte amüsiert auf sie herunter. »Wärst du nicht solch eine Augenweide, hätte ich mich nicht genötigt gefühlt, dich nochmals so richtig zu … umgarnen.«

Er schenkte ihr ein sündiges Lächeln, das ihre Wangen noch vor einem Jahr in einem bezaubernden Rot hätte erglühen lassen.

Jetzt aber verdrehte sie bloß die Augen und seufzte theatralisch. »An dem Tag, an dem dir keine Antwort mehr einfällt, wird das Meer aufhören zu rauschen.«

Sein Lächeln wurde breiter. »Mag sein, aber solange ich den Tag mit dir gemeinsam erleben darf, sehe ich ihm gerne entgegen.«

Abermals folgte ein Seufzen, dann richtete Mica sich auf. Das Laken rutschte dabei nach unten und Néthan musste sich mit aller Macht zusammenreißen, um sich nicht zu ihr hinunterzubeugen und ihre wohlgeformten Brüste zu küssen. Stattdessen räusperte er sich und versuchte, einen neutralen Gesichtsausdruck aufzusetzen. Ein leidenschaftliches Funkeln seiner Augen konnte er dennoch nicht verhindern.

»Zieh dich bitte an, sonst sehe ich mich gezwungen, dich abermals davon zu überzeugen, wie gerne ich dich … umgarne.« Es gelang ihm sogar, in ihre Augen zu sehen dabei, obwohl ihr nackter Körper ihn förmlich anbettelte, ihm die gebührende Beachtung zu schenken.

Mica verzog ihre Lippen zu einem Grinsen. »Wenn ich so darüber nachdenke, bin ich noch nicht wirklich überzeugt«, meinte sie mit einem unschuldigen Wimpernklimpern.

Néthans Hand zuckte vor Verlangen, nach ihrem Körper zu greifen und sie an sich zu ziehen. Diese Frau brachte ihn wirklich noch um den Verstand.

Er atmete tief durch und wandte sich ab, damit es ihm einfacher fiel, die Vernunft walten zu lassen. »Ich warte in der Arena auf dich.«

Er ballte seine Finger zu Fäusten und gab sich einen Ruck, das Zimmer zu verlassen, ehe er ihre Antwort hören konnte, die ihn womöglich von seinem Vorhaben, pünktlich zum Training zu erscheinen, abgebracht hätte.

Auch ohne sich nach ihr umzudrehen, wusste er, dass auf ihrem hübschen Gesicht gerade ein triumphierendes Lächeln erschien, das sie seinem Rücken schenkte.

Im Wohnzimmer griff er beiläufig nach einem Apfel, der ihm als Frühstück genügen musste. Die Diener des Zirkels waren aufmerksam und stellten täglich frisches Obst auf den Salontisch, um den mit rotem Samt bezogene Sessel standen.

Während Néthan die Gänge entlangeilte und in den Apfel biss, versuchte er, Meteor mit seinem Geist aufzuspüren. Der Königsgreif stammte aus Cilians Zucht und war ein Nachkomme von Mondsichel, dem Greif des Zirkelrats. Ebenso wie dieser hatte er schwarzes Löwenfell und seine Federn glänzten in einem geheimnisvollen Anthrazit. Seinen Namen hatte er erhalten, weil er es liebte, im Sturzflug dem Boden entgegenzusausen, um sich im letzten Moment wieder in die Lüfte zu erheben. Er mutete dann wie ein schwarzer Komet an und Néthan liebte es seinerseits, ihm dabei zuzusehen. Auch wenn er nicht so dumm war, sich bei diesem waghalsigen Flugmanöver auf den Rücken des Königsgreifen zu setzen.

Sie hatten viel gemeinsam, Meteor und er. Nicht nur die Vorliebe für halsbrecherische Unterfangen. Meteor hatte auch eine Schwäche für Wüstenträne, Micas Greif. Wenngleich er sie wohl eher als kleine Schwester ansah denn als Paarungsmöglichkeit. Trotzdem war er der einzige Greif, der Wüstenträne in seiner Nähe duldete und nicht anfauchte, wenn sie wieder einmal ihre Launen hatte.

Micas Greif war störrisch und eigensinnig – und widersetzte sich nur allzu gerne den Regeln, die Cilian für alle aufgestellt hatte. Wenn die anderen Greifenreiter fliegen übten, blieb Wüstenträne wie ein bockiger Esel am Boden stehen. Wenn sie am Boden Magie trainierten, flatterte sie mit den Flügeln und hob in die Luft ab. Mica war wahrlich nicht zu beneiden, denn sie hatte alle Hände voll damit zu tun, Wüstenträne Manieren beizubringen. Doch es gelang ihr ein ums andere Mal.

Néthan mochte es, Mica und ihrem Greif zuzusehen, wie sie miteinander umgingen. Sie waren ein Herz und eine Seele und schienen manchmal, als seien sie zu einem großen Ganzen verschmolzen, wenn sie gemeinsam durch die Luft pflügten. Cilian hatte mehr als einmal betont, dass er noch nie eine solche Beziehung zwischen einem Greif und einem Reiter erlebt hatte, wie Mica und Wüstenträne sie führten. Womöglich lag das daran, dass die beiden sich noch ähnlicher waren als Néthan und Meteor. Es wirkte, als wäre Mica das menschliche Abbild des Greifen, den der Schurke hierher gebracht hatte.

Wüstenträne mied Néthan immer noch. Sie schien ihm nicht verzeihen zu können, was damals in der Wüste passiert war. Néthan hatte sich damit abgefunden und drängte sie nicht dazu, ihn zu mögen. Solange sie ihn akzeptierte und nicht attackierte, war es ihm einerlei, ob der Greif ihn mochte oder nicht. Hauptsache, Mica mochte ihn.

Er schmunzelte, als er jetzt Meteors Präsenz in seinen Gedanken wahrnahm. Der Greif schickte ihm Bilder von seinem Frühstück, das aus zwei toten Kaninchen bestand, die er genüsslich mit seinen Pranken zerfetzte, ehe er sie herunterschlang. Néthan sandte ihm seinerseits ein Bild von seinem halb gegessenen Apfel, was Meteor augenblicklich erschaudern ließ. Der Königsgreif hasste Früchte.

Néthan unterdrückte ein Lachen und beschleunigte seine Schritte, um möglichst rasch in der Arena zu sein, wo sein Greif auf ihn warten würde.

War es für den Schurken früher noch ein Rätsel gewesen, wie sich ein Mensch mit einem Greif unterhalten konnte, so gehörte es nun ebenso zu seinem Leben wie das Atmen, und er spürte immer eine unausfüllbare Leere, wenn Meteor nicht in seiner Nähe war. Als Cilian ihm den Greif vorstellte, hatte Néthan zunächst großen Respekt vor diesem majestätischen Tier gehabt. Nur zu gut konnte er sich daran erinnern, was der scharfe Schnabel einer solchen Kreatur bei einem Menschen ausrichten konnte. Ganz zu schweigen von den vier mächtigen Löwenpranken.

Inzwischen war ihm der Greif aber so vertraut wie seine rechte Hand und er liebte es, mit ihm zusammen zu fliegen. Auch wenn sie ihre Flugkünste noch verbessern konnten. Doch je länger er mit Meteor übte, desto sicherer wurde er. Bald würde er selbst Greifenreiter ausbilden können, das hatte Cilian ihm erst vor ein paar Tagen prophezeit.

Zurzeit begnügte sich Néthan damit, das Bodentraining zu übernehmen – und den Reitern den Umgang mit Magie, Schwert und Dolch beizubringen. Er hatte schon immer eine außerordentliche Begabung in der Feuermagie gehabt und war von Cilians Vater, dem ehemaligen Zirkelleiter von Chakas, jahrelang in Kampfmagie unterrichtet worden. Nun kam hinzu, dass Meteor Néthans ohnehin beeindruckende magische Kräfte um ein Vielfaches verstärkte. Womöglich so sehr, dass er sich irgendwann verjüngen könnte, wie alle mächtigen Magier es zu tun vermochten. Doch noch wollte er nicht so weit in die Zukunft denken. Zunächst würde er seine Probleme im Hier und Jetzt lösen müssen – oder noch ein wenig weiter vor sich herschieben, solange sie ihm nicht allzu dringend erschienen.

Als er bei den Stallungen der Greife ankam und weiter zur Arena schritt, merkte er sofort, dass etwas anders war. Was, das wurde ihm bewusst, als er die Arena betrat. Es waren keine Soldaten hier wie sonst immer. Auch Cilian fehlte, der sonst immer ein Auge auf das Training hatte.

Die Greifenreiter waren schon fast alle da und hatten mit ihren Aufwärmübungen begonnen, um sich für das Schwertkampftraining, das sie immer zuerst angingen, bereit zu machen. Ein Greifenreiter musste nicht nur mit Magie, sondern auch mit einer Klinge umgehen können, sollten ihn seine Kräfte unerwarteterweise verlassen oder seinem Greif etwas zustoßen.

Meteor kam mit seinem raubtierartigen Gang auf Néthan zu und stupste ihn mit dem Schnabel an. Als dieser ihn kraulte, war ein leises Gurren zu hören, das so gar nicht zu diesem majestätischen Tier passen wollte und eher an das Glucksen einer Taube erinnerte.

Während Néthan Meteor begrüßte, sah er sich aufmerksam um und bemerkte einen Greifenreiter, der eilig auf ihn zurannte. Er hörte auf den Namen Varl und war noch ziemlich jung, kaum siebzehn Jahre alt. Cilian hatte ihn Néthans Truppe zugeteilt, da er ein herausragendes Talent in Magie besaß.

Als Varl jetzt vor dem Schurken anhielt, wirkte er nervös und strich sich fahrig mit der Hand durch das kurze, schwarze Haar. »Da seid Ihr ja, Hauptmann«, sagte er mit leichter Schnappatmung.

Meteor zog sich ein wenig zurück, da er es nicht mochte, wenn andere Menschen in seine Nähe kamen. Er war in dieser Hinsicht fast noch misstrauischer als Wüstenträne.

Néthan verschränkte die Arme vor der Brust und sah den Greifenreiter mit zusammengezogenen Augenbrauen an. »Was gibt's?«

»Cilian.« Varl holte tief Luft, da er sich offenbar seine Worte zuerst zurechtlegen wollte. »Er hat mich beauftragt, Euch sofort zu ihm zu schicken, wenn Ihr hier auftaucht. Er hatte keine Zeit, Euch einen Boten zu senden, da er in dringenden Angelegenheiten in den Versammlungsraum musste.«

Néthans Augenbrauen schoben sich noch ein Stück weiter zusammen. »Was für Angelegenheiten?«

Varl zuckte verlegen mit den Schultern. »Ich weiß es nicht genau. Aber es geht das Gerücht, dass hoher Besuch heute Morgen im Zirkel angekommen ist. Womöglich hat es damit etwas zu tun …«

»Hm.« Néthan legte den Kopf schief.

Hoher Besuch? Wer mochte das wohl sein? Nun ja, er würde es wohl oder übel gleich herausfinden.

Er schenkte Varl ein schiefes Lächeln, das den jungen Mann etwas entspannter werden ließ. »Dann gehe ich mal besser dorthin.«

Noch ehe der junge Greifenreiter etwas erwidern konnte, machte Néthan auf dem Absatz kehrt und sandte Meteor ein entschuldigendes Bild vom Versammlungsraum der Zirkelräte. Der Greif schien sich jedoch nicht darüber aufzuregen, sondern erhob sich mit einem leisen Krächzen in die Lüfte, um einen morgendlichen Ausflug zu unternehmen.

Néthan sah ihm mit einem Anflug von Neid hinterher, ehe er die Arena verließ. Er hätte sich tausendmal lieber auf Meteors Rücken geschwungen, als seine Pflichten als Hauptmann wahrzunehmen. Aber Pflicht war nun mal Pflicht, und wenn er irgendwann seine Vergangenheit ergründen wollte, sollte er zusehen, dass er Cilian gänzlich auf seine Seite bekam.

3

Faím

Ich sag's dir nicht noch einmal!« Faíms Geduld war langsam am Ende und er sah den Matrosen, der nur ein Jahr jünger als er selbst war, mit zusammengezogenen Augenbrauen an. »In die Wanten mit dir! Los!«

Der Matrose murrte etwas, beugte sich dann aber Faíms Befehl und begann, die Seile hochzuklettern.

»Na, wollen sie wieder mal nicht so, wie du willst?«, erklang eine dunkle Stimme hinter ihm.

Faím musste sich nicht umdrehen, um zu wissen, dass der Kapitän persönlich hinter ihn getreten war. Er tat es dennoch, um Sarton in die Augen zu blicken.

In den letzten drei Jahren hatte das harte Leben auf See alles, was aus Faím jemals einen schwächlichen Jungen gemacht hatte, hinfortgespült wie die Flut das Treibgut am Strand. Geblieben war ein ansehnlicher, junger Mann, der bald das achtzehnte Lebensjahr erreichen würde.

Er war ebenso groß wie Sarton und konnte ihm jetzt mühelos auf gleicher Höhe in die Augen blicken. Sein Körper war zwar immer noch schlank, aber anstelle der schmächtigen Statur besaß er nun wohldefinierte Muskeln, die sich von der täglichen Arbeit an Bord gebildet hatten. Die schwarzen Locken trug er meist zu einem Pferdeschwanz zusammengebunden, der ihm knapp über die Schultern fiel.

Nur seine Augen waren dieselben geblieben, und wenn man genau hinsah, konnte man in dem dunklen Braun einen Hauch von Wehmut erkennen. Jedoch nur, wenn Faím abgelenkt war und seine ansonsten gut verborgenen Gefühle an die Oberfläche drangen.

Jetzt knurrte er eine leise Verwünschung, die dem Matrosen galt, der auf seinen Befehl hin bereits in beachtlicher Höhe über ihren Köpfen balancierte, und strich sich über die schweißnasse Stirn.

Die Sonne brannte wieder einmal unerbittlich auf die Smaragdwind herunter und machte die schwüle Hitze schier unerträglich. Der laue Wind bot nur wenig Abkühlung. Es war Zeit, dass sie bald in andere Gewässer kamen, in denen diese Flaute endlich zu Ende wäre. Sie zerrte nicht nur Faím an den Nerven.

»Nichts, was sich mit etwas Magie nicht wieder einrenken ließe«, meinte der junge Mann mit einem schiefen Lächeln.

Sartons Augen verdunkelten sich noch mehr, wenn das bei dem Schwarz seiner Iris überhaupt möglich war. »Spiel nicht leichtfertig mit ihren Kräften«, raunte er so leise, dass nur Faím ihn verstehen konnte, und hob mahnend eine Augenbraue.

»Aye. Tu ich nicht.« Um Faíms Mund bildete sich ein missbilligender Zug. »Wenn die Männer nicht auf mich hören wollen, müssen sie eben fühlen.«

Er mochte es nicht, wenn Sarton seine Vorgehensweise infrage stellte. Auch wenn der Rest der Mannschaft es wohl kaum gehört hatte, da der Kapitän darauf achtete, seinen Männern nicht zu viel von der Meerjungfrau und ihren Kräften zu verraten.

Sartons Blick blieb dunkel, obgleich seine Gesichtszüge sich wieder etwas entspannten. »Bei Aquor, du klingst schon fast wie mein Neffe«, meinte er mit schiefem Grinsen.

Unwillkürlich suchten Faíms Augen den Horizont nach den weißen Segeln ab, die ihnen folgten. Dort, auf dem zweiten Schiff, hatte Sartons Quartiermeister Lenco das Sagen. An seiner Seite war Cassiel, der dieselben Aufgaben übernommen hatte wie Faím auf der Smaragdwind.

Seit sie zwei Schiffe besaßen, ging die Suche nach den Schätzen auf dem Meeresgrund zügig voran. So zügig, dass sie nun endlich auf dem Weg in den Süden waren. Weit in den Süden, nach Seoul, wo sie in wenigen Tagen eintreffen würden – vielleicht früher, wenn die Winde ihnen letztlich gewogen wären.

»Ich bin aber nicht wie Euer Neffe«, murmelte Faím, während sein Blick von den weißen Segeln weiter über das Meer glitt.

Irgendwo dort unter der Wasseroberfläche schwamm sie. Chandra. Sein Ein und Alles. Seit er sich damals mit ihr verbunden hatte, hatten sie eine Beziehung zueinander aufgebaut, wie er es nie für möglich gehalten hätte. Wahrscheinlich liebte er sie sogar. Auf jeden Fall gehörte ihr sein Herz und es schmerzte ihn, wenn er nicht ihre Nähe spürte.

Auch Chandra hatte ihm ihre Zuneigung des Öfteren schon gezeigt. Mit einem flüchtigen Kuss, einer sanften Berührung. Jedoch nie mehr. Aber Faím wusste, dass sie ihn mochte – so seltsam ihr Verhältnis für andere auch anmuten musste. Schließlich war er dazu verdammt, sie früher oder später zu töten und er ließ sie nur am Leben, um ihre Kräfte für Sarton nutzen zu können – und weil er es nicht übers Herz brachte, sie umzubringen.

Noch nicht.

Er brauchte sie. Sie gab ihm Selbstvertrauen und er ihr im Gegenzug das Versprechen, irgendwann das Ei für sie zu öffnen. Irgendwann ... das konnte heute oder morgen sein. Oder erst in zehn Jahren. Aber Faím hatte gelernt, im Moment zu leben. Im Hier und Jetzt – wie seine Schwester es ihm immer gesagt hatte.

Und im Hier und Jetzt zählte für ihn vor allem, dass er Kräfte besaß, die den Verstand eines Menschen überstiegen. Er konnte anderen Befehle erteilen, sie regelrecht manipulieren und ihre Gedanken waren für ihn ein offenes Buch, wenn er die Magie der Meerjungfrau dazu nutzte, sie zu lesen.

Es war wie an dem ersten Abend, als Chandra sich mit ihm verbunden hatte. Nur, dass er diese Kräfte jetzt beherrschen und gezielt einsetzen konnte, da die Meerjungfrau sie ihm bereitwillig lieh.

Sarton hatte ihm einmal erzählt, dass er mit der Zeit sogar dem Meer würde Befehle erteilen können. Ab und an gelang es Faím bereits, die Wellen etwas höher werden zu lassen. Leider wirkten seine Kräfte jedoch nicht auf die Winde, die ihnen seit Tagen fehlten.

Doch selbst wenn er Chandras Kräfte nicht einsetzte, hatte die Mannschaft genügend Respekt vor ihm und akzeptierte ihn trotz seiner jungen Jahre als neuen Quartiermeister der Smaragdwind. Das alles hatte er nur der Meerjungfrau zu verdanken. Sie bereicherte sein Leben um so vieles.

»Wo ist sie?«, riss Sarton ihn aus seinen Gedanken. Er war Faíms Blick gefolgt und starrte jetzt ebenfalls über die Reling auf die Wasseroberfläche.

»Etwa hundert Schritt südlich von uns.« Faím konnte im Gegensatz zu früher jetzt genau sagen, wo Chandra sich aufhielt. Wieso, wusste er nicht genau, er spürte es einfach, auch wenn er sie nicht sah.

»Sag ihr, sie soll auf der Backbordseite schwimmen. Bertran hat vorhin erwähnt, dass irgendwo in diesen Gewässern ein gesunkenes Handelsschiff liegt. Sie soll danach Ausschau halten und dir Bescheid geben, sobald sie es entdeckt hat.«

Faím nickte und schickte Chandra in seinen Gedanken den Befehl weiter. Er wartete nicht auf ihre Antwort, sondern wandte sich wieder Sarton zu. »Haben wir nicht schon genug Gold?«, wollte er wissen.

»Ein wenig zusätzliche ... Bestechung wird nicht schaden.« Der Kapitän lächelte mit schmalem Mund. »Wir wissen noch nicht, wie sie auf uns reagieren werden. Es ist schließlich nicht *ihr* Kampf, in den wir sie verwickeln wollen.«

Faím nickte. Er wusste, dass man sich von den Bewohnern von Seoul, dem Land, das südlich von Altra lag, erzählte, dass sie ein wildes Volk ohne Kultur waren. Aber ihr Ruf als Kämpfer hatte sich bis weit über das Meer verbreitet. Sie selbst nannten sich Sonnenkrieger, aber allgemein bekannt waren sie als die Barbaren von Seoul. Die meisten Seeleute und Händler mieden seit Jahren den Kontakt mit ihnen. Es war nie gewiss, ob sie einem als Freund oder Feind begegneten. Das schien ganz von ihren Launen abzuhängen.

Nun ja, Sarton war nicht wie die meisten Seeleute. Er hatte sich in den Kopf gesetzt, die Barbaren von Seoul, zusammen mit ihren Kriegsschiffen, anzuheuern. Das hatte er Faím vor wenigen Monaten erklärt. Bis zu dem Zeitpunkt hatte keiner gewusst, wohin die Reise führen sollte. Sie waren drei Jahre lang kreuz und quer über das Meer gesegelt, auf der Suche nach längst verborgenen Schätzen, die Bertran, der Wassermagier, der sie seit Chakas begleitete, für sie ausfindig machte.

Hatte Faím damals als Junge noch davon geträumt, irgendwann die Welt zu bereisen, so war ihm inzwischen längst die Freude an diesem Herumgefahre vergangen. Das Abenteuer der Meere, das Leben an Bord eines Schiffes war jetzt sein Alltag, der zermürbend sein konnte. Und dennoch hielt ihn etwas auf See – ein innerer Instinkt, der ihm zuflüsterte, dass er hier richtig war. Richtiger als jemals irgendwo sonst in seinem Leben.

Sie waren in all den Monaten, die sie nun auf Reisen waren, nie wieder in die Nähe von Chakas gekommen, was Faím mehr als recht war. Auch wenn die Meerjungfrau ihm den Schmerz über den Tod seiner Schwester genommen hatte, so hatte er sie doch nicht ganz vergessen. Er konnte sich zwar nicht mehr an ihren Namen erinnern, dafür aber an andere Dinge. Bilder, wie sie ausgesehen hatte. Erinnerungen an ihre Stimme, Sprichwörter, die sie ihm beigebracht hatte, Geschichten, die sie ihm erzählt hatte, wenn er nicht hatte schlafen können.

Bei den Gedanken daran spürte er eine Leere in sich, dort, wo eigentlich die Trauer und der Schmerz über ihren Tod hätten sein müssen. Doch es machte die Erinnerungen an sie auch erträglicher und nach und nach schien die Zeit tatsächlich seine Wunden zu heilen. So wie Kart es ihm vor zwei Jahren prophezeit hatte …

Kart … der Schmerz, wenn er an den Schiffsjungen dachte, war ihm nicht von Chandra genommen worden und daher nur allzu präsent in seinem Herzen. Er vermisste den freundlichen Jungen mit dem blonden Haar und den blauen Augen schrecklich, der ihn von Anfang an als Freund behandelt hatte.

Es war vor einem halben Jahr passiert, als sie mit der Smaragdwind und der Schwarzen Möwe, wie das zweite Schiff hieß, in einen wilden Sturm geraten waren. Nicht einmal Chandra hatte ihnen helfen können und so waren mehrere gute Matrosen über Bord gespült worden. Darunter auch Kart.

Faím erinnerte sich in aller Deutlichkeit an die letzten Sekunden, in denen er den Schiffsjungen gesehen hatte. Es waren die schlimmsten Sekunden seines Lebens gewesen, als er versucht hatte, Kart eine Rettungsleine zuzuwerfen. Dabei hatte er immer wieder Chandras Namen geschrien, bis seine Kehle wund war. Doch die Meerjungfrau war nicht da gewesen. Sie hatte Kart nicht retten können und der blonde Schopf war irgendwann in den tosenden Wellen untergegangen. Der letzte Blick aus Karts weit aufgerissenen Augen würde ihn wohl sein Leben lang verfolgen.

Nach diesem Unglück hatte Faím eine Woche lang nicht mit Chandra gesprochen. Er hatte sie gehasst und verflucht, weil sie in dem Moment, in dem er sie gebraucht hätte, nicht zur Stelle gewesen war.

Chandra hatte alles stumm über sich ergehen lassen. Bis heute wusste Faím nicht, warum sie nicht in der Nähe des Schiffes gewesen war. Womöglich würde er das auch nie erfahren, denn sie hatte ihm nie erzählt, was sie in einer der schwärzesten Stunden in Faíms Leben getan hatte. Er vermutete jedoch, dass sie dem Totengott nicht hatte begegnen wollen, der in dem Unwetter damals allgegenwärtig gewesen war. Sie fürchtete den Tod, das hatte sie ihm einmal verraten. Denn ein Tod ohne ihre Seele würde sie für alle Zeiten in dem Reich des Totengottes rastlos wandeln lassen. Sie könnte nie zur Ruhe kommen.

Irgendwann war er es leid gewesen, ihr böse zu sein und hatte sein Herz wieder für sie geöffnet. Sie hatte es still angenommen und sie waren zur Tagesordnung übergegangen – was bedeutete, dass sie weiter nach versunkenen Schiffen Ausschau hielten und die Beute an Bord der Smaragdwind schafften.

»Wann verratet Ihr uns endlich, wofür Ihr die Barbaren von Seoul braucht?«, fragte Faím den Kapitän nicht zum ersten Mal, um sich von den schwarzen Gedanken an Kart abzulenken.

»Wenn wir ihre Zusicherung haben, dass sie uns unterstützen werden«, war wie immer die knappe Antwort.

Faím runzelte die Stirn. Er wusste inzwischen nur zu gut, dass es nichts brachte, weitere Fragen zu stellen, da Sarton zu den abergläubischsten Seeleuten gehörte, die es gab. Ob das damit zu tun hatte, dass er selbst einmal mit einer Tochter Aquors verbunden gewesen war, oder einfach, weil er allem und jedem gegenüber mit Misstrauen begegnete, konnte er nicht ergründen.

Auf jeden Fall erzählte Sarton seine Pläne immer erst dann, wenn sie dabei waren, in die Tat umgesetzt zu werden. Womöglich befürchtete er, dass die Götter sich ansonsten gegen ihn stellen würden, sollten sie zu früh davon Kenntnis bekommen. Nun ja, das war nicht einmal abwegig, da er eine ihrer Töchter auf dem Gewissen hatte.

Sartons Miene blieb verschlossen, während er weitersprach: »Keine Sorge, Kleiner, in ein paar Tagen sind wir dort und du wirst alles erfahren – zumindest das, was du wissen sollst.«

Faím grunzte, da es ihm gegen den Strich ging, wenn der Kapitän ihn immer noch mit ›Kleiner‹ ansprach, obwohl er inzwischen zu einem Mann herangereift war. Aber er behielt seinen Einwand für sich und nickte bloß.

»In einem Tag sollten wir auf einer Insel ankommen, die wenige Tagesreisen vor Seoul liegt«, fuhr Sarton fort. »Dort werden wir unsere Wasservorräte aufstocken. Es gibt auf der Insel einen See, der auch ›Kristallsee‹ genannt wird.«

»Kristallsee?« Faím hob fragend die Augenbrauen. »Etwa, weil es dort Kristalle gibt?«

Sarton grinste verschlagen. Er mochte es, ihm Geschichten zu erzählen und Dinge beizubringen. Manchmal glaubte Faím, dass der Kapitän in ihm einen Sohn sah, den er nie gehabt hatte.

»Nein, es gibt keine Kristalle darin«, sagte Sarton jetzt. »Aber seine Oberfläche glitzert wie reine Magie und man erzählt sich, dass ein Bad darin einen um Jahre jünger werden lässt. Daher würde ich dir nicht raten, darin schwimmen zu gehen. Sonst würdest du als Kleinkind rauskommen.« Er lachte leise über seinen Witz und zwinkerte Faím zu.

»Ich kann ohnehin nicht schwimmen«, meinte dieser schulterzuckend. »Und ich werde es bestimmt nicht in einem verwunschenen See ausprobieren.«

»Mal sehen, wie lange du dich zurückhalten kannst.« Sartons Grinsen wurde noch breiter. »Man erzählt sich nämlich außerdem, der See würde von einem wunderschönen Mädchen bewacht. Einer richtigen Nymphe. Ich selbst habe sie leider noch nie zu Gesicht bekommen, aber wer weiß, vielleicht schenkt sie dir ihre Gunst.« Wieder zwinkerte er vielsagend.

Faím wich seinem Blick aus und starrte stattdessen auf die Wellen. Er wusste, dass Sarton ihn gerne damit aufzog, dass er noch nie bei einer Frau gelegen hatte. Aber seit er mit Chandra diese innige Verbindung fühlte, hatte er auch nie das Bedürfnis danach verspürt, einer anderen Frau näherzukommen.

Der Kapitän machte stets Scherze darüber, dass ein Fischschwanz nun mal nicht dasselbe wie ein menschlicher Frauenschoß sei, aber Faím hatte gelernt, mit diesen Sprüchen umzugehen und sie vor allem zu ignorieren. So wie auch jetzt.

»Du brauchst endlich eine richtige Frau.« Sarton lehnte sich neben ihn an die Reling und sah Faím mit seinem dunklen Blick durchdringend an. »Du und Cass – ihr seid beide wie besessen von

Weibern, die ihr nicht bekommen könnt. Ich habe mit Lenco schon gewettet, wer von euch beiden zuerst sein Gelübde bricht.«

»Meinetwegen könnt Ihr so viel wetten, wie Ihr wollt.« Faím war wirklich nicht in der Stimmung dafür, mit Sarton über sein fehlendes Liebesleben zu sprechen.

Der Kapitän schüttelte verständnislos den Kopf, ehe er sich ohne ein weiteres Wort von der Reling abstieß, um zum Puppdeck zu gehen und dem Steuermann Anweisungen zu geben.

Faím sah dem dunkelblonden Mann stirnrunzelnd hinterher.

Ob Sarton mit seiner Meerjungfrau wohl eine ähnlich tiefe Beziehung geführt hatte wie er mit Chandra? Und falls ja … wie hatte er es dann bloß geschafft, sie zu töten?

4

CASSIEL

Na, etwas gefunden?« Cassiel hob die Augenbrauen, während er mit verschränkten Armen an dem Geländer der Kommandobrücke lehnte und Lenco entgegensah, der mit großen Schritten auf ihn zukam.

Er hätte gar nicht erst fragen müssen, denn im Gesicht des Möchtegern-Kapitäns war auch ohne Luftmagie deutlich zu lesen, dass der Tauchgang keinen Erfolg gezeigt hatte. Wahrscheinlich war jemand anders schneller gewesen und hatte die Ladung des Wracks bereits an sich genommen. Aber es machte Cassiel nun mal Spaß, den Hünen mit dem rauen Akzent zu ärgern.

Zur Antwort kam wie erwartet ein missbilligendes Murren, dann schritt Lenco an ihm vorbei zum Steuer.

Cassiel sah ihm amüsiert hinterher und leckte sich über die trockenen Lippen. Der Tag hätte nicht heißer sein können. Es war Stunden her, seit er etwas getrunken hatte, da das Wasser seit zwei Tagen rationiert war. Es wurde wirklich Zeit, dass sie zu dieser verfluchten Insel gelangten und die schwindenden Vorräte auffüllen konnten.

Wie immer trug Cassiel trotz der Hitze ein langärmliges Hemd, lange Hosen und seinen Handschuh sowie das Halstuch. Die Mannschaft hatte sich daran gewöhnt, dass er nie oberkörperfrei herumlief wie alle anderen, und aufgehört, ihn mit neugierigen Blicken zu begaffen. Die hatte er ihnen aber auch schnell ausgetrieben, nachdem er ein paar Mal seinen Dolch hatte aufblitzen lassen. Er besaß den Ruf einer Ratte von Chakas, was ihm hier auf dem Schiff zugutekam. Keiner wollte sich mit einem Dieb anlegen, der sich in den Kanälen unter der Stadt jahrelang hatte behaupten können und womöglich an jeder Ecke einen Verbündeten kannte.

Sein schwarzes Haar hatte er zurückgebunden, sodass es ihm schwer in den Nacken fiel. Er überlegte seit zwei Wochen allen Ernstes, es abzuschneiden, da es ihn immer mehr störte. Doch irgendwie gehörte es zu ihm wie seine Vergangenheit und er konnte sich nicht dazu überwinden, es zu kürzen. Zu lebendig waren die Erinnerungen, wie *sie* damals mit ihren Händen hindurchgefahren war. Wenn er es abschnitt, wäre auch ein Teil von *ihr* weg.

Doch in dieser Hitze wäre ein kürzerer Haarschnitt eindeutig von Vorteil gewesen.

Glücklicherweise lag das Puppdeck im Schatten der Segel und hinderte die glühenden Sonnenstrahlen somit daran, noch heißer auf sie herunterzubrennen.

Lenco übernahm das Steuer und bedeutete dem Matrosen, der bis anhin dort gestanden hatte, mit einem Kopfnicken, dass seine Aufgabe für heute erledigt wäre. Den Hünen schien es auf unerklärbare Art zu beruhigen, wenn er das harte Holz des Steuers unter seinen Händen fühlte. Dann war er eins mit dem Schiff und seine Gesichtszüge wurden ein wenig entspannter.

Cassiel mochte den brummigen Kerl auf eine ganz eigene Weise. Lenco hatte damals immer mit Adleraugen auf ihn aufgepasst, als er noch ein kleiner Junge gewesen war und mit seinem Onkel zur See hatte fahren dürfen. Trotz seiner knurrigen Art hatte Lenco ihm mehr als einmal einen Streich durchgehen lassen. Ohne den Quartiermeister von Sarton wäre Cassiel wohl noch viel öfter von seinem Onkel bestraft worden.

Er war ein aufmüpfiger Junge gewesen, der keine Gelegenheit ausgelassen hatte, andere zu ärgern. Sarton war wahrscheinlich jedes Mal froh gewesen, wenn er ihn im Hafen von Chakas wieder bei Aren abliefern konnte. Er mochte zwar seinen Neffen, aber er hatte ihm auch oft zu verstehen gegeben, dass er mit Cassiels unberechenbarem Temperament manchmal überfordert war.

Jetzt stieß sich Cassiel vom Geländer ab und trat neben Lenco ans Steuerrad, um sich ein wenig mit ihm zu unterhalten. Der Quartiermeister von Sarton war noch nie ein gesprächiger Mann gewesen, aber das störte Cassiel nicht. Im Gegenteil, er mochte es, wenn Antworten nicht allzu blumig ausfielen.

»Wir haben doch ohnehin genug Gold. Warum will der alte Sturkopf überhaupt noch mehr? Will er die Barbaren etwa mit vergoldeten Waffen in den Kampf ziehen lassen?«

Cassiel kannte zwar Sartons Pläne, in Seoul Kämpfer anzuheuern, aber er wusste wie alle anderen nicht, wofür sein Onkel diese benötigte. Doch das würde er bestimmt noch herausfinden.

Er betrachtete Lencos markantes Profil. Der breitschultrige Mann hatte sein dunkles Haar wie immer zu einem Zopf nach hinten gebunden. Auf seiner braungebrannten Stirn glänzten Schweißperlen. In dieser Hitze trug er nur das Nötigste an Kleidung, was in seinem Fall hieß, dass man eine beeindruckende Aussicht auf seine muskelbepackte Brust und seine gewaltigen Oberarme erhielt.

Lenco war eine imposante Erscheinung. Das lag nicht nur an seinem knurrenden Akzent, sondern auch daran, dass er einen Menschen, der ihm auf den Senkel ging, mit einem einzigen Faustschlag ins Reich der Toten befördern konnte.

Jetzt brummte Sartons Quartiermeister etwas, das sowohl ein ›Ja‹ als auch ein ›Nein‹ hätte sein können.

»Hast du endlich in Erfahrung gebracht, wofür er die Kämpfer braucht?«, versuchte Cassiel einen zweiten Anlauf, Lenco zum Sprechen zu bringen.

»Nein«, war die knappe Antwort. Der Hüne warf einen raschen Blick auf Cassiel hinunter, der ihm nur bis zu den Schultern reichte, obwohl er nicht von kleiner Statur war.

»Du vergisst, dass ich das Luftelement und auch ein bisschen Magie in mir trage.« Cassiel verschränkte die Arme vor der Brust und sah ihn mit zusammengekniffenen Augen an. »Du hast mich gerade angelogen, das sehe ich dir an.«

»Hör auf damit!«, herrschte Lenco ihn an. »Ich mag es nicht, wenn du in meinem Kopf herumspukst!«

Cassiel schenkte ihm ein mildes Lächeln. »Ich spuke doch nicht in deinem leeren Kopf herum. Ich kann es nur in deinen wunderschönen, braunen Augen sehen, mein Großer.«

Lenco knurrte einen leisen Fluch, was Cassiel auflachen ließ.

Er schüttelte den Kopf und grinste. »Ach, Lenco. Du bist wie immer viel zu angespannt ... aber macht nichts, sobald wir bei den Barbaren sind, darfst du dich wieder prügeln. Wie ich von Sarton erfahren habe, lieben es diese Wildlinge ja, ihre Verbündeten – ebenso wie ihre Feinde – zum Zweikampf herauszufordern.«

Für einen kurzen Moment war ein Leuchten in Lencos dunklen Augen zu erkennen, ehe sich seine Miene wieder verschloss und er stur in die Richtung starrte, in die sie segeln wollten. Beim besten

Willen konnte Cassiel nicht erkennen, ob es sich bei dem Leuchten um Angst oder Vorfreude gehandelt hatte. Er tippte auf Letzteres und grinste breiter.

Er wusste, dass es dem Hünen zu schaffen machte, dass er in den vergangenen Jahren kein Schiff mehr überfallen durfte und sein Dolch gerade mal zum Kartoffelschälen verwenden konnte. Lenco war für den Kampf geschaffen, fürs Versenken von Schiffen – nicht für deren Bergung. Doch Sarton hatte seine Mannschaft angewiesen, sich aus jeglichen Streitereien herauszuhalten. Er wollte so wenig Aufmerksamkeit wie möglich auf sich und die beiden Schiffe lenken. Und vor allem das schwer erstandene Gold nicht in einem unsinnigen Kampf verlieren.

Cassiel hatte mit eigenen Augen gesehen, dass inzwischen ein Vermögen von schier unschätzbarem Wert auf der Smaragdwind gelagert war. Wenn sie jetzt jemand überfiele, wäre die jahrelange Arbeit umsonst gewesen. Daher hatten sie seit einem Jahr die Schwarze Möwe, ein schnittiges Segelschiff, das mit mehreren Dutzend Kanonen ausgestattet war, als Begleit- und Schutzschiff dabei. Im Falle eines Kampfes wäre es für die Verteidigung des Goldes zuständig.

Sie segelten mit Absicht in wenig befahrenen, friedlichen Gewässern, damit niemand auf die Idee kam, sie anzugreifen. Nur, wenn sie ein neues Wrack ausgemacht hatten, änderte Sarton seine Taktik. Dann ließ er die Smaragdwind im sicheren Gewässer ankern, während er mit der Schwarzen Möwe zum Schiffswrack segelte, um es auf Schätze zu untersuchen.

Insgeheim hoffte Cassiel dann jedes Mal, dass es nicht doch noch zum Kampf käme. Er scheute sich zwar keineswegs vor Auseinandersetzungen, aber die Besatzung war in den letzten Jahren zu einer Art zweiten Familie geworden. Er mochte fast alle Männer, die unter Sarton und Lenco dienten, und ein Kampf würde nur bedeuten, dass einige von ihnen sterben mussten.

Er hasste nichts so sehr wie den Tod – vor allem, wenn es Menschen betraf, an denen ihm etwas lag.

Seine Gedanken wanderten unwillkürlich wieder zu dem Mädchen, das ihn dazu gebracht hatte, Chakas Hals über Kopf zu verlassen.

Wo sie jetzt wohl sein mochte? Lebte sie überhaupt noch? Und wenn ja, war sie immer noch im magischen Zirkel, um dort zur Greifenreiterin ausgebildet zu werden? Hatte sie womöglich inzwischen eine eigene Familie? Kinder? Erinnerte sie sich überhaupt noch an ihn?

Mehr als einmal war er nahe dran gewesen, sich von Sarton zu verabschieden und zu den Ratten von Chakas zurückzukehren. Doch sein schlechtes Gewissen, seine Feigheit und vor allem die Angst vor einer Enttäuschung hatten ihn jedes Mal davon abgehalten, ihn regelrecht mit ihren kalten Klauen zurückgezerrt und stattdessen weiter aufs Meer hinausgetrieben.

Alles, was ihm seine inneren Dämonen gestatteten, war, alle paar Monate einen Brief an seinen Vater Aren zu schicken, der diesen darüber informierte, dass er noch lebte. Zu mehr war er bisher einfach nicht fähig gewesen … selbst wenn er noch so gerne Mica wiedergesehen, sich für sein Verhalten entschuldigt und seine Lippen auf ihre gelegt hätte, um das Vergangene ungeschehen zu machen.

Doch so sehr sich sein Herz auch nach dieser Versöhnung sehnte, so sehr erstarrte sein Körper gleichzeitig in der Furcht, dass er sie für immer verloren haben könnte. Das hätte er nicht überstanden. Nicht noch einmal. Da erschien es ihm das weniger große Übel, in Ungewissheit zu leben, anstatt sich der Realität zu stellen.

Samja hatte recht behalten: Er war kaputt. Viel zu kaputt, um sich mit seiner Vergangenheit oder gar mit Mica auseinanderzusetzen. Der einzige Ort, wo er etwas ausrichten konnte und wo er sich einigermaßen sicher fühlte, war hier auf See. Seit Sarton ihn zum zweiten Quartiermeister ernannt hatte, hatte Cassiel wieder eine Aufgabe gefunden, die ihn ausfüllte und seinem Leben einen Sinn gab. Die Mannschaft der Schwarzen Möwe schien auf ihn zu hören und zeigte ihm gegenüber Respekt. Dazu brauchte er keine Meerjungfrau, die wie bei Faím seine Kräfte verstärkte. Cassiel wurde auch so akzeptiert.

»Denkst du wieder an die Kleine?«, wollte Lenco wissen und riss ihn damit aus seinem Grübeln.

Er hasste es, wenn Lenco den Spieß umdrehte und ihn seinerseits durchschaute. Er hatte niemandem Micas Namen verraten aus Angst, dass jemand sie womöglich kannte und ihm Dinge verriet, die ihn nur noch mehr nach Chakas zurücktreiben und seinen inneren Kampf ins Unerträgliche steigern würden. Ja, er war eindeutig ein feiger, kaputter Mann …

Nur Sarton hatte er sich eines Abends anvertraut – zumindest so weit, dass er wegen eines Mädchens die Stadt verlassen hatte. Die genauen Gründe oder wer sie war, hatte er jedoch nicht genannt. Das ging niemanden etwas an.

Offenbar hatte der Kapitän danach aber mit seinem Quartiermeister ein kleines Schwätzchen gehalten, denn seither wusste es auch Lenco. Immerhin hielten die beiden Männer ansonsten dicht, denn keiner der anderen Seeleute hatte Cassiel auf das Mädchen angesprochen, das er damals in der dunklen Gasse in sein Herz gelassen hatte … in den Teil, der aus seiner Vergangenheit noch übrig gewesen war und den er in Chakas zurückgelassen hatte, weil er sich einredete, nicht gut genug für sie zu sein. Den Teil, den er mit jedem Tag, der verging, mehr vermisste. Jede Körperfaser schrie förmlich danach, dass er zu ihr zurückkehren sollte. Und wenn er auf diese innere Stimme hörte, waren die Schmerzen fast größer, als wenn er abermals am ganzen Leib in Flammen gestanden hätte.

»Das geht dich nichts an!«, erwiderte er jetzt barsch, da er sich diesen Schmerzen nicht noch einmal stellen wollte.

»Schreib ihr doch einfach.« Lenco zuckte mit den Schultern, als sei es das Logischste auf der Welt.

»Ich werde ihr bestimmt nicht schreiben!« Cassiel verschränkte wieder die Arme vor der Brust und starrte nun seinerseits finster über das Meer in Richtung Smaragdwind.

Er hatte zwar vor Jahren schreiben gelernt, aber es nie sonderlich gut beherrscht. Lesen hingegen konnte er alles, was ihm vor die Nase gelegt wurde. Das war für einen Dieb auch wichtiger, als selbst Zeilen verfassen zu können. Diebe schickten sich ohnehin bloß verschlüsselte Botschaften, die in Form von Symbolen gezeichnet wurden. So wie die Rose, die Cassiel immer für seine Nachrichten verwendete, wenn er Aren ein Zeichen von sich gab. Dann wusste der Meisterdieb, dass es ihm gut ging, dass er auf See war – ohne Wasser würde eine Rose auch wohl kaum überleben – und sich selbst mit den Dornen geißelte, die sein Leben in seiner Seele hinterlassen hatte.

Die Rose war schon immer sein Lieblingssymbol gewesen. Sie war schön, aber auch gefährlich und konnte einen ins Verderben führen. Ein Symbol, das gleichzeitig Verletzbarkeit und auch Gefahr darstellte. Daher hatte er sich auch mit einem Strauß Rosen von Mica damals verabschiedet. Ob sie geahnt hatte, dass die Blumen von ihm gewesen waren? Dass sie für seine beschädigte Seele standen?

»Du kannst doch singen – dann kannst du sicher auch ein Gedicht schreiben«, fuhr Lenco ungerührt fort. »Frauen stehen auf solche Dinge.«

Cassiel verdrehte genervt die Augen. »Nur weil ich singen kann, kann ich noch lange keine Gedichte verfassen, du Trottel.«

»Beleidige mich nicht!« Lenco schnaubte warnend durch die Nase.

»Gut, wenn du aufhörst, dich in Angelegenheiten einzumischen, die dich nichts angehen!«, konterte Cassiel und wandte sich zum Gehen.

Er hatte genug davon, sich mit Lenco zu unterhalten. Meist endeten ihre Gespräche in Schweigen oder Beleidigungen. Das war immer so – ein Grund mehr, warum er es eigentlich mochte, mit ihm zu sprechen. Man wusste nie, in welche Richtung es gehen würde, es war wie beim Kartenspiel. Nur musste man sich dabei seines Einsatzes noch bewusster sein – denn es konnte wirklich wehtun. Aber jetzt hatte er definitiv keine Lust mehr, Lenco weiter zu beleidigen – oder anzuschweigen.

»Aye. Wenn du gehst, kannst du dich gleich nützlich machen und dem Käpt'n signalisieren, dass wir ohne die Ruder heute nirgends mehr hinkommen.« Lenco deutete auf eine Kiste hinter sich, in der die Flaggen lagen, die zum Signalisieren zwischen den beiden Schiffen verwendet wurden. »Der Wind ist soeben vollkommen abgeflaut. Wenn wir in zwei Tagen bei der Insel sein wollen, müssen wir uns ranhalten. Unsere Wasservorräte reichen kaum noch einen Tag aus. Danach wird's ungemütlich.«

Cassiel nickte wortlos und machte sich daran, die Flaggen aus der Kiste zu kramen. Er kannte die Signale auswendig, da er es früher als Junge geliebt hatte, Sartons Matrosen dabei zu beobachten, wie sie mit anderen Schiffen kommunizierten.

Er stellte sich an die Reling und begann, Lencos Botschaft zu signalisieren. Gleichzeitig hörte er, wie dessen donnernde Stimme die Männer an die Ruder rief.

5

Faím

»Sie holen die Ruder hervor, das sollten wir auch machen.« Sarton hatte seine Augen beschattet, um Cassiels Signale besser sehen zu können.

»Aye, ich werde die Mannschaft gleich entsprechend anweisen.« Faím wartete keine Antwort ab, sondern ging zur Kommandobrücke, um die Befehle zu brüllen. Seine Stimme war in den letzten zwei Jahren um einiges tiefer geworden und überschlug sich nur noch selten. Dafür war sie inzwischen geschult, laute Befehle bis zur obersten Spitze des Hauptmasts zu schreien.

Augenblicklich wurden die Ruder ausgefahren und in die Wellen getaucht, um das Schiff voranzubringen.

Zufrieden kehrte Faím zu Sarton zurück.

»Du machst dich wirklich gut als Quartiermeister«, lobte der Kapitän ihn mit einem anerkennenden Blick und schlug ihm so fest auf die nackte Schulter, dass es laut klatschte.

Faím verzog keine Miene, sondern hielt dem dunklen Blick seines Kapitäns stand. »Irgendwann will ich ein eigenes Schiff haben«, sagte er ernst.

Sarton grinste und fuhr sich durch das dunkelblonde Haar, das vom aufkommenden Fahrtwind zerzaust wurde. »Das wirst du, mein Junge. Irgendwann bestimmt. Aber zunächst wirst du noch ein paar Jährchen an meiner Seite bleiben.«

Faím blickte über das Wasser, das nun etwas rascher an ihnen vorbeizog, da die Ruderer gute Arbeit leisteten. »Ihr werdet mich nicht gehen lassen, ehe ich sie umgebracht habe, oder?« Seine Worte waren leise gesprochen, aber laut genug, damit Sarton sie verstand.

Der Kapitän musterte ihn nachdenklich von der Seite und schien sich seine Antwort einen Moment lang zu überlegen. »Nein. Das werde ich nicht«, sagte er dann stirnrunzelnd.

Faím drehte ihm den Kopf wieder zu und verengte die Augen. »Warum?«

Jetzt seufzte Sarton und holte tief Luft. »Solange du mit der Meerjungfrau verbunden bist, hast du eine Macht, die kein Mensch für sich alleine haben sollte. Natürlich will ich ihre Kräfte für die Smaragdwind nutzen, aber noch viel mehr will ich dich davor bewahren ... Dummheiten anzustellen.«

»Dummheiten?« Faím hob verblüfft die Augenbrauen. »Ihr schätzt mich also immer noch als naiven, kleinen Jungen ein, der mit den Kräften einer Meerjungfrau nicht umzugehen weiß?«

Sarton lächelte. »Ja, in meinen Augen wirst du auch immer der Junge bleiben, der vor drei Jahren so unverhofft mit dem goldenen Ei auf meinem Schiff aufgetaucht ist. Aber ich weiß inzwischen dennoch, dass mehr in dir steckt, als ich damals angenommen habe. Viel mehr. Ich habe dich und Chandra beobachtet. Ihr scheint eine innige Beziehung zueinander aufgebaut zu haben – eine viel zu ungesunde Beziehung.«

»Warum ungesund?« Faím missfiel die Art und Weise, wie Sarton über die Meerjungfrau sprach.

»Weil sich eine Meerjungfrau für keinen Menschen ändern wird. Auch nicht für dich.« Während Sarton Faím betrachtete, erschien eine tiefe Furche zwischen seinen Augenbrauen. »Chandra will ihre Seele haben. Sie mag dir noch so überzeugend vorgaukeln, dass sie dich mag, letztendlich folgt sie damit nur ihren eigenen Zielen. Und sie wird keinesfalls davor zurückschrecken, dich zu töten, wenn es so weit ist. Meerjungfrauen verlieben sich nun mal nicht in Menschen.«

Faím drehte sich ab und stützte beide Hände auf die Reling, während er den Kopf zwischen den Schultern einzog. Er wollte das nicht hören. Es waren Worte, die eine innere Stimme ihm jede Nacht zuflüsterte. Worte, die ihn schmerzten, weil er wusste, dass sie womöglich wahr sein konnten.

»Noch ist es nicht so weit, dass sie mich dazu gebracht hätte, das Ei für sie zu öffnen«, presste er hervor.

»Ja«, Sarton nickte, »weil ich es für dich immer noch verwahre. Aber wenn du ein eigenes Schiff hast, dann wird sie leichtes Spiel bei dir haben.«

»Und wenn Ihr es weiterhin behaltet?«, fragte Faím hoffnungsvoll. »Wenn es nicht in meiner Nähe ist, laufe ich auch nicht Gefahr, es zu öffnen.«

Der Kapitän schüttelte leicht den Kopf. »Ich würde damit nur ihren Zorn auf mich lenken – und ihr einen Grund liefern, sich deines Geistes zu bemächtigen, sodass du es mir entreißt. Denn sie wird nicht ruhen, ehe das Ei wieder in deiner Nähe ist – und sie damit ihre Chance sieht, irgendwann ihre Seele zu erhalten. Du würdest gegen mich kämpfen ... und diesen Kampf werde ich mit allen Mitteln zu verhindern wissen, da ich ihn nicht werde gewinnen können, solange du über ihre Kräfte verfügst.«

Faím schüttelte den Kopf, sodass sich einige schwarze Locken aus dem Haarband lösten und ihm in die Stirn fielen. Er warf Sarton einen verzweifelten Blick zu. »Warum zwingt sie mich denn nicht, es jetzt schon für sie zu öffnen? Dann wäre es vorbei.«

Sarton seufzte abermals und senkte den Blick. »Sie kann es nicht. Sie kann dich nicht dazu zwingen, das Ei für sie zu öffnen. Du musst es aus freien Stücken tun. Für sie. Nur dann kann sie sich mit ihrer Seele vereinen.«

Faím stieß einen leisen Fluch aus und krallte die Hände um das Holz der Reling, bis ihm die Finger wehtaten.

Der Kapitän schwieg eine Weile, dann legte er eine Hand auf Faíms Arm. »Folge meinem Rat und versuche, das Beste aus dieser Verbindung herauszuholen. Und irgendwann, wenn du dein eigenes Schiff haben möchtest ... dann tötest du sie.« Die letzten Worte sprach er mit rauer Stimme. Dann nickte er ihm nochmals zu und verließ die Kommandobrücke, um sich um seine Männer zu kümmern.

Faím starrte auf das Wasser, das stahlblau unter ihm glänzte. Er vermeinte, Chandras Silhouette unter der Oberfläche zu erkennen. Sie schickte ihm Bilder von Muscheln, die sie am Meeresgrund sah, von Fischschwärmen und Korallen. Es war ihre Art, ihn aufmuntern zu wollen, wenn sie spürte, dass sein Herz schwer geworden war. Sie konnte nicht wissen, worüber er soeben mit Sarton gesprochen hatte, da sie nur an Land Zugang zu seinen Gedanken erhielt, aber seine Gefühle nahm sie dennoch wahr. Und sie wollte ihn aufheitern, ihm das Herz wieder leichter werden lassen.

Unwillkürlich lächelte er. Er konnte einfach nicht anders, denn es fühlte sich so vertraut und schön an, wenn er die Verbindung mit der Meerjungfrau so intensiv in sich verspürte.

Nein, er würde sie nicht töten können. Er konnte es einfach nicht. Er war immer noch viel zu schwach dazu.

Zwei Tage später erklangen vom Krähennest des Hauptmasts endlich die erlösenden Worte: »Land! Backbord voraus!«

Durch die Mannschaft der Smaragdwind ging ein erleichtertes Seufzen. Die vergangenen Tage waren ein einziger Albtraum gewesen. Die Wasservorräte waren erschöpft und der Durst peinigte die Seeleute ebenso wie die Hitze. Es war höchste Zeit, dass sie ihre Vorräte aufstocken konnten. Die wenigen Fische, die ihnen in die Netze gegangen waren, reichten kaum aus, um den Hunger der Mannschaft zu stillen. Bertran, der Wassermagier, hatte alle Hände voll damit zu tun, aus dem Salzwasser Trinkwasser zu zaubern. Aber auch seine Kräfte wurden durch die Erschöpfung geringer und er konnte immer weniger Wassermengen herstellen.

Faím beschattete die Augen und sah in die Richtung, in die die Smaragdwind soeben wendete. Dort, am Horizont, konnte er tatsächlich etwas Grünes erahnen. Endlich.

»Die Jäger zu mir!«, rief Sarton, während die Mannschaft sich auf dem Hauptdeck versammelte.

Die meisten trugen nur noch einen Lendenschurz. Es war ein trauriger Anblick, die ausgelaugten Männer mit den zerrissenen Lippen, den leeren Blicken und den eingefallenen Wangen so vor sich zu sehen. Aber das würde sich hoffentlich bald ändern.

Vier luftbegabte Matrosen, die als Einzige zusätzlich als Jäger ausgebildet waren, traten auf Sartons Befehl vor. Sie hatte es – wie all die anderen, die nicht das Wasserelement in sich trugen –, härter getroffen als die restliche Mannschaft. Wasserbegabte konnten immerhin ein paar Tage mit wenig Wasser auskommen.

Sarton betrachtete die vier Jäger ernst. »Ihr werdet während der nächsten Stunden so viel Wild erlegen, wie ihr könnt. Ich schicke ein paar Matrosen mit euch mit, die euch helfen werden, das Wild zu zerlegen und an Bord zu bringen. Bis Seoul wird es noch eine Woche dauern und ich will nicht mit leerem Magen den Barbaren gegenübertreten!«

Die luftbegabten Matrosen nickten eilig.

Sarton erwiderte ihr Nicken zufrieden. »Sobald wir anlegen, werden wir als Erstes die Wasservorräte aufstocken«, bestimmte er weiter. »Faím Sturm, du gehst zusammen mit meinem Neffen zum Kristallsee. Lenco wird euch mit ein paar weiteren Trägern begleiten. Schaut, dass ihr so viel Wasser wie möglich in die Fässer füllen könnt. Wir haben es mehr als nötig.«

Faím, der neben dem Kapitän stand, nickte gehorsam.

»Signalisiere der Schwarzen Möwe die Befehle«, fuhr Sarton fort. »Sie sollen ebenfalls einen Trupp zusammenstellen. Ihr anderen werdet euch um die notwendigen Reparaturen kümmern. Wir bleiben hier für zwei Tage, dann geht's weiter nach Seoul.«

Die Mannschaft nahm Sartons Befehle ohne Murren an und begann, sich auf den Landgang vorzubereiten.

Als die Insel nur noch ein paar hundert Schritt vor ihnen lag, ließ Sarton den Anker ins Meer werfen. Rasch wurden die Beiboote zu Wasser gelassen und die Truppen zusammengestellt sowie die leeren Fässer in die Boote gehievt. Da diese neben sich nur wenig Platz freiließen, würden sie mehrere Male hin- und herfahren müssen, bis sie alle Wasserfässer gefüllt hätten. Aber das war die Mühe wert.

Diejenigen, die an Bord bleiben mussten, sahen den Männern in den Booten voller Neid hinterher. Dieses Mal galt es als besonderes Privileg, an Land gehen zu dürfen und als einer der Ersten endlich seinen Durst und Hunger stillen zu können.

Faím saß mit Sarton in einem der Boote und spürte mit jedem Ruderschlag, wie Chandras Geist sich in seinen Gedanken verfestigte. So war es jedes Mal, wenn sie an Land gingen. Dann war ihre Verbindung so intensiv, dass er manchmal kaum wusste, ob es seine oder ihre Gedanken waren, die ihm durch den Kopf gingen, und seine Kräfte wurden entsprechend stark.

Zu Beginn ihrer Verbindung hatte ihn diese Tatsache noch geängstigt, jetzt aber hätte er es seltsam gefunden, wenn es nicht so gewesen wäre. Chandra war zu einem Teil von ihm geworden, den er nicht mehr missen wollte, obwohl sie sein Ende bedeuten konnte.

Ja, wahrscheinlich hatte Sarton recht und ihre Beziehung war tatsächlich ungesund …

6

CASSIEL

Schön, dich wiederzusehen.« Cassiel sprang leichtfüßig aus dem Boot und watete das letzte Stück durch das knietiefe Wasser am Ufer auf Sarton zu.

Die Insel besaß einen schmalen Sandstrand, der in der Sonne wie Goldstaub glitzerte. Dahinter erstreckte sich ein dichter Wald, über dem ein niedriger Berg zu erkennen war. Die Insel war nicht sonderlich groß, womöglich hätte man sie binnen einer Tagesreise zu Fuß umrunden können. Dennoch schien sie äußerst fruchtbar zu sein, den vielen Bäumen und Sträuchern nach zu urteilen, die hier wuchsen.

Der Gesang von Vögeln, die das Rauschen der Wellen zu übertönen versuchten, drang aus dem Wald zu den Männern, die soeben die Boote an Land zogen und die Trinkfässer entluden. Sowohl die Mannschaft der Smaragdwind als auch die der Schwarzen Möwe hatten so viele Fässer mitgenommen, wie die Boote fassen konnten, und begannen nun unter Lencos Aufsicht, sie auf die Insel zu tragen.

»Ebenso. Cass, du siehst beschissen aus«, begrüßte ihn sein Onkel lächelnd.

»Danke, du auch.« Cassiel war bei Sarton angekommen und klopfte ihm auf die Schulter. »Ich kann es kaum erwarten, endlich meinen Durst zu stillen. Und, wie lauten die Befehle?«

Sein Blick glitt zu Faím Sturm, der neben Sarton stand und wieder einmal diese hellblauen Augen hatte – wie immer, wenn er eins mit der Meerjungfrau geworden war.

Insgeheim fröstelte Cassiel bei seinem Anblick – dieser junge Mann war ihm unheimlich, weswegen er sich normalerweise von ihm fernhielt. Zunächst hatte er in ihm noch einen stillen, schüchternen Jungen gesehen, der in Chakas ebenfalls viel zurückgelassen hatte. Aber seit er erfahren hatte, dass diese Meerjungfrau zu ihm gehörte, war ihm Faím suspekt.

Sarton runzelte die Stirn und betrachtete seinen Neffen mit dem Kapitänsblick, den er immer aufsetzte, bevor er Befehle erteilte. »Ich werde mit ein paar Männern in den Wald aufbrechen und Holz holen, um die Reparaturen an den Schiffen voranzubringen und um hier am Strand ein Lager aufzuschlagen. Zwei Nächte auf festem Boden und ein Lagerfeuer werden uns allen guttun. Du und Faím, ihr werdet zusammen mit Lenco zum Kristallsee aufbrechen. Euch werden einige Matrosen begleiten, die wir hier entbehren können. Ihr werdet Trinkwasser holen und so viele Fässer mitnehmen, wie ihr tragen könnt. Bis zum Abend sollte mindestens die Hälfte wieder voll sein.«

»In Ordnung.« Cassiel nickte und fuhr sich durch das schwarze Haar, um es wieder zusammenzubinden, ehe er begann, seinen Männern beim Entladen der Fässer zu helfen.

Nach einer halben Stunde waren sie zum Aufbruch bereit. Die Sonne schien unerbittlich auf sie herunter und Cassiel war froh, in den Wald entfliehen zu können, wo es hoffentlich etwas kühler wäre.

Zwanzig Männer waren dazu abkommandiert, die Trinkfässer zum See zu bringen. Lenco ging mit Faím und Cassiel voraus, um den Weg freizuschlagen. Das Unterholz des Inselwaldes war so dicht, dass es harte Arbeit bedeutete, eine passierbare Schneise zu schaffen.

Während sie sich einen Weg zwischen den Bäumen hindurch bahnten, war Cassiels Blick aufmerksam nach allen Seiten gerichtet. Sich nach Gefahren umzusehen, war eine Angewohnheit, die er auch in diesem Dschungel nicht ablegen konnte. Obwohl sich die Umgebung der Insel von den Straßen in Chakas nicht stärker hätte unterscheiden können. Aber seine Sinne waren von klein auf dafür geschult worden, frühzeitig Hinterhalte zu entdecken. Und auch hier konnten sich diese hinter jedem Gebüsch, Baum oder Felsen verbergen.

Die anderen Männer folgten mit weniger Vorsicht und Lenco, der voranging, mähte die Äste und Sträucher kurzerhand mit seinem Schwert nieder, als seien es Feinde, die es zu besiegen galt.

Nur bei Faím konnte Cassiel eine ähnliche Aufmerksamkeit wie bei sich selbst erkennen. Die Vorsicht, mit der er sich bewegte, der unruhige Blick und die leicht nach vorne gebeugte Haltung ließen Cassiel vermuten, dass auch Faím lange Zeit auf den Straßen gelebt haben musste. Doch das interessierte den Dieb nur am Rande und er hatte nicht genug mit Faím zu tun, als dass er in den vergangenen Jahren mehr über dessen Leben vor der Smaragdwind hätte erfahren wollen.

Lenco schien die Insel gut zu kennen und zu wissen, wie sie am schnellsten zum See kamen. Trotzdem dauerte es fast eine halbe Stunde, ehe der Wald merklich lichter wurde. Die Matrosen, die

die Fässer rollten, schnauften bereits bedenklich, als sie endlich durch das Dickicht brachen und erstaunt stehen blieben.

Vor ihnen breitete sich eine Landschaft aus, wie sie Cassiel noch nie in seinem Leben gesehen hatte. Der Kristallsee lag in einer Art Tal, das auf der Seite, von der sie gekommen waren, vom Wald begrenzt wurde. Auf der gegenüberliegenden Seite erhoben sich Felsen, aus denen ein breiter Wasserfall in den See stürzte, dessen Wasser in einem geheimnisvollen Türkis glitzerte. Das Ufer war mit farbigen Blumen geradezu überschwemmt, deren Blütenduft schwer in der Luft hing und sich mit dem Salzgeruch des Meeres vermischte. Bunt gefiederte Vögel stoben aus dem Blumenmeer in den Himmel und kreisten leise krächzend über ihren Köpfen.

»Bei den Göttern, das ist das Paradies«, flüsterte einer der Träger und legte ergriffen die Hand auf die Brust.

»Nein, der Kristallsee«, knurrte Lenco, der keinerlei Sinn für die Schönheit der Umgebung zu haben schien. »Nicht träumen! Arbeiten!« Er wies mit dem Schwert in Richtung Wasser. »Ihr habt fünf Minuten Zeit, um euren Durst zu stillen und euch zu waschen. Geht nicht zu tief ins Wasser, sonst kehrt ihr nicht mehr zurück! Dann füllt die Fässer! Wir gehen so rasch wie möglich zurück zu den Schiffen und machen das Ganze nochmals, bis wir alles voll haben!« Seine Befehlsstimme duldete keinen Widerspruch.

Cassiel ging an ihm vorbei, wie benommen von der Schönheit des Sees. Etwas zog ihn zum Ufer, das noch stärker als sein Durst war. Er musste einfach zu dem kristallklaren Wasser, das so verführerisch funkelte.

Als er am Ufer ankam, stürzten sich zu seiner Linken bereits die anderen Matrosen in das kühle Nass. Sie hatten sich die Kleider vom Körper gerissen und planschten johlend wie kleine Kinder in dem erfrischenden Wasser.

Cassiel ging jedoch am Ufer entlang weiter und suchte sich eine Stelle, die etwas entfernt war. Auch wenn er niemals vor den anderen ohne seine Kleidung gebadet hätte, so hatte er doch das Bedürfnis, sich das Salz der vergangenen Wochen von der Haut und aus dem Haar zu waschen.

Einige Dutzend Schritt in Richtung Wasserfall gab es dichtes Schilf, zwischen dessen hoch wachsenden Halmen er ungesehen baden konnte.

Er bedeutete Lenco mit einer Geste, dass er dorthin gehen würde. Der Quartiermeister seines Onkels nickte knapp. Er kannte Cassiels Hemmungen, sich vor anderen nackt zu zeigen, und akzeptierte sie.

Als Cassiel endlich bei dem Schilfgürtel ankam, entledigte auch er sich seiner Kleidung und legte sie am Ufer ab, ehe er in das Wasser des klaren Sees stieg. Es war eine Wohltat, endlich richtig baden zu können. Er tauchte ein paar Mal unter und wusch sich das Salz aus den Haaren.

Seinen Körper versuchte er dabei nicht zu genau anzusehen. Er hasste die vielen Brandnarben und schämte sich dafür. Und dennoch gehörten sie zu ihm und waren ein mahnendes Zeichen dafür, dass man das, was man liebte, viel zu schnell wieder verlieren konnte. Eine Lektion, die er nur allzu bitter hatte lernen müssen. Zuletzt mit Mica …

Seine Gedanken glitten wieder einmal zu dem hübschen Mädchen, das jetzt irgendwo im Osten war und ihn wahrscheinlich längst vergessen hatte.

Er war so in seine Erinnerungen an Mica vertieft, dass er nicht merkte, dass er Gesellschaft erhalten hatte. Erst als er eine Hand an seinem vernarbten Arm entlangfahren spürte, zuckte er zusammen und griff automatisch zur Hüfte, um seinen Dolch zu ziehen, der jedoch am Ufer bei seinen Kleidern lag.

Fluchend fuhr er herum – und erstarrte, als er sich einem nackten Mädchen gegenübersah.

Sie mochte vielleicht ein paar Jahre jünger sein als er, hatte bleiche Haut und ihr weißes Haar verdeckte den größten Teil ihrer Blöße. In die Strähnen waren Dutzende von Blüten eingeflochten, die vom Ufer stammen mussten. Ihr Gesicht besaß feine Züge und erinnerte ihn in seiner vollendeten Schönheit ein wenig an die Meerjungfrau. Es war ebenso makellos, jugendlich und hübsch. Ihre Augen glitzerten allerdings im Gegensatz zu jenen von Chandra wie flüssiges Silber und waren neugierig auf ihn gerichtet. Die Hand verweilte immer noch an seinem Arm und glitt daran hinauf und herunter.

»Wer bist du?!«, entfuhr es Cassiel, während er zurückwich.

In der Luft fuhr sie weiter mit ihren Fingern von oben nach unten, als würde sie ihn immer noch streicheln und er schauderte, als er ihre Hand nach wie vor auf sich spürte, obwohl sie ihn nicht mehr berührte.

Als sie ihren Mund öffnete, blitzten weiße Zähne zwischen ihren wohlgeformten Lippen hervor. »Du sprichst Temer, stammst also aus dem Westen von Altra«, sagte sie mit einem leichten Lächeln. Ihre Stimme hallte, als stände sie nicht neben ihm, sondern rufe von den Felsen herab. Dennoch schlich sich der Klang bis ins Mark.

»Wer bist du?!«, wiederholte Cassiel schärfer und wich zurück zum Ufer in der Hoffnung, dass er sich bald mit seiner Kleidung wieder bedecken konnte.

Nur allzu deutlich fühlte er ihre neugierigen Blicke auf seinem vernarbten Oberkörper. Noch nie hatte ihn jemand so gesehen und er fühlte sich schutz- und hilflos. Glücklicherweise stand er immer noch bis zur Hüfte im Wasser, sodass sie nur die obere Hälfte seines verunstalteten Körpers sehen konnte.

»Bleib.« Ihre Stimme war ein Flehen, aber gleichzeitig lag darin auch ein Befehl.

Cassiel spürte mit Entsetzen, dass er sich mit einem Mal nicht mehr bewegen konnte. Seine Beine wurden von Schlingpflanzen festgehalten wie von starken Händen. Er hatte keine Möglichkeit, sie freizubekommen und ruderte hilflos mit den Armen, um nicht der Länge nach ins Wasser zu fallen.

»Verflucht! Was hast du mit mir angestellt?«, knurrte er und sah sich hilfesuchend um.

Doch die anderen Männer waren zu weit weg, um ihn zu sehen und er konnte ihre Gestalten durch das Schilf bloß erahnen.

»Wenn du schreist, werde ich dir deine Stimme nehmen«, sprach das Mädchen weiter. Sie sagte es, als sei es eine notwendige Tatsache und keine leere Drohung.

»Wer bist du, verflucht noch mal?!« Cassiel versuchte, die aufkommende Panik niederzuringen und ruhig zu atmen. Er zweifelte keinen Moment daran, dass sie ihm tatsächlich die Stimme nehmen konnte und unterließ es daher, nach seinen Kameraden zu rufen. Stattdessen hefteten sich seine grünen Augen auf die Fremde, die sich ihrer Nacktheit nicht zu schämen schien.

»Ihr Menschen gebt mir viele Namen: Fee, Geist, Nymphe … ich bin die Wächterin des Sees«, antwortete das Mädchen jetzt mit ernstem Gesicht.

»Die … was?« Für einen Moment vergaß Cassiel, sich gegen die Schlingpflanzen zu wehren und starrte das Mädchen mit großen Augen an. Dann fand er seine Sprache wieder. »Was willst du von mir?«

Die Nymphe trat näher zu ihm. Sie legte den Kopf dabei leicht schief und betrachtete ihn mit ihren silbernen Augen. »Du hast in meinem Bereich des Sees gebadet – und ihn beschmutzt. Ich verlange Genugtuung von dir.«

Ihre Hand fuhr über seinen Oberkörper, über die verschrumpelte Haut und Cassiel unterdrückte ein Stöhnen. Noch nie hatte er es zugelassen, dass jemand ihn dort und auf diese Weise berührte. Aber er wusste instinktiv, dass er gegen dieses Wesen keine Chance haben würde. Es brachte nichts, sich gegen sie zu wehren.

Er kannte die Sagen und Legenden, die sich um die Nymphen rankten. Sie waren mächtige Wesen, Halbgötter, die aufgrund einer Verfehlung an einen Ort gebunden waren, den sie bewachen und mit ihrem Leben verteidigen mussten.

Die Nymphe drängte ihren Körper dicht an seinen und fuhr mit ihren Lippen federleicht über seinen Mund. »Du willst es auch, oder?«, sprach sie so verführerisch, dass Cassiel einen Schauer verspürte.

Dennoch stieß er sie mit all seiner Kraft von sich.

Sie wich einen Schritt zurück, blieb aber so sicher im Wasser stehen, als habe er sie bloß mit dem Zeigefinger berührt.

»Du stößt mich weg?« Ihre Augen weiteten sich vor Ungläubigkeit. Offenbar war ihr das in ihrem bisherigen Leben, das mit Sicherheit schon einige hundert Jahre dauern musste, noch nie passiert.

»Töte mich, wenn du willst«, sagte Cassiel ruhig. »Aber ich werde mich bestimmt nicht deinen Verführungskünsten hingeben.«

Die Nymphe schien einen Augenblick tatsächlich in Erwägung zu ziehen, ihn umzubringen, denn ihre Augen verdunkelten sich, sodass sie die Farbe von Anthrazit annahmen. Dann konnte Cassiel in ihrem Gesicht erkennen, dass sie sich dagegen entschied.

Sie trat abermals einen Schritt auf ihn zu und sah ihn voller Neugier an. »Du fürchtest den Tod nicht«, sagte sie so sanft, als spräche sie mit einem naiven Kind. »Das mag daran liegen, dass du ihn herbeisehnst – oder dass du bereits Schlimmeres erlebt hast. Ich spüre, dass dein Herz mehr als einmal gebrochen wurde und das betrübt mich – und macht mich neugierig. Wer bist du, Mensch, der mich wegstößt?«

»Das geht dich nichts an«, wich Cassiel aus und versuchte, ihre Finger zu ignorieren, die wieder über seinen Körper glitten. »Hör auf damit!«, stieß er hervor und keuchte, weil er es kaum aushielt, dass jemand seine Narben so offen sah und dann auch noch berührte.

»Du bist nicht nur äußerlich verletzt.« Sie beachtete seinen Protest nicht und fuhr weiter mit den Fingerkuppen über seine verbrannte Haut. »Die äußeren Narben kann ich heilen. Die Inneren vielleicht auch. Du musst es nur wollen.«

»Indem ich mit dir schlafe? Nein danke.« Cassiel sah sie kühl an und versuchte abermals, seine Beine frei zu bekommen, um endlich zum Ufer zu gelangen und sich wieder anzukleiden. Doch es gelang ihm immer noch nicht. Die Schlingpflanzen hielten seine Knöchel und Waden so fest, als wären es Ketten, die zu Stein geworden waren.

»Wer ist sie, die dir den Rest deines Herzens aus der Brust geschnitten hat?« Die Nymphe sah ihm intensiv in die Augen. »Ah, ich sehe. Ein hübsches Mädchen ist sie. Und sie hat einen anderen Mann …«

Cassiel senkte den Blick, sodass sie nicht weiter darin lesen konnte. Bei ihren Worten verspürte er einen scharfen Stich, der durch seinen gesamten Körper fuhr. Unwillkürlich blitzten in seinem Kopf die Erinnerungen daran auf, wie Mica von Néthan geküsst worden war … und dass sie sich nicht dagegen gewehrt hatte. Das war der Moment gewesen, in welchem er zur Erkenntnis gelangte, dass er nicht gut genug für Mica war. Niemals sein würde.

Die Nymphe legte eine Hand auf seine Brust, dort, wo sein Herz saß. »Komm heut Nacht zu mir und ich werde dir ein Geschenk geben. Ein Geschenk, das deine Narben heilen wird«, flüsterte sie. »Du findest mich hinter dem Wasserfall, in einer Höhle, die nur diejenigen betreten dürfen, die das hier besitzen.«

Als sie die Hand von seiner vernarbten Haut löste, klebte auf seiner Brust eine weiße Muschel, die eine Blütenform besaß. Er griff danach und betrachtete sie verwundert. Noch nie hatte er so etwas gesehen. Sie glitzerte im Licht der Sonne wie ein Regenbogen.

»Cass! Kommst du endlich helfen oder hast du vor, dort drüben Wurzeln zu schlagen?!«

Cassiel zuckte zusammen und drehte sich hastig um. Durch das Schilf konnte er Lenco auf sich zustapfen sehen. Als er sich wieder zu der Nymphe umdrehte, hatte sie sich in Luft aufgelöst. Nur kleine Kringel im Wasser, dort, wo sie gestanden hatte, verrieten, dass er sich die Begegnung mit ihr nicht eingebildet hatte – sowie die Muschelblüte, die er in seinen Fingern hielt.

»Das war … merkwürdig«, murmelte er und begann, ans Ufer zurückzuwaten, um sich schnellstmöglich seine Kleider wieder überzustreifen. Dass seine Beine mit einem Mal wieder frei waren, fiel ihm gar nicht erst auf.

7

MICA

»Ich warne dich, wenn das ein blöder Streich sein soll …« Mica hatte die Hände in die Hüften gestemmt und sah Varl mit schmalen Augen an.

»Ich bin bestimmt nicht so blöd und spiele der … Gefährtin des Hauptmanns einen Streich.« Der jüngere Greifenreiter wirkte sichtlich empört. In seinem Blick konnte Mica die Abneigung erkennen, die Varl ihr gegenüber hegte.

Ihr war bekannt, dass viele sie hinter vorgehaltener Hand als die ›Hure des Hauptmanns‹ bezeichneten. Aber ins Gesicht hätte ihr das ohnehin niemand gesagt.

Der wenig schmeichelhafte Name stammte wohl von einer der anderen Greifenreiterinnen, die nur zu gerne mit ihr den Platz getauscht hätten. Néthan war unter den Frauen beliebt und so manche hätte sich gewünscht, dass er sie so ansah, wie er es bei Mica tat. Doch Néthan ließ die anderen Greifenreiterinnen links liegen, was natürlich zu deren Verstimmung – und zu Micas Spitznamen geführt hatte.

»Ich soll also tatsächlich in den Versammlungsraum der Zirkelräte gehen?«, wollte Mica nochmals wissen. Ihren Mund hatte sie dabei misstrauisch zu einer schmalen Linie zusammengepresst.

»Jaaa doch.« Varl schien langsam am Ende mit seiner Geduld zu sein und deutete mit dem Kinn unwirsch Richtung Ausgang der Arena. »Wie ich bereits sagte: Cilian hat nach dir verlangt.«

Mica strich sich durch die schwarzen Locken, während sie überlegte, was Cilian wohl von ihr wollen könnte. »Und du sagst also, es ist hoher Besuch da?«, hakte sie nochmals nach.

Varl antwortete mit einem genervten Nicken.

»Und warum soll ich dann in den Versammlungsraum gehen?«, fragte sie.

»Das weiß ich doch nicht«, brummte Varl. »Frag den Ordensleiter selbst, wenn du dort bist. Ich richte dir nur das aus, was sein Bote mir aufgetragen hat, der vorhin hier war.«

»Nun gut. Aber wenn du mich an der Nase herumgeführt hast, wird dich das teuer zu stehen kommen.« Mica sah ihn scharf an, was Varl mit einem Schulterzucken abtat.

Kurz streifte Micas Blick hinüber zu den anderen Greifenreitern, um zu prüfen, ob sie sie beobachteten, weil sie tatsächlich einen Streich geplant hatten. Es wäre ihr aufgefallen, wenn sie gespannt ihr Gespräch verfolgt hätten, um zu wissen, ob Mica darauf ansprang. Aber alle waren in ihr Schwertkampftraining vertieft, das ihnen der zweite Hauptmann Serge gerade anstelle von Néthan erteilte.

Mica hatte Serge bereits an dem Abend vor drei Jahren, als Cilian für sie im Speisesaal der Greifenreiter das Abendessen organisiert hatte, kennengelernt. Inzwischen war sein Haar etwas länger, aber immer noch von diesem Rostrot, das einen starken Kontrast zu seiner hellen Haut bildete. Sie hatte zum Glück nicht allzu viel mit ihm zu tun, denn er war ihr auf unerklärliche Weise unheimlich. Er hatte sich seither auch nie wirklich darum bemüht, sich mit ihr zu unterhalten. Für ihn war sie eine uninteressante Frau, die noch viel zu lernen hatte. Mica glaubte nicht, dass er sie verachtete, aber er mochte sie auch nicht sonderlich, das spürte sie.

Mit einem letzten Nicken zu Varl, der dieses halbherzig erwiderte, wandte sich Mica zum Gehen. Sie verabschiedete sich kurz von Wüstenträne, die die ganze Zeit hinter ihr gestanden hatte und nun enttäuscht darüber schien, dass Mica sie schon wieder verließ. Der Greif hatte sich auf das gemeinsame Training gefreut und sandte ihr das Bild einer Rose mit hängendem Köpfchen. Mica tätschelte ihren Hals entschuldigend, ehe sie rasch davoneilte.

Wenn Cilian sie tatsächlich rief, musste es wichtig sein.

Sie kannte den Weg zum Versammlungsraum gut, denn sie war schon ein paar Mal hier gewesen. Auch wenn sie bisher noch nie an einer Versammlung hatte teilnehmen müssen. Das war nur den beiden Hauptmännern und Cilian, der den Greifenorden leitete, vorbehalten, sowie natürlich den anderen Zirkelräten.

Die breite Flügeltür war verschlossen, als sie dort ankam. Zwei Wachen standen davor, die sie ernst musterten.

»Ich soll zu Cilian«, sagte Mica mit fester Stimme und versuchte, einen wichtigen Gesichtsausdruck aufzusetzen.

»Das kann jeder behaupten«, meinte eine der beiden Wachen. »Wir haben keine entsprechenden Anweisungen.«

»Lasst mich vorbei!« Diesen Befehlston hatte Mica sich von Néthan abgeguckt.

»Schreit nicht so herum!«, erwiderte die andere Wache und wurde ebenfalls laut.

Offenbar so laut, dass man ihn drinnen hörte. Denn noch ehe Mica ihm an den Kopf werfen konnte, was sie von ihm hielt, wurde die Flügeltür hinter ihnen geöffnet und Néthan erschien.

»Da bist du ja endlich. Ich denke, das solltest du dir ansehen.«
Sein Lächeln war wie immer warm, als er sie erblickte, aber in seinen Augen konnte Mica zu ihrem Erstaunen Aufregung lesen.

Was mochte den ehemaligen Anführer der Sandschurken bloß so beeindruckt haben?

Sie spähte an ihm vorbei, konnte aber auf den ersten Blick nur den runden Tisch in der Mitte des Raumes erkennen. Der Rest blieb ihr wegen Néthans breitschultriger Gestalt verborgen.

»Warum hat Cilian mich hierher bestellt?«, wollte sie wissen, ehe er sie in den Raum ziehen konnte.

»Wirst du gleich erfahren«, antwortete er augenzwinkernd. »Komm jetzt. Man lässt einen solch hohen Gast nicht warten.«

Mica folgte ihm in den Versammlungsraum und blieb kurz stehen, um die Situation zu erfassen.

An dem runden Tisch saßen die vier Magierräte sowie der Rat der Elementgilde. Mica kannte vor allem Cilian sehr gut, mit den anderen hatte sie bisher nur selten zu tun gehabt oder gar gesprochen.

Die magischen Räte des Feuer- und Erdzirkels waren Frauen mittleren Alters, die beide schwarzes Haar besaßen. Cilian hatte ihr einmal erklärt, dass sie Schwestern seien. Sie sahen sich jedoch bis auf die Haarfarbe nicht wirklich ähnlich. Mala, die Feuermagierin, hatte eine schlanke Statur und ihr Lächeln war stets von einem gequälten Gesichtsausdruck begleitet, während Jélena, die Erdmagierin, eher rundlich war. Ihr gütiges Gesicht hatte Mica auf Anhieb gemocht. Der Rat des Luftzirkels war ein verschlossener, hochgewachsener Mann, dessen Aussehen Mica entfernt an einen Papagei erinnerte. Das lag nicht bloß an seiner Hakennase, sondern auch daran, wie er seine Wangen aufplusterte, wenn er sprach.

Cilian, der Rat des Wasserzirkels, lächelte ihr freundlich zu, als er sie erblickte. Sie mochte ihn inzwischen wie einen Bruder, auch wenn sie wusste, dass der Magier insgeheim tiefere Gefühle für sie hegte. Obwohl er es ihr niemals gesagt hatte, war ihr aufgefallen, wie es ihm missfiel, dass sie mit Néthan zusammengekommen war. Aber das war nicht Micas Problem. Sie hatte Cilian nie falsche Hoffnungen gemacht, und obwohl er in ihren Augen gut aussah, so war er ihr doch eine Spur zu langweilig und zu ruhig, um als Mann ihr Interesse zu wecken.

Ihr Blick streifte den Rat der nichtmagischen Elementgilde. Dieser wirkte eher unauffällig und hatte das Aussehen eines Gelehrten. Sein graues Haar wies darauf hin, dass er bereits über fünfzig Jahre alt sein musste. Er hob nur rasch die Augen, als Mica eintrat, um sich dann wieder dem Dokument zu widmen, das er in den Händen hielt und interessiert studierte. Mica vermeinte, eine Art Karte darauf zu erkennen.

Dann blieb ihr Blick an den zwei Fremden hängen, die mitten im Raum standen.

Der eine war komplett in Schwarz gekleidet, hatte gefährlich aussehende Dolche an seinen Hüften und sein Gesicht unter der Kapuze seines dunklen Umhangs verborgen.

Der andere trug einen leichten, ledernen Brustpanzer, der mit Metallstücken verstärkt worden war, sowie weiche Hosen aus einem hellen Stoff. Sein langes, goldblondes Haar reichte ihm bis knapp über die Schultern. An den Schläfen war es in zwei Zöpfen nach hinten geflochten, damit es ihm nicht in die Augen fallen konnte.

Beide Männer waren schlank und ihre Bewegungen wirkten äußerst geschmeidig. Der Schwarzgekleidete war etwa eine Handbreit größer als der Blonde.

Aber was Mica regelrecht die Sprache verschlug, war, dass sie beim Blonden deutlich spitze Elfenohren erkennen konnte, da er sein Gesicht nicht unter einer Kapuze verborgen hatte.

Als er sich jetzt zu ihr umdrehte, schnappte sie unwillkürlich nach Luft.

Noch nie hatte sie einen schöneren Mann gesehen als diesen Elf, der sie mit einem freundlichen Lächeln musterte. Seine dunkelblauen Augen blitzen kurz auf und betrachteten sie dann mit neugierigem Interesse. Rein äußerlich mochte er kaum älter als zwanzig Jahre sein, auch wenn Mica wusste, dass Elfen Jahrtausende alt werden konnten. Sie alterten nur viel langsamer als Menschen.

»Darf ich vorstellen? Das ist der Gemahl der Herrscherin von Merita und Prinz der Elfen von Zakatas«, holte Néthan Mica aus ihrer Erstarrung. »Und das ist Mica, das Mädchen, das sich mit einem Königsgreif verbunden hat.«

Mica hatte keine Ahnung, wie sie den Herrscher von Merita begrüßen sollte, daher versuchte sie sich an einem unbeholfenen Knicks, der das Lächeln des Elfen breiter werden ließ.

»Ich bin erfreut, deine Bekanntschaft zu machen, Mica.« Er kam einen Schritt auf sie zu und hielt ihr die Hand zum Gruß entgegen. Seine Stimme klang so sanft und warm wie die Morgensonne und Mica schluckte unwillkürlich. Noch nie hatte sie einen Elf leibhaftig gesehen, nur immer von ihrer Schönheit gehört. Und jetzt stand ihr sogar der Gemahl der Herrscherin gegenüber und lächelte sie so freundlich an, als seien sie langjährige Freunde.

»Ebenfalls erfreut«, brachte sie mit Mühe über die Lippen, während sie seine Hand schüttelte. Seine Haut war angenehm kühl, was Mica erstaunte, war die Hitze des Tages doch gerade dabei, sich in die hintersten Winkel des Zirkels vorzuarbeiten. Peinlich berührt strich sie ihre eigene, verschwitzte Hand unauffällig an ihren Hosen ab.

Cilian erhob sich und trat zu ihnen. »Mica hat sich vor drei Jahren mit einem wilden Königsgreif verbunden«, erklärte er.

»Also mit keinem aus deiner Zucht?«, fragte der Elf mit hochgezogenen Augenbrauen. »Hat wohl etwas Besseres gewollt als deine Greife.« Ein Grinsen erschien auf seinem Gesicht, das ihn gleich noch viel sympathischer wirken ließ.

Mica wurde vor Verlegenheit knallrot, aber Cilian eilte ihr zu Hilfe. »Sie hat sich verbunden, bevor sie in den Zirkel zur Ausbildung kam.«

Jetzt weiteten sich die dunkelblauen Augen des Elfen merklich und er sah Mica mit neuerlichem Interesse an, was sie unbehaglich von einem Fuß auf den anderen treten ließ. Sie hasste es, im Mittelpunkt zu stehen.

»Ich wusste nicht, dass sich Menschen einfach so mit Greifen verbinden können«, sagte der Elf ehrlich erstaunt.

»Das können sie, aber es ist äußerst ungewöhnlich.« Cilian nickte bestätigend. »Ich kann es dir nachher gerne bei einem Glas Wein erklären. Doch jetzt ist nicht die Zeit für solche Gespräche.« Sein Blick richtete sich auf Mica, die ob der Ernsthaftigkeit darin fröstelte.

Cilian war zwar immer schon ein ernster Mann gewesen, aber jetzt spürte sie, dass etwas nicht stimmte. Die Ruhe, die ansonsten in seinen azurblauen Augen zu finden war, war einem angespannten, wenn nicht gar besorgten Ausdruck gewichen.

»Mica.« Wie immer sprach der Wassermagier ihren Namen besonders sanft aus. »Der Gemahl der Herrscherin von Merita ist hier, weil er die Unterstützung vom Greifenorden benötigt.«

»Unterstützung wofür?«, wollte Mica wissen, während sie verständnislos von Cilian zum Elfen sah.

»Es bahnt sich etwas an in der Stadt des Meeres«, kam der Elf dem Zirkelrat zuvor. »Daher sind wir hier, um Verstärkung zu holen.«

Er deutete mit dem Daumen zu dem anderen Fremden, der nun den Kopf leicht hob. Abermals schnappte Mica nach Luft, als sie in die rot glühenden Augen des dunkelhäutigen Mannes blickte. Noch nie hatte sie eine solche Erscheinung gesehen. Sein im Grunde ebenmäßiges Gesicht war mit einer Narbe, die sich vom Kinn quer über die Nase zu seiner Stirn zog, verunstaltet und das auffällige, schneeweiße Haar, das nicht zu seinem jugendlichen Aussehen passen wollte, fiel ihm in Strähnen über die unwirklichen Augen.

Der blonde Elf war ihrem Blick gefolgt, denn er wandte sich mit einem breiten Lächeln wieder an sie. »Lass dich nicht von seinem Aussehen abschrecken. Das ist Schatten – mein Leibwächter. Und bevor du fragst. Ja, er nennt sich tatsächlich so und ja, er ist ein Dunkelelf. Früher hat er sein Haar dunkel gefärbt, aber meine Gemahlin hat ihm beigebracht, zu seinem Äußeren zu stehen.« Er schmunzelte amüsiert.

Mica schauderte unwillkürlich. Sie hatte schon von diesen Dunkelelfen gehört, die in den Talmeren und anderen Gebirgen von Altra hausten. Sie hielten sich Menschen und Zwerge als Sklaven, waren grausam und gingen abartigen Sitten und Ritualen nach.

Offenbar schien sich ihr Entsetzen auf ihrem Gesicht zu spiegeln, denn der Gemahl der Herrscherin lachte leise auf. »Keine Sorge, er stammt aus Karinth und hat ganz passable Manieren – solange man ihm keinen Grund liefert, dass er einem seine geliebten Klingen an den Hals halten will.«

»Ich bin kein blutrünstiger Dunkelelf, der seine Triebe nicht im Griff hat«, knurrte der Schatten. Seine Stimme hatte einen hohlen Klang und ließ Mica abermals erschaudern.

»Ihr meint wohl, Eure Gefühle …«, korrigierte ihn der blonde Elf mit vielsagendem Blick, was ein leises Grummeln des Schattens zur Folge hatte. »Aber lassen wir das. Also, wir sind hier, um ein paar von Cilians Greifenreitern anzuwerben. Er hat erzählt, dass es derzeit zwei Greifenreiter mit Königsgreifen gibt. Néthan und dich. Daher wollten wir dich kennenlernen.«

Mica sah von Cilian zu Néthan und versuchte nachzuvollziehen, was der Elf gerade gesagt hatte.

»Sieht so aus, als würden wir unseren ersten gemeinsamen Urlaub antreten«, meinte Néthan mit schiefem Lächeln.

Er zog Mica an der Taille zu sich und schien sich nicht darum zu scheren, dass der Gemahl der Herrscherin vor ihnen stand, als er ihr einen Kuss auf die Stirn drückte.

Mica war dies jedoch mehr als peinlich, vor allem, da es höchst unangemessen war, und sie trat einen Schritt von Néthan weg, sodass er sie wieder loslassen musste.

»Wir sollten so bald wie möglich aufbrechen«, sagte der Elf, der Micas Reaktion mit einem Schmunzeln beobachtet hatte. »Wie lange brauchst du, um deine Greifenreiter auf die Reise vorzubereiten?« Die Frage war an Cilian gerichtet.

Dieser sah stirnrunzelnd zu Néthan. »Schafft ihr es in zwei Tagen?«

Néthan nickte knapp. »Das sollte zu schaffen sein.«

»Gut. Dann nehmt das beste Dutzend mit – und natürlich Mica.« Als Cilian zu ihr sah, schien für einen Augenblick abermals Sorge in seinen azurblauen Augen aufzuflackern. Jedoch erlosch sie, als er sich wieder an den Elf wandte. »Ich würde euch ja gerne begleiten, aber meine Pflichten hier in Chakas lassen das leider nicht zu. Ach, und bevor ich es vergesse«, der Wassermagier holte einen in Seide eingehüllten, länglichen Gegenstand unter seinem Gewand hervor und reichte ihn dem Elf, »das hier ist für dich. Ich wollte ihn dir eigentlich bei meinem nächsten Besuch in Merita geben, aber in den letzten Jahren hatte ich leider keine Gelegenheit dazu. Und da du schon mal hier bist, kann ich ihn dir ebenso gut jetzt überreichen.« Er lächelte leicht.

Der Elf runzelte die Stirn, nahm dann aber den Gegenstand entgegen und wickelte ihn vorsichtig aus.

Mica unterdrücke ein Keuchen, als sie sah, worum es sich bei dem Geschenk handelte. Auch der Elf schien verblüfft über das zu sein, was er in den Händen hielt.

Es war ein Dolch, dessen Klinge eisig glühte. Mica hatte Mühe, sich nicht anmerken zu lassen, dass ihr dieser Dolch nur zu bekannt war. Das war derselbe, den sie damals für Nager hatte stehlen sollen ... aber wie kam Cilian zu diesem mächtigen Artefakt? Cassiel hatte ihn doch damals bei Furin gelassen ...

Ehe sie ihre Gedanken ordnen konnte, fand der Elf seine Sprache wieder. »Das ist ...«, er schluckte merklich, »danke Cilian.«

Der Wassermagier ließ sich von ihm umarmen und sein Lächeln wurde gelöster. »Ich dachte schon, dass er dir gefehlt haben könnte. Meine Cousine hat mir die Geschichte erzählt, wie du ihn ihr damals im Eisgipfelgebirge geschenkt hast. Und auch, dass sie ihn bei den Gorkas verloren hat. Jetzt kannst du ihn ihr nochmals schenken.«

»Du bist ein wahrer Freund.« Der blonde Elf klopfte Cilian auf die Schulter, ehe er den Dolch sorgfältig wieder verpackte und ihn seinem Leibwächter reichte. »Pass gut darauf auf«, meinte er mit ernstem Blick.

Der Schatten nickte wortlos und verbarg die Klinge unter seiner Kleidung.

Dann sah der Gemahl der Herrscherin abermals zu Néthan und Mica. »Es hat mich gefreut, Eure Bekanntschaft zu machen. In zwei Tagen werden wir also lossegeln.«

»Segeln?«, entfuhr es Mica unwillkürlich. Sie hatte geglaubt, sie würden über den Landweg nach Merita reisen.

»Nun ja, Ihr könnt natürlich gerne auf Eurem Greif fliegen, aber wir haben den besten Kapitän, den man sich wünschen kann und der wiederum besitzt ein Schiff, das fast noch schneller ist als Eure Greife«, meinte der blonde Elf, während seine Mundwinkel zuckten.

»Ihr werdet mit Maryo Vadorís, dem Elfenkapitän, nach Merita reisen«, ergänzte Cilian erklärend.

»Mit …« Jetzt blieb Mica tatsächlich der Mund vor Verblüffung offen stehen.

8
MICA

Mica ging vollkommen verwirrt neben Néthan her, der mit ihr zur Arena zurückkehrte. Die Gänge waren leer, da zu diesem Bereich des Zirkels nur die Greifenreiter Zutritt hatten. Und davon waren die meisten beim Training. Ein paar Wachen standen gelangweilt auf ihren Posten und blickten Mica und Néthan interessiert hinterher, da es ansonsten nicht viel zu tun oder zu sehen gab. Der Zirkel von Chakas war äußerst gut vor neugierigen Augen abgeschirmt.

Mica war immer noch verblüfft von der Art des Gemahls der Herrscherin. Er hatte sehr jugendlich gewirkt, fast schon etwas vorwitzig und frech. Gar nicht so, wie man sich einen Mann an der Seite einer mächtigen Frau vorstellte. Aber seine Art hatte ihr gefallen. Wie die Herrscherin wohl sein mochte? Sie musste ebenfalls ein freundliches Gemüt besitzen, sonst hätte dieser Elf nicht sein Volk für sie verlassen.

Mica kannte die Legenden, die sich um die beiden rankten und auch, dass der Elf den Zorn seines Volkes riskiert hatte, als er sich für eine Eheschließung mit einer menschlichen Frau entschied. Die Barden in der Stadt sangen Lieder von ihrer Liebe und ihrem Mut, der sogar die Elfenkönigin von Westend schließlich beeindruckt hatte. So sehr, dass sie auf einen Krieg zwischen Elfen und Magiern verzichtet hatte und sogar ein Bündnis mit der Herrscherin eingegangen war.

Dies alles war Mica bekannt, dennoch hatte sie sich bisher noch nie groß Gedanken darüber gemacht, da sie sich nie im Leben hatte vorstellen können, irgendwann nach Merita zu reisen – mit dem Herrscher persönlich und dem legendären Elfenkapitän, dessen Geschichte so sehr mit dem Schicksal der beiden verwoben schien.

Wie Maryo Vadorís wohl sein mochte? Sie zitterte innerlich bei dem Gedanken, ihm in zwei Tagen gegenüberzustehen. Hatte sie doch von seinen Abenteuern ebenfalls schon so einiges vernommen.

»Also ... das waren aber mal Neuigkeiten ...«, murmelte sie mehr zu sich selbst als zu Néthan.

»Mhm.« Er hatte den Arm um ihre Schultern gelegt und spielte gedankenversunken mit einer ihrer Locken.

»Was beschäftigt dich?«, wollte Mica wissen, während sie ihm einen Seitenblick zuwarf.

Néthan blieb stehen und sah sie nachdenklich an. »Ich mag es nicht, wenn ich nicht weiß, gegen wen ich kämpfen soll. Auch wenn es für die Herrscherin persönlich ist. Schließlich ist ihr Gemahl ein Elfenprinz. Warum fragt er nicht einfach sein Volk um Unterstützung? Er muss in Eile sein, wenn er nur bis nach Chakas gekommen ist.« Seine Stirn legte sich noch stärker in Falten, während er weiter nachdachte.

»Vielleicht ist er tatsächlich in Eile und das, was sich in der Stadt des Meeres anbahnt, ist wirklich nahe. Wie auch immer, sie besprechen sich ja noch und Cilian wird es dir sicher nachher sagen«, meinte Mica schulterzuckend. »Mich beschäftigt viel mehr, wie ich mit Wüstenträne zusammen in einen Kampf ziehen soll.«

Néthans nachdenklicher Gesichtsausdruck wurde etwas entspannter und ein warmes Lächeln erschien um seinen Mund. »Keine Sorge, ihr seid ein Traumpaar, dein Greif und du. Ihr werdet eure erste Schlacht bestimmt gut schlagen.« Seine Hand verweilte auf ihrer Schulter, während er ihren Nacken mit dem Daumen entlangfuhr.

»Aber ich würde lieber hier in Chakas bleiben.« Mica spürte eine Unruhe in sich, seit Cilian ihr eröffnet hatte, dass sie mit diesen Elfen nach Merita reisen sollte. Sie hatte etwas in den Augen des Zirkelrats gelesen, das ihr verriet, dass es kein Zuckerschlecken werden würde, dort zu kämpfen. Hinzu kam, dass sie die Herrscherin ja nicht einmal kannte, und durch die Reise nach Merita würde sie auch nicht erfahren, ob Cassiel doch noch unerwarteterweise zurückgekehrt war.

Ja, womöglich war Letzteres der eigentliche Grund, warum sich etwas in ihr sträubte, sich dem Befehl der Herrscherin zu beugen.

»Du meinst wegen *ihm*?« Néthan schien beinahe so gut wie Aren darin zu sein, in ihren Gefühlen und Gedanken zu lesen – obwohl er nicht die Luft, sondern das Feuer in sich trug.

Mica wich seinem forschenden Blick aus und wandte sich ab. Sie mochte es nicht, mit Néthan über Cassiel zu sprechen. Er hatte eine äußerst schlechte Meinung über den Dieb und hielt sich nicht zurück, ihr dies bei jeder Gelegenheit unter die Nase zu reiben.

Nun ja, alles sprach für seine Abneigung, denn Cassiel hatte sich wirklich wie ein Bastard benommen. Aber trotzdem konnte sich Mica der Zuneigung für den Dieb mit den Brandnarben und der zerrissenen Seele nicht entziehen. Ihr Herz liebte ihn immer noch, obwohl er ihr so wehgetan hatte.

Néthan seufzte leise, trat einen Schritt näher zu ihr und legte eine Hand an ihre Wange. »Mica.« Er sprach selten ihren Namen aus, aber wenn, dann tat er es auf seine anziehende Art, sodass sie unwillkürlich ein Kribbeln im Bauch verspürte. »Ich mag dich ... sehr sogar. Und ich finde nicht, dass du hier in Chakas versauern solltest wegen eines Mannes, der dich im Stich gelassen hat. Komm mit mir nach Merita. Hier erinnert dich zu viel an ihn. Dort können wir zusammen vielleicht sogar ein neues Leben beginnen. Dir zuliebe würde ich auch darauf verzichten, mehr über meine eigene Vergangenheit zu erfahren. Sie bedeutet mir nichts, wenn ich keine Zukunft mit dir sehe.«

Mica hob den Blick und sah ihn lange an. In seinen dunklen Augen las sie die Aufrichtigkeit seiner Worte und die Zuneigung, die der Schurke für sie hegte. Sie wärmte ihr erkaltetes Herz wie Sonnenstrahlen.

Sie spürte Zweifel in sich hochsteigen. Womöglich hatten die Götter keine Zukunft für sie und Cassiel vorgesehen. Womöglich stimmte es, dass sie und Néthan zusammengehörten. Aber wer wusste das denn schon so genau? Ihr Herz sprach eine andere Sprache und sie konnte ihre Gefühle für den Dieb, der jetzt irgendwo auf dem Meer war, nicht verleugnen.

Dennoch ... was brachte es ihr, hier in Chakas auf jemanden zu warten, der vielleicht nie zu ihr zurückkam? Was brachte es ihr, zu den Dieben zurückzukehren, wenn sie dort nicht willkommen war?

Seit sie die Gilde verlassen hatte, war sie nur ein einziges Mal dort gewesen, um Aren zu besuchen, und das hatte ihr gereicht. Alle hatten sie wie eine Verräterin behandelt, wie jemanden, der das Vertrauen der Gilde ausgenutzt und zu seinem eigenen Vorteil verwendet hatte. Es stimmte, sie war damals vor drei Jahren auf ihre Hilfe angewiesen gewesen. Doch sie hätte sich doch nicht im Traum vorstellen können, dass sie sich mit einem Greif verbinden und dadurch zu einer Greifenreiterin werden würde.

Zwar hatte Cilian ihr damals auf dem Hinterhof im Gelehrtenviertel versprochen, dass sie wieder zu den Dieben zurückkehren dürfe, aber inzwischen verspürte sie diesen Wunsch gar nicht mehr. Sie hatte eher das Gefühl, dass sie nirgendwo richtig hingehörte. Sie war zwar in ärmsten Verhältnissen aufgewachsen, aber eine Kanalratte war sie nicht mehr. Sie trug die Tätowierung der Gesandten an ihrem rechten Oberarm, aber sie gehörte nicht wirklich zu den Dieben. Und sie hatte sich mit einem Königsgreif verbunden, doch auch im Greifenorden fand sie ihren Platz nicht.

Überall eckte sie an, keiner schien sie wirklich zu mögen ... selbst Aren sah in ihr nur einen Ersatz für seine verstorbene Tochter. Keiner liebte sie um ihrer selbst willen ... keiner außer ... Néthan. Nicht einmal Cassiel hatte sie so akzeptiert, wie sie gewesen war. Als sie bei den Dieben lebte, wollte er sie im Zirkel sehen, und als sie dann dort war, wollte er sie wieder bei sich und seiner Gilde wissen. Nur Néthan war das, was sie war, egal. Für ihn zählte, *wer* sie war. Er schien sie aufrichtig und wirklich um ihrer selbst willen zu lieben.

Ja, vielleicht war es das Beste, mit ihm nach Merita zu gehen. Vielleicht sogar dort zu bleiben und ihrer Vergangenheit den Rücken zu kehren. Gemeinsam eine neue Zukunft zu schaffen. Wahrhaft im Hier und Jetzt zu leben und nach vorne zu blicken. Nicht zurück, denn das bedeutete nur ungelöste Fragen und Schmerz für sie beide.

Néthan schien ihre Gedankengänge in ihrem Blick nachverfolgt zu haben, denn er lächelte sie zärtlich an, beugte sich zu ihr herunter und küsste sie. Seine Lippen waren so weich und sanft, wie seine Stimme es manchmal sein konnte. Er hatte so viele Facetten an sich, die er in seiner Leidenschaft auszudrücken vermochte. Manchmal war er fordernd und dann wieder gefühlvoll und zurückhaltend. So wie jetzt. Es schien Mica fast, als wolle er mit diesem Kuss eine unausgesprochene Bitte ausdrücken. Eine Bitte, dass sie bei ihm bleiben sollte.

Ihr Herz wurde schwer, während sie seinen Kuss erwiderte und die Arme um seinen Nacken schlang. Er zog sie näher zu sich, sodass sie seinen Herzschlag fühlen konnte, der ruhig und regelmäßig war.

Er war wie ein Anker in ihrer tosenden See, die sich Vergangenheit nannte. Ihr Anker.

Als er seine Lippen von ihrem Mund löste, suchten seine Augen die ihren. »War das ein ›Ja‹?«, fragte er leise.

Mica spürte einen Kloß in ihrer Kehle, denn sie wusste, dass die Antwort, die sie ihm geben würde, wichtig war.

Da sie ihrer Stimme nicht traute, nickte sie bloß und versuchte sich an einem Lächeln, das ihr jedoch nicht wirklich gelingen wollte. Zu schwer wog ihr Herz, das keinen Platz mehr in ihrem Brustkorb zu haben schien, denn ihre Kehle wurde immer enger, während ihr Bauch sich zusammenzog.

Néthan lächelte sie aufmunternd an. »Es ist die richtige Entscheidung, vertrau mir«, flüsterte er und küsste sie abermals. Dieses Mal leidenschaftlicher, sodass Mica spürte, wie sich der Kloß in ihrer Kehle langsam aufzulösen begann. Néthan hatte seine ganz eigene Art, sie von ihren Sorgen zu befreien, das hatte sie schon mehr als einmal bemerkt.

Ja, er tat ihr wirklich gut. Und sie hoffte fest, dass er recht behielt damit, dass sie sich gerade richtig entschieden hatte.

9

AREN

Ich dachte, Ihr solltet es wissen.« Cilian lehnte an seinem Schreibtisch und sah Aren zu, der mit einer Hand an seinem Kinnbart spielte, während er wie ein eingesperrter Tiger rastlos im Zimmer auf und ab ging.

Er hielt kurz an, um den Zirkelrat mit einem sorgenvollen Blick zu bedenken, ehe er weiter seine unsichtbare Linie abschritt. Der Meisterdieb war selten aus der Fassung zu bringen. Aber die Neuigkeit, dass die Herrscherin von Merita einige Greifenreiter – darunter auch Néthan und Mica – zur Unterstützung erbat, hatte den ansonsten ruhigen Dieb sichtlich nervös werden lassen.

Cilian überlegte, woran es liegen könnte. Ihm war bekannt, dass Aren in Mica eine Tochter sah. Auch ihm war nicht wohl dabei gewesen, als der Gemahl der Herrscherin sie kennenlernen wollte. Er wusste, dass der Elf sie mitnehmen würde, wenn er sie sah. Mica war stark und ihre Verbindung zu Wüstenträne einzigartig. Auch sein Freund hatte das sofort erkannt, als er sie getroffen hatte. Und Cilian hatte ihm seine Bitte nicht abschlagen können.

Nicht, wenn das Leben seiner Cousine davon abhing, die ihm sehr viel bedeutete. War sie doch die einzige Verwandte, die ihm noch geblieben war.

»Macht Euch keine Sorgen, Aren«, versuchte Cilian den Dieb jetzt zu beruhigen. Dabei waren seine Worte zugleich an sich selbst gerichtet. »Sie ist bei Néthan in guten Händen. Und sie wird nicht in den vordersten Reihen kämpfen, darum habe ich persönlich gebeten. Sie liegt mir ebenso am Herzen wie Euch.«

Aren hielt abermals an. Der besorgte Ausdruck wich nicht aus seinen grünen Augen und er wirkte um Jahre älter, als er eigentlich war. »Ist es sicher, dass es Sarton ist?«, fragte er mit rauer Stimme.

Cilian nickte ernst. »Die Herrscherin hat ihn in ihrer Vision gesehen und beschrieben. Es besteht kein Zweifel. Euer Schwager ist gerade dabei, eine Armee von Barbaren zusammenzustellen, um Merita anzugreifen. Warum auch immer, das konnten sie nicht in Erfahrung bringen.«

»Dann werde ich mitgehen. Ich kann ihn nicht in den Krieg ziehen lassen!«, sagte Aren energisch.

»Ihn?« Cilian runzelte verwirrt die Stirn und strich sich eine seiner braunblonden Locken aus dem Gesicht. »Ich dachte, Ihr macht Euch wegen Mica Sorgen?«

»Das auch. Aber noch viel mehr ... ach, was soll's ...« Der Meisterdieb holte tief Luft und seufzte.

»Aren, was ist los?«, wollte Cilian wissen, der sich vom Pult abstieß und einige Schritte auf ihn zukam. »Ihr verheimlicht mir doch etwas, oder? Ist es, weil Euer Schwager sterben könnte? Ich bin mir sicher, die Herrscherin wird ihn verschonen, wenn ich sie darum bitte.«

Aren sah ihn ausdruckslos an. »Mir geht es nicht um Sarton, sondern um meinen Sohn Cassiel. Er ist wahrscheinlich immer noch auf dem Schiff, zumindest seiner letzten Nachricht zufolge, die ich von ihm erhalten habe. Das war vor etwa einem halben Jahr.«

»Er ist …« Cilian holte tief Luft, als ihm die Bedeutung dieser Worte bewusst wurde. »Verdammt. Das wusste ich nicht.«

Aren nickte resigniert. »Mica hatte mich gebeten, es Euch gegenüber nicht zu erwähnen. Aber das ist noch nicht alles. Setzt Euch besser, denn das, was ich Euch jetzt erzähle, hätte ich schon vor langer Zeit tun sollen … ich trage es schon viel zu lange mit mir herum.«

»Das ist …« Cilian fehlten die Worte, als Aren seine Erzählung beendet hatte. »Bei den Göttern … weiß er es?«

Aren schüttelte müde den Kopf. »Nein. Wie auch?«

»Ihr müsst es ihm sagen!« Cilian erhob sich und sah entsetzt auf den Meisterdieb herunter, der in sich zusammengesunken im Sessel saß, als wäre alle Kraft aus seinem Körper gewichen.

»Ja, das muss ich wohl.« Er nickte schwach. »Auch wenn ich ihn dadurch wahrscheinlich für immer verlieren werde.« Er hob den Blick und in seinen grünen Augen lagen Trauer und Schmerz gleichermaßen.

»Ihr könnt nichts verlieren, was Ihr nie besessen habt«, sagte Cilian entschieden. »Wenn Ihr wollt, werde ich nach ihm rufen lassen.«

Aren hob die Hand. »Lasst. Bitte. Ich werde selbst zu ihm gehen. Es ist an der Zeit, dass ich ihm reinen Wein einschenke.«

Er erhob sich und ging mit müden Schritten zur Tür. Dort drehte er sich nochmals zum Zirkelrat um. »Danke, dass Ihr mir zugehört habt«, sagte er leise.

Cilian nickte knapp. »Ich möchte jetzt wahrlich nicht in Eurer Haut stecken«, murmelte er.

»Das kann ich mir nur zu gut vorstellen.« Aren lächelte schwach.

Dann verließ er den Raum und ging zur Arena, die er als Vertrauter des Zirkelrats betreten durfte.

Es kam ihm vor, als sei es der schwerste Gang seines Lebens. Aber er *musste* es tun. Er musste ihm endlich sagen, wer er wirklich war.

Als er bei der Arena ankam, brauchte er nicht lange zu suchen, bis er ihn fand. Er stand neben Mica und lehrte sie gerade, wie sie ihren Dolch noch effektiver einsetzen konnte, indem sie ihn mit ihrer Magie zum Brennen brachte. Aren wusste, dass der Dolch ein Geschenk seines Sohnes gewesen war. Sie hütete ihn wie ihren Augapfel. Jetzt aber ließ sie die Klinge abkühlen und steckte sie achtlos in die Scheide an ihrer Hüfte, als sie den Meisterdieb erblickte.

»Aren! Was tust du denn hier? Geht es dir nicht gut?« Sie sah ihn besorgt an.

Das gute Mädchen. Auch sie würde ihn in wenigen Minuten hassen. Das war gewiss … aber es nützte nichts. Er musste endlich mit der Wahrheit herausrücken.

»Es geht schon.« Er schenkte ihr ein Lächeln, von dem er hoffte, dass es über seine aufgewühlte Verfassung hinwegtäuschen könnte. Dann wanderte sein Blick zu dem Mann an ihrer Seite. »Néthan, könnt Ihr bitte eine Minute für mich erübrigen? Ich möchte mit Euch sprechen – alleine.«

Mica sah verblüfft von Aren zu dem ehemaligen Schurken und wieder zurück. »Warum darf ich nicht dabei sein?«, fragte sie misstrauisch.

Néthan sah sie nachdenklich an, ehe er nickte. »Gut. Gehen wir in meine Gemächer, dort sind wir ungestört«, sagte er. »Mica, warte hier auf mich. Wenn Aren einen Grund hat, alleine mit mir sprechen zu wollen, dann muss es ein guter sein.«

Auch wenn Aren der jungen Frau ansah, dass es ihr gegen den Strich ging und sie gerne hätte dabei sein wollen, so nickte sie dennoch. Néthan schien einen großen Einfluss auf sie zu haben. Das war gut. Sie würden sich gegenseitig Halt geben können.

Wortlos wandte er sich zum Gehen und hörte, dass Néthan ihm folgte. Abermals kam ihm der Weg unendlich lang vor. Aber es war besser, wenn sie an einem Ort waren, an dem sie niemand störte.

»Was ist denn so wichtig, dass Ihr es mir alleine sagen müsst?«, wollte Néthan wissen, nachdem er die Tür seiner Gemächer hinter sich verschlossen hatte und sie im Aufenthaltsraum anhielten.

Aren blieb mitten im Zimmer stehen und holte tief Luft. Es musste sein. Jetzt gab es kein Zurück mehr.

»Setzt Euch«, sagte er matt. »Das, was ich Euch jetzt gleich sagen werde, wird Euer Leben verändern.«

»So dramatisch?« Néthan grinste schief, folgte aber seiner Aufforderung und setzte sich in einen der rot bezogenen Sessel. »Also, ich sitze. Schießt los.«

Aren blieb vor ihm stehen und sah ihn stirnrunzelnd an. »Ihr wolltet doch immer etwas über Eure Vergangenheit erfahren, oder?«, begann er.

Néthan nickte. Es schien ihn nicht zu überraschen, dass Aren Bescheid wusste. Womöglich konnte er sich denken, dass Cilian oder Mica mit ihm darüber gesprochen hatten.

»Nun ja«, antwortete Néthan. »Bisher hat mir Cilian noch keine Gelegenheit gegeben, näher danach zu forschen. Aber ja, das wollte ich. Warum interessiert Euch das?«

»Weil ich …« Aren konnte dem Blick des jüngeren Mannes nicht standhalten und fuhr sich durch das schwarze Haar, während seine Augen unruhig im Raum umherschweiften, als könnten sie sich nicht entscheiden, was sie ansehen sollten. »Ich weiß nicht, wie ich es Euch auf schonende Art beibringen soll. Also tue ich es geradeheraus: Ihr seid mein Sohn.«

»Haha, guter Scherz.« Néthan klatschte mit der rechten Hand auf seinen Oberschenkel.

Doch Arens Gesichtszüge blieben so ernst, als wären sie eingefroren, während seine Augen jetzt starr auf Néthan gerichtet waren.

Langsam breitete sich Entsetzen auf Néthans Gesicht aus. »Ihr meint das tatsächlich ernst, oder?«, fragte er mit heiserer Stimme.

»Ja, das tue ich.« Aren nickte langsam. »Es … es tut mir leid. Ich habe gedacht, ich schütze Euch, wenn ich Euch Eure Erinnerungen nehme. Wenn ich … *dir* … den Schmerz nehme.«

Néthan sprang auf und war mit einem schnellen Schritt bei Aren. Er packte ihn grob am Kragen und schüttelte ihn wie eine Puppe. Er hatte erstaunliche Kraft in seinen Armen, doch der Meisterdieb wehrte sich nicht gegen seinen Griff, sondern sah ihn unverwandt an.

»Verflucht noch mal!«, knurrte Néthan. »Was schwatzt Ihr da für einen Unsinn?! Soll das ein schlechter Scherz sein? Wenn ja, dann ist das der letzte Augenblick Eures Lebens!« Seine Augen glühten wie brennendes Eisen und sein Gesicht war zu einer zornigen Fratze verzerrt.

»Bitte … beruhige dich.« Aren packte Néthans Hände und zog sie etwas von sich weg, sodass er wieder besser Luft bekam. »Lass mich bitte erklären.«

»Was erklären?!«, schrie Néthan außer sich vor Zorn. Er dachte nicht daran, sich zu beruhigen. »Ihr sagt, Ihr habt mir meine Erinnerung genommen! Gebt sie mir zurück! Auf der Stelle!«

Aren sah ein, dass er so nicht weiterkam. Er seufzte tief und legte dann eine Hand an Néthans Schläfe. Seine Finger zitterten kaum merklich. »Das, was du jetzt sehen wirst, wird dir Schmerzen bereiten«, sagte er leise. »Es tut mir leid. Ich wollte dich immer davor bewahren ... doch es ist mir nicht gelungen. Ich habe als Vater vollkommen versagt ...«

10

NÉTHAN

Hatte er noch vor einer Sekunde heißen Zorn in sich gespürt, so war im nächsten Augenblick sein ganzer Geist erfüllt von Bildern, die ihm so vertraut waren, als wäre es erst gestern passiert.

Er war wieder ein kleiner Junge. Er sah *sie*, wie sie mit ihm spielte, ihn anlächelte.

»Zeig mir deine Kräfte«, bat sie ihn und griff mit ihrer kleinen Hand in sein langes Haar, um daran zu ziehen.

Sie war um so viele Jahre jünger als er, hatte gerade mal vier Sommer erlebt. Ihr Haar war pechschwarz und die kleinen Locken umspielten ihr Gesicht mit den großen, braunen Augen. Sie glich ihrer Mutter sehr, auch wenn diese dunkelblondes Haar hatte. Aber die Augen und das Temperament hatte sie eindeutig von ihr.

»Léthaniel, passt du bitte kurz auf sie auf?« Die Stimme der Frau erklang, die ihn all die Jahre in seinen Träumen verfolgt hatte.

Néthan stöhnte auf, wollte die Erinnerungen von sich wegschieben, die aufkommenden Bilder verdrängen, aus dem Strudel seiner

Vergangenheit auftauchen … aber es gelang ihm nicht. Die Erinnerungen waren zu stark, drängten all seine anderen Gefühle zur Seite.

Er spürte, wie Panik in ihm hochstieg, als er sich selbst nicken und seiner Mutter nachlächeln sah, die das Zimmer verließ.

»Aber sicher doch«, hörte er sich – Léthaniel – sagen. »Komm, Nana, lass uns etwas spielen«, wandte er sich an das kleine Mädchen.

Er nannte sie immer Nana, weil sie ihren Namen Laurana lange nicht hatte aussprechen können und sich daher selbst diesen Spitznamen gegeben hatte.

»Zeigst du sie mir? Bitte.« Laurana deutete auf die Feuerstelle, deren Flammen verloschen waren. Darüber war ein halbes Ferkel am Spieß angebracht, das Vater am Morgen vom Markt mitgebracht hatte. Ihr Abendessen.

»Du weißt, dass ich das nicht soll«, antwortete er zögernd.

»Bitte …« Sie sah ihn mit ihrem kleinen Schmollmund und den großen Kulleraugen an. »Mutter kann es, dann kannst du es auch … Nur eine kleine Flamme … Bitte bitte.«

Er verdrehte leicht die Augen und warf ihr dann einen verschwörerischen Blick zu. Er konnte ihr einfach keine Bitte abschlagen, dafür liebte er sie viel zu sehr. »Na gut, eine kleine Flamme. Aber nur eine ganz kleine.«

Léthaniel deutete mit dem Finger auf den Bratrost und versuchte, das Feuer darunter zum Brennen zu bringen.

Erst vor einigen Wochen war die Magie in ihm erwacht – mit einer Kraft, die er nie für möglich gehalten hatte. Sogar sein Vater war überrascht gewesen. Dass das Feuer in ihm schlummerte, hatte er schon länger bemerkt, aber die magische Quelle war erst viel später für ihn zugänglich geworden.

Er hätte sie noch nicht anwenden dürfen, da er erst in drei Jahren einer Gilde beitreten würde. Später würde er dann in den magischen Zirkel gehen müssen, um wie Vater und Mutter seine Kräfte beherrschen zu lernen. Noch war er zu klein, um Magie wirken zu dürfen. Das hatten ihm seine Eltern eingebläut.

Aber seine Eltern mussten ja nichts davon wissen. Es würde ihr kleines Geheimnis sein. Das von ihm und Laurana.

Noch während Léthaniel seine Magie wirkte, passierte es. Er hatte keine Ahnung, wie es geschehen war, plötzlich brannte der ganze Holzstapel, der neben der Feuerstelle gelegen hatte. Rasend schnell griffen die Flammen um sich, setzten Tisch und Stühle sowie die Vorhänge in Brand, die die Schlafstelle abschirmten.

Es war eine wahre Explosion, auf die eine zweite folgte. Dann noch eine und noch eine, bis er nur noch Rauch und Flammen sehen konnte.

Laurana schrie schrill auf, während Mutter herbeistürzte.

Er sah sich panisch um und eine Kälte überkam seinen Körper, wie er sie noch nie gespürt hatte. Er zitterte am ganzen Leib, konnte sich kaum rühren, nicht einmal schreien.

Erst jetzt entdeckte er seine kleine Schwester, deren Weg von den Flammen abgeschnitten worden war. Die Explosionen wollten nicht aufhören, wurden immer lauter.

Bei den Göttern, wie hatte das so rasch passieren können?

In seiner Furcht konnte er seine Kräfte nicht mehr kontrollieren. Es war, als sei ein Damm gebrochen. Ungezügelt schossen Flammen im Raum herum, steckten die Kleidung seiner Mutter in Brand, die zu ihrer Tochter eilte, um sie vor dem Feuer zu bewahren. Doch ihr Schutzschild, den sie um sie beide gebildet hatte, konnte den Flammen nicht standhalten. Sie war noch nie eine mächtige Magierin gewesen, konnte sich und ihre Tochter nicht gegen das Feuer schützen.

Léthaniel hatte kein Gefühl mehr für die Zeit, die vergangen war, hörte nur die panischen Schmerzensschreie, fühlte, wie seine eigenen Lungen vom Rauch brannten, der in sie eindrang, während sein Leib vor Kälte immer stärker zitterte.

Er riss die Arme hoch, damit ihm die Flammen nichts antun konnten, und versuchte, zum Ausgang des brennenden Raumes zu gelangen.

Sein ganzer Körper war unterkühlt und er spürte Eiskristalle in seinen Haaren. Dadurch konnten die Flammen ihm nichts anhaben, aber er fühlte, wie seine Seele dabei war, seinen Körper zu verlassen. Er trug nicht mehr genug Energie in sich, um sich selbst am Leben zu halten.

Gleich würde er sterben. In den Flammen verbrennen, wenn er hier nicht rauskam.

Gerade als er den Ausgang des Zimmers erreicht hatte, packten ihn zwei Hände, zerrten ihn zurück in die Flammen. Etwas Glühendes stieß in seine Seite und er schnappte keuchend nach Luft.

»Du hast sie getötet!«, schrie sein Bruder, der seine blutverschmierte Hand von ihm nahm.

Als Léthaniel an sich herunterblickte, sah er mit Entsetzen die Klinge, die bis zum Ansatz in seinem Unterleib steckte.

»Du hast sie getötet!« Die grünen Augen seines Bruders waren vor Panik, Schmerz und Hass weit aufgerissen. Auf ihrem lodernden Grund konnte Néthan etwas erkennen, das an Wahnsinn grenzte. Überall an Cassiels Körper waren Brandwunden, Ruß und Blut. Sein schwarzes Haar war versengt, seine Kleidung zerfetzt.

Es musste mehr Zeit vergangen sein, als er angenommen hatte, denn Cassiel, der draußen gewesen war, war hinzugeeilt und hatte anscheinend versucht, seine Mutter und seine Schwester zu retten.

Der Rauch brannte in seiner Kehle und ihm wurde schwarz vor Augen, als er stöhnend in die Knie sank.

»Sie waren alles, was mir etwas bedeutet hat! Du hast sie getötet!«, schrie Cassiel immer wieder.

Léthaniel spürte, wie das Leben langsam aus seinem Körper wich, während er gleichzeitig die dumpfen Schläge auf seiner Brust fühlte, die von Cassiels Fäusten herrührten.

Mit einem Mal hörten die Schläge auf.

Er war zu schwach, um etwas sehen zu können, seine Augenlider flatterten. Er meinte, Arens Gesicht über sich zu erblicken.

»Genug! Hör auf damit! Du tötest ihn!«, donnerte die Stimme des Meisterdiebes.

»Er *soll* sterben! Er hat Mutter und Laurana getötet!«, schrie Cassiel außer sich vor Hass.

Dann folgte ein dumpfer Schlag und die Stimme seines Bruders erstarb.

Im nächsten Moment kniete jemand neben Léthaniel, hob ihn hoch und trug ihn weg vom Feuerherd.

Er vermeinte, zahlreiche Stimmen zu hören, die wirr durcheinander schrien. Doch auch diese wurden leiser, bis er kalten Boden unter sich spürte.

»Ich werde gleich zurück sein«, erklang Arens Stimme. »Stirb mir nicht.«

Dann wurde es wirklich schwarz um ihn und seine Schmerzen ertranken in der Dunkelheit.

Néthan schnappte nach Luft und versuchte, das gerade Gesehene zu verarbeiten, für sich einzuordnen.

Aren hatte ihn losgelassen und der Schurke taumelte unwillkürlich. Er presste beide Hände an den Kopf, da die Schmerzen darin ihm die Sinne rauben wollten.

Alles war wieder so klar vor ihm gewesen. Er hatte den Rauch und das verbrannte Fleisch gerochen. Die Schreie gehört, das Weinen, die Rufe, die ihn in den letzten Jahren in seinen Albträumen verfolgt hatten. Die Kälte gefühlt, weil er zu viel Magie gewirkt hatte. Er hatte den Hass in den Augen seines Bruders gesehen. Den Schmerz über den Tod seiner Mutter und seiner kleinen Schwester gespürt.

Alles war mit einem Mal wieder so real, dass es ihn zu überwältigen drohte.

Unwillkürlich sank er auf die Knie und begann zu weinen. Er hatte noch nie geweint – nicht, dass er sich daran erinnern konnte. Aber jetzt suchte sich der Schmerz in seinem Herzen einen Ausweg, wollte die Trauer in Form von Tränen entweichen.

Er spürte, wie Aren neben ihm kniete, ihn in den Arm nahm, aber er hatte keine Kraft, ihn von sich wegzustoßen. Er wusste nicht einmal, ob er Kraft hatte, in den nächsten Minuten weiterzuatmen.

Die Wahrheit lähmte ihn. Lähmte seinen Herzschlag, seinen Geist, seinen Körper ... die Wahrheit, die in seinem Kopf hallte. Die in seinen Ohren dröhnte und in seinen Augen brannte.

Die Wahrheit, dass er für den Tod seiner Mutter und seiner Schwester verantwortlich war.

Warum hatte Cassiel ihn damals nicht wirklich getötet? Er hätte ihm die Schuld, mit der er von nun an leben musste, nehmen können. Die Schuld daran, dass er seine Mutter und seine Schwester getötet und damit seinem Bruder das Liebste genommen hatte, was dieser bis dahin besessen hatte: die kleine Laurana.

Néthan erinnerte sich mit einem Mal wieder daran, wie eifersüchtig Cassiel immer auf ihn gewesen war, seit in ihm zusätzlich zur Elementkraft auch noch Magie schlummerte. Cassiel hatte auch Magie wirken wollen. Hatte genauso sein wollen wie er – wie sein großer Bruder. Und er hatte es nicht verkraften können, dass

Néthan irgendwann in den magischen Zirkel gehen würde. Wie ihre Mutter, die Cassiel fast genauso wie ihre kleine Schwester vergöttert hatte.

Néthan hatte sie ihm durch seinen unbedachten Zauber genommen in jener Nacht. Er hatte ihm alles genommen, was ihm etwas bedeutet hatte.

Irgendwann fand er genügend Kraft, um den Meisterdieb von sich zu stoßen. Er erhob sich mit schwachen Beinen und starrte Aren an. »Warum?« Seine Stimme war ein heiseres Krächzen.

Aren erhob sich ebenfalls. In seinen grünen Augen, die denen seines jüngeren Sohnes so sehr glichen, lagen tiefe Schuldgefühle. »Weil ich euch beide retten wollte«, murmelte er. »Cassiel hätte es dir nie verziehen, er hätte dich früher oder später getötet. Er war schon immer unberechenbar, wenn es um seine kleine Schwester ging. Dieses Risiko war mir zu groß. Und selbst wenn er dich nicht abermals versucht hätte umzubringen ... du hättest dir die Schuld für alles gegeben und nicht weiterleben wollen. Ich habe versucht, für Euch beide ein Leben zu schaffen – getrennt voneinander. Ein Leben, in welchem ihr nichts von dem anderen wusstet. Aber es *war* wenigstens ein Leben.«

»In dieser Nacht hast du mich in den Zirkel gebracht.« Es war keine Frage, aber Néthan wollte trotzdem eine Antwort – eine Bestätigung – hören.

Aren nickte. »Ja, das habe ich. Ich habe dir jegliche Erinnerung daran genommen, wie du dorthin gekommen bist, und mit dem damaligen Zirkelleiter eine Vereinbarung getroffen. Er sollte dir sagen, du hättest dein Gedächtnis verloren und keine Familie mehr. Im Gegenzug durfte er dich wie einen Sohn großziehen. Wie den Sohn, den er sich immer gewünscht hatte. Ich wusste, dass du es bei ihm gut haben würdest. Er sollte dich ausbilden, sodass du deine Kräfte beherrschen lernst. Néthan ... ich habe versucht, dir ein Leben ohne diesen Schmerz zu geben.«

»Diese Entscheidung lag aber nicht in deiner Hand!«, brüllte Néthan aufgebracht. »Verflucht noch mal! Du hast mich glauben lassen, ich hätte keine Vergangenheit! Keine Familie! Nichts! Wie konntest du bloß seelenruhig zusehen, wie ich nach etwas suche, das du die ganze Zeit kanntest!«

»Ich dachte, es wäre das Beste – für euch beide.«

Aren versuchte, ihn am Arm zu berühren, aber Néthan schlug seine Hand weg. Seine braunen Augen glitzerten vor Zorn. »Weiß er es? Weiß er, wie sehr du uns hintergangen hast? Was du mit uns gemacht hast?«

Aren wich seinem Blick aus. »Cassiel? Nein. Er weiß es nicht. Er glaubt, er hätte dich in dieser Nacht getötet und seine Rachegefühle damit gestillt. Es schien mir das Beste, ihn in diesem Glauben zu lassen, damit er Frieden finden konnte. Ich ... ich habe dir einen anderen Namen gegeben. Eine andere Identität ... ein anderes Leben.«

»Hörst du dir eigentlich selbst zu?«, schrie Néthan wutschnaubend. »Weißt du, wie krank sich das alles anhört? Du *bist* krank! Hast du mir die Erinnerungen etwa abermals genommen, als ich vor drei Jahren hierher kam? Als ich meine Vergangenheit finden wollte und meine Kopfschmerzen – meine Erinnerungen immer stärker wurden?« Der Meisterdieb nickte bloß wortlos, was Néthans Rage ins Unermessliche trieb. »Raus! Geh mir aus den Augen! Ich will dich nie wiedersehen!«, brüllte er und deutete mit dem Finger unwirsch Richtung Tür.

Aren zuckte zusammen, als hätte Néthan ihn geschlagen. Dann nickte er abermals und senkte den Kopf. »Ich kann verstehen, dass du mit mir nichts mehr zu tun haben willst«, sagte er von Reue erfüllt. »Aber eines noch: Cassiel … er wird in Merita sein. Er ist mit Sarton, eurem Onkel, zu den Barbaren gesegelt, um mit ihnen zusammen die Hauptstadt anzugreifen. *Er* ist es, weswegen die Herrscherin um Unterstützung bittet. Ihr sollt gegen ihn kämpfen. Bitte … tu das nicht. Er ist dein Bruder.«

Néthan schüttelte ungläubig den Kopf. »Und das sagst du mir einfach mal so, als sei es das Normalste auf der Welt? Du bist wahrhaft ein kranker Mann und ich bin froh, dass ich so lange nicht wusste, dass du mein Vater bist. Das war das einzig Gute daran, keine Erinnerung zu haben!«

Aren zuckte abermals zusammen. Seine Worte hatten ihn schwer getroffen, aber Néthan spürte keinerlei Mitleid mit ihm.

Nur brennenden Zorn und Hass.

Er hasste diesen Mann aus tiefstem Herzen, der ihm seine Vergangenheit gestohlen hatte und ihn absichtlich in Unwissenheit aufwachsen ließ. Es widerte ihn an, dass Aren ihm dabei sogar zugesehen hatte, denn er wusste, dass er den Meisterdieb bereits einige Male im Zirkel gesehen hatte, als er noch in der Ausbildung gewesen war.

»Los, hau ab, ehe ich dir meinen Dolch in die Brust ramme, wie Cassiel es bei mir getan hat!«, fuhr Néthan ihn an. »Nur sei dir gewiss, dass *ich* weiß, wie man einen Verräter tötet!«

Aren drehte sich um und verließ wortlos die Gemächer, während Néthan zum Fenster ging und auf den Balkon trat. Er brauchte jetzt Luft, um seine Gefühle und Erinnerungen zu ordnen.

Viel Luft – und viel Zeit!

11

NÉTHAN

Er stützte sich schwer auf dem Geländer des Balkons ab, während er den Kopf hängen ließ.

Das Amulett, das er immer noch um den Hals trug, schien ihn regelrecht über die Brüstung ziehen zu wollen. Er erinnerte sich jetzt wieder daran, dass es das Amulett seiner Mutter war. Womöglich hatte Aren es ihm gegeben, damit er einen Teil seiner Vergangenheit bei sich trug. Aber das Gewicht des Schmuckstücks schien noch schwerer zu wiegen als die Schuldgefühle in ihm. Dennoch konnte er sich nicht überwinden, es abzulegen. Es hatte seiner Mutter gehört …

Léthaniel … Ob er diesen Namen wieder annehmen sollte? Er wusste es nicht, konnte es hier und jetzt nicht für sich beantworten. Es drängten sich so viele Fragen in seinem Kopf, dass dieser zu platzen drohte.

Er musste an den Moment denken, als er seinem Bruder … Cassiel … vor drei Jahren gegenübergestanden hatte. Der Dieb hatte ihn nicht erkannt – wie auch? Er hatte gedacht, sein Bruder sei seit dreizehn Jahren tot. Und das Amulett konnte er damals im Dunkel der Nacht nicht gesehen haben – zumal Néthan die ganze Zeit Mica wie einen Schild vor sich gehalten hatte. Unbewusst.

Was wäre wohl passiert, hätte Cassiel das Amulett wiedererkannt? Hätte er ihn auf der Stelle angegriffen? Wäre alles womöglich anders gekommen?

Über sich spürte er Meteor, der sorgenvolle Bilder von Gewitterwolken sandte. Aber Néthan hatte ihm verboten, auf dem Balkon zu landen. Er wollte alleine sein. Alleine mit seinen schmerzhaften, verwirrenden Gedanken.

»Néthan, was ist los?«

Er zuckte beim Klang ihrer Stimme zusammen und war einen Moment lang versucht, auch sie wegzuschicken, entschied sich dann aber dagegen. Es fühlte sich verdammt gut an, als ihre Hand sanft seinen Arm berührte und sie ihren Körper gegen seinen drückte. Doch er konnte sich nicht aus seiner Erstarrung lösen. Noch nicht.

Er spürte ihren Atem an seiner Wange, als sie weitersprach. »Aren hat gesagt, dass ich zu dir kommen soll – er war ganz … komisch. Habt ihr euch gestritten?«

Bei der Erwähnung dieses Namens gefror etwas in ihm und er brauchte ein paar Sekunden, um wieder Luft zu bekommen.

»Erwähne diesen Namen nie mehr in meiner Gegenwart«, stieß er zwischen den Zähnen hervor. »Nie wieder. Versprich mir das.«

Mica ließ von ihm ab. Als er den Kopf mit einem wahren Kraftaufwand in ihre Richtung drehte, sah er, dass sie ihn mit zusammengezogenen Augenbrauen musterte. Die Mittagssonne spiegelte sich in ihren schwarzen Locken wider und ließ sie unnatürlich hell glänzen.

»Erzählst du mir auch, warum?« Sie verschränkte die Arme vor der Brust.

»Ich …« Néthan wandte sich wieder ab und ließ seinen Blick über das Meer schweifen, als suche er den Horizont nach etwas ab, das er niemals finden würde. Ebenso wenig wie die Vergebung für seine Tat. »Er hat mich … verarscht.«

»Verarscht?«, wiederholte Mica ungläubig. »Geht es auch noch etwas genauer? Warum? Wie? Wann? … Jetzt lass dir nicht alles aus der Nase ziehen!«

Néthan seufzte leise und drehte sich dann um, sodass er Mica direkt in die Augen sah. Sie konnte so stur und hartnäckig sein. Aber womöglich war es genau das, was er jetzt brauchte. Alleine würde er die Kraft nicht aufbringen können, weiterzumachen. Mit dieser Schuld weiterzuleben. Er musste sich jemandem anvertrauen …

Er versuchte, seinen Hass, der in seinem Bauch brodelte, seit er die Wahrheit erfahren hatte, unter Kontrolle zu bringen, denn er galt nicht ihr. Im Gegenteil … er liebte sie. Das war ihm in den letzten Minuten noch klarer geworden. Er liebte sie von ganzem Herzen. Sie war der Grund, warum er sogar auf seine Vergangenheit verzichtet hätte … hätte er doch bloß die Macht, die letzte Stunde seines Lebens ungeschehen zu machen. Dann wäre alles noch in Ordnung in ihrem gemeinsamen Leben.

Doch jetzt spürte er die beklemmende Furcht, Mica zu verlieren. Konnte sie mit der Wahrheit umgehen? Konnte sie noch mit ihm zusammen sein, wenn sie erfuhr, was er getan hatte – wer sein Bruder … wer sein … Vater war?

»Néthan, du machst mir Angst«, flüsterte sie und trat wieder einen Schritt auf ihn zu, um beide Hände auf seine Brust zu legen. »Erzähl mir, was los ist. Bitte.«

In ihren dunklen Augen sah er ernsthafte Besorgnis. Offenbar musste sein Gesicht gerade Bände sprechen.

Er brach den Blickkontakt ab und zog sie unvermittelt an sich, drückte sie so fest, als sei sie das Einzige, was ihn vor dem Ertrinken in dem Strudel seiner Vergangenheit bewahren konnte.

So lange, bis sie leise keuchte. »Du erdrückst mich noch.«

»Entschuldige.« Er lockerte seinen Griff ein wenig, ließ sie aber nicht los, sodass sie ihm nicht ins Gesicht blicken konnte, da ihre Wange an seiner Brust lag. »Es ist vielleicht das letzte Mal, dass ich dich in meinen Armen halten kann.«

Er hörte selbst, wie verzweifelt seine Stimme klang. Doch es war ihm gleichgültig, denn er *war* verzweifelt. Noch nie in seinem Leben hatte er sich so hilflos gefühlt wie in diesem Augenblick.

Mica versteifte sich etwas in seinen Armen und versuchte, in sein Gesicht zu sehen, was er jedoch verhinderte, indem er ihren Kopf mit einer Hand weiter an seiner Brust festhielt.

»Ich habe von ... *ihm* erfahren, dass ich ... er ist ...« Er holte tief Luft, um nach den Worten zu suchen, die ihm nur mühsam über die Lippen kommen wollten. »Er ist ... mein Vater.«

Mica schien zu einer Säule zu erstarren, ihre Muskeln wurden hart und sie wirkte wie eine leblose Holzpuppe. Ein paar Sekunden lang hielt dieser Zustand an, dann kam wieder Leben in ihre Arme und sie stieß Néthan mit erstaunlicher Kraft von sich weg, sodass sie ihn ansehen konnte.

»Was ... was sagst du da?«, hauchte sie entsetzt und mit weit aufgerissenen Augen. »Wie ... wann ... ich ...« Ihr Mund blieb halboffen stehen, während sie versuchte, den Sinn seiner Worte zu begreifen.

Néthan nickte kraftlos. »So ging es mir auch.« Er lachte verbittert auf, obwohl ihm alles andere als nach Lachen zumute war. »Aber es stimmt. Er hat mir vor wenigen Augenblicken meine Erinnerungen wiedergegeben. Und ... er hat mir noch mehr verraten. Ich habe meine Mutter und meine ... Schwester auf dem Gewissen. Ich habe sie ... getötet ...«

Es auszusprechen, schmerzte bei Weitem mehr, als er gedacht hatte und er griff sich unwillkürlich an die Brust, da sein Herz in diesem Moment zu zerreißen drohte.

Er wagte nicht, Mica anzusehen aus Angst, Verachtung in ihrem Blick zu lesen. Das hätte er nicht ertragen können.

Nicht jetzt. Nicht von ihr.

Eine Ewigkeit verging, ohne dass sie etwas sagte. Dann lehnte sie sich mit dem Rücken gegen das Geländer und sank langsam daran herunter, bis sie auf den beigefarbenen Kacheln saß und ihm bedeutete, sich neben ihr niederzulassen.

Er holte so tief Luft, als würde er gleich in einen Tunnel voller Wasser tauchen, aus dem es kein Entrinnen mehr gab. Dann kam er ihrer stummen Bitte nach.

Als er neben ihr saß, ergriff sie seine Hand und hielt sie fest. »Ich kann mir nicht vorstellen, dass du deine Familie umgebracht haben sollst«, flüsterte sie. »Du bist zwar ein Schurke, aber du hast ein gutes Herz.« Er wollte ihr seine Hand entziehen, doch sie ließ es nicht zu. »Erzähl mir, was damals passiert ist. Bitte.«

In dem Moment fiel es ihm wie Schuppen von den Augen. Warum sie ihm von dem Augenblick an, als er sie zum ersten Mal in den Tunneln unter Chakas gesehen hatte, so vertraut vorgekommen war. Warum die Kopfschmerzen in ihrer Gegenwart manchmal unerträglich gewesen waren – bis Aren ihm seine aufflackernden Erinnerungen abermals genommen hatte.

Der Grund dafür war, dass sie ihn an seine kleine Schwester erinnerte. Er liebte sie mehr als alles andere. Und er konnte ihr keine Bitte abschlagen.

Also begann er, ihr seine Geschichte zu erzählen. All das, woran er sich jetzt wieder erinnerte.

Als er geendet hatte, herrschte lange Zeit Schweigen. Néthan wagte nicht, sich zu rühren aus Angst, dass Mica dann wie eine aufgescheuchte Taube davonfliegen könnte.

Endlich holte sie tief Luft und wandte ihm sein Gesicht zu. In ihren Augen konnte er Trauer erkennen ... Trauer und Schmerz. Oder war es sein Schmerz, der sich in ihnen widerspiegelte? Er konnte es nicht genau unterscheiden.

»Ich kann verstehen, dass du ihn jetzt hasst«, sagte sie leise. »Er hat dich belogen. Er hat dir sogar einen anderen Namen gegeben, dir deine Vergangenheit genommen – das hätte er niemals tun dürfen. Und Cass ...« Sie wandte den Blick ab, damit er die Gefühle darin nicht erkennen konnte. »Er ... er glaubt, er hätte dich umgebracht. Er ist innerlich zerrissen, weil seine Schuldgefühle ihn auffressen. Und es ist alles A... *seine* Schuld.«

Néthan nickte kaum merklich. »Du musst mich hassen«, sprach er die Worte aus, die ihn die ganze Zeit schon quälten. »Ich habe meine Familie auf dem Gewissen ...«

»Nein!« Die Vehemenz, mit der sie widersprach, ließ ihn unwillkürlich zusammenzucken. Ihre Hand schloss sich so fest um seine Finger, dass es beinahe wehtat. »Du hast deine Familie nicht auf dem Gewissen! Es war ein Unfall! Du warst ein kleiner Junge, der nicht wusste, wie er mit seinen neuen Fähigkeiten umzugehen hatte. Es war dumm, Magie anzuwenden, aber du hast sie nicht mit Absicht getötet. Du konntest nicht wissen, dass das passiert!«

»Und doch habe ich es getan. Macht mich das etwa weniger zu einem kaltblütigen Mörder?« Die Bitterkeit und der Schmerz, den er im Herzen empfand, ließen seine Stimme zittrig werden.

»Du bist kein kaltblütiger Mörder. Wärst du einer, hättest du nicht solche Schuldgefühle.«

Sie rückte näher zu ihm und strich ihm mit der freien Hand über die Wange. Eine Geste, die er kaum aushielt. Er unterdrückte ein Keuchen und blinzelte die Tränen weg, die sich in seine Augenwinkel schlichen.

Er war immer stark gewesen. Selbstbewusst und überlegen. Aber in diesem Augenblick fühlte er sich hilfloser als ein Kleinkind und schwächer als ein Greis.

Aren hatte etwas in ihm zerbrochen. Es war nicht allein die Tatsache, dass er ihm jegliche Erinnerungen an seine Kindheit genommen hatte, sondern vor allem, dass er ihm immer wieder ins Gesicht gelogen hatte. Jedes Mal, wenn er im Zirkel gewesen war. Jedes Mal, wenn er ihn ansah – seinen eigenen Sohn. Und Néthan hatte nichts davon gemerkt ... nichts.

Sein Vertrauen war seit diesem Morgen so tief zerrüttet, dass er nicht wusste, ob er jemals wieder jemandem etwas glauben konnte – oder sollte.

»Néthan, hör auf damit, dir Vorwürfe zu machen«, sprach Mica eindringlich weiter. »Ich kann verstehen, dass du mit ihm nichts mehr zu tun haben willst. Aber so wie ich das verstanden habe, tat er es aus reiner Liebe zu dir. Er wollte nicht, dass du dich so fühlst, wie du es gerade in diesem Moment tust. Er wollte dir diesen Schmerz ersparen. Er ... er liebt dich.«

Néthan wandte ihr unwirsch das Gesicht zu. Seine Augen funkelten voller Zorn, den er nicht länger unterdrücken konnte. »Mica, das ist nett gemeint, aber das hilft mir im Moment ganz und gar nicht.« Er lachte bitter auf. »Dein Verständnis für ihn in Ehren, aber ich kann es nicht aufbringen. Er hat mich verarscht und belogen. Ich war für ihn nichts weiter als eine Marionette in seinem

Puppenspiel der Schuldgefühle. Ich hätte ein Leben bei den Dieben haben können, hätte einen Bruder gehabt, der mir irgendwann bestimmt verziehen hätte … ich hätte in der Diebesgilde gelebt. Nicht im Zirkel, bei den Nomaden oder Sandschurken. Wer nennt sich Vater, der seinen eigenen Sohn im vollsten Bewusstsein in solch ein Schicksal rennen lässt? Ihn einfach weggibt mit der fadenscheinigen Begründung, es sei zu seinem Besten? Er hat es nicht aus Liebe getan. Er hat bloß den für ihn einfachsten Weg gewählt!«

Mica senkte den Blick und spielte mit dem Magierring an seinem Finger. »Du hast womöglich recht«, flüsterte sie. »Aber es fällt mir schwer, zu glauben, dass Aren … entschuldige … dass *er* so denkt. Er hat mich aufgenommen, hat mir ein Zuhause gegeben. Er war für mich wie ein Vater … Auch wenn er einen unverzeihlichen Fehler begangen hat, so kann ich ihn nicht so hassen wie du.« Sie sah ihn entschuldigend an.

»Das verlange ich auch nicht von dir.« Seine Stimme wurde sanft, ohne dass er es beabsichtigt hatte. »Ich kann verstehen, dass du in ihm viel siehst und sehen willst. Ich will und kann dir das nicht nehmen. Aber verlange du im Gegenzug bitte nicht von mir, dass ich ihm sein Handeln verzeihen kann. Jetzt bin ich umso überzeugter davon, dass ich von hier wegmuss. Ich halte es keinen Tag länger in dieser Stadt aus.«

Mica nickte verständnisvoll. »Ich werde dich natürlich begleiten, wie wir es geplant hatten. Du hast gesagt, Cass und sein Onkel seien diejenigen, die Merita angreifen wollen? Dann müssen wir das verhindern. Du kannst nicht gegen deinen eigenen Bruder kämpfen … und ich …« Ihre Stimme erstarb.

Néthan seufzte leise. »Er bedeutet dir immer noch so viel, obwohl er dich so sehr verletzt hat«, stellte er fest. »Womöglich mag ich ihn deswegen nicht. Er wollte meinen Tod und er hat dir wehgetan. Auch wenn ich verstehen kann, dass er mich gehasst hat und mich hatte töten wollen. Ich wäre wahrscheinlich auch ausgerastet, wäre ich an seiner Stelle gewesen.«

»Nein, wärst du nicht.« Sie lächelte schwach. »Du bist nicht wie er ... er wird getrieben von seinen Gefühlen. Er kann sich nicht beherrschen, außer, er baut diese Mauer um sich auf, die keinen an ihn heranlässt. Aber du ... du brauchst diese Mauer nicht, denn du bist stark ...«

Ein warmes Lächeln glitt über seine Züge, während er ihr Gesicht betrachtete. »Nicht so stark wie du.«

Tatsächlich schienen Mica seine Worte unangenehm zu sein, denn sie wandte den Blick ab und er sah eine leichte Röte auf ihren Wangen.

»Mica.« Er legte einen Finger an ihr Kinn und zwang sie sanft, ihn wieder anzusehen. »Ich weiß, dass du Cassiel liebst. Wahrscheinlich genauso sehr, wie ich dich liebe ... ich habe ihm damals das genommen, was ihm am meisten bedeutet hat und ich werde diesen Fehler nicht noch einmal begehen.« Er machte eine Pause, denn das, was er ihr gleich sagen würde, ließ sein Herz schwer werden. Doch es musste sein. »Wenn wir in Merita sind und du ihn triffst ... dann werde ich nicht länger an deiner Seite sein. Ich will, dass du und er ... dass ihr miteinander glücklich werdet. Du hast es ebenso verdient wie er. Und womöglich hilft es mir, mit meiner Vergangenheit Frieden zu schließen, wenn ich weiß, dass er das erhält, was mir verwehrt bleibt.«

Mica starrte ihn einen Moment lang sprachlos an, dann rannen plötzlich Tränen über ihre Wangen. »Néthan ...«, hauchte sie. »Das musst du nicht ... du musst das nicht tun. Ich bin gerne mit dir zusammen ... ich ...«

»Schhh, Kätzchen.« Er lächelte traurig. »Ich weiß, dass es das einzig Richtige ist. Mein Bruder braucht dich. Ich will dich nur …«

Er beugte sich zu ihr vor und küsste sie mit all seiner Liebe, die zusammen mit seiner Trauer und seinem Schmerz zu einer Leidenschaft verschmolz, die Mica den Atem verschlug.

12

CASSIEL

»Noch etwas Wildschwein?« Lenco trat zu Cassiel und hielt ihm ein Stück Fleisch hin.

»Hm? Ah ja, gerne«, antwortete dieser und verbarg die Muschel, die er gerade noch betrachtet hatte, in seiner Hosentasche.

»Du bist so ruhig? Sieht dir gar nicht ähnlich. Keine blöden Sprüche, kein schlechter Witz …« Lenco setzte sich neben Cassiel ans Feuer und betrachtete ihn von der Seite. »Hast du etwa wieder einmal Heimweh nach deinem Mädchen?«

»Nach …?« Cassiel schüttelte den Kopf, während er in die Keule biss, die Lenco ihm gegeben hatte. Der Saft tropfte ihm über das stoppelige Kinn. Eigentlich hätte er es genießen sollen, endlich wieder Fleisch zwischen den Zähnen zu haben, aber seine Gedanken glitten immer wieder zu der Nymphe, der er heute beim Kristallsee begegnet war.

»Wenn wir mal wieder in einer Stadt sind, solltest du dir ein hübsches Mädchen suchen, bei der du dich so richtig austoben kannst«, meinte Lenco mit einem seiner seltenen, breiten Lächeln. »Du scheinst es nötig zu haben.« Seine dunklen Augen blitzten.

Aber Cassiel hatte keine Lust auf diese Art von Unterhaltung. Ihn beschäftigte viel mehr, was die Nymphe damit gemeint hatte, als sie sagte, sie könne seine Narben heilen.

Konnte man Narben überhaupt heilen? Sie verschwinden lassen? Auch diejenigen, die sich unter seiner Haut verbargen? Hatte dieses mystische Wesen tatsächlich die Kraft, ihn vergessen zu lassen, was damals sein Leben für immer zerstört hatte? Und wollte er das überhaupt? Diesen schlimmen Moment vergessen? War er bereit dazu, sich der Zukunft zuzuwenden?

So viele Fragen gingen ihm durch den Kopf und er wusste, dass er hier am Lagerfeuer darauf keine Antwort erhalten würde. Das machte ihn nur noch unruhiger.

Inzwischen war die Nacht hereingebrochen und die Mannschaften der beiden Schiffe hatten mehrere Lagerfeuer auf dem Strand errichtet sowie kleine Unterstände, die sie bei Tag vor der Sonne schützen sollten. Sarton hatte beschlossen, hier für zwei Nächte zu bleiben, bis sie ihre Vorräte gefüllt und die notwendigsten Reparaturen am Schiff erledigt hätten. In etwa einer Woche wären sie in Seoul und dann würde sich zeigen, ob sie die Barbaren zu Sartons Plänen überreden konnten – was auch immer die sein mochten.

Die anderen Matrosen saßen lachend und scherzend an den Feuern und schlugen sich seit Tagen zum ersten Mal wieder die Bäuche voll mit dem Fleisch, das die Jäger heute erbeutet hatten. Die Stimmung war dementsprechend ausgelassen und fröhlich.

Nur Cassiel konnte sich nicht davon anstecken lassen. Ihn beschäftigte die Frage, ob er in dieser Nacht tatsächlich zum Kristallsee zurückkehren sollte oder nicht. Noch hatte er sich nicht entschieden.

»Hör auf, Löcher in die Luft zu starren«, knurrte Lenco, dem Cassiels Schweigen langsam zu missfallen schien. »Du bist der komischste Mann, der mir je begegnet ist. Freu dich und amüsier dich, statt hier wie ein Sack Kartoffeln zu sitzen und Trübsal zu blasen! Verflucht seien die Weibsbilder! Sie machen aus starken Kerlen Memmen wie dich!«

Cassiel schnaubte und warf ihm einen verärgerten Blick zu, erwiderte jedoch nichts. Er hatte keine Lust, sich mit Lenco zu streiten. Zu viele Dinge gingen ihm gerade durch den Kopf. Zu viele wichtige Dinge.

Irgendwann erhob sich der Hüne mit einem resignierten Seufzen und ging zu einer Gruppe Männer, um sich ihrem Kartenspiel anzuschließen.

Cassiels Blick glitt über das Lager und blieb an dem Wassermagier hängen, der sie seit Chakas begleitete. Er hatte selten mit ihm zu tun gehabt in den letzten Jahren, da der Magier sich vorwiegend auf der Smaragdwind aufgehalten hatte und eher ein Einzelgänger zu sein schien. Außer mit Sarton und Faím hatte Cassiel ihn selten mit anderen Matrosen sprechen oder gar scherzen sehen. Irgendwie wirkte der Magier wie ein Träumer, der nicht wirklich auf ein Schiff passen wollte. Und doch begleitete er die Matrosen wie ein leiser Schatten, der sich nur dann meldete, wenn wieder ein versunkenes Schiff in der Nähe lag.

Bertran, wie er hieß, saß etwas abseits von den anderen und verschlang gerade genüsslich den letzten Happen Fleisch, ehe er einen Schluck Wasser trank und dabei die Augen schloss. Sein rötliches Haar war in den letzten Jahren gewachsen und er trug es meist zusammengebunden. Die bleiche Haut war auch bei der stärksten Sonne nie gebräunt, aber die Sommersprossen wurden dafür umso zahlreicher.

Cassiel hielt nicht viel von Magiern – vor allem nicht, seit Mica im magischen Zirkel aufgenommen worden war. Aber nun überlegte er, ob Bertran etwas mehr über Nymphen und ihre Absichten wusste. Er hatte womöglich im Zirkel einiges über diese Wesen gelernt und dem Dieb war bekannt, dass der Magier dort sogar eine Zeit lang unterrichtet hatte. Es war also einen Versuch wert, sich mal etwas genauer mit ihm zu befassen.

Also erhob er sich und schlenderte betont gelassen zu Bertran, der ihn erst bemerkte, als er neben ihm stand. Die Fähigkeit, sich leise anzuschleichen, hatte der Dieb verinnerlicht.

»Cassiel.« Der Magier hob verblüfft die rötlichen Augenbrauen. Er schien nicht erschrocken zu sein, eher überrumpelt davon, dass der Neffe des Kapitäns sich zu ihm begab. »Kann ich dir helfen?«

Der Dieb setzte sich neben ihm im Schneidersitz hin und betrachtete den Mann stirnrunzelnd. »Das hoffe ich. Was weißt du über Nymphen?«

Bertran schien einen Augenblick überrascht zu sein von seiner Frage, dann nickte er wissend. »Du meinst wegen dem Kristallsee? Man erzählt sich, dass eine Nymphe ihn bewacht.«

»Was weißt du darüber?«, wiederholte Cassiel seine Frage.

Bertran zuckte mit den Schultern. »Nun, ich kenne nur die Legenden über Nymphen und ihre Aufgaben. Meist wollen sie uns Menschen nichts Böses, oft helfen sie sogar. Aber ihre Hauptaufgabe besteht darin, den Ort vor Unheil zu bewahren, an den sie gebunden sind.«

»Unheil?« Cassiels Augenbrauen zogen sich zusammen.

Bertran lächelte geduldig. »Nicht, was wir Menschen darunter verstehen würden. Beim Kristallsee zum Beispiel wäre es eine Verschmutzung des Sees, eine Zerstörung der Blumen oder so.«

»Verstehe ... glaub ich.« Cassiel nickte und ließ etwas Sand durch die Finger seiner rechten Hand rinnen, die nicht wie die andere im Handschuh steckte. »Und wie sollen sie das verhindern?«

Abermals zuckte Bertran mit den Schultern. »Nun ja, meist töten sie denjenigen, der das Unheil verursacht.«

»Töten?«, fragte Cassiel erstaunt. »Ich dachte, sie helfen Menschen und sind nicht böse?«

Bertrans Lächeln wurde ein wenig breiter. »Du musst wissen, sie messen mit anderen Maßstäben als wir. Für sie ist ein Verbrechen nicht dasselbe wie für uns. Aber sie mögen es, sich in das Leben anderer Lebewesen einzumischen und ihr Schicksal zu verändern. Obwohl es nicht immer zum Besten der ›Auserwählten‹ ist.«

»Offenbar ...« Cassiel fuhr sich mit der behandschuhten Hand durch das Haar, da es ihm in die Augen gefallen war. »Glaubst du daran, dass eine Nymphe den See bewacht?«

Bertran sah ihn eine Weile stumm an. »Ich glaube im Grunde nur das, was ich mit eigenen Augen sehe«, sagte er. »Aber bei manchen Dingen mache ich eine Ausnahme. Nymphen sind Wesen, die sich nicht jedem zeigen – genauso wie Meerjungfrauen sind sie scheue Geschöpfe.«

Cassiel unterdrückte ein Schmunzeln. Scheu war ihm diese Nymphe nun wirklich nicht vorgekommen. »Woher weißt du so viel über diese Wesen?«, fragte er dann.

»Ich habe mich schon immer für die Mythologie meines Elements interessiert.« Bertrans Augen glänzten mit einem Mal vor Eifer. Dieser Magier hatte sich wirklich vollkommen dem Studium verschrieben. »Schon als kleiner Junge wollte ich alles wissen, was es über die Meere und Seen zu wissen gab. Da gehören eben auch die Wassernymphen mit dazu. Es gibt noch andere Nymphenarten, aber die Wassernymphen waren mir immer schon die liebsten.

Was würde ich dafür geben, dieser Kristallsee-Nymphe zu begegnen.« Sein Gesicht nahm einen schwärmerischen Ausdruck an.

»Wenn sie dich tatsächlich würde töten wollen, sobald du ihr Wasser mit deinem Körper verunreinigst, kannst du froh sein, wenn du ihr nicht begegnest«, meinte Cassiel kühl.

Bertran sah ihn vielsagend an. »Oh, sie würde mich nicht töten. Ich weiß, wie ich mit einer Nymphe umzugehen habe, damit sie das nicht tun wird.«

Jetzt war Cassiels Interesse geweckt. »Wie denn? Wenn du bisher noch nie einer begegnet bist?«

Bertran lächelte. »Man muss nicht allem begegnet sein, um es einschätzen zu können. Ich hatte einen Lehrmeister, dort, wo ich herkomme.«

»Und wo ist das?« Langsam ging Cassiel die Geduld aus, mit diesem Magier zu sprechen. Er war wie ein glitschiger Aal, den man nicht zu fassen kriegte. Immer, wenn man meinte, man hätte endlich eine Antwort, warf er neue Fragen auf – dabei hatte Cassiel schon genug unbeantwortete Fragen in seinem Kopf.

»Ich stamme ursprünglich aus Fayl«, begann Bertran fröhlich draufloszuplaudern. »Aber mein Wunsch, das Meer zu sehen, hat mich nach meiner Ausbildung schließlich nach Chakas gebracht. Ich habe es bisher nie bereut. Zudem habe ich die einzigartige Möglichkeit erhalten, endlich die Welt bereisen zu dürfen.«

»Und wer war jetzt dein Lehrmeister?« Cassiel unterdrückte den Drang, die Augen zu verdrehen.

»Ich glaube nicht, dass du ihn kennst. Aber das tut nichts zur Sache. Es war ein Mann, der schon sehr viel in seinem Leben gesehen und erlebt hat. Unter anderem ist er auch Nymphen begegnet. Und er hat mir bereitwillig erzählt, wie man mit diesen Wesen umzugehen hat.«

»Verrätst du es mir?« Einmal mehr wünschte sich Cassiel, über mehr Magie verfügen zu können. Dann hätte er ohne Weiteres Bertrans Gedanken lesen und sich dieses müßige Gespräch ersparen können.

Bertran musterte ihn neugierig. »Bist du etwa der Nymphe begegnet? Wie sieht sie aus? Wie ist sie? Spricht sie unsere Sprache? Und was hat sie zu dir gesagt?«

»Halt, ich habe nicht gesagt, dass ich ihr begegnet bin«, wehrte Cassiel ab. Das fehlte noch, dass ihn dieser Magier seinerseits mit Fragen löcherte. »Ich will nur wissen, wie ich mit ihr umzugehen habe, sollte sie tatsächlich existieren und Kontakt zu mir oder einem meiner Männer aufnehmen wollen.«

Bertran wirkte sichtlich enttäuscht. »Nun … das ist schade …« Er seufzte leise, aber hob dann den Blick und sah Cassiel ernst an. »Das Wichtigste wird sein, dass du auf keinen ihrer Wünsche eingehst. Für Nymphen sind Wünsche gleichbedeutend mit Schwüren. Und wenn sie enttäuscht werden, können sie gefährlicher und rachsüchtiger als Meerjungfrauen sein, die ihre Seele zurückerhalten.«

»Gut, das werde ich mir merken, danke. Sonst noch etwas?«

»Nymphen sind im Grunde einsame Kreaturen. Wie gesagt, sie wurden von den Göttern an den Ort gebunden, den sie bewachen sollen. Wenn du also der Nymphe vom Kristallsee begegnen solltest, solltest du … nett zu ihr sein.«

»Nett?« Cassiel hob verwundert die Augenbrauen. Jetzt glitt tatsächlich ein Grinsen über sein Gesicht. »Du meinst, ich sollte sie verführen?«

Bertran schüttelte den Kopf und lächelte ebenfalls. »Nein, das meine ich nicht. Aber du solltest sie nicht beleidigen oder brüskieren. Nymphen haben zarte Seelen und ein noch zarteres Gemüt.

Wenn du dein Leben behalten willst, solltest du ihr Komplimente machen und … Geschenke. Nymphen lieben es, etwas geschenkt zu bekommen – und sie werden dir im Gegenzug auch etwas schenken.«

Cassiel musste unwillkürlich an die Worte der Nymphe denken. Sie hatte ihm etwas schenken wollen, das stimmte. Aber er hatte ihr im Gegenzug dazu nichts gegeben. Im Gegenteil, er hatte sie von sich gestoßen. Ob das sein Todesurteil gewesen war?

»Wie sehen ihre Geschenke denn aus? Du hast selbst gesagt, dass sie andere Maßstäbe anlegen als wir. Woher weiß man, dass man nicht gerade sein Leben aufs Spiel setzt, wenn man ihr Geschenk annimmt?«

Bertran hob vielsagend die Augenbrauen. »Ich sehe, du beginnst langsam, die Natur der Nymphen zu verstehen. Natürlich kann ich dir diese Frage nicht allumfassend beantworten, da jede Nymphe anders ist. Aber so viel kann ich dir sagen: Man sollte aufpassen, ob man ein Geschenk annehmen will oder nicht besser mit dem zufrieden ist, was man hat.«

Diese Worte trafen Cassiel mehr, als er vor Bertran zugeben wollte. Er bedankte sich knapp für das Gespräch und ging zu seinem Platz zurück, wo er ungestört war.

Prima, jetzt hatte er noch mehr, worüber er nachdenken musste.

13

Faím

Faím wandte seinen Blick von Cassiel ab, der jetzt wieder gedankenversunken und alleine an einem der Lagerfeuer saß und in die Flammen starrte. Er hatte beobachtet, wie er mit Bertran gesprochen hatte. Sonst suchte der Neffe von Sarton nie den Kontakt zum Wassermagier. Faím vermutete, dass Cassiel sich in der Nähe von Magiern allgemein nicht wirklich wohl fühlte. Aber dass er jetzt mit einem Mal ein längeres Gespräch mit Bertran geführt hatte, ließ ihn stutzig werden.

Er kannte den Wassermagier inzwischen sehr gut, da er viel Zeit mit ihm verbracht hatte. Er war für ihn so etwas wie ein Freund geworden. Nun ja, falls man ihre Beziehung überhaupt Freundschaft nennen konnte.

Bertran war eigenbrötlerisch und lebte die meiste Zeit des Tages in seiner eigenen Fantasie. Das hatte Faím rasch bemerkt, aber es hatte ihn nicht gestört. Wahrscheinlich war er ihm deswegen sogar so sympathisch geworden. Bertran scherte sich nicht darum, was andere über ihn dachten. Er erfreute sich an den Geheimnissen und Mysterien des Wassers und war ganz vernarrt in Chandra, obwohl er sie erst ein paar Mal aus der Nähe hatte sehen dürfen.

Die Meerjungfrau mochte den wissensdurstigen Magier nicht sonderlich. Sie hatte Faím einmal erklärt, dass sie sich wie ein ausgestelltes Tier fühlte, wenn Bertran ihn begleitete. Faím konnte es ihr nicht übel nehmen, da es stimmte.

Der Magier konnte seine Neugierde kaum im Zaum halten und hatte Chandra sogar dazu gebracht, ihren nackten Oberkörper mit den Händen zu bedecken – etwas, das sie noch nie gemacht hatte. Aber Bertran hatte so lange auf ihre Brüste gestarrt, dass es selbst ihr zu viel geworden war. Faím hatte sich damals köstlich amüsiert. Ausnahmsweise war nicht *er* derjenige gewesen, der vom anderen Geschlecht verunsichert wurde.

Chandra hatte danach etwa zwei Tage lang nicht mehr mit ihm gesprochen, da sie beleidigt gewesen war ob der Tatsache, dass er sie vor dem Magier nicht in Schutz genommen hatte. Aber wenn Faím eines wusste, dann, dass sie keinerlei Schutz notwendig hatte – schon gar nicht seinen.

Jetzt erhob er sich von seinem Platz und ging zu Bertran hinüber. Er wollte wissen, was Cassiel mit ihm besprochen hatte.

Als er beim Magier angekommen war, lächelte dieser ihm freundlich entgegen. »Heute scheine ich ja der Anziehungspunkt unserer Truppe zu sein«, meinte er gut gelaunt. »Kann ich etwas für dich tun?«

Faím setzte sich an dieselbe Stelle, wo vor Kurzem noch Cassiel gesessen hatte und deutete mit dem Kopf in dessen Richtung. »Was wollte er von dir?«

»Wir haben uns etwas über den Kristallsee und dessen Nymphe unterhalten«, antwortete Bertran frei heraus.

Faím entfuhr ein leises Lachen. »Du glaubst diesen Unsinn doch etwa nicht? Es gibt keine Nymphen.«

»Warum nicht?« Bertran sah ihn ehrlich überrascht an. »*Du* bist doch derjenige, der mit einer Meerjungfrau verbunden ist. Wenn es Meerjungfrauen gibt, warum sollte es dann keine Nymphen geben?«

Das war ein gutes Argument. »Glaubt Cassiel etwa daran?«

Bertran zuckte mit den Schultern. »Keine Ahnung. Aber immerhin hat er es für nötig empfunden, sich genauer über diese Wesen zu informieren.«

»Was hast du ihm denn erzählt?«, wollte Faím weiter wissen.

»Nun ... das, was ich über sie weiß. Sie sind an einen Ort gebunden und müssen ihn beschützen. Zudem muss man sich vor ihnen hüten, denn sie setzen Versprechen mit Schwüren gleich. Und man sollte sich vor ihren Geschenken in Acht nehmen. Selten sind sie das, was sie scheinen ...« Er machte eine Pause und sah Faím entschuldigend an. »Mehr weiß ich leider auch nicht über Nymphen. Aber ihm scheint es gereicht zu haben.« Er blickte kurz zu dem dunkel gekleideten, jungen Mann hinüber, der wieder in Gedanken versunken zu sein schien. Dann dämpfte er seine Stimme. »Ich bin ehrlich gesagt froh, dass er ziemlich rasch zufrieden war. Der Kerl ist mir unheimlich.«

Faím folgte seinem Blick und runzelte die Stirn. »Ich weiß, was du meinst. Trotzdem finde ich es amüsant, dass du keine Angst vor mir zu haben scheinst, obwohl *ich* doch eher derjenige bin, um den die meisten Männer einen großen Bogen machen, wenn ich Land betrete.«

Bertran lächelte abermals. »Es gibt diejenigen Menschen, die von Natur aus geheimnisvoll sind – so wie Cassiel. Und dann gibt es diejenigen, denen das Schicksal etwas Mystisches gegeben hat – so wie bei dir. Ich habe dich als normalen Jungen kennengelernt und mitverfolgen dürfen, wie du in den letzten Jahren zum Mann geworden bist, der Fähigkeiten besitzt, die den menschlichen Verstand bei Weitem übersteigen. Und nein … du bist mir nicht unheimlich. Denn ich weiß, dass in dir ein guter Kern schlummert. Das ist auch der Grund, warum dich die anderen Männer respektieren.«

»Und das glaubst du bei Cass nicht? Dass er einen guten Kern hat?«

Bertran zuckte mit den Schultern. »Womöglich ist er auch ein guter Mensch. Aber er lässt einen nicht nahe genug an sich heran, damit man das feststellen könnte. Daher halte ich lieber Abstand zu ihm. Das trifft auf viele Männer der Smaragdwind zu – und auch von der Schwarzen Möwe. Nur die wenigsten tragen ihr Herz in den Augen so wie du.«

Unwillkürlich fuhr sich Faím mit der Hand über die Augen. Er wusste, dass er – seit sie das Land betreten hatten – wieder eine hellblaue Iris hatte, die unwirklich erschien. Dass Bertran gerade das an ihm beruhigend fand, überraschte ihn. Die meisten anderen Männer sahen ihn skeptisch an, wenn er nicht seine normale Augenfarbe besaß.

Sarton hatte ihm einmal erzählt, dass es bei ihm ähnlich gewesen war, als er sich damals mit einer Meerjungfrau verbunden hatte. Aus dieser Zeit stammte auch sein Beiname ›Schwarzauge‹. Denn wenn der Kapitän schwarze Augen hatte, war das seine normale Augenfarbe. Aber wenn er mit seiner Meerjungfrau zu stark verbunden war, hatte Sarton eine violette Iris bekommen. Wahrscheinlich war der Anblick fast noch verstörender gewesen als Faíms hellblaue Augen.

»Deine Aufgabe ist eigentlich erfüllt«, sagte Faím, um auf ein anderes Thema zu lenken. »Du hast Sarton geholfen, genug Geld anzuhäufen, um eine ganze Stadt zu kaufen. Und du hast mir einmal erzählt, dass du danach wieder nach Chakas zurückkehren willst. Sind deine Pläne immer noch dieselben?«

Bertran verzog den Mund, als hätte er in eine saure Zitrone gebissen. »Ehrlich gesagt weiß ich es noch nicht. Ich hatte eigentlich daran gedacht, zurückzukehren, aber inzwischen gefällt mir das Leben auf See sehr gut. In Chakas erwartet mich der stumpfe Zirkelalltag. Ich war noch nie ein guter Lehrer, da ich den praktischen Unterricht dem theoretischen vorziehe. Aber das geht im Zirkel leider nicht – zumindest nicht immer. Daher … mal schauen. Je nachdem, was in Seoul noch passiert, werde ich euch weiter begleiten. Vielleicht könnt ihr meine Magie besser gebrauchen als der Zirkel.«

Faím nickte. »Hast du auch Erfahrung in Kampfmagie?«

Er wusste, dass einige Magier im Zirkel zusätzlich in Kampfmagie ausgebildet wurden. Er selbst hatte schon Kampfmagier gesehen, aber nur von Weitem. Man machte besser einen großen Bogen um sie.

Bertran schüttelte den Kopf. »Leider nicht. Aber ich kann ein paar Zauber, die vielleicht nützlich sind in einer Seeschlacht. Zum Beispiel einen Nebel beschwören oder ein Gewitter entstehen lassen. Obwohl Letzteres sehr viel Wärme braucht und ich das nur im äußersten Notfall machen würde. Ich bin mir nicht einmal sicher, ob ich damit nicht mein Leben aufs Spiel setze.«

»Dann lass es. Sarton hat dich nicht mitgenommen, damit du für ihn kämpfst, sondern, um die Schätze des Meeres für ihn zu suchen. Das hast du getan. Du könntest zu einem Matrosen werden und mit uns weiter zur See fahren. Ich habe gesehen, wie geschickt du bist. Womöglich wärst du irgendwann sogar zum Quartiermeister geeignet.«

»Nun ja, das würde mir tatsächlich gefallen.« Bertran lächelte verträumt. »Auch wenn ich nicht wirklich eine Hilfe im Kampf wäre. Aber als Matrose könnte ich gegebenenfalls nützlich sein.«

»Bestimmt.« Faím nickte mit einem leichten Lächeln. »Entschuldigst du mich? Chandra möchte mit mir sprechen.« Er erhob sich und ergänzte: »Alleine«, als er sah, dass Bertran Anstalten machte, ihn zu begleiten.

»Schade.« Der Magier setzte sich wieder. »Dann bestell ihr liebe Grüße und sag ihr, dass ich mich freuen würde, wenn ich morgen mit ihr etwas Zeit verbringen dürfte. Es gibt noch so viel, was ich sie fragen möchte.«

Faím schmunzelte und nickte, ehe er in die Richtung davonging, die Chandra ihm in Gedanken wies. Sie hatte ihm schon die ganze Zeit Bilder geschickt und wurde langsam aufdringlicher, da sie nicht gerne wartete.

Als Faím an Sarton vorbeikam, gab er ihm kurz Bescheid, wohin er gehen würde. Der Kapitän nickte knapp und widmete sich wieder dem Gespräch mit dem Steuermann, der wohl gerade eine abenteuerliche Geschichte zum Besten gab.

Faíms Weg führte ihn aus dem Lichtkegel der Lagerfeuer weg, am Ufer entlang zu einigen Felsen, die aus dem Wasser hervorstanden. Bald konnte er die Stimmen und das Gelächter der Matrosen nur noch ganz schwach hören.

Dafür nahm er umso stärker Chandras Präsenz wahr, die bei den Felsen auf ihn wartete. Es geschah selten, dass sie sich ganz aus dem Wasser begab. Zu rasch trocknete ihr Fischschwanz aus und sie hatte Faím einmal erzählt, dass es sich dann so anfühlte, als würde ihr halber Körper in Flammen stehen. Vor allem, wenn die Sonne auf sie herunterschien.

Aber jetzt war es Nacht und sie saß auf einem der Felsen und planschte mit ihrer mächtigen Flosse verspielt in den Wellen.

Faím blieb einen Moment stehen und betrachtete sie voller Bewunderung. Jedes Mal, wenn er sie sah, wurde sein Herz leichter und sein Bauch kribbelte.

Ihr langes, blondes Haar fiel ihr offen über die Schultern. Sie hatte kleine Muscheln hineingeflochten. Ihr Gesicht konnte er nicht richtig erkennen, aber er wusste, wie schön sie war und dass er nie eine menschliche Frau finden würde, die es mit ihrem Liebreiz aufnehmen konnte.

Es war ihm immer noch ein Rätsel, warum Chandra ausgerechnet ihn auserwählt hatte. Warum gerade er das Glück besaß, mit diesem wundervollen Geschöpf verbunden sein zu dürfen. Auch wenn sie seinen Tod bedeuten konnte, so gelang es ihm nicht, sich der Gefühle zu erwehren, die sie in ihm auslöste. Vor allem, wenn sie in solch einer gelösten Stimmung war wie jetzt gerade.

Sie lächelte ihm entgegen, als sie ihn erblickte und er konnte sehen, wie sich das Licht der Sterne in ihren Augen spiegelte, über ihren Körper tanzte und ihre Schwanzflosse zum Funkeln brachte, als säßen Tausende von Diamanten darauf.

»Da bist du ja endlich«, begrüßte sie ihn, als er näher trat und auf die Felsen kletterte, um sich neben sie zu setzen.

Sie fuhr ihm sanft durch das Haar und löste das Band, das es zusammenhielt, sodass seine schwarzen Locken offen über seine Schultern fielen.

»Du siehst viel besser aus mit offenem Haar«, meinte sie lächelnd.

Faím erwiderte ihr Lächeln und gab ihr zur Begrüßung einen Kuss auf die Wange.

Er wusste, dass Sarton recht hatte: Seine Beziehung zu diesem Wesen war tatsächlich krankhaft, aber er konnte nicht anders. Er wollte sie berühren und küssen, wenn er in ihrer Nähe war. Auch wenn sie ihm niemals dasselbe geben konnte wie eine menschliche Frau.

»So schüchtern?« Sie hielt seinen Kopf mit beiden Händen fest und küsste ihn zärtlich auf den Mund.

Er spürte augenblicklich, wie das vertraute Kribbeln in seinem Bauch stärker wurde, und erwiderte ihren Kuss leidenschaftlich, bis sie ihn sanft von sich stieß und ihn mit ihren meerblauen Augen musterte. »Was hat dich so lange aufgehalten?«

»Ich habe mit Bertran gesprochen.« Faím brauchte einen Moment, um seine Stimme nicht rau klingen zu lassen.

»Wollte er wieder mit mir Zeit verbringen?«, fragte Chandra neckend. »Der Magier ist fast noch mehr von mir besessen als du.« Sie streichelte mit dem Finger über seine Wange.

»Ich weiß, dass du mich auch magst«, antwortete Faím und hielt ihrem Blick stand.

»Oh ja, das tue ich, Faím Sturm.« Sie lächelte. »Und wie ich das tue. Aber du solltest vielleicht doch auf deinen Kapitän hören und dir irgendwann eine ... richtige Frau suchen.«

»Du weißt, dass ich es hasse, wenn du das sagst«, knurrte Faím. »Du *bist* eine richtige Frau. Für mich bist du es.«

Chandra lachte leise. »Und du weißt, dass ich es liebe, wenn du das sagst.« Sie betrachtete ihn einen Moment lang stumm. »Aber da ist noch etwas anderes. Du machst dir Sorgen?«

Faím hatte sich inzwischen daran gewöhnt, dass Chandra in ihm wie in einem offenen Buch las. Trotzdem senkte er den Blick und betrachtete die Wellen, die an ihrer Schwanzflosse knabberten.

»Faím, ich würde es gerne von dir hören«, sagte sie leise.

Sie hätte ihn nicht darauf hinweisen müssen, dass sie schon wusste, was er zu sagen hatte, da ihr seine Gedanken an Land so vertraut waren, als wären es ihre eigenen. Aber es war eine Angewohnheit von ihr, dass sie gerne mit ihm sprach, obwohl sie im Grunde seine Gefühle und Absichten bereits kannte.

»Was weißt du über die Nymphe im Kristallsee?«, wollte Faím wissen.

Chandra antwortete ihm mit Bildern, die sie in seine Gedanken sandte. Es waren Informationen, die Faím bereits bekannt waren. Legenden über Nymphen, die an Orte gebunden waren, die sie bewachen mussten. Und das, was Bertran ihm erzählt hatte.

»Viel ist es nicht«, sagte sie, als sie damit geendet hatte. »Aber ich traue ihr nicht. Sie ist zwar eine entfernte Schwester, aber Nymphen sind ... selten gut.«

Faím nickte. »Das habe ich mir schon gedacht. Du glaubst also daran, dass es sie gibt.«

Chandra lachte glockenhell. »Warum denn nicht? Es gibt Meerjungfrauen, warum sollte es keine Nymphen geben?«

Etwas Ähnliches hatte Bertran auch gesagt.

Faím hatte dennoch seine Zweifel und zuckte mit den Schultern. »Nun ja ... Nymphen werden seltener von Menschen gesehen als Meerjungfrauen.«

Schlagartig wurde Chandras Miene ernst. »Das stimmt so nicht«, sagte sie leise. »Nymphen und Meerjungfrauen gibt es gleichermaßen. Nur überleben Menschen eine Begegnung mit einer Meerjungfrau eher als eine Begegnung mit einer Nymphe ...«

14

CASSIEL

Mitten in der Nacht fuhr Cassiel aus dem Schlaf hoch und hielt, ehe er sichs versah, seinen Dolch in der Hand. Hektisch blickte er um sich und versuchte zu ergründen, was ihn derart aufgeschreckt hatte. Irgendjemand hatte seinen Namen gerufen, da war er sich ganz sicher. Der Klang hallte noch in seinem Kopf nach.

Seinen Schlafplatz hatte er in der Nähe eines der Feuer ausgesucht, an dem sich nur einige wenige Matrosen hingelegt hatten. Er mochte es nicht, wenn zu viele Leute um ihn herum waren, während er schlief.

Die Nacht war sternenklar und dementsprechend hell war der Strand erleuchtet, an dem sie ihr Lager aufgeschlagen hatten. Die Lagerfeuer brannten immer noch und er konnte die Gestalten der Wachen erkennen, die sich jedoch nicht auffällig verhielten oder gar in Alarmbereitschaft befanden. Sie schienen nichts gehört zu haben …

Was hatte ihn dann geweckt?

Die Wellen rauschten leise und wurden nur vom Schnarchen der Männer und den Unterhaltungen der Wachen unterbrochen. Aus dem dichten Wald konnte Cassiel das Zirpen von Grillen vernehmen, sowie Äste, die knackten. Aber es hörte sich nicht nach Gefahr an, sondern nach den normalen Geräuschen eines nächtlichen Waldes.

Er erhob sich und merkte erst jetzt, dass er immer noch die Muschelblüte in der rechten Hand hielt, die ihm die Nymphe gegeben hatte. Sie schien wärmer zu sein als seine eigene Haut. Nachdem er den Dolch zurück in die Scheide gesteckt hatte, betrachtete er das Geschenk der Nymphe im Sternenlicht. Die kleine Blüte, die aus einer harten Muschelschale geschnitzt worden war, war wunderschön und glänzte geheimnisvoll.

Abermals drängte sich ihm die Frage auf, ob er seinem inneren Drang nachgeben sollte, zu dem See zurückzugehen. Etwas zog mit unsichtbaren Fingern an ihm und wollte, dass er nochmals dorthin ging.

Heute waren sie insgesamt fünf Mal zum Kristallsee gewandert, um die Fässer zu füllen. Doch er hatte die Nymphe nicht mehr gesehen, obwohl er verstohlen nach ihr Ausschau gehalten hatte.

Morgen würden sie nochmals einige Male den halbstündigen Weg auf sich nehmen müssen, denn sie hatten heute Abend viel von dem Wasser verbraucht. Es war eine Wohltat für alle gewesen, sich endlich ausgiebig waschen und genügend trinken zu können. Sarton hatte es den Matrosen erlaubt, jedoch mit dem Hinweis, dass morgen einige Männer zusätzlich die Fässer schleppen mussten.

Cassiel blickte in Richtung des Waldes, wo inzwischen ein gut sichtbarer Trampelpfad entstanden war, da sie die Fässer so oft hindurchgerollt hatten. Der Weg lag schwarz und unheimlich vor ihm, wie ein Mund inmitten der Büsche, der ihn verschlucken wollte.

So sehr ihm sein Verstand auch zuflüsterte, dass es an Wahnsinn grenzte – er konnte nicht anders. Er musste wissen, was die Nymphe ihm hatte geben wollen. Welches Geschenk sie ihm machen wollte.

Mit einem raschen Blick zu den Wachen vergewisserte er sich, dass sie ihn nicht beachteten, um unangenehmen Fragen aus dem Weg zu gehen. Er würde in spätestens zwei Stunden wieder zurück sein, ohne dass jemand sein Verschwinden bemerkt hatte.

Dann schlich er leise wie ein Schatten zum Wald und verschwand darin.

Auch wenn er den Weg nicht so gut gekannt hätte, hätte er ohne Probleme zum Kristallsee gefunden. Der festgestampfte Pfad war unübersehbar und das spärliche Licht, das ihm der Mond und die Sterne hinuntersandten, genügte vollauf. Er war es gewohnt, sich in der Dunkelheit zu bewegen, daher fiel es ihm nicht schwer, sich jetzt zu orientieren.

Als er beim See ankam, blieb er eine Weile stehen und sah gedankenversunken über die ruhige Oberfläche, in der sich die Sterne hundertfach spiegelten. Er lag so friedlich vor ihm, dass er sich beinahe sicher war, sich die Begegnung mit der Nymphe eingebildet zu haben.

Doch die Muschel in seiner Hand war der Beweis dafür, dass dem nicht so war.

Langsam ging er am blütenübersäten Ufer entlang zum Wasserfall, der immer lauter wurde, je näher er kam. Schließlich verschluckte das tosende Rauschen jegliches Geräusch seiner Umgebung.

Cassiel bewegte sich wie ein Löwe auf der Jagd. Er wollte nicht abermals von dieser Nymphe überrascht werden. Einmal hatte ihm vollkommen gereicht.

Das Ufer in der Nähe des Wasserfalls war mit großen Steinen übersät, über die er springen und schlussendlich klettern musste. Die Feuchtigkeit hatte sie rutschig werden lassen, sodass er all seine Konzentration brauchte, um nicht das Gleichgewicht zu verlieren. Als er endlich beim Wasserfall ankam, war er außer Atem und wischte sich mit dem Ärmel über das Gesicht, auf dem sich Schweißperlen gebildet hatten.

Während er sich umsah, vermeinte er, eine Gestalt hinter dem Wasser zu erkennen. Er kniff die Augen zusammen und ging darauf zu.

»Da bist du endlich, ich glaubte schon, du würdest nicht kommen«, flüsterte eine Stimme nahe an seinem Ohr.

Er fuhr herum, in der Erwartung, dass die Nymphe neben ihm stand, dem war jedoch nicht so. Zu seiner Rechten konnte er nur das Wasser des Sees sehen, das schäumend den Wasserfall in sich aufnahm.

»Wo bist du?«, rief er laut.

»Komm hinter den Wasserfall, dort findest du mich«, flüsterte die Stimme abermals und ein Schauer rann über seinen Rücken.

Einen Moment lang zögerte er, dann gab er sich einen Ruck und schritt auf die Kaskade zu, die Muschelblüte hielt er mit der Hand umklammert. Das Wasser prasselte hart auf seinen Kopf, als er darunter hindurchsprang, und durchnässte ihn binnen eines Lidschlags bis auf die Haut.

Sein Haar klebte an seinem Gesicht und er wischte es mit einer Handbewegung nach hinten. Am Rande ärgerte er sich, dass er offenbar sein Lederband verloren hatte, mit dem er es immer zurückband, und wunderte sich gleichzeitig, wohin die Muschelblüte verschwunden war. Sie schien sich in Luft aufgelöst zu haben.

Zu seinem Erstaunen empfing ihn nicht Finsternis, sondern ein grelles Licht, das ihn derart blendete, dass er die Hand vor die Augen halten musste.

»Folge meiner Stimme, komm zu mir«, sprach die Nymphe.

»Lösch dieses verdammte Licht, ich kann nichts sehen!«, forderte Cassiel verärgert.

»Du musst auch nichts sehen, du musst nur bei mir sein.«

Etwas hinderte Cassiel daran, weiterzugehen. All seine Instinkte mahnten ihn zur Vorsicht und bisher hatte er sich darauf immer verlassen können.

»Was ist, warum kommst du nicht zu mir?« Die Stimme der Nymphe war fast flehend.

»Ich traue dir nicht«, sagte er und blieb an Ort und Stelle stehen. »Hör auf mit deinen Täuschungen und diesem Licht.«

Augenblicklich war es so dunkel, dass er nicht einmal mehr die Hand vor Augen sehen konnte.

»Besser so?«, fragte die Stimme der Nymphe.

»Was hast du getan? Ich kann nicht einmal mehr das Wasser hinter mir erkennen!«, schrie Cassiel aufgebracht und zog seinen Dolch. Im nächsten Moment spürte er, wie auch dieser sich in Luft auflöste wie zuvor die Muschelblüte, und fluchte laut.

»Ich habe dir dein Augenlicht genommen«, sagte die Nymphe ungerührt. »Tritt einen Schritt vor und ich gebe es dir zurück.«

»Hör auf mit diesen Spielchen!« Cassiel ballte wütend die Hände zu Fäusten. »Sag mir, warum ich hier sein soll!«

»Du weißt es selbst besser als jeder andere: Dich hat die Neugier hergetrieben. Und der Wunsch, deine Narben heilen zu lassen, die dich schon viel zu lange quälen.«

»Woher weißt du so viel über mich?« Cassiel widerstand dem Drang, eine weitere Verwünschung auszustoßen. Er hasste nichts mehr, als wenn jemand in ihm las wie in einem offenen Buch. Die Einzige, die das durfte, war Mica gewesen … ihr hatte er sich von selbst geöffnet – manchmal.

»Ich sehe es in deinen blinden Augen, deiner verwundeten Seele, deinem zerbrochenen Herzen«, war die nüchterne Antwort. »Tritt vor und beweise mir, dass du mir vertraust.«

»Ich kann nicht jemandem vertrauen, der mir mein Augenlicht genommen hat!«, fuhr Cassiel die Nymphe an. »Du spielst mit unlauteren Mitteln!«

»Und du spielst mit einer Macht, die du nicht einmal im Ansatz verstehen kannst«, gab sie scharf zurück. Alle Sanftheit war mit einem Mal aus ihrer Stimme gewichen.

»Was willst du von mir?«, keuchte Cassiel.

Er spürte einen Windhauch direkt vor sich und griff danach. Erstaunlicherweise hielt er ein Handgelenk – das der Nymphe.

»Sieh mich an«, sagte sie leise. Jetzt war ihre Stimme wieder zärtlich und warm.

Nein … es war nicht ihre Stimme. Es war die von …

»Mica?«, flüsterte er.

Im selben Moment erhielt er sein Augenlicht zurück und sah das Gesicht des Mädchens vor sich, dem er sein Herz geschenkt hatte. Ihre dunklen, klugen Augen. Die schwarzen Locken, die ihr wild über die Schultern fielen. Der fein geschwungene Mund, den er so gerne geküsst hatte.

Sie stand vor ihm, nackt und lächelnd.

»Du willst mich doch, oder?« Der Klang ihrer Stimme schnürte ihm die Kehle zu und er schluckte hart.

Mica fuhr ihm mit den Händen unter das Hemd, strich über seine Brandnarben. Er konnte sich nicht rühren, obwohl er sie am liebsten weggestoßen hätte. Sein ganzer Körper spannte sich bei ihrer Berührung an und er spürte, wie sehr er sie begehrte. All seine Gefühle, die er für sie hatte, wallten mit einer Kraft in ihm auf, dass ihm schwindlig wurde.

Ja, er wollte sie. Mit jeder Faser seines Körpers. Er wollte sie so sehr, dass sein Herz wehtat.

Sie lächelte ihn verführerisch an und kam ihm so nah, dass er ihren Körper an seinem spüren konnte.

»Wehr dich nicht, lass es zu«, flüsterte sie.

Gerade als er sich ihr tatsächlich hingeben wollte, konnte er das Silber in ihren Augen triumphierend funkeln sehen.

Mica hätte nie darüber triumphiert, dass er mit ihr schlafen wollte. Sie hätte sich gefreut. Ehrlich und von Herzen.

Das war nicht Mica.

»Hör auf damit!«, presste er zwischen den Zähnen hervor und fasste sie an den Handgelenken, um sie von sich zu stoßen. »Du bist nicht sie!«

Augenblicklich wurden ihre Augen zornig, verschwand ihre dunkle Lockenpracht und wurde wieder zu dem weißen, glatten Haar.

»Du widerstehst mir immer noch.« Die Miene der Nymphe war unergründlich. »Obwohl ich dir ansehe, wie sehr du diese Frau willst, lässt du die Gelegenheit, mit ihr eine Nacht zu verbringen, verstreichen?«

»Gerade deswegen«, knurrte er und ließ ihr Handgelenk los, das er bis jetzt umklammert hatte.

Die Nymphe betrachtete ihn neugierig. »Du bist der erste Mann, der mich bereits zweimal zurückgewiesen hat«, sagte sie kaum hörbar. »Warum?«

»Weil ich nicht mit dir schlafen werde. Mein Herz gehört einer anderen. Ich liebe sie.«

Die Nymphe nickte und schlug die Augen nieder. »Liebe ... sie ist eine faszinierende, angsteinflößende Waffe, mit der ihr Menschen euch oft selbst verletzt. Sie ist einer der Flüche, die euch die Götter auferlegt haben ...« Sie hob den Blick und sah ihn stirnrunzelnd an. »Sag mir, Sterblicher, der so leichtfertig von der Liebe spricht. Liebt sie dich auch so sehr wie du sie?«

Jetzt war es an Cassiel, ihrem Blick auszuweichen. »Ich ... weiß es nicht«, gestand er freiheraus.

»Du glaubst, du bist ihrer nicht wert, oder?«

Verflucht, sie las in ihm tatsächlich wie in einem offenen Buch. Wie er das hasste!

Er zuckte mit den Schultern, um ihr seine Gefühle nicht noch deutlicher zu zeigen.

»Lass uns ein Spiel daraus machen«, schlug die Nymphe vor. »Lass es uns herausfinden.«

Cassiel blinzelte ungläubig. »*Was* hast du gesagt?«

Die Nymphe lächelte. »Ich werde dir helfen, herauszufinden, ob sie dich wirklich liebt. Wenn ja, werde ich dich freigeben. Wenn nicht, bleibst du für immer hier bei mir.«

Cassiel trat einen Schritt zurück, sodass er die Gischt des Wasserfalls in seinem Nacken spüren konnte. »Du bist verrückt! Das kommt nicht infrage! Ich bleibe nicht bei dir!«, fuhr er sie an.

Jetzt lächelte die Nymphe leicht und legte den Kopf schief. »Dir wird keine andere Wahl bleiben. Du kommst von hier nie wieder weg, wenn ich es nicht erlaube.«

Von plötzlicher Panik ergriffen, wollte Cassiel durch das Wasser nach draußen laufen, aber er prallte schmerzhaft daran ab, als wäre es eine Felswand. Keuchend fiel er zu Boden und stöhnte auf vor Schmerz.

»Lass mich gehen!«, brüllte er, als er sich aufrappelte.

Die Nymphe stand unbeeindruckt vor ihm. »Nein«, sagte sie mit nüchterner Bestimmtheit. »Du bleibst hier und ich werde dafür sorgen, dass deine Narben heilen. Du hast einen ansehnlichen Körper, an dem ich mich erfreuen möchte. Aber deine Narben stören mich.«

Sie machte eine Handbewegung und mit einem Mal fühlte sich Cassiels Körper an, als stände er ein zweites Mal in seinem Leben in Flammen.

Er schrie auf und krümmte sich vor Schmerzen. Tränen schossen ihm unkontrolliert in die Augen und rannen über seine Wangen. Er hatte das Gefühl, er müsste auf der Stelle sterben und konnte nichts dagegen tun.

»Wenn sie dich liebt, wird sie zu dir kommen«, waren die letzten Worte, die er von der Nymphe hörte, ehe er sein Bewusstsein verlor.

15

Faím

»Wo, verflucht noch mal, ist er?!« Sarton schritt wütend durch das Lager und schnauzte jeden an, der seinen Weg kreuzte. »Wenn ich ihn in die Finger kriege, wird er sich wünschen, damals in Chakas geblieben zu sein!«

»Was ist denn los?«, wollte Faím wissen, der soeben mit einem Bündel Brennholz aus dem Wald zurückkam.

»Cass! Er ist verschwunden! Und keiner weiß, wohin, weil er so gerne den einsamen Wolf mimt!« Sartons ohnehin schon dunkle Stimme war noch grollender und seine schwarzen Augen blitzten vor Wut.

Faím ließ den Holzstapel achtlos zu Boden fallen und fluchte leise.

»Was?! Weißt du etwa, wo mein Neffe hin ist?«, fuhr Sarton ihn an.

Faím holte tief Luft und sah dem Kapitän dann fest in die Augen. »Ich habe gestern mitbekommen, dass er Bertran nach der Nymphe des Kristallsees ausgefragt hat. Ich weiß nicht, ob da was dran ist, aber er schien sehr interessiert zu sein, mehr über sie zu erfahren.«

Sartons Blick wurde schlagartig nüchtern und eine tiefe Furche erschien auf seiner Stirn. »Er hat Bertran nach der Nymphe gefragt?«, sagte er mit gedämpfter Stimme, während er sich zu Faím vorbeugte und dessen Schulter ergriff. »Warum, beim Grabe der Götter, hast du mir nichts davon erzählt?!« Obwohl er leise sprach, war seine Stimme nicht minder drohend.

»Weil ich mir nichts weiter dabei gedacht habe und nicht sein Kindermädchen bin«, verteidigte sich Faím schulterzuckend. »Ich weiß ja noch nicht mal, ob es tatsächlich Nymphen gibt.«

»Du bist mit einer Meerjungfrau verbunden, verdammt!«, brüllte Sarton jetzt so laut, dass alle Umstehenden zusammenzuckten. »Wie kannst du an der Existenz von Nymphen zweifeln?! Manchmal habe ich wirklich das Gefühl, dein Gehirn hat unter der Sonne von Chakas gelitten!«

Faím sah Sarton mit schmalen Augen an. »Redet nie wieder in diesem Ton mit mir«, sagte er mit ruhiger Stimme.

Der Kapitän setzte zu einer barschen Antwort an, wurde aber jäh von Lenco unterbrochen, der in dem Augenblick hinzutrat. »Cass ist beim Kristallsee?«, wollte der Hüne wissen.

Sarton machte eine wegwerfende Handbewegung in Richtung Faím. »Zumindest sagt das unser oberschlauer Quartiermeister.«

Lencos Blick glitt stirnrunzelnd zu Faím und wieder zurück zum Kapitän. »Mach ihn nicht dafür verantwortlich«, sagte er mit seinem knurrigen Akzent. »Er ist es nicht, der Cass dort hingebracht hat.«

Sarton fuhr sich durchs mittellange, dunkelblonde Haar und dann über das Gesicht, während er tief durchatmete, um sich zu beruhigen.

»Tut mir leid«, sagte er schließlich an Faím gerichtet. »Ich ... verflucht noch mal! Was hat dieser Bengel sich dabei gedacht?!« Die letzten Worte brüllte er wieder und raufte sich abermals das Haar, sodass es zu allen Seiten abstand.

»Wir werden ihn so rasch nicht wiedersehen, das weißt du.« Lenco verschränkte die Arme vor der Brust. »Keiner kann einer Nymphe ihre Beute wegnehmen. Sie sind zu mächtig.«

Sarton schüttelte wild den Kopf und schlug sich dann mit der Faust in die offene Handfläche. »Wir können ihn nicht einfach hierlassen!«, rief er aus.

Lencos Blick blieb ruhig und er klang fast wie ein geduldiger Vater, der mit seinem störrischen Sohn redet, als er weitersprach: »Wir werden ihn nicht zurücklassen. Aber im Moment können wir nichts für ihn tun. Wir müssen unseren Plan weiterverfolgen und nach Seoul reisen. Ich bin mir sicher, dass wir keine weitere Zeit verlieren dürfen. Ich hatte diese Nacht einen Traum ...«

Sarton musterte seinen Quartiermeister wachsam. »Du hattest eine Vision?« Er warf einen Blick zu Faím und zog Lenco dann etwas zur Seite. »Erzähl ...«

Den Rest ihres Gespräches konnte Faím nicht mehr verstehen, da die beiden Männer zu weit entfernt standen. Lenco gestikulierte wild und Sartons Gesicht wurde immer besorgter.

Faím wandte schließlich den Blick ab. Es hatte keinen Sinn, beim Gespräch dabei zu sein. Hätte er gewollt, hätte er an Land die Gedanken der anderen lesen können, wenn er Chandras Kräfte dafür einsetzte. Aber auch das war nur bedingt erstrebenswert. Er hatte in den letzten Jahren gelernt, dass es manchmal besser war, wenn man nicht wusste, was die anderen dachten. Zudem änderte es ja nichts daran, dass sie nach Seoul reisen würden, und er machte sich im Moment mehr Sorgen um Cassiels Verbleib.

Auch wenn er den Neffen des Kapitäns noch nie wirklich gemocht hatte, so bereitete es ihm nun doch Unbehagen, dass er einfach so verschwunden sein sollte. Lenco hatte von einer ›Beute‹ der Nymphe gesprochen. Faím hatte keine Ahnung, was das bedeutete, spürte aber in diesem Augenblick Chandra in seinem Geist, die ihm mitteilte, er solle sich unbedingt mit ihr treffen.

Er lief einige hundert Schritt am Strand entlang, bis er den Platz fand, den Chandra ihm in seinen Gedanken gezeigt hatte. Schon von Weitem konnte er ihren anmutigen Körper erkennen, der halb in den Wellen und halb an Land war. Sie saß aufrecht, hatte sich nach hinten auf ihre Arme abgestützt, und wenn ihr Fischschwanz nicht gewesen wäre, hätte man meinen können, es handle sich um ein hübsches Mädchen, das sich am Strand sonnte und ihre Beine ins Wasser hielt.

Sie war schon ganz ungeduldig, als er bei ihr ankam.

»Das hat ewig gedauert«, beschwerte sie sich und schenkte ihm einen missmutigen Blick.

»Du hättest auch einen Platz in der Nähe aussuchen können, dann hätte ich nicht so weit laufen müssen«, erwiderte Faím ungerührt. »Was gibt's denn? Warum sollte ich unbedingt zu dir kommen?«

Die Meerjungfrau zog die Augenbrauen zusammen. »Dieser Cassiel – er ist verschwunden, nicht wahr?«

Faím nickte knapp und setzte sich neben sie in den feuchten Sand. »Ja, wir befürchten, dass er von der Nymphe gefangen gehalten wird. Warum? Kannst du ihm helfen?«

»Nun ja, nicht direkt«, meinte Chandra schulterzuckend. »Aber vielleicht kann ich dafür sorgen, dass sie ihn wieder freigibt.«

»Und wie?«

Sie legte den Kopf schief und lächelte unschuldig. »Du weißt, was du dafür tun musst ...«

Faím schnaubte, erhob sich augenblicklich wieder und verschränkte die Arme vor der Brust. »Das war jetzt aber mehr als billig«, entgegnete er empört. »Du glaubst doch nicht allen Ernstes, ich falle auf diesen Trick rein und öffne das Ei für dich, damit du mich töten kannst?!«

Chandra schien keinen Moment lang beleidigt zu sein, denn ihr Lächeln blieb auf ihrem Gesicht, als sei es dort eingemeißelt und ihre Augen glänzten schelmisch. Sie schien mit seiner Antwort gerechnet zu haben. »Nun ... wenn ihr eine andere Idee habt, wie ihr ihn wieder freibekommt, dann bitte – es war nur ein Vorschlag.«

Faím schüttelte ungläubig den Kopf. »Du glaubst also, dass nur du alleine ihn wieder befreien kannst?«

»Der Kapitän wird weiterreisen, oder?«, entgegnete sie, ohne auf seine Frage einzugehen.

»Was hat das damit zu tun?«, wollte Faím stirnrunzelnd wissen.

Jetzt lachte Chandra hell auf, als sie sein verwirrtes Gesicht sah. »Er wird wissen, dass es keine andere Lösung gibt, als mich zur Nymphe zu schicken – in meiner Menschengestalt, sollte er seinen Neffen je wiedersehen wollen.«

»In deiner ...?« Jetzt war Faíms Gesicht ein einziges Fragezeichen, was Chandra noch mehr zu erheitern schien.

»Ja, mein Lieber ... wenn ich meine Seele habe, kann ich jede Gestalt annehmen, die ich möchte – auch die einer menschlichen Frau. Mit Füßen, Beinen ... allem, was zu einer Frau gehört.« Ihre Augen blitzen, als sie sah, wie Faíms Kinnlade nach unten fiel. Dann wurde ihr Blick jedoch trauriger. »Nur wirst du dann leider nicht mehr leben, um mich so zu sehen.«

Faím hatte sich inzwischen daran gewöhnt, dass Chandra von seinem Tod sprach, als sei es ein notwendiges Übel – wie ein Regengewitter nach längerer Trockenheit. Aber jetzt gefror sein Herz dennoch und ein Schauer rann über seinen Rücken.

»Du kannst eine menschliche Frau werden?«, fragte er leise und ging vor ihr in die Hocke, um besser in ihre Augen sehen zu können. Er musste wissen, ob sie tatsächlich die Wahrheit sagte.

»Wie gesagt: Ich werde keine richtige Frau sein, da ich immer eine Meerjungfrau bleibe.« Sie legte den Kopf schief. »Aber ja, ich könnte eine menschliche Gestalt annehmen, wenn ich meine Seele erhalte. Dann habe ich nämlich Kräfte, die du dir nicht einmal in deinen kühnsten Träumen vorstellen kannst. Und in dieser Gestalt könnte ich zur Nymphe gehen und euren Cassiel befreien.«

»Aber ... dann würdest du ihn doch umbringen – genau wie den Rest der Mannschaft.«

Chandra studierte nachdenklich sein Gesicht. »Womöglich. Aber es besteht ja immerhin die Chance, dass du mich vorher tötest, oder? So wie ich deinen Kapitän kenne, würde er das Risiko eingehen – zu einer anderen Zeit. Denn offenbar scheint ihm das Wohl seines Neffen im Moment nicht so sehr am Herzen zu liegen wie die Aussicht, Unsterblichkeit erlangen zu können.«

Faím schüttelte verwirrt den Kopf und setzte sich neben Chandra in den warmen Sand. »Warum Unsterblichkeit?«

»Du hättest es längst in seinen Gedanken lesen können, wenn du deinen Geist dafür geöffnet hättest.« Die Meerjungfrau lächelte. »Aber ich kann es dir auch sagen: Der Kapitän will das ›Auge des Drachen‹ aus Merita haben. Dafür braucht er die Armee der Barbaren.«

»Das Auge des Drachen?«, fragte er verständnislos.

Sie kicherte. »Ja ... ein Artefakt, über das Seeleute alle möglichen Legenden erzählen. Ihm werden die mächtigsten Kräfte nachgesagt. Und ja, es ist mächtig. Aber Unsterblichkeit kann es für einen normalen Menschen nicht geben – nur ... davon will dein Kapitän nichts wissen.«

»Du weißt also schon längere Zeit, dass Sarton einer Illusion nachjagt?« In Faím keimte Wut auf. »Willst du damit sagen, wir hätten drei Jahre lang vergebens nach Schätzen gesucht?«

Chandras Belustigung schien ihren Höhepunkt noch nicht gänzlich erreicht zu haben, denn sie lächelte immer breiter. »Nun ja ... so würde ich das nicht sagen. Wir haben uns doch immerhin besser kennengelernt. Und ich werde wirklich traurig sein, wenn du nicht mehr da bist ...«

»Du wirst ...« Faím sprang auf und sah wütend auf die Meerjungfrau hinunter. »Das sagst du mir einfach so ins Gesicht?! Du bist eine Lügnerin! Du hast mich die ganze Zeit belogen und benutzt!«

Chandra schien seinen Zorn nicht wirklich ernst zu nehmen, denn sie sah ihn ruhig an. »Wenn ich dich korrigieren darf: Du und dein Kapitän, ihr habt *mich* benutzt. Aber ich mache dir keinen Vorwurf daraus, denn es war ja für einen guten Zweck – zumindest ist niemand durch meine Magie gestorben. Aber falls du in die Schlacht ziehen willst, werde ich dir meine Kräfte nicht leihen. Ich bin keine Kriegsmaschine, sondern ein Wesen mit eigenen Moralvorstellungen. Und so sehr ich euch Menschen auch für eure Engstirnigkeit, die ihr viel zu oft an den Tag legt, verachte, möchte ich trotzdem nicht schuld an dem Tod so vieler von euch sein.«

»Soll das heißen, du wirst uns nicht begleiten?«, fragte Faím fassungslos.

Mit einem Mal war seine Wut auf Chandra verraucht und er spürte nur, wie sein Herz sich verkrampfte. Die Vorstellung, ohne sie in eine Schlacht zu ziehen, aus der er womöglich nicht wieder zurückkehrte, war für ihn kaum auszuhalten.

Chandra schüttelte den Kopf. »Ich werde in der Nähe sein. Solltest du dich in Gefahr befinden, werde ich dafür sorgen, dass du am Leben bleibst. Ich brauche dich und du mich ebenso. Aber ich werde nicht an deiner Seite kämpfen. Das kannst du nicht von mir verlangen.«

Faím sah sie eindringlich an. »Du wirst also mit zu den Barbaren kommen?«

»Ja.« Die Meerjungfrau nickte. »Ich werde euch dorthin begleiten und auch nach Merita.«

»Gut.« Faím blickte mit schmalen Augen auf sie herunter. »Wenn die Schlacht vorbei ist und Sarton das Auge des Drachen hat – wirst du dann mit mir hierher zurückkehren?«

»Warum?«

Faím seufzte. »Obwohl ich Cassiel nicht wahnsinnig mag, so scheint es mir doch ein hartes Schicksal für ihn, bis in alle Ewigkeit bei einer Nymphe gefangen zu sein. Wir müssen ihn befreien … oder es zumindest versuchen.«

Jetzt war es an Chandra, den jungen Mann lange anzusehen. Eine Weile schien es, als ringe sie mit sich. Dann wurde ihr Blick wehmütig und sie senkte die Augen. »Wenn du die Schlacht überlebst und ich mit dir hierher zurückkehre, wird das deine letzte Reise werden«, sagte sie leise.

Faím kniete neben sie und umfasste ihr Gesicht mit beiden Händen, zwang sie, ihm wieder in die Augen zu sehen. »Lass es nicht so weit kommen«, bat er eindringlich. »Chandra, ich flehe dich an. Wir müssen eine Lösung finden, wie du zu einem Menschen werden kannst, ohne dass du diese Rachegefühle in dir spürst und alle tötest. Es *muss* eine Lösung geben!« Die letzten Worte schrie er beinahe und sein Griff um ihre Wangen wurde stärker.

Sie sah ihn voller Schwermut an. »Mein lieber Gefährte ... es gibt keine andere Lösung. Wir Meerjungfrauen wurden ohne Seele geboren und sind dazu verdammt, jeden zu töten, der dazu beigetragen hat, sie von uns fernzuhalten. Das ist unser Schicksal und unser Fluch, den uns Vater Aquor auferlegt hat. Selbst wenn es jemand ist, der uns etwas bedeutet, würden wir ihn töten. Wir können nicht anders, als Rache an jenen zu nehmen, die uns Leid zugeführt haben. Und das tun alle, die zwischen mir und meiner Seele stehen.«

Faím ließ sie los und schnaubte durch die Nase. »Ich habe schon einmal jemanden verloren, ich bin nicht gewillt, dich auch noch aufzugeben. Wir könnten zusammenbleiben, könnten zusammen leben – zur See fahren. Du und ich.«

Chandra lächelte geknickt. »Das wäre eine schöne Vorstellung, da stimme ich dir zu. Ich mag dich ... sehr sogar ... und es wird mir das Herz zerreißen, wenn ich dich töten muss. Aber du wirst der Erste sein, der meiner Rache zum Opfer fallen wird. Denn du bist mein Auserwählter.«

Faím atmete tief ein und aus. »Wie?«, fragte er dann mit verschlossener Miene. »Wie wirst du mich töten?«

Ein Schatten zog über das Gesicht der Meerjungfrau. »Es wird schnell gehen. Wir sind nicht dafür gemacht, Menschen zu foltern. Du wirst es kaum spüren. Ich werde dein Herz zum Stillstand bringen, noch ehe du es gemerkt hast. Ebenso wie die Herzen aller anderer Lebewesen, die sich in deiner Nähe befinden ... auch das der Nymphe. Es wird keiner überleben, der hier und heute auf dieser Insel ist. Ich kenne jeden Einzelnen von euch und werde euch verfolgen, bis ich meine Rache bekommen habe.«

»Und dann?« Faím bemühte sich, ruhig zu klingen, auch wenn er sich elend fühlte. »Was tust du dann?«

Jetzt wurden ihre Augen dunkel vor Schmerz und sie wich seinem Blick aus. »Dann werde ich mein eigenes Herz zum Stillstand bringen … ich werde nicht ohne dich leben wollen, Faím Sturm. Und schon gar nicht in dem Wissen, dass ich es war, die dich getötet hat.«

16

MICA

Er stand am Fenster und hatte ihr den Rücken zugewandt, als sie eintrat. Mica räusperte sich, worauf ein kaum merklicher Ruck durch seinen Körper ging. Seine braunblonden Locken wippten, während er sich zu ihr umdrehte, und in seinen azurblauen Augen stand Sorge, als sich sein Blick auf sie richtete.

Mica sah sich neugierig um. Cilian war alleine, niemand sonst befand sich in dem Raum. Es war ungewöhnlich, dass er sie unter vier Augen sprechen wollte. Das war in den vergangenen Jahren so gut wie nie vorgekommen. Dass er es jetzt tat, zeigte ihr, dass ihm das kommende Gespräch am Herzen lag.

»Ihr wolltet mich sprechen?«, fragte sie.

»Ja. Danke, dass du gekommen bist.« Cilians Stimme war leise, aber angenehm warm.

Er trug heute keinen Burnus, sondern leichte Leinenhosen und ein helles Obergewand, das über der Brust locker geschnürt war. Normalerweise wählte er formelle Kleidung, die seiner Position angemessen war. Heute jedoch schien er darauf wenig Wert zu legen.

Mica sah ihm in die Augen und lächelte ihn freundlich an. »Nichts zu danken. Ihr seid einer der Zirkelräte von Chakas und Leiter des Greifenordens. Wenn Ihr mich ruft, komme ich natürlich zu Euch.« Sie machte ein paar Schritte in den Raum, auf Cilian zu. »Was verschafft mir diese Ehre?«

Er runzelte die Stirn und kam ihr entgegen. Als er vor ihr stand, legte er beide Hände auf ihre Schultern und sah sie eindringlich an. »Ich wollte mich persönlich von dir verabschieden … und mich vergewissern, dass es dir gut geht.« Mica konnte in seinen Augen lesen, dass er aufrichtig besorgt war.

»Mir geht es gut, danke der Nachfrage«, sagte sie und zögerte dann einen Moment. »Nun ja, um ehrlich zu sein, bin ich ein wenig nervös. Ich war noch nie außerhalb von Chakas und die Reise bereitet mir Unbehagen.« Sie legte den Kopf schief und verengte die Augen.

Cilian nickte. »Ich meinte nicht nur die Reise«, entgegnete er gedehnt. »Wie geht es Néthan? Seit er von Aren erfahren hat, wer er ist, geht er mir aus dem Weg. Ich hoffe, er lässt seine Enttäuschung und Wut nicht an dir aus?«

Micas Gesicht verzog sich unwillkürlich zu einem breiten Lächeln. »Néthan würde nie irgendetwas an mir auslassen«, antwortete sie. »Aber danke für Eure Besorgnis, doch sie ist unbegründet.« Dann wurde ihr Gesicht wieder ernst und sie senkte ein wenig die Stimme. »Néthan … es geht ihm nicht gut. Ganz und gar nicht. Aber das ist verständlich nach allem, was er erfahren hat. Ich versuche, für ihn da zu sein, doch auch *mir* geht er aus dem Weg. Wir haben seit gestern kaum ein Wort miteinander gesprochen. Er war die ganze Nacht nicht in unseren Gemächern. Stattdessen hat er mit Meteor einen Ausflug gemacht und kam erst im Morgengrauen wieder zurück.« Sie seufzte. »Ich denke, er braucht jetzt vor allem Zeit, um das alles zu verarbeiten.«

Cilian nickte kaum wahrnehmbar und sein Griff an ihren Schultern verstärkte sich. »Falls etwas wäre, kannst du es mir sagen, das weißt du?«, sagte er mit Nachdruck.

Mica widerstand dem Drang, sich aus seinem Griff zu winden. Sie wusste, dass Cilian sich nicht von allen Greifenreitern auf diese Weise verabschiedete und dass er es bei ihr tat, war ihr unangenehm. Ihr war bekannt, dass sie ihm viel bedeutete, doch sie würde morgen abreisen und womöglich nie wieder hierher zurückkehren.

Sie senkte den Blick und nickte. »Ich weiß und ich danke Euch dafür.«

Cilian schien zu merken, dass sie sich nicht wohlfühlte, denn er ließ ihre Schultern endlich los und verschränkte stattdessen die Arme vor der Brust, als wolle er sich selbst davon abhalten, sie weiter zu berühren. Aber die Sorge verweilte in seinen Augen. »Ich habe dir viel beigebracht, du bist inzwischen eine gut ausgebildete Greifenreiterin und dennoch bin ich nicht glücklich bei dem Gedanken, dass du in eine Schlacht ziehst. Du bist noch nicht so weit, gegen andere zu kämpfen und sie zu … töten.«

Sie sah ihm wieder in die Augen. »Mir ist ebenfalls nicht wohl bei dem Gedanken«, gestand sie. »Doch ich hoffe, wir können die Schlacht verhindern. Ich kann und werde nicht gegen Cass kämpfen – ebenso wenig wie Néthan. Er ist sein Bruder und es wäre eine Katastrophe, zumal Cass Néthan bei Weitem unterlegen ist. Ich hoffe fest, dass wir einen anderen Weg finden … oder dass wir Cass zumindest aus dem Gefecht heraushalten können.«

Cilian musterte sie aufmerksam. »Warum hast du mir nicht erzählt, dass Cassiel nicht mehr in der Stadt ist und Aren sogar angewiesen, dass er mir nichts darüber erzählen soll? Vertraust du mir nicht?«

Mica seufzte und wich seinem forschenden Blick aus. Sie konnte ihm wohl schlecht sagen, dass sie das Mitleid in seinen Augen nicht ertragen hätte, wenn Cilian die Wahrheit gekannt hätte. Die Wahrheit darüber, dass ein Mann ihretwegen sogar die Stadt verlassen hatte. Eine Tatsache, die sie beschämte und gleichzeitig wütend machte. Mit diesen Gefühlen hatte sie genug zu kämpfen, auch ohne Cilians Mitgefühl. Und das hätte er auf jeden Fall gehabt, das wusste sie.

»Natürlich vertraue ich Euch«, wich sie jetzt aus. »Darum ging es nicht. Ich wollte nur nicht … ich … nun ja … Ihr hättet …« Sie konnte es nicht sagen. Es ging einfach nicht.

Cilian schien zu verstehen, denn er trat wieder näher zu ihr und legte eine Hand an ihre Wange. Sie ließ es zu, fühlte seine warme Haut auf ihrer und den Daumen, der sie kaum merklich streichelte. In seinen blauen Augen las sie deutlich die Zuneigung, die er für sie empfand. Die Zuneigung, die sie nie würde erwidern können. Sie mochte ihn zwar – als Freund –, doch ihr Herz gehörte bereits einem anderen.

»Mica, du bedeutest mir sehr viel«, murmelte er. »Womöglich viel zu viel. Zumindest viel mehr, als es für einen Mann in meiner Position gegenüber einer Frau wie dir angemessen wäre.« Sein Blick war so sanft wie seine Stimme, als er sich etwas weiter zu ihr herunterbeugte. »Es zerreißt mir das Herz, dass wir uns wahrscheinlich eine lange Zeit nicht mehr sehen werden, aber es ist besser so. Ich weiß, dass du niemals dieselben Gefühle empfinden wirst, wie ich sie für dich hege, und dennoch fällt es mir schwer, dich ziehen zu lassen.«

So offen hatte er noch nie mit ihr gesprochen und Mica spürte ein Flattern in ihrem Herzen, das jedoch nicht aus Zuneigung, sondern aus Mitleid herrührte.

Ja, sie hatte Mitleid mit diesem Mann, der so einsam war und der trotz seines Schmerzes, den er in seinem langen Leben hatte ertragen müssen, ein so großes Herz besaß. So viel Liebe, die er hätte geben können … doch nicht ihr. Sie war nicht dazu bestimmt, die Frau an seiner Seite zu sein. Wollte es auch nicht.

»Es tut mir leid, dass ich Euch noch mehr Schmerzen bereite, als Ihr ohnehin schon in Eurem Leben erdulden musstet«, sagte sie, ehe sie sichs versah.

Cilian lächelte sie traurig an. »Das muss dir nicht leidtun. Schmerzen zu fühlen, bedeutet, dass man lebt.«

Sein Blick war voller Wehmut, sodass Mica unvermittelt ihre Arme um ihn schlang und ihn an sich zog. Er wehrte sich für die Dauer eines Lidschlags, ehe er ihrem Druck nachgab und sie seinerseits umarmte. Sie fühlte seinen Herzschlag an ihrer Wange, als sie ihren Kopf an seine Brust legte, und hörte ein leises Stöhnen, das tief aus seiner Kehle drang.

»Mica«, seufzte er. »Warum bloß haben dich die Götter nicht für mich bestimmt …«

Es war kaum ein Hauch, doch die Trauer in seiner Stimme zerriss ihr Herz und sie spürte, wie Tränen in ihre Augen traten.

Dieser Mann hatte alles Glück der Welt verdient und doch stellten ihn die Götter auf eine harte Probe. Das Leben war manchmal so grausam und ungerecht … wie gerne hätte sie ihm das gegeben, wonach er sich sehnte, die Liebe, die ihm zustand. Aber dann hätte sie sich selbst verloren. Und dazu war sie nicht bereit. Es war nicht an ihr, ihm zu helfen, er musste selbst einen Weg aus seiner Einsamkeit herausfinden.

Sie blinzelte die Tränen weg und atmete tief durch. »Ihr werdet irgendwann die Frau finden, die Euch das gibt, was Ihr verloren glaubt«, sagte sie ebenso leise. »Man kann auch leben, ohne Schmerzen erdulden zu müssen. Ein Herz kann auch schlagen, ohne dass es wehtun muss. Ich bin mir sicher, dass Ihr das irgendwann wieder lernen werdet.«

Sie ließ ihn los und sah ihm in die Augen, die ihr in diesem Moment wie die Tiefen des Ozeans vorkamen. Dunkel, unergründlich und voller Geheimnisse, die nur er alleine kannte.

Einen Moment lang sahen sie sich stumm an, dann nickte Cilian und trat einen Schritt zurück. »Ich danke dir für diese Worte«, sagte er mit einem schwermütigen Lächeln, ehe er seine Gefühle hinter einer besorgten, freundlichen Fassade verschloss. »Bitte versprich mir, dass du auf dich aufpasst.«

»Das werde ich, wenn Ihr mir versprecht, dass Ihr dasselbe mit Eurem Herzen tut«, erwiderte sie. Dann griff sie in ihre Tasche und holte einen zerknüllten Brief hervor. »Würdet Ihr … würdet Ihr dieses Schreiben Aren geben?«, fragte sie.

Cilian nahm das Pergament entgegen und nickte. »Das werde ich machen.«

»Danke.« Sie sah ihn noch einen Augenblick lang an, dann wandte sie sich zum Gehen. »Wir werden uns wiedersehen, versprochen.«

17

MICA

Am nächsten Tag machten sich Mica und die anderen auserwählten Greifenreiter auf den Weg zum Hafen. Es war insgesamt ein Dutzend Kämpfer, die der Gemahl der Herrscherin persönlich am Tag zuvor ausgewählt hatte. Sie hatten in einer Reihe gestanden und sich von ihm begutachten lassen. Nur die fähigsten Reiter wie Néthan und der zweite Hauptmann Serge waren infrage gekommen. Die Fähigsten … und Mica.

Sie hatte zusammen mit Néthan beschlossen, erst einmal so zu tun, als würden sie tatsächlich mit in die Schlacht ziehen. Es brachte nichts, jetzt schon ihre Bedenken zu äußern, womöglich hätte das nur dazu geführt, dass der Elf ihnen mit Misstrauen begegnete. Sie wollten erst abwarten, bis sie in Merita angekommen waren und die Lage besser einschätzen konnten.

Mica war entschlossen, zu verhindern, dass Cassiel gegen seinen Bruder kämpfte. Daher schritt sie nun fast genauso zielstrebig wie Néthan den Zirkelhügel hinunter in Richtung Marktplatz.

Dem ehemaligen Schurken schien es ohnehin nicht schnell genug zu gehen, die Stadt zu verlassen. Er eilte mit raschen Schritten neben Mica her und sah kein einziges Mal zurück. Es schien fast, als wolle er vor seiner Vergangenheit fliehen.

Néthan und sie hatten sich seit dem Gespräch auf dem Balkon nicht mehr über ihre Beziehung unterhalten, aber Mica wusste, dass sie kein Paar mehr waren. Er hatte sie freigegeben für seinen Bruder und sie seither auch nicht mehr geküsst. Er hielt sich von ihr fern, sprach nur das Nötigste mit ihr.

Mica warf ihm einen Blick von der Seite zu, den er jedoch nicht erwiderte. Seine Lippen waren zu einer schmalen Linie zusammengepresst, die Augen starr auf die Straße gerichtet. Vielleicht versuchte er auch einfach, die gaffenden Menschen zu ignorieren, die am Straßenrand standen und ihnen nachsahen.

Es kam selten vor, dass ein Greifenreiter in der Stadt herumlief. Umso neugieriger waren jetzt die Blicke, die die Truppe über sich ergehen lassen musste.

Micas Augen schweiften über die Hausfassaden, die ihr in ihrer Kindheit so vertraut gewesen waren. Fast erschien es ihr, dass das in einem anderen Leben gewesen war. In den letzten Jahren hatte sie den Zirkel selten verlassen dürfen und wenn, dann nur für kurze Zeit und in Begleitung eines Magiers, da sie ihre neuen Kräfte erst hatte beherrschen lernen müssen.

Jetzt erst merkte sie, wie sehr ihr die Stadt gefehlt hatte. Die Gerüche, der Lärm … das alles erinnerte sie an ihr Leben als Kanalratte, an ihren Bruder, ihre Familie.

Auch wenn sie sich dieses Leben auf den Straßen nie wieder herbeiwünschte, so war es eben doch ein Stück ihrer Vergangenheit. Es war ihre Heimat.

In diesem Moment beschloss sie, wieder zurückzukehren, sollte sie dieses Abenteuer heil überstehen. Mit oder ohne Cassiel. Sie gehörte nun mal hierher. Nach Chakas.

Während sie durch die Straßen Richtung Hafen zogen, prüfte Mica nochmals das Schwert, das sie in einer Lederscheide an der Hüfte trug. Alle Greifenreiter waren von Cilian mit hochwertigen Waffen ausgestattet worden, einige sogar mit Pfeilbogen. Sie waren zwar allesamt Magier und konnten dementsprechend mit Zaubern umgehen, dennoch hatte der Ordensleiter sie angewiesen, im Kampf darauf zu achten, ihre Greife zu schonen. Für die Tiere war es das erste Mal, dass sie in eine Schlacht zogen und Cilian hatte ihnen eingebläut, dass sie darauf Rücksicht nehmen sollten.

Als Mica nochmals einen Blick zurück zum Zirkel warf, der über ihnen auf dem Hügel thronte, begegneten ihre Augen Steinwind, Néthans Schatten, der hinter ihnen lief. Der Riese erwiderte ihren Blick, ehe er ihn wieder auf den Hinterkopf von Néthan richtete. Für einen Moment glaubte Mica, Sorge in seinem Gesicht zu erkennen.

Steinwind hatte gar nicht erst um Erlaubnis gefragt, ob er mitgehen dürfe, sondern war einfach mitgekommen. Mica wusste inzwischen, dass Néthan und ihn eine besondere Beziehung verband, auch wenn sie nie hatte ergründen können, worin diese bestand.

Das Studium der Magie und der Unterricht im Greifenorden hatten ihr in den letzten Jahren kaum Zeit gelassen, sich für etwas anderes zu interessieren als dafür, ihre Kräfte besser in den Griff zu bekommen.

Was ihr inzwischen tatsächlich geglückt war. Ihre Zauber wurden immer effektiver und vor allem mächtiger. Doch es würde noch eine Weile dauern, bis sie sie so gut wie Néthan oder die anderen Greifenreiter beherrschte, die seit ihrem dreizehnten Lebensjahr in Magie unterrichtet wurden.

Sie fühlte die Präsenz von Wüstenträne und sah zum Himmel hoch, wo die Greife über ihren Köpfen kreisten. Die Tiere hatten sich geweigert, mit ihren Reitern zusammen durch die Stadt zu gehen, da sie keine Menschenansammlungen mochten, wie es sie jetzt am Straßenrand gab.

Als Micas Blick abermals über die Köpfe der Schaulustigen glitt, blieb sie mit einem Mal stehen und Steinwind wäre fast in sie hineingelaufen.

»Mädchen, pass auf!«, murmelte er und warf ihr einen finsteren Blick zu.

Mica beachtete ihn nicht, sondern verengte die Augen, um die Menschenmenge abzusuchen. Sie war sich sicher gewesen, eine hohe, breitschultrige Gestalt mit einem Kapuzenumhang zwischen den Menschen gesehen zu haben. Konnte es Aren gewesen sein? War er gekommen, um sich zu verabschieden?

Aber sie konnte ihn nicht mehr entdecken.

Seit Néthan seine Erinnerungen zurückerhalten hatte, hatte Aren den Zirkel nicht mehr aufgesucht. Mica tat es im Herzen weh, aber sie verstand auch, dass sowohl Aren als auch sein Sohn jetzt erst mal Zeit brauchten. Aus Rücksicht auf Néthan hatte sie sich zusammengerissen und dem Wunsch widerstanden, heimlich in die Diebesgilde zu gehen, um mit Aren zu sprechen und ihm Lebwohl zu sagen.

Stattdessen hatte sie dem Meisterdieb einen Brief geschrieben, den sie Cilian gestern gegeben hatte. Inzwischen hatte sie Schreiben und Lesen gelernt, wenn auch ihre Schrift alles andere als ansehnlich war. Aber sie musste sich einfach von Aren verabschieden

– und sei es nur mit ein paar kaum leserlichen Worten, wenn sie ihn schon nicht umarmen konnte.

Sie mochte Aren wie einen Vater. Er hatte sie damals vor über drei Jahren mit offenen Armen empfangen und ihr eine Zukunft geschenkt, als sie ihre eigene verloren glaubte. Aren war der Einzige, der ihr hier in Chakas noch etwas bedeutete. Der Einzige, abgesehen von Cilian.

Der Zirkelrat hatte zunächst überlegt, ob er auch mitkommen sollte, da es immerhin seine Cousine war, um die es hier ging, aber er war in Chakas unentbehrlich.

Kein Wunder, das Land war immer noch im Umbruch und es würde noch einige Jahre dauern, bis die Aufstände in Fayl und Oshema niedergerungen wären. Dazu brauchte es die Greifenreiter. Cilian wurde hier in Chakas dringender für ihre Ausbildung gebraucht als im Kampf in Merita. Und immerhin waren beide Hauptmänner des Greifenordens jetzt auf dem Weg, die Herrscherin zu unterstützen.

Abermals ließ Mica ihren Blick über die Menge schweifen, die voller Neugier zurückgaffte, konnte aber Aren nicht unter ihnen entdecken. Seufzend ging sie weiter, den anderen Reitern hinterher.

Als sie endlich im Hafen ankamen, verlangsamte Mica ihren Schritt ein weiteres Mal. Die anderen Greifenreiter strebten zielstrebig auf das elegante Schiff mit den weißen Segeln zu, das alle als die ›Cyrona‹ kannten. Es war das Schiff des legendären Elfenkapitäns Maryo Vadorís.

Beim Gedanken daran, dass sie mit diesem Abenteurer einige Wochen auf See verbringen würde, wurde Mica abermals mulmig zumute.

»Komm, lassen wir die Elfen nicht warten«, meinte Néthan, der ebenfalls langsamer geworden war und sie jetzt sanft am Arm berührte.

Mica warf erneut einen Blick zum Himmel und Wüstenträne schickte ihr aufgeregt Bilder vom Hafen, wie er von oben aussah. Mica vermeinte, sie sogar krächzen zu hören. Der Greif war mindestens ebenso nervös wie sie selbst.

Sie holte tief Luft und streckte dann die Schultern durch, um die Rampe hinauf an Bord zu gehen. Jetzt würde ihr Abenteuer beginnen, das sie im Grunde nur antrat, um Cassiels Leben zu retten.

Oben angekommen, fiel ihr Blick sofort auf den Gemahl der Herrscherin, der neben einem breitschultrigen Elfen mit dunkelbraunem, langem Haar stand. Der muskulöse Oberkörper des hochgewachsenen Elfen war unbekleidet, da die Sonne bereits auf den Hafen hinunterbrannte. Daher konnte Mica eine breitflächige Tätowierung auf seiner gebräunten Haut erkennen, die wie ein Drache anmutete. Der größte Teil musste sich jedoch auf seinem Rücken befinden, denn sie konnte nur die Krallen und einen Teil des Kopfes sehen. Ohnehin wurde Micas Blick vor allem auf seine goldenen Augen gelenkt, die zufrieden funkelnd die Ankunft der Greifenreiter beobachteten.

Das musste Maryo Vadorís sein. Der Kapitän des Schiffes.

»Sind das alle?«, wandte er sich gerade an den kleineren, blonden Elf. Seine Stimme hatte einen rauen Klang, als ob er in seinem Leben viel herumgebrüllt hätte.

»Wenn es zwölf sind, dann schon«, meinte der Gemahl der Herrscherin lächelnd.

Maryo nickte und schaute hinauf in den Himmel. »Ihre Vögelchen werden eine ganze Menge Aufsehen erregen«, murmelte er, während er die Greife beobachtete.

Der blonde Elf folgte seinem Blick und runzelte die Stirn. »Hoffen wir, dass wir rechtzeitig in Merita sind.«

Maryo brummte etwas und schritt dann auf die Neuankömmlinge zu. »Wer hat hier das Sagen?«, fragte er und ließ seine goldenen Augen über die Greifenreiter schweifen, bis sie an Néthan haften blieben. »Ihr?«

Néthan trat einen Schritt vor und nickte stumm. Mica wunderte sich nicht darüber, dass Maryo ihn angesprochen hatte. Néthan war der geborene Anführer und das sah man ihm auch an.

»Aye.« Der Kapitän nickte. »Ihr werdet Eure ... Männ...«, sein Blick glitt zu den weiblichen Greifenreitern, »... Leute in die Mannschaftsquartiere unter Deck bringen. Ich kann unerfahrene Landratten nicht gebrauchen, wenn wir ablegen. Die Passage durch die Klippen ist auch so kein Zuckerschlecken, da müsst Ihr nicht zusätzlich im Weg herumstehen. In einer halben Stunde will ich keinen von ihnen mehr an Deck sehen.«

»Wie wäre es mit einem ›Willkommen auf meinem Schiff, ich bin Maryo Vadorís. Danke, dass Ihr uns helft‹?«, erklang die Stimme des blonden Elfen hinter ihm. »Maryo, du solltest wirklich an deinen Manieren feilen.«

»Für Höflichkeitsfloskeln haben wir später noch Zeit«, meinte der Elfenkapitän, ohne mit der Wimper zu zucken. »Dort drüben ist die Luke, die zu den Mannschaftsquartieren führt.« Er deutete mit der Hand vage in eine Richtung. »Macht es Euch gemütlich. Ich werde einen Matrosen zu Euch schicken, wenn wir Fahrt aufnehmen und das Begrüßungsritual beginnt.«

Abermals nickte Néthan und bedeutete dann mit einem Handzeichen, dass die anderen ihm folgen sollten.

Mica fragte sich, was es mit diesem Begrüßungsritual auf sich haben mochte.

Als sie an dem Elfenkapitän vorbeiging, warf sie ihm einen neugierigen Blick zu, den dieser ausdruckslos erwiderte. Seine goldenen Augen ließen nicht erahnen, was er dachte.

Trotzdem vernahm sie, als sie schon fast außer Hörweite war, wie er murmelte: »Sind ein paar hübsche Magierinnen dabei.«

Die Worte mussten an den blonden Elf gerichtet sein, der immer noch neben ihm stand, denn sie hörte ihn leise auflachen und irgendetwas sagen, das klang wie ›Du hast dich wohl immer noch nicht daran gewöhnt, dass du inzwischen verheiratet bist‹.

18

NÉTHAN

Néthan stand an der Reling und sah zum Festland, das immer weiter in die Ferne rückte. Sie hatten vor einer Stunde bereits die Klippen vor Chakas passiert und fuhren jetzt dem offenen Meer entgegen.

Das Begrüßungsritual hatte darin bestanden, dass sie alle einen starken Schnaps hatten trinken müssen, der auf den befremdlichen Namen Allasch getauft worden war. Es war ein scheußliches Getränk und die meisten hatten es nicht ohne Hustenanfall überstanden. Offenbar war dieses Ritual fest in den Regeln von Kapitän Maryo Vadorís verankert, denn die Mannschaft hatte sich wie kleine Kinder darauf gefreut, die Greifenreiter das starke Gesöff trinken zu sehen.

Néthan schüttelte es immer noch bei dem Gedanken daran. Da war selbst der Schnaps bei den Sandschurken besser gewesen. Ganz zu schweigen von dem honiggelben Wein, den es im Zirkel von Chakas immer gegeben hatte.

Er steckte sich seine Pfeife in den Mund und sog daran. Er hatte in Chakas fast mit dem Rauchen aufgehört, da er neben Mica immer ruhig schlief. Früher bei den Sandschurken hatte er oft geraucht – vor allem vor dem Zubettgehen, um seine Nerven zu beruhigen. Damals hatten ihn jede Nacht Albträume geplagt ... jetzt wusste er auch, wieso. Mica hatte diese Albträume in den letzten Monaten erträglicher gemacht. Sie hatten sogar fast gänzlich aufgehört.

Aber seit Arens Offenbarung brauchte er seine alte Angewohnheit wieder mehr denn je. Der Tabak ließ seinen Körper etwas entspannen, was gut war. Denn sein Herz war umso aufgewühlter, wenn er auf den Horizont starrte ... wo er seine Vergangenheit zurückgelassen hatte.

Es war das erste Mal, dass er sich auf einem Schiff befand und er mochte es nicht. Ganz und gar nicht. Bald würde er auf Meteors Rücken steigen und nur noch die nötigste Zeit an Bord verbringen. Es gefiel ihm um Welten besser, wenn er mit seinem Greif durch die Lüfte fliegen konnte. Auf einem schwankenden Holzstapel zu stehen und den Mächten des Wassers ausgeliefert zu sein, war einfach nicht das, was er sich unter einer Reise vorstellte. Er trug nun mal das Feuer in sich, nicht die Kräfte Aquors.

»Wie geht es dir?« Mica war hinter ihn getreten und legte eine Hand auf seinen Rücken.

Er wandte ihr den Kopf zu, nahm die Pfeife aus dem Mund und runzelte die Stirn. »Es fühlt sich richtig, aber gleichzeitig auch komisch an«, murmelte er, während er den Rauch zwischen seinen Lippen entweichen ließ. »Ich bin froh, wenn wir Chakas nicht mehr sehen – und trotzdem vermisse ich meine Heimat schon jetzt.«

Mica nickte. »Mir geht es genauso.« Sie seufzte leise und schaute über das Meer. »Aber wir müssen nach Merita, schon allein, um

Cass zu retten. Er würde ansonsten in seinen sicheren Tod gehen – er hat keine Chance gegen eine Übermacht an Magiern und Greifenreitern.« Ihr Blick suchte den seinen und sie furchte die Stirn. »Außerdem wird dir etwas Abstand zu deinem Vater guttun. Vielleicht kannst du ihm doch noch verzeihen.«

Néthan lachte bitter auf. »Ich wünschte, ich hätte ein wenig von deinem Optimismus«, meinte er und verzog seinen Mund, während er abermals einen Zug aus seiner Pfeife nahm. »Aber ich glaube nicht, dass ich ihm diese Lüge verzeihen kann. Niemals. Er hat mein Leben zerstört und seelenruhig dabei zugesehen, wie ich vor mich dahinvegetiere.« Wieder spürte er den Zorn auf den Mann aufwallen, der sich Vater schimpfte. Er blies den Rauch in die Luft, als könne er damit etwas von dem Feuer loswerden, das in ihm brodelte.

Mica seufzte erneut und strich ihm mit dem Handrücken über die Wange. »Ich wünschte, ihr hättet euch noch aussprechen können.«

»Ich aber nicht!« Néthans Stimme war schneidend und seine dunklen Augen funkelten vor unterdrücktem Ärger, während er mit dem Kopf von ihrer Hand zurückfuhr. »Und jetzt entschuldige mich. Ich habe dem Kapitän versprochen, mich mit ihm über die Reise zu unterhalten und wie die Greifenreiter sich auf dem Schiff nützlich machen können.«

Er stieß sich von der Reling ab und schritt über die Planken davon, die Pfeife wieder im Mund. Dabei spürte er deutlich Micas besorgte Blicke auf seinem Rücken, aber er hatte im Moment nicht genug Kraft, sich weiter über seinen Vater zu unterhalten. Auch wenn er verstand, dass dieser ihr immer noch viel bedeutete, so konnte er ihre Gefühle einfach nicht teilen.

Der Elfenkapitän schwang sich soeben von der Takelage herunter, wo er seinen Männern geholfen hatte, die Segel zu hissen.

Néthan kannte sich zwar nicht allzu gut in der Seefahrt aus, aber selbst ihm fiel auf, dass das Verhalten von Maryo Vadorís ungewöhnlich war für einen Kapitän. Normalerweise hielten diese sich auf der Kommandobrücke auf, wo sie … Kommandos gaben. Dass Maryo sich der Arbeit seiner Männer anschloss und sich nicht zu schade dafür war, selbst in die Wanten zu klettern, ließ Néthan ihn mit anderen Augen sehen.

Er hatte bisher noch nie einen Elf kennengelernt, hatte nur von ihrer unnahbaren, arroganten Art gehört. Aber dieser Maryo schien aus einem anderen Holz geschnitzt zu sein. Bodenständig. Das gefiel ihm.

Néthan wartete, bis der Elf, dessen dunkles Haar im Sonnenschein rötlich glänzte, wieder auf den Planken stand und auf ihn aufmerksam wurde.

»Ah, der Hauptmann!« Maryo schritt mit seinem schwankenden Seemannsgang auf ihn zu und wieder einmal war Néthan beeindruckt von dessen gutem Aussehen, das selbst einem Mann nicht entgehen konnte.

Er hatte bereits bei ihrem ersten Aufeinandertreffen den Elfenkapitän verstohlen gemustert. Maryo war zwar nicht so schlank gebaut wie der blonde Elf, aber das hätte zu einem Kapitän von seinem Kaliber auch nicht gepasst. Seine breiten Schultern und die Muskeln, die sein freier Oberkörper zur Schau stellte, ließen darauf schließen, dass in diesem Mann Kräfte steckten, die man besser nicht weckte.

»Und? Schon seekrank?«, fragte Maryo mit einem schiefen Grinsen, als er vor Néthan stand. Seine unwirklich goldenen Augen funkelten gut gelaunt. Er schien sich auf dem Wasser zu Hause zu fühlen – etwas, das Néthan beim besten Willen nicht nachvollziehen konnte.

»Noch nicht«, antwortete er und versuchte, ebenso geschickt wie der Elf die schlingernden Bewegungen des Schiffes auszugleichen, was ihm natürlich nicht gelang. »Aber Ihr wolltet mit mir wohl kaum über mein Befinden sprechen, sondern über meine Reiter.« Er nahm abermals einen Zug aus seiner Pfeife und sah den Kapitän aufmerksam an.

Maryos Blick glitt unvermittelt zum Himmel, wo die Greife über dem Schiff kreisten. Manchmal stießen sie in die Wellen hinunter, um einen Fisch zu fangen und sich dann in der Luft darum zu streiten.

Néthan konnte Meteor erkennen, der sich mit Wüsterträne etwas abseits hielt. Das Wesen der beiden glich sich in dieser Hinsicht: Sie mochten es nicht sonderlich, mit den anderen Greifen zu zanken – oder zu spielen.

»Welches ist Eurer?«, fragte Maryo, während er die Tiere studierte.

»Der mit dem dunklen Fell«, antwortete Néthan.

Meteor, der gemerkt hatte, dass sein Reiter ihn ansah, ließ ein schrilles Kreischen hören und sandte ihm ein Bild von oben, von wo aus die Cyrona wie eine kleine Nussschale wirkte.

»Ein feuriger Kerl«, murmelte Maryo mehr zu sich selbst. »Scheint wohl von Mondsichel abzustammen.«

Néthan sah ihn verblüfft an. »Das stimmt.« Er nickte. »Er ist ein Nachkomme von Cilians Greif. Ihr kennt Euch mit Greifen aus?«

»Nun ... das wäre eine zu lange Geschichte.« Der goldene Blick des Kapitäns richtete sich amüsiert auf ihn und ein leichtes Schmunzeln war um seinen Mund zu erkennen. »Aber um es kurz zu machen: Ja, ich kenne mich ein wenig mit diesen Geschöpfen aus.«

In dem Moment streifte Néthans Blick einen schwarzen Hund, der quer über die Planken preschte. In seiner Schnauze trug er ein

Stück Schinken, das er wohl aus der Kombüse geklaut hatte. Eine Frau rannte dem Tier hinterher, bei dessen Anblick Néthan das Herz beinahe stehen blieb.

Seine Augen weiteten sich, als er erkannte, dass es sich bei dem Tier nicht um einen Hund, sondern um eine Art große, schwarze Katze handelte – mit Flügeln. Und bei der Frau, die hinter der Katze herrannte und eine Tirade an Flüchen und Verwünschungen ausstieß, um eine Gorka. Eine Angehörige des Volkes, das die Wälder von Altra unsicher machte – so zumindest lauteten die Erzählungen, die Néthan bis dahin gehört hatte.

Es *musste* eine Gorka sein. Ihre Haut war dunkel und ihr Haar schwarz. Sie war zwar klein und reichte ihm wohl kaum bis zur Brust, aber sie besaß einen drahtigen Körperbau. Ihre Augen glichen denen von Katzen, waren gelb und funkelten wütend, während zwischen ihren Lippen jedes Mal, wenn sie fluchte, spitze Fangzähne hervorblitzen.

Sie hatte einen Akzent, der das ›R‹ grausam rollen ließ und Néthan einen Schauer über den Rücken jagte.

Maryo stieß ein heiseres Lachen aus, als er Néthans verblüfftem Blick folgte. »Das ist Ksora, die einzige Frau, die es geschafft hat, sich einen Platz in meiner Mannschaft zu schnappen«, erklärte er amüsiert.

»Sie ist eine Gorka!«, stellte Néthan entgeistert fest.

»Das macht sie nicht weniger zur Frau, glaubt mir.« Maryo zwinkerte. »Aber ich würde Euch nicht raten, in ihr Bett zu wollen. Der Letzte meiner Männer, der dies versucht hat, hat jetzt keinen Daumen mehr – und er ist froh darüber, dass es das Einzige war, das sie ihm abgeschnitten hat …«

»Und was ist das für ein Tier, hinter dem sie herrennt?«, fragte Néthan.

Die Gorka hatte das Wesen jetzt eingeholt und schimpfte wütend mit ihm, während sie ihm den Schinken aus der Schnauze riss.

»Das ist eine Tarnkatze«, erklärte Maryo. »Ein ziemlich eigensinniges Wesen, wie alle Katzen es sind. Sie heißt Belua und ist inzwischen zum Schiffs-Maskottchen geworden.«

»Eine Tarnkatze ...«, wiederholte Néthan ungläubig. »Solch ein Tier habe ich noch nie gesehen.«

»Ihr könnt Ksora ja mal bitten, dass Belua ihre Kräfte zeigen soll.« Maryo verschränkte die Arme vor der Brust. »Ist ziemlich eindrucksvoll, was das Tierchen kann. Unter anderem hat es die Fähigkeit, einen unsichtbar zu machen.«

Néthans Blick hätte nicht verdutzter sein können.

Maryo ließ erneut sein heiseres Lachen ertönen, dann klopfte er ihm auf die Schulter. »Kommt, folgt mir in meine Kabine, ich gebe Euch einen aus.« Sein Blick glitt zu Mica, die immer noch an der Reling stand und die beiden Männer beobachtete. »Will sich Eure Gefährtin uns vielleicht anschließen?«

Néthan sah zu der schwarzgelockten Frau und schüttelte leicht den Kopf. »Sie ist nicht meine Gefährtin – nicht mehr ... aber das wäre ebenfalls eine zu lange Geschichte. Belassen wir es dabei, dass sie und ich gute ... Freunde sind.«

Maryo warf ihm einen undurchsichtigen Blick zu, dann nickte er. »Ich sehe, Ihr hättet ebenfalls einige interessante Dinge zu erzählen. Vielleicht werden wir noch Gelegenheit haben, uns auszutauschen. Kommt, lasst uns jetzt erst mal bei einem Glas Wein besprechen, wie wir Eure Reiter am besten auf dem Schiff einsetzen, ohne dass die Landratten meinen Männern vor die Füße stolpern.« Er ging voran in Richtung Bug.

Mica sah stirnrunzelnd den beiden Männern hinterher, die soeben in der Kabine des Kapitäns verschwanden. Dieser Elf war ihr unheimlich – er sah viel zu gut aus und seine Augen blitzten die ganze Zeit, als wisse er über alles und jeden Bescheid. Hinzu kam das schurkige Grinsen, das er ständig aufsetzte.

Unwillkürlich lächelte sie. Eigentlich war *Néthan* doch der Schurke. Aber wenn er neben dem Kapitän stand, dessen Tätowierungen seinen halben Rücken bedeckten, wirkte Néthan fast wie ein braver Bürger.

»Was gibt es zu lächeln?«, fragte eine samtweiche Stimme neben ihr und sie fuhr unvermittelt zusammen.

Sie hatte nicht gehört, dass jemand neben sie getreten war, aber der Grund dafür war ihr auch rasch klar: Es war der Prinz der Elfen von Zakatas.

Hatte es also gestimmt, was man sich über das Elfenvolk erzählte: Sie konnten sich so lautlos wie eine Katze bewegen.

Sie hielt nach dem schwarzgewandeten Leibwächter – dem Dunkelelf mit dem kuriosen Namen ›Schatten‹ – Ausschau, der jedoch nicht in der Nähe zu sein schien. Wahrscheinlich hatte er sich in seine Kajüte zurückgezogen, denn er war an Deck nicht zu entdecken.

»Entschuldige, ich wollte dich nicht erschrecken«, meinte der blonde Elf und stützte sich an der Reling ab, während er seine dunkelblauen Augen über ihr Gesicht gleiten ließ. »Da wir nun einige Zeit unterwegs sein werden, dachte ich, wir könnten uns besser kennenlernen.«

Mica schnaubte unwillkürlich durch die Nase und verengte die Augen. »Ich dachte, Ihr hättet eine Gemahlin?« Die Worte waren ihr entschlüpft, ehe sie darüber nachgedacht hatte und sie biss sich unwillkürlich auf die Zunge. Sie durfte nicht vergessen, wen sie da vor sich hatte: einen der höchsten Männer Altras.

Der Elfenprinz schien ihr ihre Worte jedoch nicht übel zu nehmen, im Gegenteil. Er lachte leise auf und seine Augen blitzten vergnügt. »Ja, die habe ich – eine atemberaubende Frau im Übrigen. Keine Sorge, ich habe die Zeiten hinter mir, in denen ich jede Frau ins Bett gelockt habe, die mir gefiel.« Er zwinkerte ihr zu. »Obwohl ich nicht umhin kann, deine Schönheit zu bewundern, doch ich bin inzwischen ein treusorgender Gemahl und Vater – vor allem Letzteres ist Abenteuer genug, glaub mir.«

Micas Wangen wurden warm und sie wandte betreten den Blick ab. »Tut mir leid. Ich habe das nicht so gemeint.«

Abermals lachte der Elf. »Doch, das hast du. Aber das macht nichts, ich hatte meine Worte auch nicht sorgfältig genug gewählt. Alte Gewohnheit. Was ich eigentlich meinte, war, dass ich mich für deinen Greif interessiere – und dafür, wie ihr zusammengefunden habt. Es kommt selten vor, dass sich Königsgreife an Menschen binden. Im Grunde ist es, seit Cilian damit begonnen hat, Greifenreiter auszubilden, erst dreimal geschehen.«

Mica nickte. Sie hatte diese Tatsache in den letzten drei Jahren oft zu hören bekommen. Und ihr lag die Antwort, die sie immer darauf gab, bereits auf der Zunge. »Das Schicksal hat meinen Greif mit mir zusammengeführt.«

»Oder die Götter.« Der Elf warf ihr einen vielsagenden Blick zu.

»Ich dachte, das Elfenvolk glaubt an andere Götter als wir Menschen?«

Wieder merkte Mica, dass sie zu voreilig gesprochen hatte. Aber in seiner Gegenwart vergaß sie, dass er der Gemahl der Herrscherin war. Er war so unbefangen und unkompliziert, dass sie glaubte, mit einem Mann zu sprechen, den sie bereits seit Ewigkeiten kannte.

»Ich habe in den letzten Jahren begonnen, viele Dinge mit anderen Augen zu sehen«, meinte der Elf und strich sich eine Strähne zurück, die der Wind ihm ins Gesicht geblasen hatte. »Es gibt weder einen Beweis für die Götter der Elfen noch für die der Menschen. Wer garantiert also, wer recht hat? Fakt ist, dass es etwas Höheres geben muss und wie wir das nun bezeichnen, ist jedem selbst überlassen.«

»Ihr seid ziemlich pragmatisch für …« Mica biss sich abermals auf die Zunge. Sie musste aufhören, ihre Gedanken ständig laut auszusprechen!

»Sag es ruhig.« Er lächelte. »Für einen Elf? Nun, auch wir haben Vorurteile den Menschen gegenüber. Doch auch da habe ich schon vor einiger Zeit begonnen, meine Ansichten zu verändern.«

Sein Lächeln wurde breiter und Mica konnte mit einem Mal die Liebe in seinen Augen sehen, die er für die Frau empfand, für die er so weit in den Norden gereist war. Um für sie Unterstützung zu holen in einem Kampf, der im Grunde nicht derjenige seines Volkes war. Und doch hatte er ihn zu seinem eigenen gemacht, weil er seine Frau liebte.

Sie schlug die Augen nieder, da sie das Gefühl hatte, etwas gesehen zu haben, das ihr nicht zustand.

»Du scheinst schon einiges in deinem Leben durchgemacht zu haben.« Er trat näher zu ihr und sie wich unvermittelt zurück, stieß jedoch gegen die Reling hinter ihr. »Keine Sorge, ich werde dir nicht zu nahe kommen.« Seine Züge wurden ernster. »Aber manchmal ist es nicht schlecht, sich bei jemandem die Sorgen von der Seele zu reden, der unbeteiligt ist.«

»Bei Euch?« Sie starrte ihn verblüfft an.

Er zuckte mit den Schultern. »Nun … wir haben Zeit und Maryo hat ohnehin bei einer früheren Reise mal beschlossen, dass ich als Matrose mehr als ungeeignet bin.« Ein weiteres Lächeln überzog sein unnatürlich ebenmäßiges Gesicht. »Da wäre es eine willkommene Abwechslung, wenn du mir deine Geschichte erzählst.«

»Da gibt es nicht viel zu erzählen. Außerdem ... warum wollt Ihr Euch mit mir unterhalten? Es gibt so viele andere Greifenreiter hier an Bord, die Euch mit Sicherheit viel mehr zu erzählen hätten.«

»Ich habe schon immer nach dem Besonderen gesucht.« Sein Blick wurde eindringlicher. »Und du *bist* etwas Besonderes, das spüre ich. Mein Gefühl hat mich selten im Stich gelassen.«

19

MICA

Mica genoss es, wenn sie, wie jetzt, auf Wüstentränes Rücken sitzen, über das Meer fliegen und ihren Gedanken freien Lauf lassen konnte.

Sie waren nun schon einige Tage auf See und sie hatte in der Zeit den Kapitän und seine Mannschaft besser kennenlernen können. Um die Gorka, die Maryos Mannschaft angehörte, hatte sie einen großen Bogen gemacht. Die Frau mit dem rollenden Akzent war ihr alles andere als geheuer. Im Gegensatz zum gut aussehenden Elfenprinzen, der so ganz anders war, als sie sich einen Herrscher vorgestellt hatte. Er war freundlich und warmherzig. Und vor allem steckte seine unbefangene Art sie an.

Sie hatte ihm nicht alles erzählt, was ihr bisheriges Leben anging. Dazu kannte sie ihn nicht gut genug und es tat immer noch weh, über Dinge zu sprechen, die sie nicht mehr verändern konnte. So hatte sie zum Beispiel auch über ihren Bruder geschwiegen – ebenso wie über Cassiel. Der blonde Elf hatte natürlich gemerkt, dass sie ihm vieles verheimlichte, aber er hatte sie nicht mit Fragen bedrängt. Er schien zu akzeptieren, dass es Themen gab, über die sie nicht mit ihm reden wollte.

Mica hatte den leisen Verdacht, dass Elfen wie Luftmagier Gedanken lesen konnten. Vielleicht sogar besser. Doch er schien sich ihr gegenüber zurückzuhalten und hatte sich vor allem für die Ausbildung im Zirkel und die Greifenreiter interessiert. Am Rande hatte er ihr verraten, dass er vor einigen Jahren ebenfalls auf einem Greif gereist war, auch wenn er als Elf nicht seine Kräfte mit dem Tier hatte verbinden können.

Zudem hatte er erzählt, wie er damals nach Merita gekommen war. Es war eine abenteuerliche Geschichte und so manches Mal zweifelte Mica daran, ob der Elf nicht ein paar Dinge zu sehr ausschmückte. Solch ein Abenteuer konnte keiner erleben, das war einfach unmöglich. Ihr Verdacht hätte sich mit der Tatsache gedeckt, dass der Elfenprinz sich an viele Dinge nicht mehr erinnern konnte. Den Grund dafür hatte er ihr allerdings nicht genannt und Mica hatte gemerkt, dass sie nicht danach fragen sollte. Auch er schien Dinge erlebt zu haben, über die er nicht mit jedem sprechen wollte.

Mica atmete die frische Meeresluft tief ein und schloss die Augen, um den Wind auf ihrem Gesicht zu spüren. Auf Wüstentränes Rücken hatte sie das Gefühl, alles hinter sich lassen zu können. Es gab nur sie und den Greif. Doch als sie die Augen wieder öffnete, wurde ihr erneut nur allzu deutlich bewusst, warum sie überhaupt über das Meer flog und was ihr Ziel war: Merita – die Stadt des Meeres, wie sie auch genannt wurde.

Sie hatte in ihrem Leben schon viele Geschichten über die südlichste Stadt von Altra gehört, in der vor fünfhundert Jahren die magischen Zirkel gegründet worden waren. Ein Teil von ihr war neugierig darauf, die Stadt mit eigenen Augen zu sehen, ein anderer Teil hatte Angst, da der Grund für ihre Reise keinesfalls angenehm war.

Sie würde in Merita nur so lange bleiben, wie es nötig war, um Cassiels Leben zu retten und dann mit ihm zusammen nach Chakas zurückkehren. Er gehörte ebenso dorthin wie sie.

Andererseits nagten Zweifel an ihr, da es bereits drei Jahre her war, seit sie sich im Streit getrennt hatten. Dachte er überhaupt noch an sie? Hatte er vielleicht schon längst eine andere Frau? Wenn er sie tatsächlich geliebt hätte, wäre er doch längst zu ihr zurückgekehrt ... oder?

Wüstentränes Krächzen riss sie aus ihren Gedanken. Der Greif setzte ohne Vorwarnung zum Sinkflug an, sodass Mica ihre Oberschenkel fester an seinen Löwenkörper pressen musste. Wie alle anderen Greife duldete auch Wüstenträne weder Sattel noch Zaumzeug. Mica vermutete, dass der Greif sich dann zu sehr wie ein Pferd gefühlt hätte – und vor allem in seiner Bewegungsfreiheit eingeschränkt. Also blieb ihr und den anderen Greifenreitern nur, sich auf dem Rücken bestmöglich mit den Beinen festzuhalten. Normalerweise achtete Wüstenträne sorgsam darauf, dass sie nicht herunterfiel, aber jetzt schien sie etwas entdeckt zu haben, was sie ihre Vorsicht vergessen ließ.

»Pass auf!«, rief Mica gegen den Wind, der ihr jetzt hart ins Gesicht blies.

Doch Wüstenträne schien sie nicht zu beachten, sondern flog weiter, fast senkrecht nach unten in Richtung Schiff. Ansonsten hatte nur Meteor solche waghalsigen Kunststücke auf Lager. Der war aber weit und breit nicht zu sehen, da Néthan selbst mit ihm unterwegs war.

Der ehemalige Schurke entfernte sich oft für mehrere Stunden vom Schiff und kehrte erst spätabends zurück in die Kabine, die sie gemeinsam bewohnten, obwohl sie kein Paar mehr waren. Maryo Vadorís hatte Néthan eine der größeren Einzelkabinen zur Verfügung gestellt. Offenbar schien der Kapitän ihn zu mögen. Und Néthan wiederum hatte Mica angeboten, sie mit ihm zu teilen, damit sie nicht in den Mannschaftsquartieren bei den anderen Männern die Nacht verbringen musste.

Meist schlief Néthan auf der Stelle ein, wenn er von seinen langen Ausflügen zurückkam und sie unterhielten sich nur selten miteinander. Er zeigte sich ihr gegenüber immer noch verschlossen und es tat ihr weh, ihn so leiden zu sehen. Nicht einmal Steinwind, seinem besten Freund, vertraute er sich an. Der Hüne hatte an Bord der Cyrona ein paar Aufgaben übernommen, aber er behielt Néthan immer im Auge. Auch er schien sich wegen des Gemütszustandes seines ehemaligen Anführers zu sorgen.

Mica hätte Néthan gerne irgendwie geholfen, aber er ging jedem längeren Gespräch aus dem Weg. Doch selbst wenn er mit ihr gesprochen hätte – mehr als Worte konnte sie ihm nicht geben. Nicht mehr.

Jetzt krallte Mica sich in den Federn von Wüstentränes Hals fest und presste ihren Oberkörper fest an den Rücken des Greifen.

»Verflucht, was soll das?«, schrie sie und versuchte, dem Tier klarzumachen, dass sie sich demnächst nicht mehr würde festhalten können. »Hör auf mit dem Unsinn!«

Nur wenige Augenblicke bevor Wüstenträne auf den Planken aufschlagen würde, bremste sie den Sinkflug ab und breitete die Flügel wie zwei Fächer aus, um dann elegant zu landen.

Mica holte tief Luft und rutschte dann fluchend vom Rücken ihres Greifen. Ihre Beine zitterten und ihr Herz raste. Wütend packte sie Wüstentränes Halsfedern und starrte in die gelben Adleraugen.

»Bist du von allen guten Geistern verlassen?!«, knurrte sie. »Du hättest mich umbringen können!«

Wüstenträne sandte ihr ein Bild von Aren, und Mica schüttelte verwirrt den Kopf. »Was willst du mir damit sagen? Aren ist in Chakas!«

Der Greif stupste sie mit dem Schnabel sanft an und blickte an ihr vorbei.

Noch während sich Mica umdrehte, keimte in ihr ein Verdacht auf, der sich wenige Herzschläge später bestätigte. Neben der Luke, die zu den Lagerräumen hinunterführte, stand tatsächlich der Meisterdieb und schien eine hitzige Diskussion mit dem Kapitän zu führen.

Aren sah mitgenommen aus, sein schwarzes Haar war zerzaust und seine Kleidung staubig. Trotzdem hatte er nichts von seiner charismatischen Wirkung verloren.

Maryo gestikulierte gerade wutentbrannt mit den Händen und brüllte ihn an, dass die Planken beinahe erzitterten.

Ohne zu überlegen, eilte Mica über das Deck auf die beiden Männer zu, um die sich in Windeseile eine Matrosenschar gebildet hatte.

»... werfe ich Euch über Bord!«, beendete Maryo gerade seine energische Ansprache.

Der Meisterdieb hatte die Arme vor der Brust verschränkt und sah den Elf mit schmalen Augen an. »Ihr hättet mich wohl kaum freiwillig mitgenommen.«

»Bestimmt nicht! Ich dulde keine dahergelaufenen Zirkelmagier auf meinem Schiff!« Maryos Stimme klang dunkel vor Zorn und seine goldenen Augen blitzten.

»Aren?« Mica drängte sich zwischen den Matrosen hindurch und ging auf den schwarzhaarigen Mann zu, der jetzt den Blick auf sie lenkte.

Ein unsicheres Lächeln erschien auf seinem Gesicht, das so gar nicht zu ihm passen wollte. Aren war nie unsicher – und doch spürte Mica jetzt das Unbehagen, das der Meisterdieb ausstrahlte.

»Du kennst diesen Kerl?!«, brüllte Maryo und deutete mit einer wegwerfenden Handbewegung auf den blinden Passagier.

»Ja. Er ist ... war mein Lehrer und ein guter Mann«, antwortete Mica. Dann wandte sie sich an den Dieb. »Was tust du hier? Ich dachte, du seist in Chakas geblieben?«

»Ich kann nicht untätig herumsitzen, während meine beiden Söhne Gefahr laufen, gegeneinander zu kämpfen.« Aren sah ernst auf Mica herunter. »Daher bin ich mitgekommen.«

Micas Augen wurden groß. »Du bist ... wie bist du an Bord gelangt?«

»Das wüsste ich allerdings auch gerne!« Maryo verschränkte zornig die Arme vor der Brust und fixierte den Meisterdieb. »Und wenn ich den Kerl erwische, der für diese Sicherheitslücke verantwortlich ist, dann gnaden ihm die Götter!«

Der letzte Satz war an seine Mannschaft gerichtet, die sich darauf beeilte, geschäftig irgendwelchen Arbeiten nachzugehen. Offenbar wollte keiner zur Verantwortung gezogen werden.

Aren blickte von Maryo zu Mica und wieder zurück. »Sagen wir, es gibt da tatsächlich ein paar Sicherheitslücken, die ich Euch aufzeigen könnte. Aber dazu müsst Ihr mich am Leben lassen.«

Maryo schnaubte. »Erst kommt Ihr als blinder Passagier an Bord und dann versucht Ihr, mich auch noch zu erpressen?! Ihr seid entweder vollkommen übergeschnappt oder todesmutig.«

»Glaubt ruhig das Letztere.« Mica stellte sich neben Aren und sah den Kapitän mit festem Blick an. »Er ist ein wirklich guter Mann und mutiger als die meisten Menschen in Altra. Zudem hat er das Herz am rechten Fleck. Ihr könnt jemanden wie ihn an Bord gebrauchen, glaubt mir.«

Maryo fixierte Mica einige Sekunden lang und schien über ihre Worte nachzudenken. Dann trat er einen Schritt auf Aren zu und seine Stimme wurde noch rauer. »Ihr müsst mir erlauben, Eure Gedanken zu lesen, ansonsten werde ich Euch keine Sekunde länger auf meinem Schiff dulden.«

Mica holte gerade Luft, um etwas dagegen einzuwenden, aber Aren winkte ab und erwiderte stattdessen gelassen den Blick des Elfen. »Ich habe nichts zu verbergen«, meinte er schulterzuckend. »Ich möchte Euch allerdings bitten, nur nach den Beweggründen für diese Reise in meinen Gedanken zu suchen. Und alles, was eine gewisse ... Gilde angeht, unangetastet zu lassen. Das Leben vieler Menschen hängt von Letzterem ab.«

Der Elf schenkte ihm ein geringschätziges Lächeln. »Ihr Menschen habt immer das Gefühl, dass Eure Geheimnisse so wahnsinnig wertvoll sind. Aber bitte ... ich werde Euren Wunsch respektieren.«

Dann legte er ohne Vorwarnung seine Hand an Arens Schläfe und schloss die Augen.

Mica bemerkte, wie der Meisterdieb versuchte, sich zu entspannen, dennoch sah sie, wie seine Kiefermuskeln arbeiteten. Sie konnte nur erahnen, welche Überwindung es ihn kostete, jemanden seine Gedanken lesen zu lassen, da er sehr viele Geheimnisse mit sich herumtrug. Dass er es dennoch tat, zeugte davon, wie verzweifelt – und entschlossen er war. Er würde alles für seine Söhne tun, das wurde ihr in diesem Moment bewusst.

Nach wenigen Sekunden ließ Maryo ihn los und öffnete die Augen. In dem Gold war nun fast eine Spur von Respekt zu erkennen, während er einen Schritt zurück trat.

»Ihr seid ... ein interessanter Mann«, meinte er nachdenklich. »Gut, ich gestatte Euch, auf meinem Schiff zu bleiben. Falls ich

Euch ein Quartier etwas ... entfernt von einer gewissen Person anbieten kann, gebt Bescheid.«

Aren nickte. »Ich weiß Eure Großzügigkeit zu schätzen. Aber ich denke, es ist an der Zeit, dass ich mich in Ruhe mit ihm unterhalte.« Er blickte suchend um sich.

»Er kommt normalerweise nicht vor Sonnenuntergang zurück«, sagte der Elfenkapitän. »Ihr müsst hungrig sein, nachdem Ihr Euch mehrere Tage lang unter Deck verborgen habt. Ich werde meinen Schiffskoch bitten, Euch ein nahrhaftes Mahl zuzubereiten. Zudem werdet Ihr Euch waschen können.« Er rümpfte leicht die Nase. »Wenn Ihr so weit seid, kommt in meine Kabine. Es gibt einige Dinge, über die ich mit Euch unter vier Augen sprechen möchte.«

Ohne ein weiteres Wort wandte Maryo sich ab und schritt über Deck davon.

Mica sah ihm überrascht hinterher, dann wandte sie sich Aren zu. »Du weißt, dass Néthan dich nicht sehen will«, sagte sie leise.

Der Meisterdieb neigte den Kopf und runzelte die Stirn. »Das ist mir bewusst. Leistest du mir beim Essen Gesellschaft?«

Mica zögerte einen Moment, dann nickte sie und hakte sich bei ihm unter. »Auch wenn Néthan alles andere als erfreut ist ... ich meinerseits bin sehr froh, dich hier zu sehen«, meinte sie lächelnd.

Aren erwiderte ihr Lächeln und strich mit der Hand über ihre. »Und ich bin froh, dass mich der Kapitän nicht direkt über Bord hat werfen lassen.«

Mica ging mit ihm zusammen über Deck auf die Mannschaftsmesse zu. »Maryo Vadorís ist ein komischer Kerl ... aber ich glaube, auch *er* hat das Herz auf dem rechten Fleck.«

Aren musterte den Elf, der soeben von der Kombüse zurückkam, wo er wohl höchstpersönlich dafür gesorgt hatte, dass der Koch seinen Pflichten nachkam. »Das glaube ich auch«, murmelte er.

20
NÉTHAN

Am liebsten wäre er noch viel länger auf Meteors Rücken über das Meer geflogen, aber der Greif war erschöpft, das spürte Néthan. Zudem war es gefährlich, in der Dunkelheit zu fliegen, da man nicht wie bei Tag erkennen konnte, ob man direkt auf einen Sturm zusteuerte.

Also gab Néthan schließlich Meteors Drängen zur Umkehr nach und stellte sich innerlich schon darauf ein, dass er nach einer unruhigen Nacht morgen früh wieder auf seinen Rücken steigen würde.

Wie jeden Tag.

Er hatte es Serge überlassen, die Greifenreiter zu trainieren und in Form für den bevorstehenden Kampf zu halten. Er selbst hatte einfach keine Muße dazu, sich mit ihnen herumzuschlagen und ihnen beizubringen, wie man mit Schwert oder Magie richtig umging. Es gab viel zu viel, über das er nachdenken musste – und die Zeit, die ihm die Reise verschaffte, kam ihm gerade gelegen.

Die Sonne war längst untergegangen und hatte zum Abschied einen schmalen, hellrosa Streifen am Horizont hinterlassen, der sich mit jeder Minute dunkler verfärbte. Néthan war nicht aufgefallen, wie weit er sich dieses Mal vom Schiff entfernt hatte. Zum Glück schien Meteor eine Art inneren Kompass zu besitzen, der ihn bisher immer zur Cyrona zurückgebracht hatte.

Auch jetzt flog der Greif zielstrebig durch die aufkommende Dämmerung in Richtung Norden. Néthan überließ sich seinen Gedanken und versuchte, seine Empfindungen, die in Chakas derart durcheinandergebracht worden waren, zu sortieren. Er hatte das Gefühl, alles in dieser verfluchten Stadt gelassen zu haben. Seine Herkunft und seine Zukunft.

Dass er nicht mehr mit Mica zusammen war, ließ sein Herz schwer werden. Er liebte sie mit Leib und Seele ... dennoch wusste er, dass er ihr nicht das bieten konnte, was sie brauchte, da sie nicht dasselbe für ihn empfand. Sie liebte Cassiel, vom ersten Moment an, in dem sie ihm begegnet war.

Aber auch wenn Néthan einsah, dass er nicht der richtige Mann für sie war, schmerzte es ihn dennoch jedes Mal, wenn er sich vor Augen rief, dass er sie nie wieder würde küssen dürfen, nie wieder ihre Arme um seinen Nacken spüren, ihr nie wieder beim Schlafen zusehen könnte, sobald sie in Merita ankamen.

Aber wenn er sie liebte, musste er sie freigeben. Das hatte er begriffen.

Dennoch tat es mehr weh, als wenn er sich selbst die Hand hätte abschneiden müssen. Es fühlte sich an, als ob ein Teil seiner Seele nicht mehr leben würde. Aber er war gewillt, dieses Opfer für seinen Bruder zu bringen. Vielleicht würde es ihm – ihnen beiden – helfen, irgendwann wieder nach vorne blicken zu können.

Neben dem Schmerz, den er jedes Mal auszuhalten hatte, wenn er in Micas Nähe war, war da noch die Tatsache, dass er mit seiner Vergangenheit fertigwerden musste.

Sein eigener Vater hatte ihn jahrelang belogen ... Néthan konnte gar nicht in Worte fassen, wie stark seine Verachtung für diesen Mann war, der ihn in sein Verderben hatte rennen lassen, ohne mit der Wimper zu zucken. Der ihn in die Obhut eines Fremden gegeben hatte, statt sich selbst um ihn – seinen eigenen Sohn! – zu kümmern und dafür zu sorgen, dass der Rest der Familie nicht auch noch auseinanderbrach.

Wie herzlos, skrupellos, egoistisch und kalt musste ein Mann sein, der seinen eigenen Sohn weggab?

Erst als die Sterne bereits den Himmel mit ihrem Strahlen erhellten, waren endlich die Umrisse der Cyrona zu erkennen und lenkten Néthan von seinen Gedanken ein wenig ab. Das von einigen Laternen beschienene Deck glich einem hellen Licht inmitten der Dunkelheit. Vielleicht ein Licht, das ihm eine friedvollere Zukunft bringen konnte – er hoffte es so sehr.

Meteor hielt auf das Schiff zu und landete wenige Minuten später in der Nähe des Achterdecks.

Während Néthan von seinem Rücken glitt, spürte er, dass seine Beine brannten, da der lange Flug sie schwer und taub hatte werden lassen. Wie Cilian es ihm beigebracht hatte, dehnte er seine Muskeln, um die Durchblutung wieder anzukurbeln. Gleichzeitig tätschelte er Meteors Hals, der ein leises Gurren ausstieß, ehe er sich mit einem Krächzen von seinem Reiter verabschiedete.

Die Greife hatten ein Lager auf dem Hauptdeck erhalten, wo sie unter freiem Himmel schlafen konnten. Dort hatten sich die anderen Tiere bereits zur Nachtruhe hingelegt, nebeneinander eingerollt wie große Raubkatzen. Meteor tapste müde zu ihnen, um etwas aus dem großen Fischeimer, der für sie bereitstand, zu essen und dann ebenfalls zu schlafen.

Belua, die Tarnkatze, begrüßte ihn mit einem leisen ›Miau‹, das eher an das Knurren eines Hundes erinnerte. Sie hatte es sich angewöhnt, bei den Greifen zu übernachten. Néthan hatte den Verdacht, dass sie sich selbst für einen Greif hielt.

Er beobachtete, wie Meteor seinen Adlerkopf zu der Tarnkatze herunterbeugte und sie zur Begrüßung leicht anstupste, ehe er sich dem Fischeimer zuwandte.

Néthan beneidete ihn ein wenig dafür, dass er ein Tier war, das nur wenige Sorgen kannte. Aber auch er hatte im Moment nur zwei Wünsche: Er wollte in der Kombüse nachschauen, ob der Schiffskoch noch eine Mahlzeit für ihn hatte, und sich dann aufs Ohr hauen.

Noch während er seinem Greif zusah, hörte er hinter sich Micas Stimme.

»Da bist du ja endlich!«

Als er sich umdrehte, hatte sie ihn auch schon am Oberarm gepackt. Die Kraft, mit der sie ihn zu sich zog, überraschte ihn.

»Hast du mich so sehr vermisst?«, fragte er mit einem oberflächlichen Lächeln.

Er wusste, dass er sich selbst damit mehr verletzte, als dass sie seine Worte amüsant fand, aber es war der einzige Weg für ihn, seinen Schmerz herunterzuspielen und ihr nicht das Gefühl zu geben, dass sie schuld an seiner Lage war. Er konnte nicht mehr mit ihr zusammen sein. Nicht, wenn er seinem Bruder nicht abermals wehtun wollte.

Micas Augen funkelten wie schwarze Diamanten, während sie den Kopf hob, um ihm ins Gesicht zu sehen. »*Er* ist hier«, raunte sie.

»Wen meinst ...« Noch ehe er seine Frage fertig formulieren konnte, wurde sein Blick zu einem dunkel gekleideten Mann gelenkt, der in einiger Entfernung stand und zu ihnen herübersah.

Ein Stich durchfuhr Néthans Herz wie ein heißer Blitz und er zuckte kaum merklich zusammen. Aber da Mica seinen Oberarm immer noch festhielt, entging es ihr natürlich nicht.

Wie vom Donner gerührt stand er da und konnte sich ein paar Sekunden lang nicht regen.

»Ich habe ihm gesagt, er soll mich erst mit dir reden lassen«, murmelte Mica immer noch leise.

Endlich kam wieder Leben in Néthans Körper und er riss seinen Arm von ihr los. »Wie, verflucht noch mal, ist er an Bord gekommen?!«

Er schlug ihre Hand weg, die sich stattdessen beruhigend auf seine Brust legen wollte. Eine brennende Wut ergriff ihn und Mica konnte ihn nicht daran hindern, dass er auf Aren zustürmte.

»Was willst du hier?«, brüllte er seinem Vater ungehalten entgegen. Sein Hunger und seine Müdigkeit waren wie weggeblasen und hatten glühendem Zorn Platz gemacht.

»Néthan!«, schrie Mica, die ihm nachrannte.

Doch sie war zu langsam. Schon war er beim Meisterdieb angekommen und beförderte ihn mit einem gezielten Faustschlag zu Boden.

Es war vielmehr ein Reflex als eine bewusste Handlung gewesen und dennoch hatte er gut getroffen.

Aren, der nicht einmal einen Schutzschild gebildet hatte, stürzte auf die Planken und schien für ein paar Herzschläge besinnungslos zu sein. Dann schüttelte der Meisterdieb den Kopf, als wolle er die Schwärze vor seinen Augen loswerden und richtete sich halbwegs auf. Seine Nase blutete und er hielt sich die Hand davor.

Arens Gesicht war regungslos, aber in seinen Augen konnte Néthan eine Spur von Angst erkennen.

Gut so. Er würde ihm zeigen, was es bedeutete, ihn zu hintergehen und nach Strich und Faden zu verarschen!

Néthan bückte sich und zerrte Aren am Kragen auf die Beine, um ihm abermals seine Faust ins Gesicht zu rammen. Der Meisterdieb wehrte sich noch immer nicht gegen ihn.

»Néthan, hör auf! Du bringst ihn noch um!« Mica zerrte an seinem Arm, war jedoch viel zu schwach, um ihn von Aren wegzureißen.

»Lass mich!«, brüllte Néthan und stieß sie zur Seite, sodass sie ein paar Schritt weit rückwärts stolperte, ehe sie ihr Gleichgewicht wiederfand.

»Néthan, beruhige dich.« Arens Stimme war eindringlich.

»Du hast mir gar nichts zu befehlen!«, schrie Néthan außer sich vor Zorn und schüttelte den Meisterdieb wie eine Puppe.

»Auseinander! Sofort!«, erklang in dem Moment die raue Stimme des Elfenkapitäns.

Mit einer Kraft, die Néthan sich selbst nicht erklären konnte, wurde er zur Seite gerissen.

»Keine Prügeleien an Bord, oder ich werfe Euch beide ins Wasser, damit Ihr Eure Hitzköpfe abkühlen könnt!« Maryo hatte sich vor ihm aufgebaut. Er war für einen Elf erstaunlich breitschultrig und konnte dem hochgewachsenen Néthan mühelos in die Augen blicken. »Ihr könnt Eure Zwistigkeiten an Land klären, aber nicht auf meinem Schiff!«, donnerte er, während seine goldenen Augen Funken sprühten.

Néthan rückte sein Gewand zurecht und stieß einen Fluch aus. »Ihr habt keine Ahnung, wer das ist, oder?«, schnaubte er.

»Doch, ich weiß sogar ziemlich genau, wer er ist.« Maryos Augen wurden schmal und er verschränkte die Arme vor der Brust. »Aber es geht mir am Arsch vorbei, wie zerrüttet Euer Verhältnis ist! Wenn ich Euch noch ein einziges Mal mit ihm streiten oder gar prügeln sehe, könnt Ihr den Rest der Reise auf Eurem Vogel verbringen – auch in der Nacht!«

Néthan entwich ein wütendes Knurren, während er versuchte, seinen Atem unter Kontrolle zu bekommen. Er hatte alle Mühe, sich zu beruhigen und schnaubte wie ein wild gewordener Stier.

Er wollte nichts lieber, als Aren leiden zu sehen. So wie er selbst litt, seit er die Wahrheit kannte. Er wollte ihm zeigen, was richtige Schmerzen bedeuteten und ihn windelweich prügeln.

Doch wenn er dies täte, würde er vom Schiff verbannt – Maryo sah nicht aus, als machte er Scherze. Und Néthan wusste, dass Meteor niemals die ganze Strecke in einem Stück durchfliegen konnte. Außerdem war es zu gefährlich, alleine über Land zu reisen, da noch die Talmeren zwischen ihnen und Merita lagen.

Für einen Augenblick überlegte er, umzukehren und zurück nach Chakas zu fliegen – aber dort erinnerte ihn alles an seine Vergangenheit. Und darauf hatte er noch weniger Lust, als mit Aren zusammen auf einem Schiff gefangen zu sein. Zudem schuldete er es seinem Bruder, ihn vor einem Angriff zu bewahren.

Zähneknirschend nickte er schließlich.

Maryo musterte ihn ein paar Lidschläge lang mit einer Eindringlichkeit, die nur Elfen zustande bringen konnten, dann entspannte er sich etwas und wandte sich an Aren. »Ihr solltet zusehen, dass Ihr Eurem Sohn aus dem Weg geht. Allein Eure Anwesenheit provoziert ihn und ich habe keine Lust darauf, ständig das Kindermädchen für einen von Euch zu spielen. Ich habe verdammt noch mal ein Schiff zu befehligen!«

Damit drehte er den beiden Männern den breiten Rücken zu und schritt über das Deck davon zu dem anderen Elf, der die Szene aus einiger Entfernung beobachtet hatte. Néthan vermeinte, den Kapitän etwas wie »Diese hitzigen Menschen!« murmeln zu hören.

»Maryo hat recht«, erklang Micas Stimme. Néthan hatte ganz vergessen, dass sie neben ihm stand. Aber die Worte waren nicht an ihn, sondern an Aren gerichtet. »Du solltest unter Deck gehen. Es ist noch zu früh, als dass ihr euch aussprechen könnt. Gib ihm die Zeit, die er braucht.«

Über das Gesicht des Meisterdiebes glitt eine Vielzahl von Gefühlen, vor allem aber Sorge. Er hielt immer noch die Hand an die Nase, aus der Blut tropfte, und seine Augen ruhten für einen Moment unschlüssig auf seinem Sohn. Dann nickte er stumm und wandte sich ab, um zur Luke zu gehen, die unter Deck führte.

»Anführer, was sollte das?«, knurrte Steinwind, der hinzugeeilt war. Er nannte ihn aus Gewohnheit immer noch so, obwohl er schon lange nicht mehr Anführer der Sandschurken war. »Prügeleien helfen dir in diesem Fall nicht weiter!«

Néthan schnaubte unwirsch und funkelte seinen alten Freund an.

»Komm mit mir mit.« Mica ergriff Néthans Hand und zog ihn in Richtung Mannschaftsmesse. »Du siehst müde und hungrig aus.«

Néthan zögerte einen Moment, musste dann aber einsehen, dass er etwas essen sollte, da er den ganzen Tag unterwegs gewesen war. Die Alternative, Steinwinds Moralpredigten weiter anzuhören, erschien ihm zudem bei Weitem weniger verlockend.

»Schlafen kann ich jetzt ohnehin nicht«, murmelte er, während er hinter Mica über Deck ging.

Sie wandte sich nicht zu ihm um und erwiderte auch nichts, wofür er dankbar war. Er hatte keine Lust, sich noch eine Sekunde länger über seinen Vater zu unterhalten.

Dennoch würde er genau dieses Gespräch mit ihr führen müssen, wie er ein paar Minuten später mit Unmut feststellte.

»Versprich mir, dass du Aren nicht mehr angreifst.« Micas Stimme war eindringlich und ihre Augen sahen ihn nicht minder beschwörend an.

Néthan wandte den Blick von ihr ab und kaute weiter auf dem harten Stück Brot herum, das ihm der Schiffskoch zusammen mit einer kalten Fischsuppe gegeben hatte. Er tunkte es immer wieder in die Brühe, die er mit Magie etwas erwärmt hatte, sodass sie einigermaßen genießbar geworden war. Aber er hatte ohnehin keinen Hunger. Der Appetit war ihm nach der Begegnung mit Aren gründlich vergangen.

»Néthan, hast du mir zugehört?« Mica legte eine Hand auf seinen Unterarm und hinderte ihn daran, weiter das Brot in die Suppe einzutauchen.

»Ich bin nicht taub«, knurrte er und schüttelte ihre Hand ab.

»Dann versprich es mir.«

»Ich verspreche dir gar nichts«, wich er aus und schnaufte laut durch die Nase. »Dieser Möchtegern-Vater hat nichts anderes als eine Tracht Prügel verdient. Und die werde ich ihm erteilen, sollte er mir noch einmal über den Weg laufen!«

»Néthan, bitte …« Micas Stimme wurde noch eindringlicher, fast schon verzweifelt. »Ich kann verstehen, dass du wütend auf ihn bist … dass du ihn womöglich hasst. Aber es wird deine Probleme nicht verringern, wenn du Aren für seine Fehler bestrafst. Es wird dir weder deine Kindheit und Jugend zurückgeben noch deine Mutter oder Schwester …«

»Sprich nicht von ihnen!«, fuhr er sie unwirsch an. »Du kanntest sie nicht! Du weißt nicht, was ich verloren habe!«

Mica sah ihn einige Sekunden voller Mitgefühl an. Dann senkte sie den Blick. »Doch, ich kann mir im Ansatz vorstellen, wie du dich fühlen musst. Auch ich habe meine Familie verloren und ich weiß, wie weh das tut …«

»Mica.« Néthans Stimme wurde schlagartig sanfter und er legte das Brot zur Seite, um ihre Schulter zu ergreifen. Mit der anderen Hand hob er ihr Kinn an, sodass sie ihn anblicken musste.

Als er erkannte, dass Tränen in ihren dunklen Augen schimmerten, stockte ihm der Atem.

»Mica ...« Seine Stimme wurde rau, als er ihren Namen wiederholte. »Ich bin ein Idiot ... es tut mir leid ... natürlich weißt du, wie es ist, wenn man seine Familie verliert. Entschuldige bitte, ich wollte dich nicht verletzen.«

Sie schüttelte leicht den Kopf und blinzelte die Tränen weg, die daraufhin über ihre Wangen rannen.

In diesem Moment besaß sie eine Verletzlichkeit, die Néthan zutiefst erschütterte. Selten hatte sie ihm diese Seite von sich gezeigt. Dass sie es jetzt tat, ließ sein Herz sich zusammenziehen.

»Néthan«, flüsterte sie. »Du hast zwar deine Mutter und deine Schwester verloren, aber ...«, sie holte tief Luft, »du hast immer noch einen Bruder und einen Vater. Gib deine Familie nicht auf, nur um deine Rachegefühle zu stillen. Ich an deiner Stelle wäre froh, wenn ich wenigstens meinen Bruder noch hätte und würde alles daran setzen, ihn zu behalten ...« Ihre Stimme brach und sie senkte abermals den Blick.

Néthan fuhr mit dem Daumen zärtlich über ihre Wange, wischte die Tränen weg. Ehe er sichs versah, hatte er sich vorgebeugt und hauchte ihr einen Kuss auf den Mund. Sie entzog sich ihm zwar nicht, aber er spürte, dass sie bei der flüchtigen Berührung seiner Lippen zusammenzuckte.

»Danke«, flüsterte er, während er seine Stirn an ihre legte. »Danke, dass du für mich da bist.«

Sie schloss für einen Moment die Augen, ehe sie sie wieder öffnete und seinen Blick suchte. »Ich werde immer für dich da sein, wenn du mich brauchst. Du bist alles, was ich noch habe ... außer Wüstenträne bist du der Einzige, dem ich ... vertraue.«

Néthan sah sie einige Augenblicke lang sprachlos an. Er wusste, wie viel Überwindung es sie kosten musste, diese Worte auszusprechen. Sie hatte ihr Leben lang gelernt, dass man keinem Menschen trauen durfte, dass sie sich nur auf sich selbst verlassen konnte. Sie hatte es gelernt, weil sie in den Straßen von Chakas groß geworden war. Bei den Kanalratten, für die nur ihr eigenes Wohl zählte, die nur an sich selbst dachten.

Dass sie diese Worte jetzt aussprach, berührte ihn in der Seele. Und dennoch fühlte es sich falsch an.

»Tu das nicht. Bitte«, sagte er rau. »Du solltest mir nicht vertrauen. Ich bin ein Schurke … ich bin ein schlechter Mensch … ich habe meine Mutter und meine Schwester getötet …«

Ehe er weitersprechen konnte, hatte sie einen Finger auf seine Lippen gelegt. »Schhh, hör auf damit«, bat sie. »Ich will das nicht hören, denn es entspricht nicht der Wahrheit. Du bist ein guter Mensch, das weiß ich. Und deswegen vertrau ich dir.«

Néthan zog Mica so unvermittelt an sich, dass sie das Gleichgewicht verlor und gegen seine Brust prallte. Aber das war ihm gleichgültig. Er musste sie umarmen und festhalten. Er brauchte sie in diesem Moment so sehr wie noch nie in seinem Leben. Wenn er gekonnt hätte, hätte er sie nie wieder losgelassen, denn er fürchtete sich vor dem Moment, wenn sie nicht mehr bei ihm war.

Deswegen drückte er sie mit aller Kraft an sich, bis sie leise nach Atem rang und sich mit den Händen von ihm wegstemmte.

»Danke«, flüsterte er, als er sie endlich losließ.

Mehr konnte er nicht sagen, aber Mica las in seinen Augen, wie viel ihm dieses Wort bedeutete. Wie viel *sie* ihm bedeutete.

21

Faím

»Das ist also Seoul.« Faím beschattete seine Augen und blickte zum Streifen am Horizont, der rasch breiter wurde.

»Aye.« Sarton stand neben ihm und sah in dieselbe Richtung. »Ziemlich viel Sand, nicht?« Er warf einen Blick zu dem jungen Mann mit den schwarzen Locken.

Faím runzelte die Stirn. »Macht es Euch denn gar nichts aus?«, fragte er, ohne die Augen von der Küste zu nehmen. »Dass Euer Neffe nicht mehr dabei ist?«

Der Kapitän räusperte sich, ehe er antwortete. »Es steht dir nicht zu, meine Entscheidungen infrage zu stellen, Faím. Ich *musste* Cass zurücklassen, alles andere wäre töricht gewesen. Wir haben die ganze Insel nach ihm abgesucht und ihn nicht gefunden. Er muss also bei der Nymphe sein. Und die beherrscht eine Magie, der nicht einmal deine Meerjungfrau gewachsen ist.«

Faím lächelte grimmig, erwiderte aber nichts. Dass Chandra ihm offenbart hatte, dass er bloß das goldene Ei zu öffnen brauchte, damit sie Cassiel befreien konnten, behielt er wohlweislich für sich. Er war sicher, dass Sarton es ebenfalls wusste, aber wenn er es ihm nicht aus freien Stücken erzählte, war Faím auch nicht gewillt, es zu tun. Je länger das Ei verschlossen blieb, desto mehr Zeit blieb ihm mit Chandra. War das zu selbstsüchtig? Womöglich …

»Wie werden wir vorgehen, wenn wir an Land sind?«, fragte er, um seine Gedanken in eine andere Richtung zu lenken und wandte sich dem Kapitän zu.

»Wir werden direkt die Barbaren aufsuchen«, antwortete Sarton. »Es sei denn, sie haben uns nicht längst entdeckt und ein paar ihrer Krieger an die Küste geschickt, wovon ich eigentlich ausgehe.«

»Wart Ihr schon einmal hier? In Seoul?«

Sarton nickte kaum merklich. »Ja, das war ich. Aber das ist schon eine Weile her …« Er drehte sich abrupt ab und brüllte so laut einen Befehl in die Wanten, dass Faím unwillkürlich zusammenzuckte.

Offenbar schien Sarton über seine Zeit in Seoul nicht sprechen zu wollen. Eine Tatsache, die Faím neugierig werden ließ. Was verbarg der Kapitän vor ihm?

Heimlich sandte er seinen Geist nach Chandra aus, die wie immer neben dem Schiff herschwamm und augenblicklich seine Aufmerksamkeit spürte. Faím bat sie mithilfe von Bildern, ihre Kräfte leihen zu dürfen. Obwohl die Meerjungfrau die Planken nicht von sich aus berühren konnte, so war es Faím dennoch möglich, über ihre Magie zu gebieten, wenn sie sie ihm zur Verfügung stellte.

Ohne dass Sarton es bemerkte, bemächtigte Faím sich Chandras Zauberkraft. Er keuchte leise, als die Magie in ihn eindrang und er die Macht der Meerjungfrau durch seine Adern strömen spürte. Es hatte eine Weile gedauert, bis er gelernt hatte, mit Chandras Kräften umzugehen. Auch jetzt fiel es ihm noch immer nicht leicht, aber einfache Zauber wie Gedankenbeeinflussung oder Gedankenlesen gelangen ihm in letzter Zeit immer besser.

Abermals blickte Faím zum Kapitän, beschattete dabei jedoch wieder seine Augen, weil er wusste, dass sie jetzt meerblau statt dunkelbraun waren, da er die Kräfte der Meerjungfrau in sich trug.

Sarton hatte ihm das Gesicht nicht zugewandt, stand aber immer noch neben ihm, sodass Faím ihn von der Seite betrachten konnte.

Er schloss die Augen und schickte seinen Geist vorsichtig in den des Kapitäns, um dessen Gedanken zu lesen – und wurde mit einer Heftigkeit auf die Planken geschleudert, dass er laut aufkeuchte. Sein Kinn schmerzte und er bekam einen Moment lang kaum Luft.

»Was zum Henker soll das?!«, brüllte Sarton, der breitbeinig über ihm stand.

Faím brauchte einige Sekunden, um zur Besinnung zu kommen. Sein Kiefer knackte, als er ihn wieder einrenkte. Sarton hatte ihm einen gut gezielten Kinnhaken verpasst.

»Du wirst nie wieder versuchen, meine Gedanken zu lesen!«, fuhr Sarton ihn zornig an. »Oder ich töte dich, noch ehe die Meerjungfrau dies erledigen konnte – kapiert?!« Die letzten Worte hatte er über die Reling geschrien, sodass Chandra ihn hören musste.

Dann stapfte er über das Deck davon.

Faím murmelte eine Verwünschung.

Wie hatte Sarton bloß bemerken können, was er vorhatte? Hatte er Chandras Magie gespürt?

»Was, bei den Göttern, habt Ihr zu verbergen?«, murmelte er, während er dem Kapitän nachsah, der soeben in seiner Kabine verschwand.

Zwei Stunden später watete Faím mit Sarton und einigen anderen Männern durch das kniehohe Wasser an den Strand. Die Smaragdwind und die Schwarze Möwe hatten sie in einiger Entfernung auf dem Meer ankern lassen und waren mit Booten an Land gerudert.

Nur eine Handvoll Männer würde die Barbaren aufsuchen. Sie wollten nicht als Bedrohung auftreten und das hätten sie mit Sicherheit getan, wären alle Männer von Bord gegangen. Der größte Teil der Mannschaft blieb also auf den Schiffen und wartete ab, was die Verhandlungen bringen würden.

Sollten der Kapitän und die ausgesandten Matrosen bis zur Dämmerung nicht zurück sein, würden die zurückgebliebenen Männer die Barbaren angreifen. Denn dann war die Wahrscheinlichkeit groß, dass sie gefangen worden waren.

Faím verspürte ein flaues Gefühl im Magen, während er an Land ging. Zwar fühlte er unwillkürlich wieder Chandras Magie in sich, aber auch mit Unterstützung ihrer Kräfte würde es ein harter Kampf werden, sollten die Barbaren sie als Feinde betrachten. Er hatte schon von ihrem legendären Blutdurst gehört und er beherrschte die Magie der Meerjungfrau noch nicht sonderlich gut – wie der Vorfall mit Sarton vorhin gezeigt hatte.

Es war jetzt kurz vor Mittag und die Sonne hatte ihren höchsten Punkt am Himmel beinahe erreicht. Der Sandstrand glitzerte so hell, dass Faím seine Augen zusammenkneifen musste. So weit er blicken konnte, gab es nur Dünen, Sand und Steine.

»Wo sind die Barbaren?«, fragte er, während er sich umsah.

Es war viel zu ruhig. Nur das Kreischen der Möwen und das Rauschen der Wellen waren zu hören.

»Wirst du gleich sehen«, brummte Sarton, der ihm noch nicht verziehen hatte, dass er seine Gedanken hatte lesen wollen.

Faím presste die Lippen aufeinander und folgte ihm in Richtung der Sanddünen.

Noch ehe sie diese erreicht hatten, hörte er mit einem Mal lautes Gebrüll, das an wild gewordene Löwen erinnerte. Keine Sekunde später war die gesamte Breite der Düne mit Kriegern besetzt, die mit Speeren und Pfeilen auf sie zielten und dabei Schreie ausstießen, die beinahe übermenschlich klangen. Trommelschläge untermalten ihr Kriegsgeheul, sodass es Faím trotz der Hitze kalt über den Rücken lief.

»*Da* sind sie«, sagte Sarton mit einem Seitenblick zu ihm. »Na, zufrieden?« Dann wandte er sich an die Männer, die sie begleitet hatten. »Bleibt ruhig und zieht keine Waffen. Jeden, der diesen Befehl missachtet, werde ich eigenhändig töten, verstanden?«

Die Männer nickten und ließen ihre Waffen stecken. Faím starrte indessen die Krieger mit großen Augen an.

Sie waren allesamt muskelbepackte Kampfmaschinen, die ihre Körper mit leichter Lederrüstung geschützt hatten. Die meisten aber trugen nur Brustpanzer und Lendenschurz, der Rest ihrer Haut glänzte im Sonnenlicht. Womöglich hatten sie ihre Körper eingeölt oder sie schwitzten so stark, was in dieser Hitze nicht verwunderlich gewesen wäre.

Faím konnte keine einzige Frau unter ihnen erkennen. Die Köpfe der Männer waren kahlgeschoren und ihre dunklen Gesichter mit weißer und roter Farbe wild bemalt. Sie wirkten wie fleischgewordene Dämonen, die jederzeit bereit schienen, das Ende über ihre Feinde hereinbrechen zu lassen.

»Beeindruckend, nicht?«, kommentierte Sarton, der sich wieder zu den Kriegern auf der Düne gewandt hatte und offenbar keinerlei Furcht vor den zornigen Fratzen verspürte. »Genauso wie du werden auch die Menschen in Merita diese Barbaren anstarren. Ihre größte Waffe ist die Angst, die sie verbreiten – und das wissen sie. Zeig sie ihnen nicht und sie achten dich. Zeig sie ihnen und … nun ja, das erspar ich dir lieber.«

Faím kniff die Augen zusammen und schnaubte durch die Nase. »Warum greifen sie nicht an, sondern stehen nur dort und brüllen zu uns herunter?«

»Weil wir noch keine ernstzunehmende Bedrohung für sie darstellen und sie uns erst einschüchtern wollen. Wenn ihnen das nicht gelingt, werden sie einen ihrer Sklaven zu uns schicken, der seine Götter anflehen wird, unsere Sprache zu beherrschen. Denn falls nicht, wird er mit einem Pfeil erschossen, noch ehe er davonrennen kann.«

»Und falls er unsere Sprache spricht, was dann?«

»Dann werden sie ihn uns fragen lassen, was wir wollen und er darf zu ihnen zurückkehren.«

»Diese Barbaren ... sie sind grausam«, murmelte Faím.

Sarton nickte, ohne die Krieger aus den Augen zu lassen. »Das stimmt. Das ist genau der Grund, warum sie so gefürchtet sind ... und warum wir ihre Unterstützung brauchen.«

Faím warf Sarton einen prüfenden Blick zu. »Woher wisst Ihr so viel über sie?«

Der Kapitän erwiderte nichts, aber Faím entging nicht, dass seine Kiefer zu mahlen begannen, während er weiterhin auf die Dünen starrte.

Nach einer Viertelstunde, während der die Krieger ununterbrochen geschrien hatten – Faím war von so viel Durchhaltevermögen beeindruckt – löste sich eine Gestalt aus ihrer Mitte. Der Mann war schmächtig und in hellbraune Lumpen gekleidet.

Sarton beschattete die Augen und ihm entfuhr ein leiser Fluch.

»Was? Wer ist das?«, fragte Faím. »Kennt Ihr ihn?«

Erneut blieb seine Frage unbeantwortet, stattdessen ging Sarton einige Schritte auf den Sklaven zu, der die Sanddüne hinunterstolperte. Dabei blickte der Mann immer wieder verängstigt zu den

Kriegern zurück, die ihn jedoch stumm beobachteten. Die Speere und Pfeile hielten sie weiterhin auf die Fremden gerichtet, aber immerhin hatten sie ihr markerschütterndes Gebrüll eingestellt.

Faím trat ebenfalls vor, um zu erfahren, um wen es sich bei dem Sklaven handelte.

Als er nur noch wenige Schritte entfernt war, bemerkte er, dass der Mann im Grunde hellblonde oder graue Haare besaß – diese waren jedoch vor Dreck dunkelbraun. Die Lumpen bedeckten gerade das Nötigste seines abgemagerten Körpers. Offenbar behandelten diese Barbaren ihre Sklaven nicht sonderlich gut.

Mit jeder Minute, die Faím in Seoul war, fühlte er sich unwohler. Diese Männer waren brutale Krieger, hielten Sklaven und töteten aus Vergnügen. Es schien ihm nicht richtig, sie um Hilfe zu bitten. Eine Einstellung, die auch Chandra mit ihm teilte. Sie sandte ihm in Gedanken ihre Gefühle. Es war eine Mischung aus Ekel und Misstrauen. Faím erging es ähnlich.

Der Mann warf sich vor Sarton in den Sand und kroch auf allen Vieren auf ihn zu, um seine Füße zu küssen.

»Verflucht, was haben sie mit dir gemacht?!«, rief der Kapitän und ging in die Knie, um den Sklaven eingehend zu mustern.

Der Mann hob den Blick und erstarrte in der Sekunde, in der er in Sartons schwarze Augen sah. Ungläubigkeit breitete sich auf seinen hageren Zügen aus, dann zuckten seine Mundwinkel, als wollten sie lächeln, doch die Kraft dazu schien ihnen zu fehlen.

Faím konnte nicht einordnen, wie alt der Mann war. Vielleicht dreißig, vielleicht sechzig. Der Schmutz auf seinem Gesicht nahm ihm jegliches Alter.

»Sarton?«, flüsterte der Sklave und hob zitternd eine Hand, als wollte er Sartons Gesicht abtasten, ließ sie aber wieder sinken, ohne ihn berührt zu haben. »Bist du hier, um uns auszulösen?«

Seine Stimme klang wie die eines Greises. Womöglich war er tatsächlich so alt, wie er wirkte.

Faím zog die Augenbrauen zusammen. Auslösen? Was bedeutete das? Warum kannte dieser Mann den Kapitän? Und wer waren die anderen, von denen er sprach?

Sarton betrachtete den Sklaven eine Weile, dann schüttelte er kaum merklich den Kopf. »Ich weiß nicht, ob ich über die Macht verfüge, aber ich habe Gold. Und ich brauche die Hilfe der Barbaren …«

»Du … du bist nicht unseretwegen zurückgekommen?« Enttäuschung und Traurigkeit schwang in der Stimme des Sklaven mit. »Ich dachte …«

»Ich werde euch befreien, wenn es irgendwie möglich ist.« Sarton erhob sich und half dem ausgemergelten Mann ebenfalls auf die Beine. »Glaub mir, ich werde es versuchen.«

»Ich vertraue auf dich, mein Sohn …«

Faíms Unterkiefer klappte nach unten, als er begriff. Konnte es tatsächlich möglich sein, dass Sarton seinen eigenen Vater bei diesen Barbaren gelassen hatte? War er wirklich so kaltherzig?

22

Faím

Stirnrunzelnd sah Faím dem Sklaven nach, während dieser wieder die Düne hinaufkletterte, um den Barbaren die Bitte von Sarton zu übermitteln.

Der Kapitän hatte die Lippen aufeinandergepresst und Faím konnte in seinem Gesicht aufrichtige Sorge erkennen.

Dennoch verstand er Sarton nicht. Wie konnte er so lange Zeit auf dem Meer herumsegeln in dem Wissen, dass sein Vater bei diesen Barbaren gefangen war? Hatte er kein Gewissen?

»Was?!«, fuhr Sarton ihn an. Seine dunklen Augen glitzerten gefährlich, denn er schien bemerkt zu haben, dass Faím ihn beobachtete.

»Wusstet Ihr, dass Euer Vater von den Barbaren als Sklave gehalten wird?«, fragte Faím ruhig. Er hatte sich in den drei Jahren an Sartons barschen Tonfall gewöhnt und ließ sich davon nicht mehr einschüchtern.

Sarton richtete den Blick wieder auf den knochigen, zerlumpten Mann, der jetzt mit Händen und Füßen gestikulierte, um einem breitschultrigen Krieger das Anliegen der Mannschaft darzulegen.

»Für wie herzlos hältst du mich eigentlich?«, knurrte er.

»Sagt Ihr es mir.«

»Ich schulde dir keine Rechenschaft!«, bellte Sarton.

»Das stimmt.« Faím nickte. »Die schuldet Ihr nur den Göttern und Eurem Gewissen. Und das tragt Ihr im Moment gerade in Euren Augen.« Er ließ sich nicht von dem dunkel funkelnden Blick abschrecken, den der Kapitän ihm zuwarf, sondern reckte das Kinn vor, auf dem sich von Sartons Faustschlag bereits ein blauer Fleck gebildet hatte.

»Ach, schweig still!«, herrschte Sarton ihn an.

»Wie Ihr meint …« Faím wollte noch etwas hinzufügen, doch sein Herz machte einen Satz, als er sah, wie der breitschultrige Krieger den Sklaven in dem Augenblick mit solcher Kraft ins Gesicht schlug, dass dieser zu Boden ging.

»Verdammt!«, grollte Sarton und seine Hand fuhr an seine Hüfte, wo sein Schwert befestigt war.

Augenblicklich taten es ihm seine Männer gleich, zogen die Waffen aber nicht, da der Kapitän damit ebenfalls noch wartete.

»Werden sie uns angreifen?«, fragte Faím, der spürte, wie Chandra seine magischen Kräfte verstärkte. Auch er hatte nach seinem Langdolch gegriffen.

»Womöglich«, war Sartons knappe Antwort, der jetzt mit schmalen Augen die Krieger beobachtete. »Lasst die Waffen noch stecken, wartet auf meinen Befehl«, raunte er.

»Wie wissen wir, ob sie unser Anliegen anhören wollen?« Faím warf einen zweifelnden Blick zu den Barbaren auf der Düne.

»Wenn der Sklave überlebt«, war die ernüchternde Antwort.

Sartons Vater rappelte sich gerade hoch und taumelte. Der breitschultrige Krieger schien etwas zu ihm zu sagen, dann verpasste er dem alten Mann einen Stoß, sodass dieser fast abermals zu Boden ging, ehe er hinter die Düne taumelte und damit aus ihrem Blickfeld verschwand.

»Ich nehme an, das heißt, er überlebt«, bemerkte Faím.

»Warten wir es ab.« Der Kapitän zog die Augenbrauen zusammen und fuhr sich durch das dunkelblonde Haar.

Faím schauderte unwillkürlich. Wie konnte Sarton bloß so ruhig hier unten zusehen, wie dort oben sein Vater misshandelt wurde? Sein eigen Fleisch und Blut?

Der Kapitän hatte zwar noch nie ein Wort über seine Familie verloren, aber Faím wusste von den anderen Matrosen, dass Sarton eine Schwester gehabt hatte, die vor vielen Jahren verstorben war. Sartons Schwester war Cassiels Mutter gewesen. Dieser hätte jedoch nie zugelassen, dass der Vater seines Onkels von den Barbaren derart behandelt wurde. Womöglich wusste Cassiel nicht einmal, dass er sich in Gefangenschaft befand.

Mit einem Mal war Faím froh über den Umstand, dass Cassiel nicht hier war. Mit seinem aufschäumenden Temperament hätte er sich wohl ohne zu Zögern den Barbaren entgegengestellt – und sie damit alle in Gefahr gebracht.

Er spürte, dass auch Chandra mit jeder Sekunde, die verstrich, unruhiger wurde und blickte hinter sich. Allerdings konnte er sie nicht entdecken, da sie sich unter der Meeresoberfläche versteckt hielt. Sie sandte ihm ein Bild eines Riffs, das sich ganz in der Nähe befinden musste und wo sie sich zwischen den Korallen verborgen hatte.

Als er zurück zur Düne schaute, war der breitschultrige Krieger, bei dem es sich mit großer Wahrscheinlichkeit um den Anführer der Truppe handelte, gerade dabei, sich geschmeidig über den Sand nach unten gleiten zu lassen. Dabei schlitterte er so gekonnt, dass er keine Sekunde lang Gefahr lief, hinzufallen. Drei seiner Krieger begleiteten ihn.

Sarton atmete hörbar aus. »Lasst die Waffen stecken. Er wird sich unsere Bitte anhören.«

Faíms Herz begann wie wild zu klopfen, während er beobachtete, wie der Krieger mit raubkatzenartigen Bewegungen über den Strand auf sie zukam. Mit jedem Schritt, den er sich der Mannschaft näherte, konnte Faím mehr Details erkennen.

Der Mann war eine imposante Erscheinung. Er trug bloß eine Leinenhose und hatte eine rote Schärpe um die Hüften geschlungen. Über den nackten, muskelbepackten Oberkörper waren einige Lederriemen gespannt, die die beiden Schwerter auf seinem Rücken festhielten. Die Augenbrauen hatte er zusammengezogen, was seinen markanten Gesichtszügen etwas Hartes, Bedrohliches verlieh. Sein Alter war wegen der rot-weißen Kriegsbemalung schwer auszumachen, womöglich war er noch nicht mal dreißig Jahre alt. Wie alle anderen Barbaren hatte er sein Haupt kahl geschoren. Hätte er langes Haar getragen, könnte er fast Lencos Bruder sein.

Plötzlich keimte in Faím ein Verdacht auf. War Lenco einer von diesen Barbaren? Stammte auch er aus Seoul? Er hatte sich nie gefragt, woher Lenco kam, es hatte ihn auch nie wirklich interessiert.

Ihm blieb keine Zeit für weitere Überlegungen, denn inzwischen war der Anführer bei ihnen angekommen. Er überragte Sarton um eine Handbreite und musterte den Kapitän mit seinen dunkelbraunen, klugen Augen.

Er war also nicht nur grausam, sondern auch noch intelligent – eine gefährliche Mischung …

Der Barbar stellte sich weder vor noch wollte er wissen, wer sie waren. Womöglich hatte Sartons Vater ihm Letzteres bereits gesagt. Oder er kannte den Kapitän von früher.

»Was wollt ihr Bastarde hier?«, fragte er in barschem Tonfall und stark knurrendem Akzent.

Jetzt gab es für Faím keinen Zweifel mehr: Lenco musste selbst einer der Barbaren von Seoul sein. Er sprach in genau der gleichen Weise wie dieser Krieger.

Faím warf einen kurzen Blick zurück zur Schwarzen Möwe, die vor der Smaragdwind wie ein Schutzwall vor Anker lag. Natürlich konnte er Sartons Quartiermeister aus dieser Entfernung nicht erkennen, aber er war sich sicher, dass Lenco jetzt gerade an der Reling stand und mit dem Fernrohr zu ihnen herübersah.

»Wie wir bereits Eurem … Sklaven gesagt haben, sind wir hier, um Euch um Unterstützung zu bitten«, antwortete Sarton ruhig. »Wir werden natürlich entsprechend bezahlen.«

Der Barbar schnaubte und fixierte den Kapitän mit seinem Blick. »Wofür braucht Ihr die Unterstützung der Sonnenkrieger?«

Faím sah seinen Kapitän nicht minder interessiert an.

»Wir werden Merita angreifen.« Sarton sagte es, als sei es das Natürlichste der Welt.

Doch Faím sog scharf die Luft ein bei diesen Worten. Hatte Chandra also recht gehabt.

»Warum?«, fragte der Anführer weiter.

»Das werde ich Euch erst sagen, wenn ich Eure Einwilligung habe.«

Der Barbar knurrte drohend. »Es sollte Euch bekannt sein, dass wir Sonnenkrieger in nichts einwilligen, was wir nicht kennen.«

»Und ich verrate meine Pläne nicht jemandem, der sich noch nicht als Verbündeter herausgestellt hat«, sagte Sarton ebenso zugeknöpft.

»*Sie* wird entscheiden, wer ein Verbündeter ist und wer nicht.« Die dunklen Augen des Barbaren blitzten auf.

»Dann führt uns zu ihr.« Sarton reckte sein Kinn in die Höhe. »Lasst sie entscheiden.«

Faím begriff, dass die Barbaren von Seoul anscheinend von einer Frau angeführt wurden.

»Sie wird Euch erst in zwei Tagen empfangen, da sie gerade ein Kind bekommen hat«, knurrte der Krieger.

Sarton verschränkte die Arme vor der Brust und verlagerte sein Gewicht, während er den Krieger betrachtete. »Gut. Wir werden warten.«

Einen Moment lang schien es, als ob der Barbar etwas einwenden wollte, dann nickte er kaum merklich. »Ihr werdet auf Eurem Schiff warten und eine Geisel hier lassen. Wir vertrauen Euch nicht, was Euch nicht verwundern dürfte. Solltet Ihr uns angreifen, werden wir die Geisel töten.«

Sarton zögerte, dann nickte er ebenfalls. »In Ordnung. Lasst mich einen Boten zu meinen Schiffen senden und jemanden herschicken.«

Der Krieger schüttelte den Kopf. »Ich entscheide selbst, wen ich mitnehme.« Er ließ seinen Blick über die Gruppe schweifen. An Faím blieb er hängen. »Ihn.«

»Er ist mein Quartiermeister!«, wandte Sarton ein.

»Nicht nur das.« Über die Lippen des Barbaren glitt ein kühles Lächeln. »Er bedeutet viel mehr für Euch – deswegen werdet Ihr ihn als Pfand hier lassen.«

Faím fröstelte unter der Musterung des Kriegers und wechselte mit Sarton einen raschen Blick.

Womöglich hatte der Anführer bemerkt, dass Faím mit einer Meerjungfrau verbunden war. Vielleicht aber auch, dass er für

Sarton fast wie ein Sohn war. Warum auch immer, er schien zu ahnen, dass er mit Faím ein Pfand hatte, dessen Tod den Kapitän treffen würde – und sei es nur, weil er dann die Kräfte der Meerjungfrau nicht mehr für sein Schiff verwenden konnte.

»Gut.« Sarton nickte nach kurzem Zögern. »Aber solltet Ihr ihm auch nur ein Haar krümmen, werde ich Euch eigenhändig töten.«

Der Barbar schenkte ihm einen herablassenden Blick. »Ihr versucht immer noch, mit Worten Eure fehlende Magie wettzumachen. Leere Drohungen sind für Sonnenkrieger nichts weiter als Rauch am Himmel.«

Faím hielt den Atem an. Jedem anderen, der dem Kapitän so etwas an den Kopf warf, hätte dieser eigenhändig sein Schwert in die Brust gerammt.

Stattdessen atmete Sarton tief ein und aus und sein Blick wurde noch dunkler. Obwohl er sichtlich Mühe hatte, seinen Zorn zu unterdrücken, machte er keine Anstalten, den Barbaren anzugreifen. »Ihr werdet ihm nichts tun, verstanden?« Sein Tonfall ließ keinen Zweifel daran, dass er wütend war und seinem Gegenüber am liebsten das unterkühlte Lächeln aus dem Gesicht geschnitten hätte.

»Ihr kommt in zwei Tagen bei Einbruch der Dämmerung zum roten Felsen«, antwortete der Krieger, ohne auf Sartons Worte einzugehen. »Wir werden die Geisel ebenfalls dort hinbringen zur Bestätigung, dass ihm nichts passiert ist. Die Prinzessin der Sonnenkrieger wird Euch beim Felsen erwarten und Eure Bitte anhören.«

Der Kapitän nickte verhalten. Dann glitt sein Blick zu Faím und zwischen seinen Augenbrauen entstand eine tiefe Falte. »Pass auf dich auf«, sagte er gedämpft.

Faím vermeinte, ehrliche Sorge in Sartons Stimme zu hören. Er nickte und trat dann einen Schritt vor.

Der Krieger musterte ihn abermals von oben bis unten. »Solltest du deine Kräfte nutzen, werden wir dich auf der Stelle töten«, sagte er in eisigem Tonfall.

Faím stutzte. Offenbar hatte der Barbar tatsächlich bemerkt, dass er über Chandras Kräfte gebieten konnte.

Der Blick des Hünen heftete sich auf Faíms Gesicht, schien bis in seinen Geist zu blicken. »Richtig, ich weiß, was es bedeutet, wenn ein dunkelhaariger Junge wie du mit solch überirdisch blauen Augen herumläuft. Und ich weiß auch, dass deine Meerjungfrau verhindern will, dass dir etwas zustößt. Das kann sie, wenn sie sich zurückhält. Sollte einer von euch beiden einen falschen Schritt, ein falsches Wort oder einen falschen Atemzug machen, werden wir Sonnenkrieger euch beide zu vernichten wissen.«

Faím glaubte dem Krieger jedes Wort. Er war nicht die Art Mann, der leere Drohungen aussprach, das konnte er ihm ansehen. »Ich werde nichts tun, was meiner Mannschaft schaden würde.« Er nickte.

Er spürte, wie Chandra ihm widersprechen wollte, aber er verdrängte ihre Präsenz aus seinen Gedanken.

»Diese Worte haben sich schon einmal als Lüge erwiesen«, antwortete der Hüne, ehe er sich mit einem letzten Blick zu den Schiffen abwandte und in Richtung Düne davonschritt.

Faím wurde den Verdacht nicht los, dass er damit Sarton gemeint hatte, während er ihm folgte.

23

Faím

Als Faím bei den Kriegern ankam, spürte er unwillkürlich ein Zittern in seinen Knien, das sich mit jedem Atemzug weiter zu seinem Oberkörper hocharbeitete. Er versuchte, sich seine Aufregung und Angst nicht anmerken zu lassen. So unsicher hatte er sich das letzte Mal vor etwa drei Jahren gefühlt, als er in die Mannschaft der Smaragdwind aufgenommen worden war. Und er mochte dieses Gefühl nicht. Er hatte sich geschworen, es nie mehr zu empfinden. Er war nicht mehr der schwache, kränkliche Junge, sondern ein Mann, der seit drei Jahren zur See fuhr.

Jetzt aber, als er den fremden Kriegern gegenüberstand, die allesamt bis an die Zähne bewaffnet waren und ihn mit ihren grimmigen Mienen in Augenschein nahmen, regte sich dieses alte Gefühl wieder in ihm.

Es waren insgesamt etwa vier Dutzend Barbaren, die ihn jetzt von oben bis unten betrachteten.

Weiter unten, hinter der Düne, konnte Faím weiße Pferde, Karren sowie einige Sklaven erkennen. Letztere waren gerade dabei, Zelte aufzustellen. Wollten sie hier etwa übernachten?

Der Anführer schien seinen fragenden Blick bemerkt zu haben, denn er beugte sich zu ihm herunter. Seine dunklen Augen erinnerten Faím sehr an Lenco, den er in der Zwischenzeit eigentlich mochte. Doch etwas in den Augen des Hünen war anders. Sie waren zwar klug, aber auch ausdruckslos. Dieser Mann konnte seine Gefühle sehr gut verbergen, noch besser als Lenco es vermochte.

»Wie heißt du?«, fragte er.

»Faím Sturm.« Er versuchte, dem Blick des Kriegers standzuhalten, was ihm mehr oder weniger gelang. »Darf ich Euren Namen ebenfalls erfahren?«

Jetzt glitt ein kaum wahrnehmbares Lächeln über das Gesicht des Barbaren. »Du scheinst keine Angst vor mir zu haben«, meinte er dann, ohne auf Faíms Frage einzugehen. »Ich kenne junge Männer wie dich. Entweder ist dir in deinem Leben bereits so viel Schlechtes widerfahren, dass du deine Maßstäbe dafür, was dir Angst einjagt, höher angesetzt hast, oder du hast nichts mehr zu verlieren. Dann gäbe es noch die dritte Möglichkeit, dass du einfach strohdumm bist. Da ich jedoch in deinen Augen erkenne, dass du klug bist und du auch etwas zu verlieren hast – schließlich bist du mit einer Meerjungfrau verbunden – scheint das Erste zuzutreffen. Doch glaub mir«, seine Stimme wurde zu einer geraunten Drohung, »hier in Seoul hat schon manch einer seine Maßstäbe noch viel, viel höher setzen müssen.«

Faím versuchte, weiterhin gleichmäßig zu atmen und sah den Hünen unverwandt an. »Sagtet Ihr vorhin nicht selbst, dass leere Drohungen wie Rauch am Himmel sind?«

Mit einem Mal erschien ein breites Grinsen auf dem Gesicht des Barbaren, das ihn um einiges freundlicher erscheinen ließ. Er schlug Faím mit seiner Hand so fest auf die Schulter, dass dieser sich auf die Zunge beißen musste, um nicht aufzukeuchen.

»Ich glaube, du gefällst mir, Bursche«, meinte der glatzköpfige Krieger mit einem kehligen Lachen. »Setz dich mit mir in den Schatten und erzähl mir ein bisschen was über Kapitän Schwarzauge. Du musst ihn ja mächtig beeindruckt haben, wenn er dich in so jungen Jahren zu seinem Quartiermeister ernennt.«

»Ich werde nichts sagen, was meiner Mannschaft schaden kann«, wiederholte Faím seine vorherigen Worte, während er dem Hünen unter eine der Planen folgte, die die Sklaven in der Zwischenzeit aufgespannt hatten.

»Du wirst mir nichts sagen müssen, ich kann das meiste in deinen Augen lesen«, antwortete der Krieger, der sich mit untergeschlagenen Beinen auf einige Kissen setzte, die unter den Planen auf einem weichen Teppich bereitgelegt worden waren. Er lehnte sich zurück und schenkte Faím einen bedeutungsvollen Blick. »Ich beherrsche Luftmagie.«

Faíms Augen glitten unwillkürlich zum Ringfinger des Kriegers. Dort war allerdings kein Gildenring zu sehen.

»Wir haben eine andere Art, mit unseren Kräften umzugehen«, beantwortete der Hüne Faíms unausgesprochene Frage. »Während ihr in Altra von solch lächerlichen Strukturen wie den Magierzirkeln unterjocht werdet, sind wir hier in Seoul frei von derartigen Zwängen. Wer Magie hat, trägt sie mit Stolz, wer nicht, eben nicht. Wir brauchen keine Zirkel, die uns vorschreiben, wie wir zu leben haben.«

Faím setzte sich ebenfalls auf einige Kissen und musterte den Krieger mit neuem Interesse. »Ihr habt keine Gilden?«, fragte er verblüfft.

Der Anführer schüttelte den Kopf. »Du scheinst nicht gerade weit herumgekommen zu sein«, stellte er dann fest. »Wie lange bist du schon in Sartons Mannschaft?«

»Drei Jahre«, antwortete Faím wahrheitsgemäß.

»Und du bist schon Quartiermeister?« Der Krieger verzog verächtlich den Mund. »Das sieht Schwarzauge ähnlich. Er hat schon immer viel zu voreilig gehandelt und mehr auf Macht als auf Erfahrung gesetzt ...«

»Ihr scheint ihn schon länger zu kennen«, bemerkte Faím. »Warum haltet Ihr seinen Vater hier gefangen?«

Auf der Stelle verfinsterte sich der Blick des Kriegers und er zog die Augenbrauen zusammen. »Erlón ist kein Unschuldslamm.« Die Bitterkeit und Kälte in seiner Stimme überraschte Faím. »Er hat viele gute Männer auf dem Gewissen – und meine Frau sowie meine kleine Tochter.«

Faíms Augen weiteten sich, dann senkte er den Blick und nickte. »Dann verstehe ich, warum Ihr ihn vorhin geschlagen habt«, sagte er nachdenklich, während er mit dem Saum seiner kurzen Hose spielte.

»Ich würde diesen Bastard am liebsten auf der Stelle vierteilen. Aber er ist eine unserer wichtigsten Geiseln.« In der Stimme des Anführers schwang kalter Hass. »Er ist gebildeter als alle anderen Sklaven, kennt ungewöhnlich viele Länder und Kulturen und spricht zwölf Sprachen fließend. Seine Intelligenz ist das Einzige, das ihn davor bewahrt hat, dass ich ihm die Eier abschnitt und sie ihm zum Abendessen vorsetzte.«

In seinen Augen konnte Faím erkennen, dass es sich dabei abermals um keine leere Drohung handelte und er fröstelte unwillkürlich.

Einige Stunden lang blieben die Barbaren hinter der Düne und beobachteten die beiden Schiffe, die immer noch vor Anker lagen.

Faím hätte zu gerne gewusst, was Sarton mit seiner Mannschaft beriet. Da dies jedoch nicht möglich war, hoffte er, dass er sich hier bei den Barbaren zumindest ein wenig ausruhen konnte. An Bord der Smaragdwind wurden jetzt bestimmt die Reparaturarbeiten angegangen, die immer, wenn sie länger vor Anker lagen, getätigt werden mussten. Einerseits, weil sie tatsächlich notwendig waren, andererseits auch, um die Mannschaft zu beschäftigen.

Da war es Faím eindeutig lieber, hier im Schatten auf Kissen zu sitzen, Trauben zu essen, die ihm die Sklaven brachten und zu warten, bis die Sonne nicht mehr so heiß auf den Sand herunterbrannte.

Es schien ihm fast, als hätte er eine kleine Verschnaufpause von der Smaragdwind und diese würde er nicht ungenutzt lassen. Die harte Arbeit an Bord lenkte zwar von seinen Sorgen ab, jedoch erschöpfte sie auch.

Seine Gedanken schweiften ab und kreisten um Chakas und seine Schwester, die er viel zu früh verloren hatte. Dank Chandra verspürte er keinerlei Schmerzen bei den Erinnerungen. Er konnte sich noch gut an ihr Gesicht und ihre Stimme erinnern, jedoch nicht an ihren Namen. Doch was waren schon Namen im Vergleich zu den Bildern, die er mit seiner Schwester verband und die er immer in seinem Herzen tragen würde?

Er beobachtete die anderen Krieger, die es sich ebenfalls unter den Planen gemütlich gemacht hatten. Sie schienen es nicht für notwendig zu halten, rasch zu ihrer Siedlung zurückzukehren, die sich nur drei Stunden Fußmarsch von der Küste entfernt befand, wie Faím inzwischen erfahren hatte.

Er verstand zwar die Sprache der Barbaren nicht, aber er hatte herausgefunden, dass der Anführer Déryl hieß. So nannten ihn zumindest seine Krieger und Faím nahm an, dass es sich dabei um seinen Namen handelte.

Der Hüne hatte ihm einige Fragen über die Mannschaft, die Schiffe und die vergangenen Monate gestellt, die Faím so gut er konnte beantwortet hatte. Allerdings verschwieg er Déryl, dass auf der Smaragdwind unvorstellbare Schätze lagerten. Er wollte nicht riskieren, dass die Barbaren das Schiff angriffen, um das Gold ohne Gegenleistung zu erhalten. Im Nachhinein fand er es ziemlich unüberlegt von Sarton, dass er die Schätze nicht irgendwo versteckt hatte. Zum Beispiel auf der Insel, auf der sie gewesen waren.

Womöglich hatte Déryl recht damit, dass der Kapitän manchmal etwas zu voreilig handelte.

Der Nachmittag verstrich und mit dem anbrechenden Abend wurde es merklich kühler. Als der Mond bereits am Himmel stand, brachen die Krieger endlich auf. Die Sklaven räumten in Windeseile die Planen wieder ab und verstauten sie in Beuteln, die sie auf die Karren und die weißen Pferde schnallten.

Faím beobachtete Erlón, Sartons Vater, dessen Bewegungen denen eines müden Greises glichen. Er hatte noch nicht entschieden, ob er Mitleid oder Abscheu für diesen Mann empfand, der Déryls Familie umgebracht hatte. Faím hatte selbst noch nie jemanden getötet, hatte sich in den Kämpfen, in die die Smaragdwind ab und an verstrickt wurde, immer zurückgehalten und sich bloß verteidigt, niemals jedoch angegriffen. Und wenn er gekämpft hatte, dann immer so, dass seine Gegner durch Chandras Kräfte bewusstlos wurden.

Es widerstrebte ihm, jemanden umzubringen. Nicht zuletzt deswegen wusste er auch nicht, was er von Sartons Plänen, Merita anzugreifen, halten sollte.

Doch wohin hätte er sonst gehen sollen? Er hatte kein Zuhause mehr, in Chakas würde ihn alles an seine Schwester erinnern. Womöglich hätte er mithilfe von Chandras Kräften einer Arbeit nachgehen können, aber er hatte zugegebenermaßen auch Angst davor, ein neues Leben alleine in dieser Stadt zu beginnen.

Die Möglichkeit, so lange auf der Smaragdwind zu bleiben, bis er ein eigenes Schiff hätte, gefiel ihm bei Weitem besser. Und vielleicht würde ihm genau dies winken, wenn er mit Sarton zusammen in die Schlacht zog. Die Belohnung, die der Kapitän für seine Mannschaft in Aussicht gestellt hatte, war mehr als großzügig.

Abermals blieben seine Augen an Erlón hängen. Er wirkte gar nicht wie ein Mann, der Unschuldige tötete. Doch das hatte nichts zu bedeuten. Er hatte in Déryls Augen sehen können, dass dieser die Wahrheit sprach, dazu hatte er nicht einmal die Kräfte von Chandra benutzen müssen.

Langsam begann sich die Vorstellung, die er von den Barbaren gehabt hatte, ein wenig zu verändern. Zumindest stellte er fest, dass jede Geschichte immer zwei Seiten hatte. Je nachdem, welche man hörte, machte man sich ein anderes Bild über ein gesamtes Volk.

Die Barbaren von Seoul hatte Faím bisher als blutrünstige Krieger ohne Moral angesehen. Doch was Déryl ihm erzählt hatte, stimmte ihn nachdenklich. Er wusste, dass viel Größe dazugehörte, den Mann, der die eigene Familie umgebracht hatte, nicht zu töten, sondern für seine Zwecke zu nutzen und damit den Spieß umzudrehen. Größe ... und Klugheit.

Sarton hätte an Déryls Stelle wohl kaum gezögert und den Mörder seiner Familie, ohne mit der Wimper zu zucken, umgebracht. Doch der Anführer der Barbarenkrieger schien aus einem anderen Holz geschnitzt zu sein. Er war überlegter und handelte vorausschauender.

Als Faím das erkannte, hatte sich auch seine Angst vor diesem wilden Volk ein wenig gelegt. Zumindest würde Déryl ihm kein Haar krümmen, wenn er in ihm noch einen Nutzen sah. Und dass er für die Barbaren von Nutzen sein konnte, daran bestand kein

Zweifel, schließlich war er mit einer Meerjungfrau verbunden, deren Zorn man besser nicht schürte.

Als sie aufbrachen, schritt Faím hinter dem Anführer her. Der Sand war noch warm vom Tag, dennoch zog ein frischer Wind auf, der kühl über seine nackten Unterarme und Waden strich. Faím fröstelte unwillkürlich und suchte in Gedanken nach Chandra, die den ganzen Tag im Geiste bei ihm gewesen war. Auch wenn sie ihn vom Meer aus nicht hatte sehen können, so hatte Faím gespürt, dass sie auf ihn aufpasste – jederzeit bereit, seinen Geist zu übernehmen und sich mit ihren Kräften zu wehren, sollten die Barbaren ihm etwas Böses wollen.

Jetzt sandte sie ihm das Bild einer Seerose, deren weiße Blütenblätter hell im Mondlicht glänzten. Es war eine ihrer Lieblingsblumen, das wusste Faím. Auch wenn er selbst noch nie eine Seerose in der Natur gesehen hatte, so war ihm bekannt, dass sie nur in stillen Gewässern blühten. Und Chandra liebte Gewässer, die still und ruhig waren, wie sie ihm verraten hatte. Sie hatte damals scherzhaft gemeint, dass solche Tiefen sie an Faím erinnerten, was ihn mit einem gewissen Stolz erfüllt hatte.

Jetzt ließ er sie in Gedanken wissen, dass sie unterwegs waren. Die lange Rast hatte ihm gutgetan und er fühlte sich ausgeruht, obwohl er um diese Uhrzeit normalerweise bereits unter Deck in seiner Hängematte gelegen hätte. Ihm stand als Quartiermeister zwar die Möglichkeit zu, eine der Kabinen zu beziehen, er hatte dies aber abgelehnt.

War ihm zu Beginn seiner unfreiwilligen Zeit auf der Smaragdwind das Mannschaftsquartier noch stickig und dreckig vorgekommen, so hatte er sich inzwischen längst daran gewöhnt und schlief sogar schlechter, wenn er nicht das Schnarchen der anderen Männer hörte. Es gab ihm ein Gefühl von Zugehörigkeit. Die

Mannschaft war jetzt seine Familie und er würde alles dafür tun, sie zu beschützen. Auch vor den Barbaren von Seoul oder den Zirkelmagiern von Merita.

24

NÉTHAN

Es dauerte über eine Woche, ehe Aren und Néthan sich abermals über den Weg liefen. Néthan suchte seit der Begegnung mit seinem Vater noch häufiger die Freiheit der Lüfte, während Maryo dafür sorgte, dass Aren immer dann mit Arbeiten unter Deck beschäftigt war, wenn sein Sohn zurückkehrte.

Es geschah, als keiner von beiden damit gerechnet hatte. Néthan verließ vor dem Zubettgehen nochmals seine Kabine, um bei Meteor nach dem Rechten zu sehen.

Die Sonne hatte sich bereits lange hinter den Horizont zurückgezogen und dunkle Wolken überzogen den nächtlichen Himmel, hüllten alles in noch mehr Schwärze als sonst. Ein Gewitter war dabei, aufzuziehen, der Wind peitschte Néthan um den Kopf, griff mit seinen durchsichtigen Fingern grob in sein Haar und zerzauste es. Die Matrosen hatten das Schiff bereits für den aufkommenden Sturm gerüstet und mehrere Laternen, die leise quietschend hin und her schaukelten, erhellten zusätzlich das Deck.

Diejenigen Matrosen, die zur Nachtwache eingeteilt waren, patrouillierten aufmerksam auf dem Hauptdeck, bereit, Alarm zu schlagen, sollten die Winde stärker werden. Die anderen hatten sich zur Nachtruhe zurückgezogen, wären jedoch ebenfalls sofort zur Stelle, wenn Sturm aufzog.

Néthan stand gerade bei seinem Greif und tätschelte ihm den Hals, als dieser den Kopf hob und aufmerksam an ihm vorbeistarrte. Néthan musste sich gar nicht erst umdrehen, denn der Königsgreif schickte ihm ein Bild von Aren, ehe dieser die beiden bemerkt hatte.

Néthan atmete tief durch, um den Zorn niederzuringen, der ihn jedes Mal bei den Gedanken an seinen verlogenen Vater zu übermannen drohte.

Alleine das Wissen, dass Aren auf demselben Schiff reiste, ließ seinen Mund trocken und die Zunge bitter werden. Wenn er gekonnt hätte, hätte er auf der Stelle ein anderes Schiff angeheuert, aber dazu fehlte ihm das Geld und zudem waren weit und breit keine anderen Schiffe zu sehen. Seit Tagen schon waren sie die Einzigen, die durch die Gewässer pflügten. Der Elfenkapitän hatte auf Néthans Frage nach dem Grund geantwortet, es handle sich um eine Abkürzung.

Jetzt platzierte sich Néthan so, dass er im Schatten des Hauptmastes stand, und wandte sich dem Meisterdieb zu, um ihn mit grimmigem Gesichtsausdruck zu beobachten.

Aren begab sich gerade zur Reling und stützte seine Unterarme auf dem Holz ab, während er ihm den Rücken zuwandte. Sein schwarzes Haar wurde vom Wind ebenfalls zerzaust, doch er machte sich nicht die Mühe, es zu bändigen, sondern starrte gedankenverloren in das dunkle Wasser, das unter ihm aufschäumte.

Einige Herzschläge lang beobachtete Néthan den Mann, der ihm so viel Leid beschert hatte. Er versuchte, all seine Hassgefühle, die er für ihn hegte, von sich wegzuschieben und Aren als das zu betrachten, was er war: ein Mann, der nur das Beste für seine Familie gewollt hatte und zu den falschen Mitteln griff, sein Ziel zu erreichen. Mica hatte ihm geraten, es mal von dieser Seite zu betrachten. Doch Néthan fiel es schwer, zu vergessen, dass Aren ihm seine Jugend genommen hatte.

Schließlich krächzte Meteor hinter ihm und stupste ihn mit dem Schnabel an.

Aren schien das Geräusch gehört zu haben, denn er wandte den Kopf in Néthans Richtung und erstarrte noch mitten in der Bewegung, als er seinen Sohn entdeckte.

Für die Dauer einiger Sekunden starrten sich die beiden Männer regungslos an. Keiner wusste, was er sagen oder tun sollte. Keiner schien gewillt, den ersten Schritt zu machen.

Arens Gesicht glich einer Maske, obwohl Néthan in seinen grünen Augen etwas aufflackern sah. Angst? Hoffnung? In dem dämmerigen Licht war es schwer zu erkennen.

Néthan gab sich einen Ruck und straffte die Schultern. Diese Bewegung hatte zur Folge, dass Arens Körper sich auf der Stelle anspannte. Er schien sich auf einen Angriff vorzubereiten.

Durch Néthans Herz zuckte ein Blitz.

Sein Vater hatte Angst vor ihm …

Noch vor wenigen Tagen wäre ihm diese Regung mehr als recht gewesen, aber jetzt spürte er, dass das nicht richtig war. Er war zwar immer noch wütend auf seinen Vater und wusste nicht, ob er ihm jemals verzeihen konnte, was er damals getan hatte. Dennoch sollte sich Aren nicht vor ihm fürchten. Keiner sollte das je wieder tun.

Das war ein Teil seiner Vergangenheit und er war gerade dabei, seine Zukunft zu formen. Ihr als neuer Mensch entgegenzutreten.

Zudem ... Néthan wusste, dass Aren nie gegen ihn – sein eigen Fleisch und Blut – kämpfen würde. Er würde sich nicht wehren, würde jeden Schlag schweigend einstecken und über sich ergehen lassen. Und Néthan hatte es schon immer widerstrebt, Männer zu verprügeln, die sich nicht verteidigten.

Also atmete er einige Male tief durch, hielt mit seinem Blick jedoch weiterhin jenen von Aren gefangen.

Langsam, als ob er jeden Muskel einzeln überzeugen müsste, tat er einen Schritt in Richtung des Meisterdiebes. Dieser runzelte die Stirn und wandte sich Néthan jetzt ganz zu. Einen Ellbogen hatte er dennoch auf der Reling abgestützt, gegen die er sich lehnte. Beinah schien es, als müsse er irgendwo Halt suchen.

»Es tut mir leid, ich werde gleich verschwinden«, sagte der Meisterdieb, während er die Hände hob. Er musste lauter sprechen, um den heulenden Wind zu übertönen. »Ich wusste nicht, dass du hier bist.«

Néthan hatte jetzt die Hälfte der Distanz überwunden und blieb stehen, während er die Arme vor der Brust verschränkte. »Bleib. *Ich* werde gehen«, sagte er, noch ehe er genau über seine Worte nachgedacht hatte.

Er hatte eigentlich vorgehabt, Aren anzubrüllen, zu beschimpfen und ihn zu beleidigen, doch nichts von alldem kam über seine Lippen. Stattdessen wandte er sich wieder ab und ging zur Luke, die zu den Kabinen hinunterführte.

»Néthan.« Arens Stimme ließ ihn mitten in der Bewegung erstarren.

Es war nicht die Tatsache, dass Aren seinen Namen aussprach, sondern vielmehr, *wie* er es tat. So viel Schmerz und Verzweiflung, ebenso wie Hoffnung hatte er noch nie in einem einzigen Wort gehört. Er hatte gar nicht gewusst, dass man seinen Namen auf diese Weise aussprechen konnte.

Langsam drehte Néthan sich um und warf einen stirnrunzelnden Blick auf seinen Vater. »Was?« Er bemühte sich gar nicht erst, die Ungeduld und den unterschwelligen Zorn aus seiner Stimme zu verbannen.

Er wollte nicht länger als nötig in Arens Nähe bleiben. Konnte es einfach nicht. Es führte ihm immer wieder vor Augen, was er verloren hatte, was er damals mit kindlicher Naivität zerstört hatte …

Aren stieß sich von der Reling ab und kam langsam auf ihn zu. »Ich weiß, dass du mir niemals verzeihen kannst, was ich dir damals angetan habe. Und ich weiß auch, dass es nichts bringt, dir zu sagen, dass ich es aus reiner Liebe zu dir getan habe, denn du wirst mir nicht glauben. Dennoch ist es so: Du bist mein Sohn und ich liebe dich.«

Néthan ließ ein verächtliches Schnauben hören, doch er unterbrach Aren nicht.

»Bitte.« Aren war etwa drei Schritt vor ihm stehen geblieben. »Ich bitte dich nur um eines: Breite deinen Hass nicht auf deinen Bruder aus. Hasse mich, verachte mich, beschimpf und schlag mich. Aber versuch bitte, deinem Bruder eine Chance zu geben. Er hat sie verdient.« Seine grünen Augen wirkten dunkel und sahen ihn so eindringlich an, dass Néthan es kaum aushielt.

»Ich hatte nicht vor, meinen Bruder zu hassen«, sagte er nach einer Weile. »Zumindest nicht, wenn er mir nicht abermals ein Messer in den Bauch rammt.«

Aren nickte leicht. »Dann bin ich froh. Danke.«

Néthan wandte sich erneut zum Gehen, hielt aber inne. Er ballte die Hände zu Fäusten. »Ich werde dir nie verzeihen können und ich hasse, was du damals getan hast, das stimmt«, sagte er, ohne sich zu Aren umzudrehen. »Aber ich verachte dich nicht. Ich weiß, dass du es ebenfalls nicht leicht hattest und dass du dennoch über all die Jahre die Diebesgilde erfolgreich geführt hast ... dafür hast du sogar meinen Respekt. Doch wage es nie wieder, mich als deinen Sohn zu bezeichnen. Ich war einmal dein Sohn, das war jedoch in einem Leben, in dem du auch mein Vater warst. Jetzt verbindet uns nichts mehr – dafür hast du höchstpersönlich gesorgt.«

Dann ging er eiligen Schrittes davon, denn er hielt es keine Sekunde länger aus, in Arens Nähe zu bleiben.

»Néthan, wach auf!«

Micas Stimme riss ihn aus dem Schlaf und er blinzelte verwirrt. Sie kniete auf ihm und schüttelte ihn heftig an den Schultern. In jedem anderen Moment hätte er diese Situation als äußerst verführerisch empfunden, aber ein Blick in ihre Augen genügte, um zu erkennen, dass etwas Schlimmes passiert war. Das Schiff schwankte stark, sie waren also mitten im Sturm gefangen.

»Was ist denn?«, fragte er, noch während er sich aufsetzte und Mica an den Hüften fasste, um sie ein wenig von sich zu schieben. Sonst hätte er sich nicht auf ihre Worte konzentrieren können.

»Wir werden angegriffen!« Micas Gesicht war so angespannt wie ihre Stimme. »Los, komm! Maryo hat schon seine Mannschaft zusammengetrommelt und Serge ist gerade dabei, die anderen Reiter zu wecken und zum Kampf bereit zu machen.«

Néthan sprang auf, noch während Mica sprach. »Wer greift uns an?«

Er verfluchte sich innerlich dafür, dass er so müde gewesen war. Er hatte noch nicht einmal bemerkt, dass sie attackiert wurden, geschweige denn, dass der Sturm sich verstärkt hatte. Wäre er nicht stundenlang mit Meteor unterwegs gewesen, hätte er auch nicht wie ein Stein geschlafen. Die Flucht vor seiner Vergangenheit hatte ihn gleichzeitig schwach für seine Gegenwart werden lassen.

Noch ehe Mica antworten konnte, hörte er eine weibliche Stimme ein Lied anstimmen, das ihm durch Mark und Bein ging und ihn mitten in der Bewegung erstarren ließ.

Es war ein Gesang, der ihn direkt in die Seele traf, all seine Ängste, Sorgen, Freuden, Begierden auf einmal erweckte und durcheinanderwirbelte, sodass er beide Hände an die Ohren pressen musste, um nicht den Verstand zu verlieren. Sein Kopf drohte zu platzen ob der Gefühle, die er mit einem Mal empfand und dennoch hatte er das Bedürfnis, die Quelle des Gesangs zu finden. Etwas zog an ihm, drängte ihn. Die Frauenstimme versprach ihm Dinge, die er sich nie hätte erträumen lassen.

Vergebung – Erlösung – Vergeltung …

Ohne dass er sich dessen bewusst war, löste er die Hände von seinen Ohren und trat zur Kabinentür, hinaus in den Gang. Es war, als hätte eine fremde Macht von seinen Beinen Besitz ergriffen, die ihn an Deck und weiter in die Fluten des Meeres zerren wollte.

Dort wäre er bestimmt gelandet, hätte er nicht in eben diesem Moment eine schallende Ohrfeige verpasst bekommen, die ihn augenblicklich wieder zur Besinnung brachte.

»Néthan!« Mica stand mit weit aufgerissenen Augen vor ihm. Eine Hand immer noch in der Luft, die andere auf seiner Brust, um ihn aufzuhalten. »Verdammt! Was ist los mit dir?!«

Néthan schüttelte verwirrt den Kopf und blinzelte. »Hast du sie nicht gehört? Die Stimme? Den Gesang?«, fragte er verblüfft.

Micas Augen weiteten sich noch mehr. »Du bist empfänglich für sie. Für die Sirenen.«

»Sirenen?« Néthan zog die Augenbrauen zusammen und runzelte die Stirn. »Was für Sirenen?«

»Die, die gerade unser Schiff angreifen!« Mica packte seine Hand und zog ihn hinter sich her.

Zu Néthans Verblüffung ging sie nicht in Richtung Oberdeck, sondern weiter den Gang hinunter zu den Mannschaftsquartieren.

»Halt, wohin willst du?«, fragte er und versuchte, sich aus ihrem Griff zu befreien. Doch sie hielt sein Handgelenk stärker umklammert, als eine Eisenmanschette es hätte tun können. »Du sagtest, wir werden angegriffen! Wir müssen kämpfen!«

»Wir schon – du nicht!«, sagte Mica energisch. »Maryo hat die Anweisung gegeben, dass alle, die anfällig für den Gesang der Sirenen sind, in die Mannschaftsquartiere eingesperrt werden sollen – also auch du.«

»Aber … ich bin nicht …« Néthan unterbrach sich selbst, da er einsah, dass er sich gerade selbst belügen wollte.

»Doch bist du.« Micas Stimme klang gequält. »Maryo sagte, dass alle, die zu stark von Zweifeln, Sehnsüchten oder Sorgen geplagt werden, Opfer der Sirenen werden können. Sie nähren sich von den Qualen der menschlichen Herzen.«

»Dann müsstest du auch empfänglich sein dafür«, bemerkte Néthan mit einem raschen Blick zu Mica.

»Ich bin eine Frau. Frauen erliegen dem Gesang der Sirenen nicht«, sagte sie, ohne mit der Wimper zu zucken.

Abermals war der Gesang zu hören, dieses Mal war Néthan allerdings darauf vorbereitet und versuchte, nicht hinzuhören. Was ihm natürlich kläglich misslang. Hätte Mica ihn nicht ein weiteres Mal geohrfeigt, hätte er nicht widerstehen können.

In den Mannschaftsquartieren angekommen, sah er sich mehreren Männern gegenüber, die gerade in Ketten gelegt wurden. Unter anderem der Leibwächter des Herrschers, was ihn stutzig machte. Er hätte gedacht, dass der Dunkelelf nicht anfällig für das

Lied der Sirenen war. Offenbar hatte er sich getäuscht – warum auch immer.

»Muss das sein?«, fragte Néthan mit einem stirnrunzelnden Blick über die Seeleute.

»Ja, es muss. Oder willst du lieber als Opfer der Sirenen enden?«

Mica zerrte ihn unbarmherzig zu einem freien Platz, wo sie ihm mit finsterer Entschlossenheit bedeutete, sich hinzusetzen. Nachdem er ihrer Aufforderung gefolgt war, legte sie ihm die eisernen Fesseln um die Handgelenke.

»In jedem anderen Augenblick würde ich mich gerne von dir fesseln lassen«, meinte Néthan mit halbherzigem Schmunzeln. »Aber es behagt mir nicht, dass du alleine gegen diese Bestien kämpfst.«

»Maryo, ein Teil seiner Männer sowie ein paar unserer Greifenreiter werden jetzt bereits mitten im Kampf sein«, antwortete Mica, die sich auf dem schwankenden Schiff erstaunlich gut auf den Beinen hielt. »Ich werde wohl zu spät kommen, um im heftigsten Getümmel mitzuwirken. Aber ich werde zu verhindern wissen, dass dich eine Sirene zu sich lockt. Hier, stopf dir das in die Ohren. Das wird dir vielleicht helfen, das Kommende heil zu überstehen.« Sie reichte ihm ein Stück Wachs.

Néthan verstand und stopfte die Wachsklümpchen in seine Gehörgänge. Mit einem Mal war der Gesang der Sirenen, der die ganze Zeit über erklungen war, gedämpft und verlor damit etwas an Wirkung. Dennoch drängte ihn die verführerische Frauenstimme erneut, die Fesseln abzulegen und zu ihr zu gelangen.

Néthan zerrte mit aller Kraft an den Ketten, doch wie auch die anderen Matrosen, die hier in den Mannschaftsquartieren angebunden worden waren, musste er in seinen Fesseln sitzen bleiben.

Mica sah stirnrunzelnd auf ihn herunter und bewegte die Lippen. Sie sagte etwas, aber das Wachs in seinen Ohren verhinderte, dass er sie richtig verstehen konnte. Dann drehte sie sich um und verließ eilig den Raum.

Er starrte ihr hinterher und hätte in dem Moment alles dafür gegeben, wenn er ihr hätte folgen können. Nicht nur, um der Sirenen-Stimme endlich nachzugeben, sondern auch, um Mica zu beschützen. Es behagte ihm ganz und gar nicht, dass sie ohne ihn in ihren ersten Kampf zog.

25

MICA

Mica versuchte, sich vom Sirenengesang, der ihre Sinne zu betäuben drohte, nicht ablenken zu lassen. Sie presste die Hände gegen ihre Ohren, in die sie ebenfalls Wachs gestopft hatte. Dennoch konnte sie die Stimmen der Sirenen immer noch hören. Sie war als Frau zwar weniger anfällig für ihren Gesang, aber sie hielt es dennoch kaum aus, als sie das Oberdeck betrat. Es schien, als säße eine Biene in ihrem Gehörgang, die ein melodisches Summen erzeugte, das sie fast in den Wahnsinn trieb.

Das Schiff schwankte im Sturm von einem Wellental ins nächste und die Finsterkeit der Nacht wurde von grellen Blitzen durchschnitten. Ob die Sirenen dieses Unwetter heraufbeschworen hatten oder ob es sich um einen unglücklichen Zufall handelte, konnte Mica nicht feststellen.

Jedenfalls übertönte der Gesang der Bestien sogar das Donnern des Gewitters, das sich über dem Schiff mit aller Macht entlud. Das Wasser glich einer Herde wildgewordener Hengste und der Regen prasselte hart auf sie nieder, während der Wind unbarmherzig an ihrer Kleidung und ihrem Haar riss.

Binnen Sekunden war Mica bis auf die Haut durchnässt. Die dunklen Locken klebten an ihrer Stirn und sie wischte sie unwirsch zurück, um freie Sicht auf das Geschehen zu haben.

Zu ihrer Linken konnte sie erkennen, wie ein Matrose dem Gesang nicht mehr widerstehen konnte. Er stürzte sich in eben diesem Moment in die Wellen, die an dem Schiff zerrten, als wollten sie es mit ihren nassen Fingern auf den Grund ziehen. Ein Schrei erklang, der fast an Jubel erinnerte, als die Sirene, die den Matrosen verführt hatte, ihn in ihren kalten Armen willkommen hieß. Als dieser begriff, dass er gerade in seinen Tod gesprungen war, war es schon zu spät. Sein entsetztes Brüllen ging in einem weiteren Donnergrollen beinah gänzlich unter.

Rasch versuchte Mica, sich einen Überblick zu verschaffen.

Auf dem Achterdeck stand der Elfenkapitän und bellte irgendwelche Kommandos in die Wanten. Oben kletterten einige Matrosen herum, die seinen Befehlen nachkamen und sich beeilten, die restlichen Segel zu reffen, um dem Wind möglichst wenig Angriffsfläche zu bieten. Die Cyrona ächzte, während sie auf die sich auftürmenden Wellenkämme gehoben wurde, um gleich darauf wieder in die Tiefe zu sacken.

Mehrere Matrosen und auch die Greifenreiter waren in Kämpfe mit den Sirenen verwickelt. Jedoch hielt sich nur ein Bruchteil der Mannschaft an Deck auf, im Gegensatz zu den Sirenen, die überall zu sein schienen und die Männer angriffen. Unter anderem konnte Mica Steinwind entdecken, der sein Schwert wie eine Keule schwang und die Sirenen, die sich an der Reling mit ihren Klauen festgekrallt hatten, daran hinderte, an Deck zu kommen.

Ein paar von ihnen war es dennoch gelungen und sie glitten wie Schlangen zwischen den Kämpfenden hindurch.

Mica keuchte, als sie die ersten Geschöpfe sah. Ihre Unterleibe waren wie bei einem Fisch geschuppt und endeten in einer gewaltigen Flosse, deren Schlag einen Matrosen ohne Weiteres zu Fall bringen konnte. Ihre graublauen Oberkörper jedoch waren die einer Frau – einer sehr hässlichen, runzeligen Frau.

Auf ihrem Rücken waren verkümmerte Flügel, mit denen sie wie Hühner flatterten. Sie schienen nicht wirklich fliegen zu können, hielten sich aber zumindest für ein paar Sekunden in der Luft. Gerade lange genug, um an Bord eines Schiffes oder außer Reichweite eines Schwertes zu gelangen. Die grünen Haare verdeckten beinahe völlig die ebenso unansehnlichen Fratzen, und die schwarzen Münder hatten sie weit aufgerissen, um die Seeleute mit ihrem Gesang zu verführen.

Wie man allerdings auf ihre Verführungskünste hereinfallen konnte, war Mica ein Rätsel. Jeder Mensch, der Augen im Kopf hatte, musste doch sehen können, wie hässlich diese Bestien waren.

Etwas entfernt konnte sie Aren entdecken, der gerade mit einer Sirene kämpfte. Die Kreatur war an Deck gelangt, schlug mit dem Fischschwanz wild um sich, flatterte mit den Flügeln, um sich in die Luft abzuheben und versuchte, Aren über Bord zu reißen. Dazu hatte sie ihre graublauen Hände um den Hals des Luftmagiers geschlungen. Aren wehrte sich nach Leibeskräften, aber die Sirene war zu stark für ihn. Zudem schüttelte er immer wieder den Kopf, als wolle er sich ihrem Gesang widersetzen, könne es aber nicht. Kein Wunder, seit der Auseinandersetzung mit seinem Sohn war er ein gefundenes Fressen für diese Bestien. Warum er sich überhaupt an Deck aufhielt, war Mica schleierhaft.

Sie stürzte mit einem lauten Schrei zum Meisterdieb, um ihn vor der Sirene zu retten. Beinahe gleichzeitig hörte sie über sich Wüstenträne brüllen, die ihr zu Hilfe eilte und ihre Magie mit ihr verband.

Ohne zu überlegen, bildete Mica einen Schutzschild und schleuderte gleichzeitig einen Feuerball auf die Sirene, die ihr den Rücken zugewandt hatte.

Diese schien von dem plötzlichen Angriff überrascht zu werden, denn sie wich zu spät aus und ihr ohrenbetäubender Schmerzensschrei drang Mica bis ins Mark. Der Rücken der Bestie sowie die Flügel waren verkohlt und ihr grünes Haar, das an Algen erinnerte, rauchte.

Mit wildem Blick fuhr sie zu Mica herum und stieß abermals einen Schrei aus, dieses Mal jedoch voller Zorn und Hass. Die grüngelben Augen schienen fast zu brennen, als sie sich auf Mica richteten. Mit ungeheurer Kraft stieß sie Aren zu Boden, wo dieser ein paar Augenblicke reglos liegen blieb, und sprang erstaunlich gelenkig auf Mica zu. Dabei benutzte sie ihren Fischschwanz wie eine Sprungfeder und war in wenigen Lidschlägen bei ihr.

Mica wich aus und sandte einen weiteren Feuerstrahl gegen sie, der sie hätte durchbohren müssen. Dieses Mal war die Sirene jedoch auf den Angriff vorbereitet und warf sich zur Seite, rollte geschickt ab und richtete sich wieder auf, indem sie ihre Flosse als Stütze benutzte.

Erneut riss sie ihren schwarzen Mund auf und Mica konnte deutlich spitze, gelbliche Fangzähne erkennen. Die Sirene kreischte jetzt so grell, dass Mica beinahe das Trommelfell zerplatzt wäre. Sie presste die Hände an ihre Ohren und taumelte, während ihr die Magie entglitt.

Mit einem weiteren Satz preschte die Sirene auf Mica zu und hätte sie wohl zu Fall gebracht, wären nicht in dem Moment zwei Schwerter in Micas Gesichtsfeld aufgetaucht. Sie blinzelte, da die Waffen übernatürlich schnell durch die Luft sausten, und sah, dass der blonde Elf – der Gemahl der Herrscherin – sich zwischen sie und die Sirene gestellt hatte. An seinen beiden Schwertern konnte sie Flammen brennen sehen.

»Alles in Ordnung?«, rief er über die Schulter, ohne den Blick von der Bestie zu nehmen, die ihn wütend anzischte.

»Ja, danke.« Mica nickte und beeilte sich, ihren Schutzschild, den sie hatte fallen lassen, wieder zu errichten.

»Na, dann ist es Zeit für ein Tänzchen!«

Ehe Mica ihm zur Seite eilen konnte, hatte der Elf seine beiden Schwerter in Richtung Sirene geschwungen, die fauchend zurückwich. Ihr Gesang schien ihn nicht zu beeinträchtigen, während er sie immer weiter zur Reling trieb.

Mit einem letzten Aufschrei sprang die Sirene über Bord in die Fluten.

Der Elf drehte sich zu Mica um und ließ seine dunkelblauen Augen rasch über ihren Körper gleiten. Als er sich vergewissert hatte, dass sie unversehrt war, suchte er nach Aren, der immer noch auf dem Boden lag und sich gerade aufrappelte.

»Ihr solltet schleunigst unter Deck«, rief ihm der Elf zu. »Ihr scheint anfällig für ihren Gesang zu sein.«

Aren nickte knapp und eilte ohne ein weiteres Wort über die Planken in Richtung Luke, um unter Deck zu gelangen.

Der Elf rannte ebenfalls davon, um sich der nächsten Sirene zu stellen, der er eines seiner brennenden Schwerter ohne mit der Wimper zu zucken in die Brust rammte. Ihr Schmerzensschrei verstummte, noch ehe ihr lebloser Körper auf die Planken fiel.

Wüstenträne landete neben Mica und schlug wild mit den Flügeln.

»Halt still, damit ich aufsitzen kann!«, befahl sie dem Greif und fasste in die Nackenfedern, um sich auf seinen Rücken zu ziehen.

Ehe sie richtig oben war, erkannte sie voller Grauen, wie Aren soeben von drei Sirenen über Bord gezogen wurde. Er hatte die Luke nicht mehr erreichen können und wurde von den Bestien regelrecht in die Fluten gezerrt.

»Nein!«, schrie Mica auf und Wüstenträne brüllte im selben Moment.

Der Greif erhob sich in die Lüfte und flog zu der Stelle, wo Arens Kopf gerade wieder aus den schäumenden Wellen auftauchte. Der Wind peitschte Mica die Regentropfen wie Kieselsteine ins Gesicht, doch sie hielt den Blick dennoch auf das schwarze Wasser gerichtet, schrie Arens Namen immer und immer wieder. Wüstenträne versuchte, gegen den starken Sturm anzukämpfen und über dem Meisterdieb zu bleiben, um ihn aus den Fluten zu ziehen.

Aren streckte eine Hand nach Mica und Wüstenträne aus und in seinem Blick lagen Angst und Verzweiflung. Dann zogen ihn die Sirenen abermals unter Wasser.

Mica starrte fassungslos auf den Strudel, der rasch von neuer Gischt überdeckt wurde.

Wüstenträne kreiste einige Male über der Stelle, aber Aren tauchte nicht wieder auf.

»Nein«, hauchte Mica und konnte ihre Stimme in dem Tosen des Sturms und dem Gesang der Sirenen selbst kaum verstehen.

In ihr zerriss etwas und sie wusste nicht genau, was es war. Doch es fühlte sich an, als habe jemand ihr Herz herausgeschnitten und mit Feuer entzündet.

Tränen begannen, ihr die Sicht zu nehmen und sie wischte sich unwirsch über die Augen.

Nein, jetzt war nicht der richtige Zeitpunkt, um zu weinen! Sie musste Aren irgendwie retten!

»Flieg Kreise um das Schiff!«, befahl sie Wüstenträne, die ihren Worten sofort Folge leistete. »Wir müssen Aren finden! Sie können ihn noch nicht weit weggeschleppt haben!«

Der Greif flog etwas höher, um eine bessere Sicht auf das Geschehen zu haben. Mica verengte die Augen zu Schlitzen und suchte fieberhaft nach einem Hinweis auf den Meisterdieb.

Doch die Wellen unter ihr blieben dunkel und schwarz. Sie erkannte, dass sich die Sirenen langsam vom Schiff zurückzogen, hörte, wie ihr Gesang immer leiser wurde, bis er kaum noch ein Flüstern war, das vom Donnergrollen übertönt wurde.

Der Sturm legte sich zusehends und Mica konnte schließlich von Wüstentränes Rücken aus sehen, wie die Cyrona ruhig auf der Meeresoberfläche schwamm, als wären die letzten Minuten bloß ein schlimmer Albtraum gewesen. Die Wolken verzogen sich und die Sterne erhellten die Nacht, spiegelten sich in dem schwarzen Wasser unter ihnen.

Doch von Aren fand Mica keine Spur.

26
Mica

»Wir können nicht einfach weiterfahren und Aren seinem Schicksal überlassen!«, rief Mica außer sich. »Nicht nur *er* ist den Sirenen zum Opfer gefallen, sondern auch ein Teil Eurer Mannschaft! Wollt Ihr sie denn nicht retten? Liegt Euch nichts an ihnen?!« Sie funkelte den Elfenkapitän wütend an und musste sich zusammenreißen, um nicht mit dem Fuß auf die Planken zu stampfen.

Maryo Vadorís schenkte ihr einen verärgerten Blick. Er hatte die Arme vor der Brust verschränkt und die Lippen zusammengepresst, als wollte er sich selbst daran hindern, dieser aufgebrachten Frau zu zeigen, was er normalerweise mit Menschen machte, die ihn auf seinem eigenen Schiff in diesem Ton anschrien.

»Ich gebe ihr recht«, meldete sich der blonde Elf zu Wort, ehe der Kapitän seine Beherrschung verlieren konnte. »Du hast einige gute Männer verloren und womöglich können wir sie noch vor den Sirenen retten. Diese Biester spielen immer erst mit ihren Opfern, ehe sie sie töten. Noch haben wir Zeit, sie zu befreien.«

Maryos goldener Blick schien den etwas kleineren Elf durchbohren zu wollen. »Wir haben den Befehl, so rasch wie möglich die Greifenreiter nach Merita zu bringen«, knurrte er. »Wir können nicht umkehren und nach dem Versteck der Sirenen suchen. Dann würden wir den Vorsprung, den wir jetzt haben, einbüßen. Und mir liegt sehr wohl etwas an meinen Männern, Mädchen!« Er warf Mica einen messerscharfen Blick zu. »Sie sind wie meine Familie, verdammt!«

»Und Aren ist wie meine!«, gab Mica nicht minder energisch zurück. »Ich lasse ihn nicht einfach hier zurück! Zudem«, sie wandte sich an den blonden Elf, der zwischen sie und den Kapitän getreten war, »hättet Ihr mit Aren einen weiteren guten Krieger, der Eure Gemahlin unterstützen könnte.«

Der blonde Elf sah Mica einige Augenblicke schweigend an, dann nickte er. »Die Argumente scheinen ziemlich überzeugend zu sein.« Er wandte sich wieder an den Kapitän. »Aber du hast das letzte Wort, es ist *dein* Schiff und *deine* Mannschaft.«

Maryo Vadorís legte seine Stirn in noch tiefere Falten und einen Moment lang schien es, als wollte er widersprechen. Dann nickte er knapp. »Nun gut. Es ist schließlich *deine* Frau und sie wird *dir* Dampf unter dem Arsch machen, wenn wir zu spät in Merita ankommen, weil wir von diesen Sirenen aufgehalten wurden«, brummte er schließlich.

»Glaub mir, damit kann ich sehr gut leben«, erwiderte der Elf, ohne mit der Wimper zu zucken. »Du hättest die längere Route wählen sollen. Das hier war riskant, das habe ich dir von Anfang an gesagt. Jetzt müssen wir schauen, dass wir den Schaden begrenzen können. Wir haben drei Tage gewonnen, wir können es immer noch rechtzeitig nach Merita schaffen.«

Der Elfenkapitän knurrte eine Verwünschung und wandte sich dann ab, um seinen Männern die entsprechenden Befehle zu geben.

»Mica.« Néthan, der bisher wortlos das Gespräch verfolgt hatte, ergriff ihren Arm und zog sie etwas zur Seite, weg von dem blonden Elf. »Ich weiß, dass dir Aren viel bedeutet, aber die Aussichten, ihn lebend aus den Fängen der Sirenen befreien zu können, sind denkbar schlecht. Du hast selbst gesagt, drei von ihnen hätten ihn in die Fluten gezerrt. Wenn er nicht auf der Stelle ertrunken ist, könnten sie ihn dennoch bereits getötet haben ...«

»Still!«, herrschte sie ihn wütend an. »Hör auf damit! Ich will das nicht hören. Ich werde nicht aufgeben, bis ich seine Leiche gesehen habe! Und ich bin mir sicher, dass er noch lebt. Er *muss* einfach noch leben! Auch wenn du ihn hasst ... *mir* bedeutet er viel!«

Néthan seufzte leise und ließ sie los. Sein Blick wurde undurchsichtig, als er weitersprach. »Ich hasse ihn nicht ... glaube ich zumindest. Aber ich weiß nicht, ob es das Richtige ist, wegen einer vagen Hoffnung so viel aufs Spiel zu setzen. Weitere Männer könnten sterben, ganz zu schweigen davon, dass wir zu spät nach Merita gelangen könnten ...« Die letzten Worte sprach er mit leiser Stimme und sah Mica fest in die Augen.

Sie schluckte schwer, während sie seinen Blick erwiderte.

Ja, er hatte recht: Es war riskant. Wenn sie zu spät in Merita wären, könnte Cassiel womöglich in großer Gefahr schweben. Denn es war ganz eindeutig ein hirnverbrannter Plan, die Hauptstadt von Altra angreifen zu wollen, auch ohne die Verstärkung der Greifenreiter. Die mächtigste Magierin des Landes regierte dort! Es war einfach nur dumm, gegen sie in die Schlacht zu ziehen und das musste sie dem Onkel von Cassiel irgendwie klarmachen –

oder zumindest dafür sorgen, dass Cassiel den Kampf heil überstand.

Das könnte sie jedoch nicht, wenn sie hier versuchten, Aren zu retten ... dessen Schicksal und Verbleib ungewiss war. Womöglich würden sie nur noch seine Leiche finden ... dann wären beide tot. Cassiel und sein Vater. Und sie hätte keinen von beiden retten können.

Sie senkte den Blick und sah stirnrunzelnd auf die Planken, auf denen sie stand.

War es das wert?

Ja, das war es, das spürte sie tief in ihrem Herzen. Es war es wert zu versuchen, Aren zu retten. Er hätte dasselbe für sie getan. Der Meisterdieb hatte sie immer beschützt und ihr geholfen, selbst als er sie noch nicht richtig kannte. Jetzt war *er* in Gefahr und sie würde *ihm* helfen.

Néthan schien ihre Gedanken zu erraten, denn er stieß einen resignierten Laut aus und wandte sich dann an den Gemahl der Herrscherin, der in einiger Entfernung gestanden hatte. »Wie viel Verzögerung bedeutet es, bis wir das Versteck der Sirenen gefunden haben?«

Dieser zuckte mit den Schultern. »Vielleicht ein oder zwei Tage. Die Sirenen müssen ihren Unterschlupf in der Nähe haben. Maryo zufolge ist jedoch bisher keiner so lebensmüde gewesen, ein Versteck von ihnen aufzusuchen. Daher wissen wir nicht genau, wo es liegt, geschweige denn, wie es aussieht.«

»Das sind ja tolle Voraussetzungen«, brummte Néthan.

»Aber es ist es wert«, entgegnete Mica mit fester Stimme. »Wir *müssen* Aren befreien – ebenso wie die anderen Männer. Er würde dasselbe für uns tun.«

Néthan sah sie stirnrunzelnd an, erwiderte jedoch nichts mehr.

Der Gemahl der Herrscherin trat zu ihr und musterte sie eindringlich. »Ich weiß ziemlich genau, wie du dich gerade fühlen musst«, sagte er mit gedämpfter Stimme. »Versprich mir aber, dass du keine Dummheiten anstellst, wenn wir den Unterschlupf der Sirenen gefunden haben. Wir werden Aren und die anderen Männer suchen, aber nicht um jeden Preis.«

Mica blickte in seine dunkelblauen Augen und einige Herzschläge lang sagte sie nichts. Dann nickte sie leicht. »Ich werde nichts tun, was das Leben der Mannschaft gefährden könnte. Doch ich werde auch nicht aufgeben. Das habe ich noch nie getan, wenn noch ein Funken Hoffnung bestand. Und heute ist ein verdammt schlechter Tag, um damit anzufangen.«

Ein Schmunzeln erschien auf dem ebenmäßigen Gesicht des blonden Elfen. »Zu einer früheren Zeit hättest du mir tatsächlich gefährlich werden können, Mica«, meinte er mit einem leichten Zwinkern. »Ich mochte schon immer Frauen, die wissen, was sie wollen.«

Dann ging er über das Deck davon, während Mica ihm mit halb geöffnetem Mund nachsah.

»Du scheinst eine besondere Gabe zu haben, Männer um deinen Finger zu wickeln«, bemerkte Néthan, der wieder neben sie getreten war.

Diese Worte hatte Cassiel auch schon einmal zu ihr gesagt – in einem anderen Leben, wie ihr jetzt schien. Sie schüttelte den Kopf, um die Gefühle niederzuringen, die sich in ihr bei der Erinnerung an den Dieb regten und schenkte Néthan ein halbherziges Lächeln. »Mein Lieber, das ist keine Gabe, sondern allein die Tatsache, dass ihr Männer euch so leicht beeindrucken lasst.«

Néthan entwich ein Laut, der an ein Schnauben oder Lachen erinnerte. »Ich habe meinen Bruder noch nie so sehr wie in diesem Moment darum beneidet, dass er dein Herz erobert hat.«

Micas Blick verdunkelte sich und sie wandte sich wortlos ab, um an die Reling zu treten und in die Wellen hinunterzublicken. Wüstenträne, die mit den anderen Greifen über ihnen kreiste, krächzte leise.

»Tut mir leid«, sagte Néthan, der ihr gefolgt war und jetzt eine Hand auf ihren Rücken legte.

»Dir muss nichts leidtun«, erwiderte sie, ohne den Blick vom Wasser abzuwenden. »Ich habe Cassiel in mein Herz gelassen. Freiwillig. Und ich werde alles dafür tun, ihn zu retten und ihn von den Schuldgefühlen, die ihn zerfressen, zu befreien. Dazu gehört auch, dass ich Aren und ihn wieder zusammenbringen will. Er soll seinem Vater ebenso verzeihen können wie dir. Wenn ich schon meine Familie verloren habe, muss dasselbe nicht auch für euch beide gelten.«

Néthan sah sie wehmütig lächelnd an. »Ich hoffe, er weiß deine Bemühungen auch zu schätzen ...«

Jetzt wandte Mica ihm den Blick zu und in ihren dunklen Augen loderte eine Glut, die Néthan unwillkürlich einen Schauer über den Rücken jagte. »Auch dafür werde ich sorgen«, sagte sie. »Und wenn es das Letzte ist, was ich tue.«

27

Faím

»Du wirst nur sprechen, wenn sie dich dazu auffordert«, schärfte Déryl ihm ein, während er ihn zum größten Zelt der Siedlung führte.

Faím nickte und blickte sich neugierig um. Er war jetzt seit zwei Tagen bei den Barbaren von Seoul und würde heute Abend endlich seine Kameraden wiedersehen. Bei irgendeinem roten Felsen, der sich wohl in der Nähe befinden musste. Denn es war bereits Nachmittag und noch war er nicht dazu aufgefordert worden, mit den anderen Kriegern aufzubrechen.

Sein Aufenthalt als Pfand bei den Barbaren war rasch vorbeigegangen, zumal er die meiste Zeit geschlafen hatte. Ihm war ein kleines Zelt zugeteilt worden, vor dem Tag und Nacht eine Wache postiert war, die dafür sorgte, dass er keinen Fuß nach draußen setzte. Somit war Faím gar nicht viel anderes übrig geblieben, als zu warten und zu schlafen.

Die Barbaren hatten dafür gesorgt, dass es ihm an nichts mangelte, gaben ihm zu trinken und zu essen. Meist war es Haferbrei oder

Suppe, die sie mit scharfen Gewürzen angereichert hatten. Faím war dieses Essen nicht gewöhnt und musste viel Wasser und Brot dazu verschlingen, damit seine Zunge nicht zu heftig brannte.

Mit der Zeit wurde es ihm jedoch immer langweiliger und er hätte zu gerne mehr über diesen Barbarenstamm erfahren. Das einzige Mal, dass er etwas von dem Lager gesehen hatte, war spätnachts gewesen, als sie hier angekommen waren. Es schien sich um eine Art Nomadensiedlung zu handeln, die jederzeit abgebrochen und an einem anderen Ort neu aufgebaut werden konnte.

Als Faím Déryl gefragt hatte, ob denn alle Barbaren in solchen Zeltdörfern lebten, hatte dieser ihm erklärt, dass es etwa eine Woche Tagesmarsch entfernt eine richtige Stadt gäbe, wo die Königin seines Volkes lebte. Die Prinzessin, die sich hier in der Nomadensiedlung befand, war gerade auf dem Weg dorthin gewesen, als die Wehen einsetzten. Diesem Umstand allein war es zu verdanken, dass Déryl und die anderen Krieger auf die Kundschafter gestoßen waren, welche Sartons Schiffe am Horizont entdeckt hatten. Ansonsten hätte der Kapitän sein Anliegen wohl nicht direkt der Prinzessin vorbringen können – die anscheinend volle Befehlsgewalt über die Barbarenkrieger besaß.

Die Siedlung bestand aus unterschiedlich großen Zelten. Weder Frauen noch Kinder waren zu sehen, das lag wohl daran, dass die Krieger gerade von der Jagd zurückkehrten, für die bei den Barbaren nur die Männer zuständig waren. Überall waren Felle von Tieren aufgespannt, die Faím nicht kannte. Es verwunderte Faím, dass es in dieser Wüstenregion überhaupt Lebewesen gab. Unterwegs hatte er nur Sand und einige Steppengräser entdeckt. Nichts, womit man lange überleben konnte.

Die Nomadensiedlung war nahe einem schlammigen Wasserloch errichtet worden, das von struppigen Bäumen und Büschen umgeben war.

Diese Barbaren lebten anscheinend mit vielen Entbehrungen.

Fast schon wehmütig dachte Faím an die fruchtbare Insel zurück, auf der sie noch vor einigen Tagen gelagert hatten. Dort hatte es Wild im Überfluss gegeben, schattenspendende Palmen, Blumen, weiches Gras und klares Wasser. Hier jedoch war nichts zu finden außer Hitze, Sand und Einöde. Es erinnerte ihn sehr an seine Heimat Chakas, was seine Lage auch nicht wirklich verbesserte, da das Heimweh zusätzlich an ihm zu nagen begann.

Als sie bei dem großen Zelt ankamen, sah Déryl Faím nochmals scharf an, ehe er die Plane zur Seite schob und eintrat. Die Wachen, die davor postiert waren, musterten den Fremden ebenfalls skeptisch, ließen ihn aber passieren.

Faím betrat ein geräumiges, helles Zelt, dessen Boden mit Teppichen belegt war. Das Innere war prunkvoll eingerichtet, wie es sich für eine Prinzessin gehörte. Überall konnte er filigrane Handwerkskunst entdecken, die sich in Vasen, Holzschnitzereien oder Tüchern ausdrückte. Letztere waren durch das Zeltinnere gespannt und so drapiert, dass sie fast wie Gemälde wirkten. In der Mitte stand ein mit Fellen gepolsterter Thron.

Als Faíms Blick auf die Frau fiel, die darauf saß, stockte ihm der Atem. Sie war wunderschön, vielleicht Anfang zwanzig, mit pechschwarzem Haar, das im Tageslicht bläulich glänzte und offen über ihre Schultern fiel. Ihre dunklen Augen waren aufmerksam auf den Neuankömmling gerichtet, die feinen Gesichtszüge verrieten keinerlei Regung. Offenbar konnten alle Barbaren ihre Gefühle äußerst gut verbergen.

An ihrer entblößten Brust lag ein Säugling, den sie gerade fütterte. Bei diesem Anblick senkte Faím beschämt die Augen. Zwar hatte er sich in den Jahren an Chandras blanke Brüste gewöhnt und verspürte nur noch selten Scham, wenn er eine nackte Frau sah, aber einen solch intimen Moment zwischen Mutter und Kind zu erleben, rief Unbehagen in ihm hervor.

»Knie nieder vor Prinzessin Zalomé«, befahl Déryl energisch.

Rasch kam Faím der Aufforderung nach und senkte sein Haupt.

»Du bist also Faím Sturm von der Smaragdwind«, sprach die Prinzessin. Auch sie hatte einen knurrenden Akzent, jedoch nicht so stark wie Déryl, sodass ihre Stimme klarer klang.

Faím konnte durch die Wimpern hindurch erkennen, dass sie sich erhob und mitsamt dem Säugling einen Schritt auf ihn zumachte. Eine Dienerin oder Sklavin eilte herbei, um ihr das Kind abzunehmen und ihre Brust wieder zu bedecken.

Dafür, dass die Prinzessin vor zwei Tagen entbunden hatte, besaß sie einen sehr schlanken Körper. Hätte Faím nichts von der Geburt gewusst, hätte er wohl kaum geglaubt, dass sie gerade Mutter geworden war.

Knapp vor ihm blieb sie stehen und sah auf ihn herunter. »Was will Sarton Schwarzauge?«, fragte sie.

Faím hob den Blick und sah Zalomé stirnrunzelnd an. Déryl hatte ihr mit Sicherheit erzählt, worum Sarton die Barbaren bat. Worauf wollte die Prinzessin hinaus?

»Der Kapitän bittet Euch um Unterstützung gegen Merita«, antwortete er zurückhaltend.

»Das ist mir bekannt.« Die Prinzessin nickte. »Aber was *will* er dort?«

Faím zögerte. Konnte er ihr die ganze Wahrheit erzählen? Wo er sie doch selbst nicht von Sarton, sondern von Chandra erfahren hatte? Was, wenn es nicht stimmte und Chandra ihn belogen hatte? Zwar liebte er die Meerjungfrau, aber er traute ihr dennoch nicht ganz, da er wusste, dass sie alles nur aus dem Grund tat, irgendwann ihre Seele zu erhalten.

»Ich ... ich weiß es nicht genau«, wich Faím aus.

»Ich sehe dir an, dass du lügst.« Die dunklen Augen der Prinzessin blitzten. »Noch eine weitere Lüge und ich werde dir die Zunge rausschneiden.«

Ihre Stimme klang so drohend, dass Faíms Magen sich zusammenzog. Diese Prinzessin war keine Frau der leeren Worte, das konnte er ihrer Mimik entnehmen.

»Sarton hat mir nichts über seine genauen Pläne erzählt«, antwortete er daher rasch. »Weder mir noch sonst jemandem.«

Zalomé runzelte die Stirn und blickte nachdenklich auf ihn herab. »Das war keine Lüge«, meinte sie dann mit einem knappen Nicken.

Faím fragte sich, ob die Prinzessin wohl auch über Luftmagie verfügte und Gedanken lesen konnte. Leider sah er an ihrer Hand ebenfalls keinen Gildenring, sodass diese Frage für ihn unbeantwortet blieb.

»Dennoch sehe ich in deinen Augen, dass du mir etwas verschweigst. Erzähl es mir, oder wir werden dafür sorgen, dass keiner deiner Freunde das Treffen beim roten Felsen überleben wird.«

Faím entfuhr ein entrüsteter Laut, doch er wollte nicht testen, ob sie ihre Drohung auch in die Tat umsetzen würde, also holte er tief Luft. »Sarton will das Auge des Drachen an sich nehmen.«

Die dunklen Augen der Prinzessin weiteten sich kaum merklich, aber Faím entging die Regung nicht. Rasch hatte sie sich wieder unter Kontrolle und ihr Gesicht verriet weder Überraschung noch Ärger, als sie sagte: »Das war doch nicht so schwer, oder?« Dann wandte sie sich an Déryl. »Gib Eraíl Bescheid.«

Der Krieger warf einen flüchtigen Blick auf Faím, ehe er wortlos das Zelt verließ.

»Was werdet Ihr unternehmen?«, wollte Faím wissen.

»Das geht dich nichts an«, antwortete die Prinzessin.

Faím erhob sich vom Boden, auf dem er immer noch gekniet hatte, und blickte die junge Frau fest an. »Es geht mich sehr wohl etwas an, schließlich sind es meine Freunde, die davon betroffen sein werden.«

»Ich habe dir nicht erlaubt, dich zu erheben«, sagte sie kühl.

»Und ich habe langsam genug von Euren Spielchen.« Faím spürte, wie die Wut in ihm hochzukochen begann. Diese Prinzessin ging ihm allmählich auf die Nerven mit ihrem Gehabe. »Wenn Ihr meinen Freunden eine Falle stellen wollt ...«

»Von einer Falle hat keiner gesprochen«, antwortete sie ruhig. »Du hast ein hitziges Temperament, das wird dich im Leben eher behindern, als dass es dich weiterbringt.«

»Ich bin nicht hier, um Eure Lebensweisheiten anzuhören«, erwiderte Faím empört. »Ich weiß, was es mit dem Auge des Drachen auf sich hat und Ihr offenbar auch. Wir müssen verhindern, dass Sarton es bekommt.«

Zalomé sah ihn eine Weile schweigend an, dann nickte sie langsam. »Ich sehe, unsere Ziele sind dieselben«, antwortete sie und ihre Stimme klang freundlicher als vorhin. »Du bist ein kluger Mann, Faím Sturm. Doch ich vertraue dir ebenso wenig wie du mir.«

Faím ging nicht auf ihre Worte ein. »Wie wollt Ihr verhindern, dass Sarton dieses Auge des Drachen bekommt?«, fragte er stattdessen.

»Vorerst gar nicht. Ich werde mich mit ihm treffen und seine Bitte anhören. Dann werde ich weitersehen.«

»Ihr werdet also mit uns nach Merita segeln?«

Zalomé zuckte mit den Schultern. »Meine Krieger dürsten nach einem Kampf, warum sollte ich ihnen keinen geben? Ich verfolge allerdings meine eigenen Pläne und werde mich weder von einem dahergelaufenen Kapitän noch von sonst jemandem einspannen lassen.«

Faím nickte, während er spürte, wie die angestaute Wut langsam abflaute und kühler Berechnung Platz machte. Er würde diese Prinzessin keinesfalls unterschätzen und das fiel ihm leichter, wenn er einen klaren Kopf hatte.

Zwei Stunden später brachen die Barbaren zum roten Felsen auf. Faím war froh, dass er sich endlich die Beine vertreten konnte und vor allem auch die Siedlung verlassen durfte. Die Dämmerung war noch nicht hereingebrochen, doch das würde sie in spätestens einer Stunde tun. Also musste sich der Treffpunkt tatsächlich in der Nähe befinden.

Noch ehe die Krieger die ersten Fackeln entzünden mussten, erreichten sie eine felsige Formation, die mitten aus der Wüste herausstach wie ein versteinerter Riese, der dabei war, im Sand zu versinken. Der rote Felsen bestand, wie der Name verriet, aus rotem Gestein und ragte etwa zwanzig Schritt in den Himmel, als sei er ein mahnender Zeigefinger – das letzte Abschiedsgeschenk des Riesen.

Faím sah den Felsen staunend an und überlegte, wie der wohl hierhin, mitten in die Wüste gekommen war.

»Deine Freunde scheinen schon da zu sein«, bemerkte Zalomé, die neben ihm auf einer weißen Stute ritt. Den Säugling hatte sie in der Siedlung gelassen und trug jetzt leichte Reiterkleidung.

Faím, der zu Fuß unterwegs war, blickte zu ihr hoch. »Ich kann sie nicht sehen«, meinte er stirnrunzelnd.

»Sie verbergen sich, um uns zu überraschen«, sagte sie mit einem grimmigen Schmunzeln. »Sarton Schwarzauge scheint sich kein bisschen verändert zu haben.«

Faím blickte abermals zu dem Felsen, wo er in eben diesem Moment etwas aufblitzen sah wie Metall, das von einem verirrten Lichtstrahl getroffen wurde.

Die Prinzessin zügelte ihre Stute, und das Dutzend Krieger, das sie begleitete, tat es ihr gleich.

»Zeigt Euch, Sarton Schwarzauge«, rief Zalomé zu dem Felsen hinüber. Ihre Stimme trug bis weit über die Wüste.

Zögernd tauchten die Köpfe von mehreren Männern hinter dem felsigen Gestein auf, dann trat Sarton hervor und kam langsam auf sie zu. Sein Blick galt zunächst Faím, aber als er sich vergewissert hatte, dass dieser wohlauf war, richtete er ihn auf Zalomé.

»So sieht man sich wieder«, bemerkte er mit einem schiefen Lächeln, in dem keinerlei Freude lag. Es mutete eher wie das Zähnefletschen einer Hyäne an. »Ihr seid erwachsen geworden ... und befehligt nun eine eigene Truppe, wie ich sehe?« Sein Blick schweifte über die Barbaren.

»Kapitän Schwarzauge.« Zalomés Stimme verriet nicht, ob sie sich über seinen Anblick freute oder ihm lieber ihren Dolch zwischen die Rippen gerammt hätte. Faím vermutete dennoch Letzteres. »Ihr seid also zurückgekrochen wie ein räudiger Hund, um uns um Hilfe zu bitten? Was gibt Euch die Zuversicht, dass wir in Euren Vorschlag einwilligen wollen?«

Sartons aufgesetztes Lächeln blieb in seinem Gesicht, als wäre es dort eingemeißelt, während er einige Schritte auf die Reitergruppe zuging. »Ich weiß, dass es Euch an so manchem mangelt. Ihr wohnt in einer unwirtlichen Region, müsst auf vieles verzichten und lebt mit Entbehrungen, die sich durch ein bisschen ... Gold beheben lassen würden. Hinzu kommt, dass die Händler der Meere Euch und Euer Volk meiden.«

Zalomé grunzte überhaupt nicht prinzessinnenhaft. »Bereits meine Vorväter und deren Ahnen haben hier gelebt. Was sollte uns also davon abbringen, es ihnen gleichzutun?«

Sarton verschränkte die Arme vor der Brust und musterte die Prinzessin mit schief gelegtem Kopf. »Bloß weil es immer so war, heißt es nicht, dass es so bleiben muss, oder? Ich habe Euch als vorausschauendes und kluges Mädchen kennengelernt. Ihr wollt das Beste für Euer Volk und das Beste ist nun mal leichter zu bekommen, wenn man über finanzielle Mittel verfügt. Ich habe eine Menge Gold, das ich Euch für Eure Hilfe geben kann. So viel, dass Ihr Eurem Volk eine Zukunft bieten könnt, wie Ihr sie Euch immer erträumt habt. Und bevor Ihr Eure hübsche Nase rümpft: An dem Gold klebt keinerlei Blut. Wir haben es durch jahrelange Arbeit vom Grunde des Meeres geborgen. Kein Mensch ist dabei zu Schaden gekommen – zumindest nicht durch meine Mannschaft.«

Zalomés weißer Schimmel begann zu tänzeln, ein Zeichen, dass das Tier die Nervosität seiner Reiterin spürte.

Faím sah sie von der Seite her an, konnte jedoch keinerlei Gefühlsregung in ihrem schönen Gesicht erkennen.

»Ihr wollt also gegen Merita ziehen, um das Auge des Drachen in Euren Besitz zu bringen«, sagte Zalomé so beiläufig, als hätte sie gerade festgestellt, dass es heute wieder Haferbrei zum Abendessen gab.

Dennoch entging Faím die Verblüffung in Sartons Gesicht nicht. Er war keinesfalls gleich gut wie die Barbaren darin, seine Gefühle zu verbergen.

Als er seine Fassung wiedererlangt hatte, räusperte er sich. »Es stimmt, dass ich dieses Artefakt an mich bringen will«, sagte er dann mit einem leichten Nicken. Offensichtlich hatte er gemerkt, dass es nichts brachte, die Prinzessin anzulügen. »Doch seid versichert, ich habe meine Gründe dafür.«

»Menschen haben immer Gründe, warum sie Kriege führen«, sagte Zalomé gleichgültig. »Ihr habt Glück, dass meine Kämpfer schon länger nicht mehr in den Genuss einer Schlacht gekommen sind und die Abwechslung ihnen guttun wird. Zudem befinden sich derzeit vier unserer schnellsten Schiffe in Signalweite und können binnen zwei Tagen hier sein. Wir werden etwa drei Wochen Schifffahrt bis Merita haben. Gebt uns das Gold und ich werde einige meiner besten Kämpfer mit Euch schicken.«

Sarton atmete sichtlich auf. »Ich werde veranlassen, dass Euch das Gold gebracht wird. Da es allerdings sehr viel ist, werden wir Pferde und Karren benötigen.«

»Ihr sollt alles erhalten, was Ihr braucht.« Die Prinzessin nickte. »Morgen werde ich eine Gruppe zu Eurem Schiff entsenden. So wie ich Euch kenne, habt Ihr es dort gelagert. Sobald das Gold an Land ist, werde ich meinen Kapitänen befehlen, Segel zu setzen.«

Ohne seine Antwort abzuwarten, wandte sie ihr Pferd und trieb es an, um davonzugaloppieren.

Nicht nur Faím, sondern auch Sarton starrten ihr hinterher, als sich die Krieger ihr anschlossen und die Hufe ihrer Pferde Sand aufwirbelten.

Sie hatte gewusst, wo das Gold lagerte, jedoch nicht angegriffen. Welche Ziele verfolgte diese Prinzessin bloß?

28

Faím

Faím blickte misstrauisch zu den vier Schiffen, die sie seit einer Woche begleiteten. Ihre Bauweise zeugte von robuster Werksarbeit, ohne zu viele Verschnörkelungen, und von nüchterner Zweckmäßigkeit.

Zalomé hatte er nicht mehr gesehen seit dem Treffen am roten Felsen. Doch er war sich sicher, dass sie sich auf einem der anderen Schiffe befand. Genauso wie Déryl. Zumindest hatte Chandra ihn dies wissen lassen. Die Meerjungfrau hatte das Ganze äußerst gespannt beobachtet und hielt ihn täglich auf dem Laufenden, wenn sich etwas auf einem der Barbarenschiffe tat.

Sarton hatte ihn direkt nach ihrer Rückkehr am Strand zur Smaragdwind geschickt, wo er auf ihn hatte warten müssen. Das Gespräch, das darauf folgte, war Faím unangenehm gewesen. Er musste dem Kapitän erklären, warum er von seinem Plan wusste und – was noch unangenehmer war – warum er ihn Zalomé verraten hatte.

Sarton schien äußerst verärgert darüber zu sein und Faím vermutete, dass es nicht nur daran lag, dass die Barbaren nun über seine Ziele Bescheid wussten, sondern auch, weil der Kapitän nie ein Ziel bekanntgab, ehe er ablegte. Er war einfach zu abergläubisch dafür.

Die Mannschaft hatte in der Zwischenzeit natürlich auch Wind davon bekommen, was der eigentliche Grund war für Sartons Pläne, Merita anzugreifen. So manche Stimme wurde hinter vorgehaltener Hand laut, die ihren Unmut darüber kundtat, ein Artefakt zu stehlen, das der Herrscherin von Merita gehörte. Die meisten konnten keine Magie wirken und alles Magische war ihnen daher suspekt. Zudem konnte die Mannschaft nicht nachvollziehen, was Sarton mit dem Artefakt wollte, und ihre Motivation, in einen Kampf zu ziehen, schien entsprechend zu sinken. Daher hatte der Kapitän begonnen, härtere Strafen gegen all diejenigen auszusprechen, die seinen Plan infrage stellten. Dies ließ die zweifelnden Stimmen zwar leiser werden, jedoch nicht gänzlich verstummen.

Faím hatte das Ganze mit gemischten Gefühlen beobachtet. Einerseits war er Sarton dankbar für das, was er ihm mit seiner Smaragdwind ermöglicht hatte, andererseits ging ihm seine Vorgehensweise gegen den Strich. Zudem hatte er ihm noch nicht gesagt, dass Chandra sie in der Schlacht nicht unterstützen würde.

Hatte er den Kapitän am Anfang noch bewundert, so sah er jetzt umso deutlicher die Fehler, die dieser Mann hatte. Er war machthungrig und vermessen, dachte in erster Linie an sich und war nicht vorausschauend genug, um mögliche Konsequenzen abzuschätzen. Das war eine gefährliche Mischung. Die womöglich viele Menschenleben aufs Spiel setzen würde.

Doch noch war Faím nicht in der Position, sich den Befehlen des Kapitäns zu widersetzen. Noch war es Sarton, der das Schiff kommandierte ... nur, wie lange würde das noch so bleiben? Er konnte der Mannschaft ihren Unmut ansehen, etwas, das auch den Kapitän nervös werden ließ, wie seine Übellaunigkeit der letzten Tage deutlich verriet.

Seufzend wandte Faím sich von der Reling ab und ging unter Deck, um sich ein wenig hinzulegen. In den Mannschaftsquartieren hielten sich um diese Tageszeit nur ein paar Matrosen auf, die sich von ihrer Schicht erholten.

Faím legte sich in seine Hängematte und schloss die Augen, stutzte aber, als er glaubte, hitzige Stimmen aus der Kabine über sich zu vernehmen.

Seine Hängematte befand sich genau unter der Kapitänskajüte und in den letzten Jahren hatte er schon etliche Male gehört, wenn dieser sich dort aufhielt, mit jemandem sprach oder – wie jetzt – stritt.

Dieses Mal klang der Streit jedoch anders. Härter, rauer. Faím lauschte angestrengt. Bei einer der Stimmen handelte es sich eindeutig um Sarton. Die andere konnte er zunächst nicht wirklich zuordnen. Dann glaubte er, Lenco, den Quartiermeister, zu erkennen. Er hatte gar nicht gemerkt, dass dieser von der Schwarzen Möwe herübergerudert war, die immer noch unter seinem Kommando stand.

Vorsichtig schicke er seinen Geist nach Chandra aus, die in der Nähe der Smaragdwind schwamm und gab ihr zu verstehen, dass er ihre Kräfte brauchte. Sie schien amüsiert zu sein, denn sie schickte ihm das Bild einer Muräne – der Fischart, die meist hinterlistig in einem Versteck auf ihr Opfer wartet. Faím verstand. Sie wollte damit ausdrücken, dass er ebenfalls gerade dabei war, hinterlistig zu sein. Lauschen gehörte sich nicht. Dennoch spürte er, wie sie ihm ihre Kräfte lieh, sodass er mit einem Mal besser hören konnte.

Er schloss die Augen und konzentrierte sich auf das Gespräch, das über ihm stattfand.

»… ich dir doch gesagt! Wir sollten ihr keinesfalls vertrauen!«, fauchte Sarton gerade.

»Vorerst wird dir nicht viel anderes übrig bleiben«, antwortete der andere, dessen knurrige Stimme Faím jetzt eindeutig als Lencos identifizierte. »Und wenn du ihr auch nur ein Haar krümmst, wirst du es mit mir zu tun bekommen!«

Faím stutzte. Er hatte zwar schon vermutet, dass Lenco ebenfalls von den Barbaren von Seoul abstammte, aber er hatte nicht gedacht, dass er Zalomé gegenüber derartige Gefühle hegte, um sie vor Sarton beschützen zu wollen, und seinem Kapitän gar drohte. Lenco war bisher immer äußerst loyal gewesen, hatte selten einen Befehl Sartons infrage gestellt. Was mochte das bedeuten?

»Du drohst mir?«, fuhr Sarton ihn an. »Ausgerechnet du? Dem ich das Leben gerettet habe?!«

Eine Pause entstand, dann klang Lencos Stimme etwas gedämpfter. »Ich vergesse nicht, was du für mich getan hast. Aber auch ich habe dir in der Zwischenzeit dutzende Male den Arsch gerettet. Wir sind also mehr als quitt.«

»Ich brauche deiner Schwester nur zu sagen, dass du dich hier versteckst, dann wird sie dich vierteilen lassen!«, bellte Sarton.

Faím runzelte die Stirn.

Lenco war also Zalomés Bruder. Sarton hatte ihm das Leben gerettet. Wie? Indem er ihn von den Barbaren wegholte? War Lenco dort in Ungnade gefallen?

Aber Zalomé hatte bei Faím nicht den Eindruck erweckt, als würde sie ihren eigenen Bruder töten können. Sie war eine kluge Frau, die mit harter Hand regierte. Doch er traute ihr nicht zu, ein Familienmitglied hinzurichten. Warum, konnte er nicht genau sagen. Es passte einfach nicht zu ihr.

Immerhin wusste Faím jetzt, warum er Lenco so gut wie nie gesehen hatte. Er hatte eigentlich angenommen, dass er auf der Schwarzen Möwe das Kommando hatte. Dass er sich auf der Smaragdwind befand, sich in Sartons Kabine versteckt hielt, hatte nicht einmal er geahnt.

»Nur zu, verrate mich an sie«, sagte Lenco ruhig. »Es ist ohnehin an der Zeit, dass ich mich bei ihr für das entschuldige, was ich ihr damals angetan habe.«

»Sie wird dir dieses Vergehen mit Sicherheit nicht verzeihen«, entgegnete Sarton. »Keiner könnte das – erst recht nicht ein stures Mädchen wie sie.«

»Womöglich hast du recht.« Lencos Stimme klang bitter. »Aber was bringt es, wenn ich mich hier verstecke wie eine Ratte im Keller? Ich sollte zu ihr gehen und mit ihr sprechen.«

»Dann tu, was du nicht lassen kannst«, meinte Sarton resigniert. Auch er schien sich wieder etwas beruhigt zu haben. »Nur komm mir nachher nicht winselnd angekrochen, wenn sie dir die Eier abgeschnitten hat.«

»Keine Sorge«, knurrte Lenco. »Du wirst mich nicht so rasch wiedersehen müssen.«

Dann hörte Faím, wie eine Tür ins Schloss fiel. Anscheinend hatte Lenco die Kabine verlassen.

Er spürte, wie Chandra sich in seinen Gedanken bemerkbar machte und schwang sich leise aus der Hängematte, um aus dem Mannschaftsquartier zu schleichen. Warum er sich mit einem Mal wie ein Dieb vorkam, wusste er nicht, nur, dass er mit Chandra sprechen musste.

Im Schiffsrumpf gab es eine Luke, durch die die Hinterlassenschaften der Tiere, die sich im Lagerraum befanden, ins Meer gespült wurden. Faíms Weg führte ihn nun dorthin, denn sie befand sich dicht über der Meeresoberfläche und somit weit genug unten, damit er sich ungestört mit Chandra unterhalten konnte.

Als er die Luke öffnete, schwamm sie schon daneben im Wasser und sah ihn erwartungsvoll an. »Das war interessant«, meinte sie mit schief gelegtem Kopf. »Ich kenne dich. Du willst wissen, wie das Gespräch zwischen Lenco und seiner Schwester ausgeht.«

Faím nickte. »Leider ist das wohl kaum möglich, denn ich kann ihm nicht einfach in einem Boot zu den Barbaren folgen. Jeder würde mich sehen.«

Chandras schöner Mund verzog sich zu einem Lächeln. »Nicht, wenn ich dir erneut meine Kräfte leihe«, sagte sie verschmitzt.

»Wie meinst du das?«, fragte Faím mit hochgezogenen Augenbrauen.

»Ich kann dich unsichtbar machen«, antwortete Chandra, als sei es das Natürlichste auf der Welt.

Faím grunzte. »Schon klar, und als Nächstes zauberst du mir Eselsohren an den Kopf.«

Chandra schien nicht beleidigt zu sein, sondern schenkte ihm bloß einen abschätzigen Blick. »Eselsohren würden dir nicht stehen«, meinte sie nüchtern. »Vielleicht Hundeohren …«

»Mal abgesehen davon, dass ich kein Wort mehr mit dir sprechen würde, wenn du das tatsächlich tust… wie willst du mich unsichtbar machen?«

Chandras Lächeln wurde breiter. »Du wünschst es dir und ich tu es.«

»Wünschen?«

»Du kannst mich auch lieb darum bitten. Nur macht Wünschen es irgendwie … magischer.« Sie klimperte unschuldig mit den Wimpern.

Faím sah sie misstrauisch an. »Ich kenne dich inzwischen so gut, um zu wissen, dass du nichts machst, ohne einen Vorteil daraus zu ziehen. Was genau ist es dieses Mal?«

Jetzt zog die Meerjungfrau doch noch einen Schmollmund und sah ihn vorwurfsvoll an. »Wie kannst du glauben, dass ich dich immer nur ausnutzen will?«, fragte sie empört. »Mir liegt viel an dir, Faím Sturm. Das habe ich dir schon oft gesagt. Das Einzige, was für mich dabei ›rauspringen‹ würde, ist ein wenig Spaß. Spaß mit dir. Ist es einer Meerjungfrau nicht vergönnt, welchen zu haben, wenn sie schon keine Seele besitzt?«

Augenblicklich spürte Faím das schlechte Gewissen in sich, denn er erkannte, dass er Chandra dieses Mal tatsächlich gekränkt hatte. Aber in all den Jahren hatte er gelernt, ihr zu misstrauen, selbst wenn er sie mochte. Aber das Ende, das sie von Anfang an für ihn vorgesehen hatte, ließ ihn mit gutem Grund hellhörig werden. Er hatte ihr zwar sein Herz geschenkt, aber er wusste auch, dass sie gefährlich war. Womöglich gefährlicher als eine Nymphe es jemals sein konnte.

»Es tut mir leid«, sagte er versöhnlicher. »Du weißt, dass ich an meinem Leben hänge und du weißt auch, dass es mir schwerfällt, dir zu vertrauen.«

Chandras Gesichtszüge entspannten sich ein wenig und sie sah ihn mit ihren meerblauen Augen einige Sekunden lang an. »Wenn du Lenco an Bord des Barbarenschiffes folgen willst, solltest du dich beeilen«, sagte sie dann.

Faím nickte, da er annahm, dass sie ihm verziehen hatte. »Nun gut. Dann wünsche ich mir von dir, dass ich unsichtbar gemacht werde.«

»Zu spät, du bist bereits seit zwei Minuten unsichtbar«, antwortete Chandra und das schelmische Funkeln in ihren Augen verriet, dass ihr das hier tatsächlich eine Menge Spaß bereitete. »Ich werde dir folgen und meine Kräfte mit deinen verbunden halten, damit du keinen Unsinn anstellen kannst. Wenn du zurück auf der Smaragdwind bist, wirst du wieder deinen eigenen Körper haben. Vorerst aber wird Bruder Luft ihn für dich darstellen.«

Faím sah an sich herunter und keuchte erschrocken auf, als er erkannte, dass er tatsächlich keinen Körper mehr besaß. Er hob die Hände, doch auch sie waren durchsichtig. Er konnte nicht einmal sagen, ob er überhaupt noch welche hatte. Grauen erfasste ihn und für einen Moment lang spürte er, dass er drauf und dran war, einen hysterischen Anfall zu bekommen. Dann hörte er Chandras helles Lachen und sah sie an.

Sie blickte ihm direkt in die Augen – falls er denn überhaupt noch welche besaß – und schien sich köstlich zu amüsieren. »Du bist nur unsichtbar. Dein Körper hat sich nicht in Luft aufgelöst«, sagte sie schmunzelnd. »Und jetzt geh, folge Lenco auf das Boot. Es wird gerade zu Wasser gelassen.«

Während Faím sich in das Beiboot gleiten ließ, rechnete er jede Sekunde damit, dass Lenco ihn entdecken würde. Der breitschultrige Hüne hatte die Ruder in die Hand genommen und seine Muskeln spielten, während er die ersten Schläge tat, die ihn von der Smaragdwind weg und zum Schiff der Barbarenprinzessin brachten. Er trug wie immer nur seine leichten Leinenhosen, hatte auf jegliche Waffen verzichtet.

Faím kauerte sich in den äußersten Winkel des Bootes und war froh, dass Lenco ihm den Rücken zuwandte. Er hoffte inständig, dass Chandras Magie auch tatsächlich anhielt. Er wollte sich nicht ausmalen, was passieren würde, wenn Lenco bemerkte, dass er nicht alleine war.

Mit einem Mal schalt sich Faím für seine eigene Neugier und dafür, dass er der Meerjungfrau erlaubt hatte, ihn unsichtbar zu machen. War er denn von allen guten Geistern verlassen? Was versprach er sich davon, mit Lenco zusammen bei den Barbaren an Bord zu gehen?

Ehe seine Zweifel überhandnehmen konnten, bemerkte er, dass sie beim Barbarenschiff angekommen waren. Lenco war zügig gerudert und erhob sich nun, während er mit erstaunlicher Sicherheit das Gleichgewicht in dem schwankenden Boot behielt.

»Lasst mich an Bord«, rief der Hüne nach oben.

An der Reling erschienen einige Barbaren, die zu ihm hinunterstarrten. Sie wechselten in ihrer knurrigen Sprache ein paar Worte miteinander, dann wurde eine Strickleiter heruntergelassen. Lenco kletterte hoch und Faím beeilte sich, ihm zu folgen, ehe die Leiter eingezogen wurde.

Als Faím das Deck betrat, hatten sich bereits einige der Kämpfer um Lenco herum versammelt. Sie beäugten ihn mit zornigen Blicken, die Hände an den Waffen, jederzeit bereit, ihn zu erstechen oder zu erschlagen.

»Du wagst es, an Bord zu kommen, du räudiger Hund?!«, knurrte Déryl gerade. Er verpasste Lenco einen Kinnhaken, sodass dieser taumelte.

»Wo ist sie?«, fragte Lenco, als er sein Gleichgewicht wiedererlangt hatte. Er rieb sich das Kinn und starrte Déryl ausdruckslos an.

»Du wirst sie nicht sehen, da ich dich vorher töten werde!« Déryl hatte seine beiden Schwerter gezogen und machte Anstalten, sie Lenco in die Brust zu rammen.

Doch ehe er das tun konnte, teilte sich die Menge der Krieger, die Lenco umkreist hatten und Zalomé trat hervor.

Faím machte unwillkürlich einen Schritt zurück zur Reling.

»Lenco.« Die Art, wie die Prinzessin den Namen ihres Bruders aussprach, verriet nicht, ob sie ihn hasste oder liebte. »Déryl, lass ihn.« Zalomé legte eine Hand auf Déryls Arm, bis der wutschnaubende Barbar die Waffen senkte.

Sie hatte in der Barbarensprache gesprochen, das konnte Faím erkennen. Womöglich hatte Chandra einen weiteren Zauber gewirkt, damit er diese ihm fremde Sprache plötzlich verstehen konnte.

»Schwester«, antwortete Lenco in demselben Tonfall wie die Prinzessin.

Knapp vor Lenco blieb die Barbarenprinzessin stehen und sah zu ihm hoch. Er überragte sie um über einen Kopf und Zalomé wirkte mit einem Mal zerbrechlich.

Jetzt konnte Faím deutlich die Ähnlichkeit zwischen den beiden erkennen.

Einige Sekunden lang studierte Zalomé Lencos Gesicht, dann zog sie einen kunstvoll verzierten Dolch und schnitt Lenco damit mit einer raschen Handbewegung quer über die Brust. Der Hüne zuckte dabei nicht einmal mit der Wimper, sondern starrte seine Schwester weiterhin an. Die Wunde war nicht tief und dennoch musste sie schmerzhaft sein. Aber in Lencos Miene war keinerlei Regung zu erkennen.

»Dein Blut wird diese Klinge reinwaschen«, sagte Zalomé, als sie den Dolch von seiner Haut nahm. Das Rot tropfte von seiner Spitze und rann den Stahl hinunter. »Das Blut des Mörders vereint mit dem Blut seines Opfers.«

Es klang fast wie ein Schwur und Faím rann unwillkürlich eine Gänsehaut über den Rücken.

»Ich bin hier, um Vergebung zu erhalten.« Lencos Stimme klang eigenartig heiser. »Und um meine Sünden zu bereinigen.«

Zalomés Blick traf abermals auf seinen. Jetzt konnte Faím unterdrückten Zorn in ihren dunklen Augen erkennen. »Du willst Vergebung? Willst dich reinwaschen von dem, was du getan hast? Dann bete zu deinen neuen Göttern darum, dass sie dir diese Vergebung geben. Meine werden es nicht tun. Und ich ebenso wenig.«

Lenco sah einen Moment lang aus, als hätte sie ihm eine Ohrfeige verpasst. Dann sank er vor ihr in die Knie. Dieses Bild, wie der breitschultrige Hüne vor der feingliedrigen Prinzessin kniete, mutete so absurd an, dass Faím blinzeln musste.

»Bitte«, sagte Lenco mit belegter Stimme.

Faím hatte den Quartiermeister von Sarton noch nie um etwas bitten gehört. Schon gar nicht um Vergebung seiner Sünden.

»Selbst wenn ich dir vergeben würde, würdest du deines Lebens nicht mehr froh werden«, sagte Zalomé kalt. »Was du getan hast, ist unentschuldbar und dafür verdienst du die Verbannung. Der Tod wäre zu einfach für dich.«

»Ich bereue es jede Sekunde meines Lebens«, murmelte Lenco leise.

»Das wirst du auch weiterhin tun. Du hast dich mit einem Verräter zusammengetan. Du bist ein Wurm, dem ein Rückgrat gewachsen ist und der dadurch zur Schlange wurde. Deine Tat wird nie rückgängig gemacht werden können und du kannst froh sein, dass ich geschworen habe, niemanden von meinem Blut zu töten. Ansonsten würde dein Körper dieses Schiff als Fischfutter verlassen.«

Sie hatte diese Worte mit solcher Kälte gesprochen, dass es Faím fröstelte.

Lenco erhob sich von den Planken und wandte sich zum Gehen. Er hatte den Kopf gesenkt wie ein geschlagener Hund.

Als er die Reling erreicht hatte, wandte er sich noch einmal um. Die Barbarenprinzessin stand immer noch mit dem blutverschmierten Dolch in der Hand zwischen ihren Kriegern und blickte ihn regungslos an.

»Ich hoffe, wir sehen uns unter einem günstigeren Stern wieder, Schwester«, sagte Lenco leise.

»Ich habe dir nicht erlaubt, mein Schiff zu verlassen«, antwortete sie.

Im selben Moment waren vier Krieger an seiner Seite, die ihn packten und zu Boden warfen. Lenco wehrte sich nicht, schien zu wissen, dass ihm dann nur stärkere Schmerzen gedroht hätten.

Déryl verpasste ihm einen harten Faustschlag gegen die Schläfe und Lencos Körper sackte in sich zusammen.

Faím keuchte und überlegte einen Moment, ob er fliehen sollte. Doch da traf ihn Zalomés Blick und er erkannte, dass sie die ganze Zeit gewusst hatte, dass er unsichtbar war und alles mitangehört hatte.

»Sag deinem Kapitän, dass mein Bruder hierbleiben wird«, sprach sie. »Und solltest du oder jemand anderes jemals wieder unerlaubt auf mein Schiff kommen, werde ich mein Versprechen, ihn im Kampf zu unterstützen, als nichtig erklären!« Dann wandte sie sich ab und ging davon.

Faím spürte, wie sein Körper wieder sichtbar wurde, da Chandra gemerkt zu haben schien, dass ihre Tarnung aufgeflogen war. Die Krieger, die ihm am nächsten standen, keuchten erschrocken auf und traten einen Schritt zurück. Sie hatten im Gegensatz zu Zalomé offenbar nicht wahrgenommen, dass er da war.

So rasch er konnte, schwang sich Faím über die Reling, packte die Strickleiter und ließ sich halb ins Beiboot hinunterfallen. Dann ruderte er so schnell wie noch nie zurück zur Smaragdwind, während er sich selbst für seinen hirnrissigen Plan verwünschte.

Als Faím Sarton die Nachricht überbrachte, schrie dieser ihn an und schalt ihn, dass er unerlaubt an Bord des Barbarenschiffes gewesen war. Doch Faím ließ die Beschimpfungen über sich ergehen und auch die Androhung von Arrest. Er wusste, dass Sarton jetzt mehr denn je auf ihn angewiesen war und keinesfalls riskieren konnte, ihn auch noch zu verlieren. Schließlich würden sie in zwei Wochen in Merita sein und der Kampf, der vor ihnen lag, stand unter keinem guten Stern.

29
MICA

»Bleib hinter mir und versuche nicht, die Heldin zu spielen«, wies Maryo Mica an, während er den Höhleneingang inspizierte, der sich vor ihnen auftat.

Es war nur ein schmaler Spalt, kaum einen Schritt breit und gerade groß genug, sodass ein erwachsener Mensch zwischen den Felsen hineinschwimmen konnte. Sie standen auf dem glitschigen Gestein der Klippen einer kleinen Insel, die von den Wellen umspült wurde.

Mica hatte das Versteck der Sirenen mit Wüstenträne zusammen gefunden. Das war vor zwei Stunden gewesen. Jetzt befand sich eine Handvoll Seeleute bis an die Zähne bewaffnet vor dem Eingang, darauf gefasst, den Hort zu stürmen und ihre Kameraden aus den Klauen der Sirenen zu befreien. Sie waren mit drei Beibooten hergerudert, während die Cyrona in einiger Entfernung ankerte.

Neben Mica waren auch der Greifen-Hauptmann Serge sowie der Gemahl der Herrscherin, die Gorka namens Ksora, Steinwind und zehn weitere Matrosen dabei. Néthan und der Dunkelelf hatten an Bord bleiben müssen, da sie zu anfällig für den Gesang der Sirenen waren, die diese mit Sicherheit gegen ihre Feinde einsetzen würden, wenn sie sie entdecken sollten.

Maryo glaubte zwar, dass sie von dem Angriff geschwächt waren – immerhin hatten auch die Bestien einige Verluste erlitten und der Gesang ermüdete sie offenbar mit der Zeit – dennoch wären sie immer noch ernstzunehmende Gegner.

»Ich werde Euch schon nicht vor die Füße stolpern«, antwortete Mica in leicht gereiztem Tonfall.

Sie mochte es nicht, wenn sie unnütze Anweisungen erhielt. Sie hatte weder vor, die Heldin zu spielen, noch voranzupreschen – sie hatte zu deutlich gesehen, wozu diese Sirenen fähig waren. Und unterschätzen würde sie sie bestimmt nicht.

»Dann ist ja gut.« Maryo nickte und überprüfte seine Krummsäbel. Dann blickte er zu den Männern, die ihn erwartungsvoll ansahen. »Wir werden ein Stück weit schwimmen müssen. Das Wasser scheint zu tief zu sein, als dass wir in die Höhle waten können. Aber drinnen wird es einen Felsvorsprung oder Ähnliches geben, wo die Sirenen ihre Gefangenen hingebracht haben.«

Mica schluckte leise. Sie hatte nie schwimmen gelernt – wozu auch? In den Kanälen unter Chakas gab es kaum Wasser und auf dem Rücken ihres Königsgreifen fühlte sie sich so sicher wie nirgends sonst, selbst wenn sie über das Meer flog. Wüstenträne würde sie niemals fallen lassen, dafür waren sie zu eng miteinander verbunden.

Auch jetzt konnte Mica den Greif fühlen, der über ihren Köpfen kreiste und aufgeregte Bilder von den Sirenen in ihren Geist sandte.

Es hatte eine Weile gedauert, bis Wüstenträne einsah, dass sie nicht in die Höhle würde mitkommen können. Es hatte ihr ganz und gar nicht gepasst, Mica alleine hinein zu lassen, aber der Greif hätte nun mal viel zu viel Aufmerksamkeit auf sie gelenkt. Der Höhleneingang war zudem zu schmal für Wüstenträne und sie hätte nicht einmal schwimmend hineingelangen können. Obwohl sie als Greif von Natur aus schwimmen konnte.

Eine Fähigkeit, die Mica fehlte ...

Sie reckte das Kinn vor, um ihre Angst zu überspielen, und sah auf das dunkle Wasser hinunter. So schwierig konnte es nicht sein, sich darin fortzubewegen. Wenn die anderen das konnten, dann konnte sie das auch.

Maryo, der ihr am nächsten stand, schien ihre Befangenheit dennoch zu bemerken, denn seine goldenen Augen richteten sich abermals auf sie.

»Du kannst doch schwimmen, oder?«, fragte er mit hochgezogener Augenbraue.

Mica versuchte, seiner eindringlichen Musterung standzuhalten, versagte jedoch kläglich, denn er schien bis in ihr Innerstes blicken zu können. Sie gab sich geschlagen und senkte die Augen, was dem Elfenkapitän ein Seufzen entlockte.

»Verdammt«, entfuhr es ihm. Dann richtete er resigniert seinen Blick auf die Greifenreiterin, die zerknirscht vor ihm stand. »Nun gut. Wir müssen da rein und ich will nicht verantwortlich dafür sein, wenn du absäufst. Also schwing deinen Hintern auf meinen Rücken und leg deine Arme um meinen Hals.«

Mica sah ihn mit großen Augen an. »Ich soll ...«

»Zweimal biete ich es dir nicht an«, knurrte der Elfenkapitän. »Rauf mit dir!«

Er ließ sich ins Wasser gleiten und wartete, bis Mica sich auf den glitschigen Felsen gesetzt und ihre Arme um seinen Nacken geschlungen hatte. Sie versuchte, sein dunkelbraunes Haar etwas zur Seite zu schieben, damit es ihr nicht die Sicht nahm. Der Geruch nach Salz und Meer drang ihr noch stärker in die Nase, als es so nahe am Wasser ohnehin der Fall war. Es schien, als hätte Maryo sich mit einem Parfum eingesprüht, das danach duftete.

Das Wasser schloss sich kalt um ihren Körper und sie fröstelte unwillkürlich.

Es war ihr höchst unangenehm, auf diese Weise in die Höhle zu gelangen, aber etwas anderes blieb ihr kaum übrig, wenn sie nicht draußen warten wollte. Und das wollte sie natürlich nicht, das hatte der Kapitän ihrem Gesichtsausdruck wohl angesehen.

»Kann Aren schwimmen?«, fragte Maryo mit einem flüchtigen Blick über seine Schulter.

»Ich ... keine Ahnung«, antwortete sie, während sie versuchte, sich auf seinem Rücken festzuhalten. Er war außerordentlich muskulös gebaut, das spürte sie unfreiwillig, als sie ihre Hände über seiner Brust kreuzte.

»Das kann ja heiter werden ...«, seufzte der Elf, der jetzt begann, in die Höhle hineinzuschwimmen.

Mica erwiderte nichts, sondern konzentrierte sich auf die Umgebung. Der Eingang bestand aus einem schmalen Kanal, der mitten durch das Gestein führte. Rechts und links von ihnen reckten sich die Felswände in die Höhe, die vor Feuchtigkeit düster glänzten.

Maryo schwamm mit kräftigen Zügen in die Dunkelheit, die sich vor ihnen auftat. Als Elf sah er offenbar besser als ein Mensch, denn bald schon konnte Mica nicht mehr erkennen, wo genau Wasser und wo Felsen war. Allein das Plätschern verriet ihr, dass ihnen die anderen Männer folgten.

Je weiter sie in die Höhle vordrangen, desto stärker begann es, nach vergammeltem Fisch zu riechen, bis Mica nur noch flach atmete, um die aufsteigende Übelkeit zu unterdrücken.

Nach einigen hundert Schritt hielt Maryo an und trat auf der Stelle, um an der Wasseroberfläche zu bleiben. »Etwa fünf Schritt vor uns beginnt das Innere der Höhle«, raunte er so leise, dass Mica ihn gerade noch verstand. »Ab da werden wir versuchen, uns auf dem Felsen entlang zu ihrem Zentrum vorzuschleichen. Ich hoffe, du kannst dich wenigstens leise fortbewegen?«

Mica war erleichtert über die Aussicht, nicht mehr wie ein Sack Mehl an dem Elfenkapitän zu hängen. »Natürlich«, antwortete sie. »Ich habe mein ganzes Leben lang nichts anderes gemacht.«

»Irgendwann wirst du mir etwas mehr über dein Leben erzählen müssen«, meinte Maryo und schwamm das letzte Stück zu einem Felsvorsprung, den Mica erst erkannte, als der Elfenkapitän sich bereits an ihn klammerte. Er bedeutete ihr, sich von seinem Rücken gleiten zu lassen und neben ihm festzuhalten.

»Du hast wirklich ein Händchen dafür, dir die schönen Frauen zu angeln. Was würde bloß Amyéna dazu sagen?«, erklang neben ihnen eine Stimme, die Mica zusammenzucken ließ. Sie hatte nicht bemerkt, wie der Gemahl der Herrscherin an ihre Seite geschwommen war.

»Amyéna weiß, dass ihr allein mein Herz gehört«, erwiderte Maryo gelassen und zog sich auf den Felsen, ehe er Mica die Hand reichte und ihr half, ebenfalls hinaufzuklettern.

»Wo sind diese Biester nun?«, erklang Steinwinds tiefe Stimme neben ihnen. Er tauchte aus der Dunkelheit auf und schwang sich mühelos auf den Vorsprung. Hinter ihm folgte die Gorka, die sich stumm zu ihnen gesellte.

»Nur mit der Ruhe, Riese«, murmelte Maryo. »Ihr werdet schon noch Gelegenheit bekommen, ihnen die hässlichen Schädel einzuschlagen.«

»Wenn ich sie nicht vorher durchbohre«, meinte der andere Elf.

»Du scheinst wohl schon länger nicht mehr unter Leute gekommen zu sein«, feixte Maryo. »Musst deiner liebenswerten Gemahlin mal die Erlaubnis abnehmen, dass du dich wieder so richtig austoben darfst. Magierzirkel sind nichts für Elfen.«

»Du und deine Überheblichkeit«, knurrte der blonde Elf. »Als ob die Planken eines Schiffes es eher wären ... Los jetzt! Wir sind nicht hier, um deine plumpen Sprüche zu hören, sondern um deine Kameraden zu befreien!«

»*Ich* gebe hier die Befehle, Eure ›Hoheit‹«, entgegnete Maryo leise, aber man konnte dennoch die Ironie in seiner Stimme heraushören. »Folgt mir.«

Es grenzte fast an ein Wunder, wie geräuschlos sich die beiden Elfen fortbewegen konnten. Auch die Gorka war kaum zu hören, als sie sich ihnen anschloss. Mica biss sich auf die Unterlippe und bemühte sich, einigermaßen mit ihnen mitzuhalten. Dennoch konnte sie es nicht verhindern, dass ihre nasse Kleidung beim Gehen leise Platschlaute machte. Sie bewunderte insgeheim die Elfen und die Gorka für ihre Schleichkunst, und nahm sich vor, dies wieder häufiger zu üben. In den vergangenen drei Jahren war es nie notwendig gewesen, irgendwo hinzuschleichen, was ihre Fähigkeiten etwas hatte einrosten lassen.

Der Gang, durch den sie sich bewegten, war so dunkel, dass Mica nur mit Mühe etwas erkennen konnte. Ihre Augen hatten sich zwar an die Dunkelheit gewöhnt, dennoch reichte das spärliche Licht, das vom Eingang her von der Wasseroberfläche reflektiert wurde, nicht aus, die Umgebung genügend zu erhellen. Einige Male wäre sie beinahe gestolpert und konnte sich gerade noch fangen. Den Männern hinter ihr erging es ähnlich, wie sie den leisen Flüchen entnehmen konnte. Aber Maryo hatte verboten, Fackeln anzuzünden, um das Überraschungsmoment auf seiner Seite zu haben.

Die Höhle roch immer muffiger, nach verfaulten Algen und vergammeltem Fisch. Je weiter sie sich vorantasteten, desto durchdringender wurde der Gestank. Gerade als Mica überlegte, ob sie sich die Nase zuhalten sollte oder ob das alles nur noch schlimmer machen würde, sobald sie wieder normal atmen musste, stieß sie mit dem Gemahl der Herrscherin zusammen, der vor ihr ging und jetzt abrupt stehen geblieben war.

»Hörst du es auch?« Die Frage des blonden Elfen war an Maryo gerichtet, der sich vor ihm befand.

Dieser brummte zustimmend. »Menschliche Stimmen – womöglich die von meinen Männern«, raunte er.

Mica lauschte angestrengt, konnte aber nichts hören.

»Sie müssen etwa hundert Schritt zu unserer Rechten sein«, fuhr Maryo fort. »Ab hier werden wir zu zweit weitergehen. Ihr anderen wartet, bis wir euch das Signal geben, anzugreifen, oder zu euch zurückkehren.« Als die Gorka Anstalten machte, ihnen zu folgen, hielt er sie auf. »Ksora, auch du wartest hier mit den anderen, das ist ein Befehl.«

Die Gorka knurrte zwar leise, nickte dann aber und blieb stehen. Auch Mica sah ein, dass es klüger war, wenn erst die beiden Elfen die Höhle auskundschafteten. Sie konnten sich leise bewegen und zudem gut in der Dunkelheit sehen. Alles andere hätte bloß Arens Leben aufs Spiel gesetzt.

Also stützte sie sich an der Höhlenwand ab und lauschte, wie die Elfen davongingen. Im Grunde konnte sie es nur erahnen, denn zu hören war bereits nach einer Sekunde nichts mehr.

»Dann warten wir wohl mal hier, was?«, meinte Steinwind, der sich neben Mica ebenfalls an die Höhlenwand gelehnt hatte.

Sie antwortete nicht, sondern starrte angestrengt in die Dunkelheit, in die Richtung, in der die Elfen verschwunden waren.

Es dauerte endlos lange – zumindest kam es ihr so vor – bis mit einem Mal der blonde Elf neben ihr auftauchte. Er war so plötzlich da, dass ihr Herz einen Satz machte und ihre Hand zum Schwertgurt fuhr.

»Keine Sorge, ich bin's nur«, sagte er und Mica vermeinte, seine weißen Zähne in der Dunkelheit blitzen zu sehen. »Du kannst die Klinge wieder einstecken.«

»Ihr hättet zumindest zur Vorwarnung ein kleines Geräusch machen können«, zischte sie und besann sich zu spät, dass sie gerade den Gemahl der Herrscherin von Merita angefahren hatte.

Doch dieser sprach bereits weiter, ohne ihren Tonfall zu kommentieren. »Maryo ist bei den Gefangenen geblieben«, erklärte er den anderen, die näher gekommen waren. »Die Sirenen schlafen, sie scheinen sich vom Angriff auszuruhen. Sie haben nur eine Wächterin aufgestellt, die wir jedoch erledigen konnten. Es bleiben aber immer noch zwei Dutzend dieser Biester. Wir werden versuchen, die Gefangenen zu befreien und ohne Kampf nach draußen zu bringen. Sollte uns dies nicht gelingen, wird jeder von uns zwei von ihnen töten müssen. Stopft euch sofort das Wachs in die Ohren, wenn ihr den ersten Ton ihres Gesangs hört, verstanden? In dieser Höhle hallen ihre Stimmen noch lauter als draußen und sie werden das Wasser zum Kochen bringen, damit wir nicht entkommen können.«

»Das können sie?«, hauchte einer der Männer entsetzt.

»Oh ja, das können sie Maryo zufolge sogar sehr gut«, antwortete der Elf.

»Habt Ihr Aren gesehen? Lebt er?«, wollte Mica wissen.

Der Elf wandte sich ihr zu. »Ja, er lebt. Aber er ist stark verwundet. Die Sirenen haben ihm übel mitgespielt. Er wird nicht alleine gehen können. Maryo trägt ihn bis hierher.«

»Wann wird er die Gefangenen befreien?«, fragte Serge, der ebenfalls herangetreten war.

»Sobald ich zurück bei ihm bin«, antwortete der Gemahl der Herrscherin. »Wenn ihr keine Fragen mehr habt, dann haltet euch kampfbereit. Sollte alles gut gehen, werden wir in einer Viertelstunde wieder hier sein. Anderenfalls werdet ihr unweigerlich den Gesang der Sirenen hören. Dann solltet ihr so rasch wie möglich ins Zentrum der Höhle kommen und uns im Kampf unterstützen. Der Weg ab hier ist zwar uneben, aber breit genug, dass ihr rennen könnt. In drei Minuten solltet ihr bei uns sein können. Alles klar?«

Die Männer stimmten leise zu. Mica schauderte leicht. Drei Minuten konnten sehr, sehr lang sein, wenn man sich im Kampf befand. Sie schickte ein Stoßgebet zu den Göttern, dass die Sirenen nicht bemerken würden, dass ihre Gefangenen befreit wurden. Ansonsten würden die beiden Elfen sich einer Übermacht gegenübersehen, der sie wohl kaum gewachsen waren – selbst wenn sich die Gefangenen dem Kampf anschließen konnten, bis die Verstärkung da war.

»Sollten nicht ein paar von uns mit Euch kommen?«, fragte sie.

»Nein«, antwortete der Elf entschieden. »Ich gehe davon aus, dass wir unbemerkt fliehen können. Sollte dem so sein, dann müssen wir dafür sorgen, dass wir so schnell wie möglich aus dieser Höhle rauskommen. Je näher ihr beim Eingang seid, desto besser stehen die Chancen, dass uns die Sirenen nicht hören. Denn bei so vielen Männern kann schon das kleinste Geräusch genügen, sie zu alarmieren. Und ihr Menschen seid nun mal von Natur aus laut. Es genügt, wenn wir versuchen müssen, die Gefangenen hierher zu bringen. Auch wenn es nur fünf Männer sind.«

Mica schauderte abermals. Fünf ... Maryo hatte, bevor sie aufgebrochen waren, von sieben Matrosen gesprochen, die er seit dem Überfall vermisste. Wenn Aren einer davon war, dann blieben noch vier Seeleute, die überlebt hatten. Was hatten die Sirenen wohl mit den anderen angestellt? Es war vielleicht besser, wenn sie es nicht wusste ...

Sie lehnte sich wieder gegen die Felswand, während der blonde Elf davonschlich. Das würde die längste Viertelstunde ihres Lebens werden ...

30

MICA

M ica hob den Kopf und kniff die Augen zusammen, um etwas in der Dunkelheit sehen zu können. Ihre jahrelang auf den Straßen von Chakas geschulten Sinne warnten sie, dass jemand auf sie zukam, jedoch konnte sie nicht erkennen, wer oder was es war. Sie zog ihr Schwert und bildete einen Schutzschild, der die Umgebung um sie herum in fahles Licht tauchte.

»Hör auf mit der Magie oder willst du uns die Sirenen auf den Hals hetzen?!«, befahl eine raue Stimme, die eindeutig Maryo Vadorís gehörte.

Der hochgewachsene Elf tauchte vor ihr aus der Finsternis auf und funkelte sie verärgert an.

Rasch ließ sie den Schutzschild sinken und war wieder in Dunkelheit gehüllt.

»Habt Ihr die Gefangenen?«, wollte Steinwind neben ihr wissen.

»Natürlich«, antwortete Maryo. Seine Stimme klang etwas abgehackter als sonst.

Mica vermeinte, auf seinem Rücken eine schwarze Silhouette zu erkennen.

»Aren?«, flüsterte sie.

Zur Antwort erhielt sie jedoch nur ein Keuchen.

»Los, macht, dass ihr hier wegkommt!«, befahl Maryo, der an ihnen vorbeiging. Jetzt konnte Mica erkennen, dass er tatsächlich jemanden über den Schultern trug. »Wir haben später Zeit für die Wiedersehensfreude.«

Mica zögerte, dann ergriff sie Steinwinds Arm. »Ich ... ich kann nicht ...«, begann sie.

»Du kannst mit mir schwimmen«, antwortete er auf ihre unausgesprochene Frage und ließ sich ins Wasser gleiten.

Mica tastete in der Dunkelheit nach seinen Schultern, um sich daran festzuhalten. »Danke«, hauchte sie, während er bereits losschwamm.

In dem Moment nahm sie sich vor, sobald wie möglich schwimmen zu lernen. Sie mochte es nicht, von anderen abhängig sein, schon gar nicht in solch gefährlichen Situationen wie diesen.

»Kein Problem«, brummte er.

Steinwind schien unter ihrem Gewicht sichtlich mehr Mühe zu haben als Maryo zuvor. Doch er folgte dem Elfenkapitän zügig, während Mica hinter sich die anderen Seeleute ins Wasser gleiten hörte.

Gerade als sie dachte, sie kämen heil aus der Sache heraus, spürte sie, wie das Wasser um sie herum sich zu erhitzen begann. Erst war es eine kaum wahrnehmbare Temperaturveränderung, die aber von Sekunde zu Sekunde stärker wurde.

Noch ehe sie sichs versah, drang der wilde Gesang der Sirenen an ihr Ohr und sie kramte mit einer Hand in ihren Taschen, um die Wachspfropfen zu suchen und sie sich in die Gehörgänge zu stopfen, ehe sie vom Gesang betäubt wurde.

Der Gemahl der Herrscherin hatte recht behalten: Der durchdringende Gesang der Sirenen hallte tausendfach von den Wänden wider und ließ ihr Gehirn fast zerspringen.

Sie presste sich die Hand, mit der sie sich nicht an Steinwinds Rücken festhielt, gegen das eine Ohr, um es zusätzlich vor dem Lärm zu schützen, der durch das Wachs drang. Dann fiel ihr auf, dass Steinwind selbst seine Ohren nicht versiegelt hatte. Er schwamm so rasch er konnte, um aus der Höhle hinauszugelangen.

»Steinwind! Das Wachs!«, rief Mica gegen den Gesang an, dessen Lautstärke wie das Brodeln des Wassers immer mehr zunahm.

Zur Antwort erhielt sie nur ein unwirsches Brummen und spürte die verstärkten Bemühungen des Riesen, dem Ausgang entgegenzuschwimmen.

Mit einem Mal fühlte sie zwei Hände, die an ihren Knöcheln zerrten, und schrie auf. Es waren kalte, harte Finger, die sich um ihre Fesseln schlossen und sie unter Wasser ziehen wollten. Dieses war inzwischen so heiß, dass es auf der Haut schmerzte.

Vor Micas innerem Auge tauchte ein Bild des Höhleneingangs auf, das Wüstenträne ihr sandte. Der Königsgreif kreiste panisch über den Felsen, voller Verzweiflung ob der Tatsache, dass der Eingang zu eng war, um zu ihrer Reiterin gelangen zu können.

Mica wehrte sich nach Leibeskräften gegen die Hände an ihren Knöcheln, doch es gelang ihr nicht, sie abzuschütteln. Zusätzlich betäubte der Gesang sie so sehr, dass ihr Kopf wie vernebelt war. Sie konnte keinen klaren Gedanken fassen, geschweige denn Magie wirken.

Sie spürte, wie ihre Finger immer weiter von Steinwinds Schultern rutschten, bis sie ins Leere griffen. Das Letzte, woran sie dachte, war, dass sie sterben würde, ehe sie Cassiel wiedergesehen hatte.

Dann schlug das heiße Wasser über ihr zusammen und sie wurde nach unten gezogen. In die tiefe Schwärze des brodelnden Meeres.

Als Mica erwachte, lag sie auf einem Felsen. Einem glitschigen, kalten Felsen. Es war so finster, dass sie nichts erkennen konnte. Sie versuchte augenblicklich, sich aufzurichten, und stellte mit Grauen fest, dass sie sich nicht bewegen konnte. Sie lag auf dem Rücken und es kam ihr vor, als seien ihre Hände und Füße aus Blei.

Nach einer Weile bemerkte sie, dass sie an Armen und Beinen irgendwie festgemacht worden war. Womit, konnte sie in der Dunkelheit nicht feststellen. Doch ihre Fesseln schienen härter als Stahl zu sein.

Ihre ganze Haut brannte wie Feuer und sie versuchte, die Schmerzen zu verdrängen, die sich in ihr Innerstes vorarbeiteten und ihr die Sinne zu nehmen drohten.

Mit einem Mal flackerten vor ihrem inneren Auge Bilder von Blumen auf. Wüstenträne. Sie spürte, dass Mica bei Bewusstsein war.

Wie viel hätte Mica jetzt dafür gegeben, den Greif bei sich zu haben …

Wüstenträne verband ihre Magie mit der ihren, aber Mica war zu schwach, um einen Zauber zu wirken. Ihre Gedanken rasten und ihr Kopf schmerzte so stark, dass sie kaum bei Bewusstsein bleiben konnte.

Langsam stieg die Erinnerung in ihr hoch. Die Erinnerung an die Flucht vor den Sirenen, an das heiße Wasser, das sie zu verbrennen drohte – oder verbrannt hatte, den Schmerzen nach zu urteilen, die durch ihren Körper peitschten.

Sie erinnerte sich an Steinwind, der mit stetigen Zügen nach draußen geschwommen war, ohne sich das Wachs in die Ohren zu stopfen. Womöglich war er immun gegen den Gesang der Sirenen. Schließlich wurde gemunkelt, dass er von den Riesen abstammte und diese wiederum lebten in den Bergen, wo unter anderem Harpyien zu Hause waren. Die gefiederten Verwandten der Sirenen.

Sie hob den Kopf und versuchte, etwas zu hören, doch das Einzige, das sie vernahm, war das Pochen ihres Blutes in ihren Gehörgängen. Verdammt, sie hatte immer noch das Wachs in ihren Ohren, das jegliches Geräusch von ihr fernhielt. Immerhin schien der Sirenengesang verstummt zu sein – ob das ein gutes Zeichen war?

Waren die Sirenen besiegt? Oder waren ihre Gefährten tot?

Sie versuchte, in der Dunkelheit etwas zu erkennen – irgendwas, doch sie konnte nichts sehen, geschweige denn feststellen, wo sie sich befand.

Abermals zerrte sie an den Fesseln und spürte, dass es sich dabei wirklich um eine Art Stahl oder Stein handelte.

Hatten die Sirenen sie gefangen genommen? Wo waren Aren, Maryo, Steinwind und die anderen? Hatten sie sich retten können?

Mit einem Mal spürte sie eine kalte Hand, die sich um ihren Hals legte. Sie zuckte vor Schreck bei der Berührung zusammen und keuchte, als ihre Haut schmerzhaft zu spannen begann. Im nächsten Moment tauchten aus dem Dunkel zwei grüne Augen über ihr auf und Mica entfuhr ein entsetzter Laut. Sie hatte die Sirenen zwar schon einmal gesehen, aber diese glimmenden Augen ließen sie vor Angst erstarren.

»Lass mich!«, schrie sie – in dem Wissen, dass die Sirene sie natürlich nicht loslassen würde.

Dennoch wehrte Mica sich nach Leibeskräften gegen den harten Griff, der an ihrem Hals wie Feuer brannte.

Sie fühlte, wie die Sirene ihr etwas entzog.

War es ihr Leben? Ihre Wärme? Ihre Magie?

Sie konnte es nicht festmachen, spürte nur, wie sie immer schwächer wurde und ihre Augenlider zu flackern begannen, während eine lähmende Müdigkeit sich in ihr ausbreitete, die ihre Gegenwehr verebben ließ.

Die Blumenbilder, die Wüstenträne ihr die ganze Zeit geschickt hatte, wechselten jetzt panisch zu Finsternis, Schlangen und Sirenen.

Gerade als Mica dachte, sie müsse jetzt endgültig sterben, weiteten sich die Augen der Sirene und sie ließ ihren Hals abrupt los, um herumzufahren. In der Dunkelheit vermeinte Mica, einen Schemen zu erkennen. Doch sie hatte kaum mehr die Kraft, ihre Augen offen zu halten. Zu sehr hatte die Sirene ihren Körper erschöpft.

Sie versank in dem Dunkel, das mit beruhigenden Händen nach ihr griff und spürte als Letztes, wie jemand sie an den Schultern packte.

Als sie abermals ihr Bewusstsein erlangte, dröhnte ihr Kopf, als hätte sie tagelang Alkohol getrunken. Immerhin hörte sie jetzt wieder etwas. Jemand musste die Wachspfropfen aus ihrem Gehörgang entfernt haben. Das Kreischen von Möwen drang an ihr Ohr und vermischte sich mit dem Rauschen des Meeres. Die Geräusche hatten im Kontrast zum Sirenengesang etwas so Friedliches an sich, dass sie am liebsten für immer so dagelegen hätte.

Bilder von Blumenfeldern drangen derart stürmisch und zahlreich in ihre Gedanken, dass ihr beinahe schwindlig wurde. Sie mussten von Wüstenträne stammen, die sich freute, dass sie wieder zur Besinnung kam. Mica hatte jedoch keine Kraft, ihr ein Bild zurückzuschicken.

»Sie scheint zu sich zu kommen«, erklang eine männliche Stimme neben ihr, in welcher große Besorgnis mitschwang. Mica erkannte auf der Stelle Néthan. »Mica, kannst du mich hören?«, fragte er.

Sie versuchte, ihre Augenlider zu öffnen, doch ihr Körper wollte ihr noch nicht gehorchen. Ihre Haut spannte und brannte gleichzeitig, als stände sie in Flammen. Ein Stöhnen erklang, das von ihr selbst stammen musste, denn ihre Kehle fühlte sich jetzt rau an.

»Mica«, hörte sie neben sich Néthans Stimme abermals heiser flüstern. »Mica, bitte, verlass mich jetzt nicht!« Die letzten Worte waren so flehend gesprochen, dass ihr Herz sich zusammenzog.

Erneut bemühte sie sich darum, ihre Augen zu öffnen, dieses Mal gelang ihr zumindest ein Blinzeln. Durch ihre dichten Wimpern konnte sie die Sonnenstrahlen erkennen, die auf sie herniederschienen. Offenbar lag sie an Deck der Cyrona, denn unter sich spürte sie hartes Holz und fühlte eine schaukelnde Bewegung.

»Sie hat viel durchgemacht. Es ist ein Wunder, dass sie überhaupt noch lebt. Wir bringen sie besser unter Deck, wo sich mein Schiffsarzt Leto um sie kümmern kann.« Das war die raue Stimme des Kapitäns.

Mica wollte nachfragen, was die Worte bedeuten sollten, wollte wissen, was passiert war. Wo Aren war. Ob er noch lebte. Doch aus ihrem Mund drang nur ein leises Röcheln.

Dann sank sie von Neuem in die traumlose Schwärze, die sich wie eine wärmende Decke um sie legte und sie ihre Schmerzen wieder vergessen ließ.

Als Mica zum dritten Mal erwachte, war abermals alles dunkel um sie. Ihr Kopf schmerzte noch immer, ebenso wie ihr ganzer Körper. Einen Moment lang glaubte sie, dass sie sich wieder in der Höhle befand, und Entsetzen erfasste ihr Herz, dann spürte sie die schaukelnden Bewegungen des Schiffes und die weiche Unterlage einer Matratze.

Das Bild einer Rose formte sich in ihrem Kopf.

Sie schlug die Augen auf und sah direkt in jene von Néthan, der neben ihr saß und ihre Hand hielt – die bandagiert war ...

Mica runzelte die Stirn und merkte, dass auch die Haut in ihrem Gesicht irgendwie mit Mullverbänden bedeckt war.

»Bleib so ruhig wie möglich liegen«, murmelte Néthan. »Je mehr du dich bewegst, desto größer sind die Schmerzen.«

Seine Miene war besorgt und das Lächeln, das sich auf seine Lippen legte, fast schon mitleidig. Mica hasste Mitleid.

Aus dem Augenwinkel nahm sie eine Bewegung wahr und versuchte, den Kopf in die Richtung zu drehen. Ein leises Krächzen erklang, dann sah sie abermals Bilder von Rosen und Regenbogen vor ihrem inneren Auge. Wüstenträne. Sie war hier, bei ihr, wachte neben dem Bett. Augenblicklich fühlte sich Mica etwas besser.

»Was ...«, ächzte sie und spürte, dass ihre Kehle eigenartig wund war.

»Du solltest nicht sprechen.« Néthan ließ ihre Hand los und fuhr ihr sachte über den Kopf. »Du bist verletzt, wärst fast gestorben. Der Gemahl der Herrscherin hat dich gerade noch rechtzeitig befreien können. Deine Haut wurde im Wasser verbrannt und der Schiffsarzt hat alles getan, um dich zu behandeln. Auch die beiden Elfen haben mit ihrer Magie einiges heilen können. Aber es wird mindestens zwei Wochen dauern, bis du wieder aufstehen darfst. Genauso lange, wie wir noch nach Merita brauchen. Kapitän Maryo meint, dass die Herrscherin dir helfen kann, die verbliebenen Narben verschwinden zu lassen, damit du fast wieder so aussiehst wie früher ...«

Den letzten Satz sprach er zögernd aus, als wolle er sie nicht mit der ganzen Wahrheit belasten.

Mica zog die Augenbrauen zusammen – zumindest, soweit es ihr mit den Verbänden möglich war. »Wie … schlimm …?«, fragte sie.

Néthan senkte den Blick. Er schien sie nicht ansehen zu können. Ein sehr, sehr schlechtes Zeichen.

Mica seufzte leise und starrte an die Decke der Kabine. »Aren?«

Néthan ergriff wieder ihre Hand. »Er lebt. Maryo konnte ihn retten und auch er wurde vom Schiffsarzt und den Elfen behandelt. Es geht ihm so weit gut, er liegt in einer anderen Kabine und wird wohl bald wieder auf den Beinen sein. Auch die anderen Männer konnten gerettet werden. Ihnen erging es besser als Aren, sie sind in ein, zwei Tagen wieder einsatzbereit.«

»Gut«, hauchte Mica.

Dann war die Rettungsaktion wenigstens nicht vergebens gewesen. Und die Tatsache, dass Néthan den Namen seines Vaters aussprach, ließ sie ruhiger werden. Es zeigte ihr, dass er langsam dabei war, mit seiner Vergangenheit abzuschließen.

»Hier, trink etwas.« Néthan hielt ihr einen Becher mit Wasser hin. »Du musst jetzt viel trinken und essen, um wieder zu Kräften zu kommen. Die Sirenen haben dir Lebensenergie entzogen …«

Wieder verstummte er und konnte ihr nicht in die Augen blicken.

Was war bloß geschehen? Er verheimlichte ihr doch etwas!

Aber sie hatte keine Kraft, danach zu fragen, sondern nippte stattdessen an dem Wasser, das er ihr an die Lippen hielt. Das kühle Nass brannte in ihrer Kehle und ihrem Hals und das Schlucken tat weh. Aber Néthan ließ nicht locker, bis sie alles ausgetrunken hatte.

Danach sank sie wieder in einen traumlosen Schlaf, während der ehemalige Schurke weiterhin ihre Hand hielt.

31

MICA

Es dauerte über eine Woche, bis Schiffsarzt Leto die Verbände an Micas Kopf entfernte. Néthan stand neben ihrer Pritsche und hatte die Arme verschränkt, während sein Blick unruhig über ihr Gesicht wanderte.

»Und?«, fragte Mica den Heiler, als die letzte Binde weg war.

»Eure Haut erholt sich bereits sehr gut«, bemerkte Leto, der mit dem Finger sachte über ihr Gesicht strich und die Heilung untersuchte. »Ihr solltet täglich diese Salbe einreiben, das wird Eurer Haut helfen, wieder zu gesunden. Die Verbrennungen sind zum Glück nur oberflächlich gewesen und nicht ins tiefere Gewebe gedrungen. Es werden also keine Narben bleiben.«

»Aber …?« Mica konnte sehen, dass der Arzt ihr etwas verheimlichte.

»Die Sirenen haben Euch Lebensenergie entzogen … Lebensjahre.«

»Das heißt …?« Langsam wurde Mica ungeduldig. Schon während der letzten Tage hatte sie gespürt, dass sowohl Leto als auch

Néthan ihr etwas verschwiegen, und sie hatte die Nase voll von dieser Geheimniskrämerei.

»Seht selbst.« Leto suchte in einer Kommode nach einem Spiegel und hielt ihn Mica hin.

Sie ergriff ihn und starrte einige Augenblicke sprachlos in das polierte Glas und ihr Mund klappte auf, ohne dass ein Laut daraus entwich. Sie blinzelte, aber das Spiegelbild veränderte sich nicht, sondern blickte ihr weiterhin ungläubig entgegen.

Langsam griff sie in ihre Locken, die einst schwarz, jetzt jedoch weiß wie die Gischt des Meeres waren und silbern schimmerten. Ihr Gesicht war zwar immer noch jugendlich, ihre Haut bis auf ein paar Rötungen straff und gesund, aber ihr Haar war das einer Greisin.

»Was … wie …«, stammelte sie.

»Die meisten Menschen überleben es nicht, wenn eine Sirene sich ihrer Lebensenergie bedient«, antwortete Leto. »Ihr jedoch tragt viel Magie in Euch – dank Eurem Greif.« Er warf einen Blick zu Wüstenträne, die wie immer auf dem Boden neben Micas Pritsche lag und jetzt den Kopf hob.

»Wird das jetzt so … bleiben?«, fragte Mica entsetzt.

Leto nickte leicht. »Ihr könnt von Glück sagen, dass Ihr überhaupt noch lebt. Ich lasse Euch jetzt alleine. Wenn Ihr mich braucht, schickt Néthan zu mir.«

Mica starrte weiterhin in den kleinen Spiegel und befühlte ihr Haar, während Leto die Kabine verließ.

»Nun ja, es macht dich irgendwie … noch interessanter, als du ohnehin schon warst.« Néthan hatte sich wieder an den Bettrand gesetzt und griff jetzt nach dem Spiegel, um ihn etwas nach unten zu drücken, damit Mica nicht weiter hineinstarren konnte.

Sie sah ihn mit großen Augen an und schluckte. »Du hast gut reden«, meinte sie unwillig. »Mit diesen weißen Haaren sehe ich aus wie eine Dunkelelfin!«

Néthans Mund verzog sich zu einem schiefen Grinsen. »Eine äußerst attraktive Dunkelelfin.« Er beugte sich vor und küsste sie flüchtig auf die Wange. Nahe an ihrem Gesicht verharrte er und sah ihr tief in die Augen. »Ich bin so froh, dass du mich nicht verlassen hast. Ich hätte die Reise ohne dich nicht durchgestanden …«

Sie ergriff mit der Hand, die nun ebenfalls nicht mehr verbunden war, sein Kinn. »Du *hättest* es durchgestanden«, sagte sie eindringlich.

Ein Schmunzeln erschien auf seinen Lippen. »Wenn du es so sagst, mit deinem silberweißen Haar, bilde ich mir ein, dass noch mehr Weisheit in deinen Worten liegt, als es ohnehin schon immer tat.«

Mica schnaubte mürrisch, ließ sein Kinn los und sank zurück in die Kissen. »Noch ein blöder Spruch wegen meinem Haar und ich werde dir eine Ohrfeige verpassen, auch wenn keine Sirene in der Nähe ist, die dir den Kopf verdrehen will!«

Néthan lachte leise auf, dann griff er in ihre silberweißen Locken und zwirbelte eine davon zwischen den Fingern. »Mir gefällt es. Und wenn das der Preis dafür ist, dass du mir noch eine Weile erhalten bleibst, scheint er mir nicht allzu hoch zu sein. Wenn wir in Merita sind, kann ich dir auf dem Markt ein Mittel kaufen, mit dem du dein Haar wieder schwarz färben kannst. Dann merkt niemand mehr, dass es in Wahrheit nicht dunkel ist.«

»*Du* kennst dich aus mit Färbemitteln?«, fragte Mica verblüfft.

Néthans Grinsen wurde breiter. »Natürlich. Ich habe so einige Jahre mit so einigen Frauen verbracht und kenne daher so einige der Geheimnisse, wie sie sich jünger zaubern, als sie sind.« Er zwinkerte ihr verschmitzt zu.

Mica verdrehte die Augen, konnte sich ein Lächeln aber nicht verkneifen. »*Der* Néthan hat mir gefehlt«, flüsterte sie nach einer Weile. »Ich bin froh, dass du dabei bist, mit deiner Vergangenheit Frieden zu schließen und nach vorne zu blicken.«

Néthan grunzte und zog spielerisch an ihren Locken. »Ich sag ja, du klingst gleich viel, viel weiser.«

Der halbherzigen Ohrfeige, die für ihn angedacht war, wich er lachend aus.

Einen Tag darauf klopfte es leise an Micas Kabinentür. Sie war alleine, da Néthan gerade nach seinem Greif sah.

»Herein«, sagte sie, so laut es ihre Kehle erlaubte.

Ihr Hals schmerzte immer noch, wenn sie sprach. Leto hatte ihr erklärt, dass die Sirene ihr die Lebensjahre durch den Mund entzogen hatte und daher ihre Schmerzen beim Schlucken rührten. Jetzt ging es ihr zwar schon besser, aber ihre Kehle wies noch immer wunde Stellen auf und sie konnte noch nicht mit ihrer normalen Stimme sprechen.

Zögernd wurde die Tür geöffnet.

Als Mica erkannte, wer die Kabine betrat, wäre sie am liebsten von der Pritsche aufgesprungen, aber ihr Körper war leider noch zu schwach dazu.

»Aren!«, rief sie freudig und ungeachtet der Schmerzen, die in ihrem Hals dabei entstanden.

Wüstenträne, die in den vergangenen Tagen meist neben dem Bett gelegen hatte, hob den Kopf und ließ ein leises Krächzen zur Begrüßung hören. Sie mochte den Meisterdieb genauso wie Mica. Er war einer der wenigen Menschen, die den Greif berühren durften.

Aren sah fast so aus, wie sie ihn in Erinnerung hatte. Zwar zog sich jetzt eine frische Narbe über seine linke Wange, aber ansonsten schien er keine äußerlich sichtbaren Verletzungen zu haben. Sein schwarzes Haar war nach hinten gekämmt, der Bart frisch gestutzt, aber seine grünen Augen sahen sie besorgt an.

»Wie geht es dir, Mica?«, fragte er mit seiner tiefen Stimme.

Er kam zu ihrem Bett, um sich auf den Rand zu setzen, wie Néthan es immer tat, wenn er Zeit bei ihr verbrachte.

»Viel besser«, sagte sie und ließ es zu, dass er ihre Hand ergriff und sie drückte. »Und dir?«

»Schiffsarzt Leto hat mir heute zum ersten Mal erlaubt, meine Kabine zu verlassen. Daher bin ich sofort zu dir gekommen«, antwortete er.

Mica musterte ihn erneut. »Du hast eine neue Narbe, wie ich sehe.«

Er fuhr mit der freien Hand über seine Wange und verzog leicht den Mund. »Das? Ja, das wird mir wohl oder übel wieder ein paar abenteuerliche Gerüchte in der Diebesgilde einbringen«, seufzte er. Dann wurde sein Blick wieder ernster. »Danke.«

»Wofür denn?«

»Ich habe von Maryo gehört, dass du diejenige warst, die diesen hirnverbrannten Plan, uns zu retten, ziemlich energisch vertreten hat.« Er lächelte. »Dafür möchte ich dir danken.«

Mica lachte leise auf, was ihre Kehle augenblicklich mit einem schmerzhaften Kratzen bestrafte, aber es war ihr gleichgültig. »Du bist, glaube ich, der erste Mensch, der mir für meinen Sturkopf dankt«, bemerkte sie schmunzelnd.

Er sah sie wieder mit dieser Wärme an, die sie an ihm von Anfang an gemocht hatte. »Ich werde bestimmt nicht der Letzte sein. Wer dich als Freundin hat, kann sich glücklich schätzen.«

»Jetzt hör aber auf, ich werde ja noch ganz verlegen«, meinte sie – tatsächlich verlegen – und wich seinem Blick aus.

»Du musst dich nur daran gewöhnen, Dank und Komplimente entgegenzunehmen.« Er strich ihr über die silberweißen Locken. »Die neue Farbe steht dir übrigens.«

Mica sah ihn wieder an. »Das meinte dein Sohn ebenfalls.« Sie hatte es gesagt, ehe sie darüber nachdachte, und bereute es im selben Augenblick. Denn über Arens Gesicht glitt ein Schatten. »Tut mir leid«, ruderte sie zurück. »Ich wollte nicht …«

»Schon gut.« Aren lächelte traurig. »Er geht mir noch immer aus dem Weg, aber ich habe die Hoffnung nicht aufgegeben, dass er irgendwann wieder mit mir spricht – auch wenn ich nicht von ihm erwarten kann, dass er mir verzeiht.«

»Er hat dir verziehen, er kann es nur noch nicht vor sich selbst zugeben.« Mica drückte seine Hand, die er immer noch hielt. »Er braucht einfach etwas Zeit dazu.«

Aren seufzte. »Ich werde der Letzte sein, der sie ihm verwehren wird. Ich habe schon genug falsch gemacht …«

Eine weitere Woche später fühlte Mica sich wieder kräftig genug, um aufzustehen. Zwar musste Néthan ihr helfen und sie stützen, aber ihre Beine gehorchten ihr wieder so weit, dass sie auf dem Hauptdeck einige Schritte gehen konnte. Die frische Meeresluft und die Sonne, die auf sie herunterschien, taten ihr gut und sie atmete tief durch.

»Ich fühle mich, als würden meine Lebensgeister zurückkehren«, meinte sie, als sie neben Néthan an der Reling lehnte und den Wind ihr silberweißes Haar zerzausen ließ.

Er sah sie von der Seite an und lächelte. »Genauso siehst du auch aus. Du hast endlich wieder rosa Wangen, das habe ich an dir vermisst.«

Sie lehnte sich an ihn und sah lächelnd in den Himmel, wo Wüstenträne gerade wilde Pirouetten in der Luft drehte, weil sie sich so sehr darüber freute, dass es Mica wieder besser ging. Die anderen Greife, die ebenfalls fliegend dem Schiff folgten, hielten misstrauisch Abstand zu ihr. Selbst Meteor schien ob der akrobatischen Flugkünste des Königsgreifen innerlich den Kopf zu schütteln.

»Wann hat Maryo noch mal gesagt, dass wir in Merita ankommen werden?«, wollte Mica wissen.

»Wenn alles gut geht, in drei Tagen«, antwortete Néthan und folgte ihrem Blick. »Nun ja, außer dein Greif bricht sich vor Freude das Genick und wir müssen ihn aus dem Meer fischen.«

Mica stieß ihm den Ellbogen in die Seite. »*Du* bist gerade der Richtige, der das sagt. Wessen Greif versucht denn bitte schön ständig, sich mit waghalsigen Flugmanövern umzubringen?«

Néthan legte ihr den Arm um die Schultern und zog sie näher zu sich. »Das wird mir fehlen«, murmelte er.

»Was?«

»Mit dir herumzuflachsen.« Er sah sie nicht an, sondern beobachtete weiterhin Wüstentränes Freudentaumel.

Mica hob den Kopf, um ihm ins Gesicht blicken zu können. »Warum sagst du so etwas? Hast du nicht vor, nach Chakas zurückzukehren, wenn das hier vorbei ist?«

Néthan zögerte, ehe er leicht den Kopf schüttelte. »Nein. Mich hält in dieser Stadt nichts mehr. Alles erinnert mich an meine Vergangenheit und ich will tatsächlich endlich in die Zukunft blicken. Ich habe in den letzten Tagen beschlossen, dass ich versuchen werde, im Zirkel von Merita Arbeit zu bekommen. Maryo hat mir das geraten und ich bin mir sicher, dass die Herrscherin Soldaten gebrauchen kann.«

Mica schwieg eine Weile, dann nickte sie. »Ich bin mir sicher, du wirst eine hervorragende Arbeit leisten. Aber ich werde dich auch vermissen …«

Jetzt wandte er ihr das Gesicht zu und drückte einen flüchtigen Kuss auf ihren Scheitel. »Ich werde dich irgendwann besuchen, versprochen«, murmelte er. »Dich und … meine Familie.«

Mica fühlte einen Kloß im Hals bei seinen Worten. Er hatte Cassiel und Aren als seine Familie bezeichnet … das war mehr, als sie brauchte, um zu erkennen, dass Néthan tatsächlich dabei war, nicht länger vor seinem Schicksal davonzulaufen.

32

MICA

Drei Tage später stand Mica abermals neben Néthan an der Reling und sah zu dem Landstreifen, der sich am Horizont erstreckte. Dort befand sich also Merita, die Stadt des Meeres.

Noch während sie über das Wasser blickte, bemerkte sie, wie die Mannschaft immer geschäftiger und die Greife, die über ihnen kreisten, unruhiger wurden. Sie blickte zum Elfenkapitän, der auf der Kommandobrücke stand und den Männern gerade den Befehl erteilte, die Segel zu reffen.

»Warum werden wir langsamer?«, fragte Mica.

Néthan zuckte mit den Schultern. »Keine Ahnung. Der Kapitän wird sicher einen guten Grund dazu haben.«

Mica blickte sich um, konnte jedoch keine Erklärung dafür finden, warum die Cyrona die Fahrt verlangsamte. Die See lag ruhig vor ihnen, keinerlei Anzeichen für einen Wetterumschwung oder das Nahen eines anderen Schiffes.

Als ihre Augen zum Himmel wanderten, runzelte sie die Stirn. »Ist das ein Greif, der auf uns zufliegt?« Sie beschattete ihre Augen, um besser sehen zu können.

»Nicht irgendein Greif. Es ist der Greif meiner Gemahlin«, erklang eine Stimme an ihrer Seite.

Sie wandte sich um und bemerkte, dass der Gemahl der Herrscherin neben sie und Néthan getreten war und mit einem erwartungsvollen Lächeln ebenfalls in den Himmel sah. Sein Leibwächter namens Schatten begleitete ihn nicht. Er hielt sich selten bei Tage an Deck auf – der blonde Elf hatte Mica erklärt, dass Dunkelelfen das Sonnenlicht mieden, da es in ihren Augen brannte. Dunkelelfen lebten normalerweise in Bergen, Höhlen oder unter der Erde, daher konnten sie in der Nacht auch besser sehen als bei Tag.

»Meine Gemahlin und meine Tochter.« Die dunkelblauen Augen des Elfen strahlten jetzt förmlich.

»Eure ... Tochter?« Mica sah abermals in den Himmel, konnte aber nur den dunklen Fleck ausmachen, der rasch größer wurde.

Der Elf nickte. »Layla heißt sie.«

»Ein schöner Name«, murmelte Mica. »Aber ich dachte, Menschen und Elfen können keine Kinder zeugen?« Sie biss sich auf die Zunge. Die Frage war viel zu persönlich, um sie dem Gemahl der Herrscherin zu stellen. Verdammt, warum vergaß sie in seiner Gegenwart nur immer wieder, dass er ein mächtiger Mann war?

Néthan neben ihr grunzte belustigt, was ihm einen flammenden Blick von Mica einbrachte.

Doch der blonde Elf winkte ab. »Das ist eine lange Geschichte. Um es kurz zu machen: Layla ist im Grunde nicht von meinem Blut, aber mein Herz gehört ihr dennoch.«

Mica nickte und war froh, dass er ihr ihre Neugier nicht übel nahm. »Ich habe schon viel von Eurer Frau und ihrem Greif gehört«, sagte sie. »Er ist auch ein Königsgreif wie Wüstenträne und Meteor, oder?«

Cilian hatte ihr einmal erklärt, dass seine Cousine sich vor einigen Jahren ebenfalls mit einem Königsgreif verbunden hatte. Einem männlichen Greif namens Sonnenauge. Dieses majestätische Tier und seine berühmte Reiterin bald aus der Nähe betrachten zu können, ließ ihr Herz jetzt schneller schlagen.

Erneut nickte der blonde Elf und lächelte. »Ja, Sonnenauge ist ein ziemlich verwöhntes Tierchen. Aber ich mag ihn, weil er meiner Frau guttut und sie mit seinem Leben beschützt, wenn ich nicht bei ihr bin. Obwohl es manchmal komisch ist, sie mit ihm zu ... teilen.« Er zwinkerte ihr zu.

Jetzt war der Greif so nah, dass Mica erkennen konnte, dass auf seinem Rücken tatsächlich eine größere und eine kleinere Person saßen. Die Herrscherin und ihre Tochter ... sie spürte einen Kloß im Hals, während ihr Magen sich gleichzeitig vor Aufregung zusammenzog.

Die Greife der Cyrona schrien zur Begrüßung und flogen dem Neuankömmling voller Neugier entgegen. Sie umkreisten Sonnenauge und schienen ihn zur Cyrona begleiten zu wollen.

Mica sah fasziniert dabei zu. Sie hatte noch nie erlebt, wie ein fremder Greif von seinen Artgenossen begrüßt wurde. Nun ja, so fremd war Sonnenauge ja nicht – schließlich stammte er aus Cilians Zucht und es waren somit seine Brüder und Schwestern, die ihn willkommen hießen. Oder er sie, denn sie waren ja dabei, seine Heimat zu besuchen.

Sie beobachtete, wie der Königsgreif ein paarmal über dem Schiff kreiste, begleitet vom euphorischen Kreischen der anderen Tiere.

Wüstenträne schickte ihr aufgeregt Bilder der Herrscherin, aber Mica konnte sie nicht richtig erkennen, da der Greif zu aufgekratzt war, um ein Bild lange genug zu zeigen.

Aber sie würde gleich Gelegenheit bekommen, die Herrscherin mit eigenen Augen zu sehen, denn Sonnenauge ließ sich soeben elegant mitten auf dem Achterdeck nieder und schlug noch ein paarmal mit den Flügeln, ehe er das Gleichgewicht gefunden hatte. Er war tatsächlich ein majestätisches Tier, viel größer als Wüstenträne und sein Fell glänzte hell im Sonnenschein.

Seine intelligenten Adleraugen blickten aufmerksam um sich, dann stieß er einen lauten Schrei aus, als wolle er die gesamte Mannschaft der Cyrona begrüßen. Diese johlten und klatschten zur Antwort. Offenbar schienen sie das Tier gut zu kennen – oder vielmehr seine Reiterin, die in diesem Augenblick von Sonnenauges Rücken glitt.

Die Herrscherin von Merita war eine äußerst attraktive, schlanke Frau mit langem, dunkelbraunem Haar, das ihr offen bis fast zur Hüfte fiel. Sie trug zu Micas Überraschung einfache Lederhosen und ein helles Hemd sowie ein Schwert an ihrer Hüfte. Keine Spur von Schmuck oder anderem Prunk, der sie als mächtigste Magierin von Altra ausgezeichnet hätte.

Gerade half sie einem kleinen Mädchen, ebenfalls vom Rücken des Königsgreifen abzusteigen. Das musste Layla, ihre Tochter sein. Sie war ungefähr sechs Jahre alt, hatte tiefschwarzes Haar und ein hübsches Gesicht mit aufgeweckten, schwarzen Knopfaugen. Man konnte auf Anhieb erkennen, dass sie die Tochter der Herrscherin sein musste. Beide hatten dieselben, sanften Gesichtszüge und gütigen Augen.

»Papa!«, rief das Mädchen, als es auf den Planken stand.

Layla rannte mit ausgebreiteten Armen dem blonden Elf entgegen, der ein paar Schritte auf sie zugekommen war und jetzt in die Hocke ging, um seine Tochter zu begrüßen.

Als das Mädchen bei ihm ankam, schlang sie ihre Arme um seinen Hals und er hob sie hoch, um sie lachend herumzuwirbeln. Sie juchzte laut auf vor Freude und strahlte über das ganze Gesicht.

Es war eine rührende Szene, die Mica wieder einmal zeigte, wie sehr der Elf seine menschliche Familie liebte.

Die anderen Greifenreiter hatten sich in der Zwischenzeit bei Néthan und Mica versammelt, um die Neuankömmlinge gebührend zu begrüßen.

»Sie wollte unbedingt mitkommen«, sprach die Herrscherin in fließendem Temer und schritt mit einem warmen Lächeln auf ihren Gemahl zu.

Jedoch wurde sie von Kapitän Maryo Vadorís abgefangen, der sich ihr mit weit ausgebreiteten Armen in den Weg stellte.

»Während dein Mann beschäftigt ist, seine Tochter zu begrüßen, werde ich die Gelegenheit nutzen, die schönste Herrscherin, die Altra je gesehen hat, angemessen willkommen zu heißen«, sagte der Elfenkapitän.

Ehe sie ihm ausweichen konnte, drückte er die dunkelhaarige Frau in einer herzlichen Umarmung an seine breite Brust. Aber sie schien sich auch gar nicht gegen ihn wehren zu wollen, denn sie schlang lachend die Arme um den hochgewachsenen Elf und erwiderte seine innige Begrüßung.

»Maryo Vadorís, du wirst dich wohl nie ändern«, schmunzelte sie und stieß ihn ein wenig von sich weg, um ihn genauer zu betrachten.

»Dann würdest du mich doch auch nicht mehr lieben«, scherzte er und drückte ihr einen dreisten Kuss auf die Wange.

»Immer noch der alte Charmeur.« Sie lächelte. »Ich habe es aufgegeben, dir zu erklären, dass mein Herz nur einem Mann gehört.« Ihr Blick glitt unversehens zu ihrem Gemahl, der seine Tochter auf den Armen trug und nun zu ihnen kam.

»Meine Göttin.« Der blonde Elf lächelte, setzte Layla ab und stieß Maryo zur Seite, um seine Gemahlin mit einem leidenschaftlichen Kuss zu begrüßen. »Du hast mir gefehlt«, murmelte er nahe an ihrem Mund, als er sie losließ, und legte seine Stirn an ihre.

»Du mir ebenfalls. Es ist schön, dich unversehrt wieder hier in Merita zu haben.« Ihr Lächeln war so liebevoll, dass Mica die Augen niederschlug.

»Papa, ich durfte auf Sonnenauge reiten!« Layla drängte sich zwischen die beiden und umarmte den Elf, der sich wieder lächelnd zu ihr hinunterbeugte und ihr über das pechschwarze, glänzende Haar strich.

»Lass mich mein Patenkind doch auch mal begrüßen.« Jetzt war es an Maryo, den Elfenprinz etwas zur Seite zu stoßen, sodass sich Layla mit einem freudigen Lachen in seine Arme werfen konnte. »Warum müsst ihr Menschen bloß so rasch groß werden?«, brummte der Kapitän, als er Layla hochhob.

Mica verfolgte erstaunt die Wandlung des strengen Elfenkapitäns zu einem herzlichen Mann, der sein Patenkind gerade mit Leichtigkeit fast einen Schritt weit in die Luft hochwarf, sodass sie freudig quiekte.

»Maryo, sie ist keine Puppe!«, sagte die Herrscherin streng, was der Kapitän mit einem breiten Grinsen kommentierte.

Dennoch setzte er Layla wieder am Boden ab, die sofort wieder zu ihrem Vater rannte und ihn abermals umarmte.

»Das sind sie also? Die Greifenreiter von Cilian?« Der Blick der Herrscherin glitt über die Reiter, die neben Mica und Néthan standen.

»Aye. Zufrieden?«, fragte Maryo.

Er ging mit der Herrscherin zusammen auf die Kämpfer zu, während ihr Gemahl sich wieder seiner Tochter widmete. Sie zog ihn gerade zum Königsgreif und erzählte ihm fröhlich plappernd, wie fantastisch das Fliegen sei.

»Mehr als das.« Die dunklen Augen der Herrscherin blieben an Néthan und Mica hängen. »Ich danke Euch, dass Ihr mich in diesem Kampf unterstützen werdet.«

»Es ist uns eine Ehre«, antwortete Néthan und verbeugte sich leicht vor der Herrscherin.

»Wir werden alle Details später besprechen«, meinte Maryo. »Erst mal musst du mir erzählen, welche Neuigkeiten du aus Merita bringst.«

Die Herrscherin nickte und ihr Gesicht verdunkelte sich ein wenig. »Leider habe ich keine guten Nachrichten. Die Zeit rennt uns davon. Die Angreifer werden in zwei oder drei Tagen in Merita sein«, sagte sie leise. »Ihr kommt gerade noch rechtzeitig, wir befürchteten schon, dass wir ohne euch die Stadt verteidigen müssen.«

»Wir hatten einen kleinen … Zwischenfall«, antwortete Maryo, was die Herrscherin fragend eine Augenbraue in die Höhe heben ließ. »Wir wurden von Sirenen angegriffen und haben ein paar gute Männer verloren.«

Der Gesichtsausdruck der jungen Frau wurde mitfühlend. »Das tut mir leid, Maryo. Ich weiß, wie viel dir deine Mannschaft bedeutet … ich sagte doch, du sollst um die gefährlichen Gewässer herumsegeln …«

»Wir wollten so rasch wie möglich nach Merita zurückkehren«, antwortete der Kapitän, ohne mit der Wimper zu zucken.

Die Herrscherin strich ihm sanft über den Arm. »Danke. Du bist ein wahrer Freund … aber das nächste Mal wirst du das Wohl deiner Mannschaft wieder über das von Merita stellen, verstanden?«

»Aye, Herrscherin.« Der dunkelhaarige Elf schenkte ihr ein halbherziges Lächeln. »Doch komm jetzt, stoßen wir auf unser Wiedersehen an und besprechen danach, wie wir diesen Bastard auslöschen können.«

Die Herrscherin nickte und rief nach Layla und ihrem Gemahl, die sich ihnen anschlossen und in die Kabine des Kapitäns gingen.

Mica tauschte mit Néthan einen verwunderten Blick, während die anderen Greifenreiter sich auf dem Schiff verteilten und die Cyrona wieder begann, Fahrt aufzunehmen.

»Hast du dir so die Herrscherin vorgestellt?«, fragte Mica Néthan leise.

Dieser schüttelte lächelnd den Kopf. »Nein, ganz und gar nicht. Ich hatte eine eingebildete Schnepfe erwartet, keine wunderschöne, warmherzige Frau, die auch noch intelligent zu sein scheint.«

Mica stieß ihn in die Seite. »Auch schöne Frauen können intelligent sein!«

Jetzt legte Néthan wieder einen Arm um ihre Schultern und lächelte sie an. »Ich weiß, du beweist es mir täglich.«

Micas Augenverdrehen konnte er nicht mehr sehen, da er ihr Gesicht an seine Brust drückte.

33

MICA

»Bei den Göttern, mir scheint, dass dieser Zirkel noch größer ist als der von Chakas«, hauchte Mica ehrfürchtig, während sie und die anderen Greifenreiter hinter der Herrscherin den weitläufigen Innenhof betraten.

Da das Klima hier in Merita feuchtwarm war, klebten ihre silberweißen Locken an der Stirn. Sie hatte sie zu einem Zopf zusammengebunden und überlegte gerade allen Ernstes, sie abzuschneiden, um die Hitze einigermaßen auszuhalten. Die Luft in Chakas war immer trocken gewesen, hier in Merita jedoch kam es Mica so vor, als fiele das Atmen durch die Feuchtigkeit schwerer und jede Bewegung schien anstrengender zu sein.

»Dieser Zirkel *ist* auch größer«, antwortete Néthan, der neben ihr herging, während sie den Innenhof überquerten. »Hier ist die Hauptstadt des Landes und von hier aus hat der Tyrann Lesath ganz Altra regiert. Daher ist der Zirkel prunkvoller als alle anderen.«

Mica sah ihn von der Seite her an. »Und du bist dir sicher, dass du hier leben willst?«, fragte sie zweifelnd. »Für mich wäre das nichts. Es ist zu feucht, zu groß und zu protzig.«

Néthan lachte leise, dann wurde seine Miene ernster. »Mal sehen. Wenn mein Bett weich und das Essen gut ist, werde ich es eine Weile aushalten können – vorausgesetzt, die Herrscherin will mich hier überhaupt.«

»Oh, das tut sie bestimmt.« Mica nickte. »Du bist ein mächtiger Magier und guter Anführer. Sie kann froh sein, wenn sie jemanden wie dich an ihrer Seite hat.«

»Nicht zu vergessen, dass ich ein ehemaliger Schurke bin«, zwinkerte er. »Das könnte ihr Urteil zu meinen Ungunsten beeinflussen.«

Mica schüttelte den Kopf. »Das glaube ich nicht. Ich habe gehört, dass der Dunkelelf früher ein kaltherziger Assassine war. Und jetzt ist er der Leibwächter der Herrscherin und ihres Gemahls. Sie scheint zu der Sorte Menschen zu gehören, die jemandem eine zweite Chance gibt, gleichgültig, was in dessen früherem Leben geschehen ist oder wer er einmal war.«

»Dann bin ich definitiv am richtigen Ort.« Néthans Mundwinkel hoben sich zu einem angedeuteten Lächeln.

Ehe Mica etwas antworten konnte, hatten sie die Tür des Haupthauses erreicht, das der Magie gewidmet war und sich gegenüber dem Zirkeleingang befand. Die Gebäude hatten so viele Stockwerke, dass sie bis weit in den Himmel reichten.

Mica schauderte bei dem Gedanken, dass dies wohl bald Néthans neues Zuhause sein würde.

»Meine Beraterin und rechte Hand Klarana zeigt Euch Eure Quartiere«, sagte die Herrscherin, die mit ihrem Gemahl, ihrer Tochter und Maryo der Gruppe vorangegangen war.

Eine streng aussehende Frau mit kurzem, rotem Haar trat ihnen entgegen. »Willkommen im Zirkel von Merita«, sagte sie in akzentfreiem Temer, obwohl die Landessprache von Merita Praedisch war. »Folgt mir bitte, ich habe für Euch die besten Zimmer in unserem Gästetrakt herrichten lassen. Eure Greife werden in den Stallungen unterkommen. Wir sind leider noch nicht für Greifenreiter eingerichtet, aber unsere Handwerker sind gerade dabei, Horte für Eure Tiere in den Klippen zu bauen. Sie sollten hoffentlich in wenigen Tagen fertig sein, dann können sie dort einziehen.«

Mica ging staunend mit den anderen Kämpfern hinter der rothaarigen Frau her. Offenbar wurden sie als Greifenreiter bevorzugt behandelt.

Als sie den Gästetrakt betraten, bestätigten sich ihre Vermutungen. Jeder Greifenreiter erhielt ein eigenes Zimmer mit einem Balkon zum Meer hin, der so breit war, dass die Greife darauf landen konnten.

Wüstenträne hatte sofort entdeckt, welches Zimmer Mica gehörte. Sie kam, unmittelbar nachdem diese sich auf das Bett gesetzt hatte, durch die offene Balkontür ins Zimmer geflogen, um sich von ihr am gefiederten Hals kraulen zu lassen.

»Na, mein Mädchen, wie gefällt dir Merita?«, fragte Mica, während Wüstenträne ihre Streicheleinheiten einforderte.

Der Greif sandte ihr ein Bild von Chakas und Mica lächelte unwillkürlich. »Ja, mir gefällt unsere Heimat auch besser.« Sie nickte. »Aber wir sind ja nur hier, um Cassiel zu holen. Danach kehren wir nach Chakas zurück, versprochen.«

Wüstenträne ließ ein Geräusch ertönen, das sich fast wie das Schnurren einer Katze anhörte, die gerade einen Vogel imitieren wollte.

»Ich hoffe nur, wir finden ihn rechtzeitig«, murmelte Mica mehr zu sich selbst als zum Greif und sah auf das Meer, das sich vor ihrem Balkonfenster erstreckte.

Irgendwo dort hinter dem Horizont war Cassiel und würde bald hier sein. Dieser Gedanke ließ ihr Herz wieder schneller schlagen. Ob aus Freude oder Angst konnte sie nicht genau feststellen.

Den nächsten Tag verbrachten Mica und die anderen Greifenreiter damit, zu trainieren, um sich für den baldigen Kampf bereit zu machen. Sie übten sowohl Schwertkampf als auch Magie, was dazu führte, dass Mica – ebenso wie alle anderen – müde und erschöpft war, als der Tag sich dem Ende zuneigte.

»Genug für heute«, bestimmte Néthan, der das Training geleitet hatte. »Ihr solltet für morgen noch ein paar Kräfte haben, falls die Barbaren dann schon hier sind.«

Mica war froh über das Ende der Übungen. Der Gedanke, dass sie morgen bereits gegen irgendwelche Barbaren aus einem fremden Land kämpfen sollten, ließ einen Knoten in ihrem Magen entstehen, der sich schmerzhaft zusammenzog.

Sie hatte noch nie gekämpft, außer als die Sirenen sie angegriffen hatten, und fühlte sich alles andere als bereit dazu. Zudem wuchs mit jeder Stunde die Sorge um Cassiel. Sie wusste noch nicht, wie sie ihn warnen sollte und das bereitete ihr Unbehagen.

Sie hatten noch am Abend ihrer Ankunft mit Maryo und der Herrscherin besprochen, wie sie die Flotte angreifen wollten, die in Kürze hier sein würde. Die Greifenreiter würden die Feinde aus der Luft attackieren und versuchen, sie möglichst in Schach zu halten. Es handelte sich insgesamt um sechs Schiffe. Das war zwar nicht viel, aber wenn sich Barbaren darauf befanden, denen das

Kämpfen in die Wiege gelegt worden war, bedeutete das eine ernst zu nehmende Gefahr für den Zirkel und die Bewohner der Stadt.

Woher die Herrscherin all diese Informationen hatte, war Mica nicht klar, aber es wurde gemunkelt, dass sie ab und an Visionen hätte – zudem hatte sie Kundschafter ausgeschickt, die ihnen stündlich Brieftauben sandten mit der Position der Schiffe, die jetzt nicht mal mehr eine Tagesreise entfernt waren. Spätestens morgen früh würden sie hier sein. Es sei denn, sie warteten in sicherer Entfernung, um ihre Kräfte zu sammeln, ehe sie angriffen.

Néthan und Mica hatten beschlossen, vorerst ihre Pläne, die Offensive zu verhindern, für sich zu behalten. Maryo und die Herrscherin schienen bei der Besprechung fest entschlossen zu sein, den Feinden entgegenzutreten und ihre Stadt zu verteidigen.

Mica wusste nicht, ob sie auf sie hören würden oder sie womöglich als Verräter ansahen, was Néthans Pläne, hierzubleiben, gefährdet hätte. Zudem wollten sie auf Arens Rat hin erst mal die Flotte begutachten, ehe sie sich einen Plan zurechtlegten. Aren war sich sicher, dass der Angriff nicht sofort geschehen würde, sondern sich auch die Barbaren erst einmal ein Bild von der Situation und vor allem der Stadt machten.

Möglicherweise würden sie versuchen, Merita zu belagern. Oder vielleicht – und das hoffte Mica aus ganzem Herzen – waren sie auch bereit, zu verhandeln.

Aren hatte Mica und Néthan verraten, dass sein Schwager Sarton das Auge des Drachen – ein uraltes, magisches Artefakt – haben wollte. Es befand sich irgendwo im Zirkel in der Obhut der Herrscherin. Vielleicht wäre Kapitän Sarton von seinem Plan abzubringen, wenn ihm genügend Geld geboten wurde. Dann müsste niemand sterben.

Dennoch hatte Mica eine schlaflose Nacht hinter sich, was das Training heute zusätzlich erschwerte.

Sie verstaute ihr Schwert, nachdem sie es poliert hatte, und dachte daran, dass sie womöglich nur noch eine Nacht von der Begegnung mit Cassiel entfernt war. Bald würde sie den Dieb wiedersehen und erneut begannen die Zweifel, mit aller Kraft an ihr zu nagen.

War er überhaupt noch am Leben? Aren hatte ihr zwar erzählt, dass Cassiel ihm vor einigen Monaten ein Zeichen geschickt hätte und es ihm immer noch gut ginge, aber es wäre ja möglich, dass sich dies in der Zwischenzeit geändert hatte.

Und falls es ihm gut ging ... dann blieb ungewiss, ob er noch Gefühle für sie hatte. Drei Jahre waren eine lange Zeit und womöglich war seine Zuneigung für sie inzwischen abgekühlt. Vielleicht hing sie einem Trugbild nach und belog sich sogar selbst damit, wenn sie glaubte, ihn noch zu lieben.

Doch auch wenn die Liebe zwischen ihnen erloschen wäre ... sie würde nichts unversucht lassen, ihn zurück nach Chakas zu bringen. Dort, in die Diebesgilde, gehörte er hin. Und wenn er erst mal seine Schuldgefühle überwunden hätte, würde er dort auch glücklich werden, da war sie sich sicher.

»Mica komm, lass uns etwas essen gehen«, riss Néthan sie aus ihrem Grübeln.

Sein Hemd war nass geschwitzt und sein langes Haar zerzaust. Er kämmte es gerade mit den Fingern, um es wieder zu einem ordentlichen Zopf zusammenzubinden.

Mica nickte und folgte ihm in den Speisesaal des Zirkelgebäudes, wo auch die Magierlehrlinge von Merita gerade ihr Abendessen einnahmen.

»Alles in Ordnung?«, fragte Néthan mit forschendem Blick.

»Ja … ich bin nur etwas müde vom Training«, wich Mica ihm aus und setzte sich an einen der langen Tische, wo die anderen Greifenreiter bereits Platz genommen hatten.

Néthans besorgte Miene versuchte sie ebenso zu ignorieren wie die Blicke der fremden Magier. Mehr als einmal bemerkte Mica, wie sie hinter vorgehaltener Hand tuschelten und auf sie zeigten. Aber sie hatte sich inzwischen schon fast daran gewöhnt, dass alle sie anstarrten, weil sie mit ihrem silberweißen Haar auffiel.

Sie hatte beschlossen, dass sie es nicht färben würde. Das Silberweiß gehörte ab sofort zu ihr. Zudem hoffte sie, dass die ungewöhnliche Haarfarbe Cassiel zeigte, dass auch sie nicht perfekt war. Sie schalt sich zwar für diesen Gedanken, aber sie konnte nichts daran ändern, dass sie Cassiel immer noch liebte. Ihr Herz würde womöglich für immer ihm gehören, da konnte er sich noch so sehr dagegen wehren.

Nach dem Essen zog sie sich auf ihr Zimmer zurück und legte sich auf das weiche Bett. Doch sie konnte keine Ruhe finden und wanderte daher nach wenigen Minuten unruhig im Zimmer umher, obwohl ihr Körper sich nach Erholung sehnte. Irgendwann trat sie auf den Balkon und starrte so lange auf den Horizont, bis die Sonne untergegangen war und sich die Dunkelheit der Nacht über Merita legte.

Was würde der morgige Tag wohl bringen? Was würde die Sonne sehen, wenn sie abermals über dem Horizont aufging?

Nachdem der Mond bereits in voller Pracht auf das Meer herunterschien, begab sie sich in ihr Zimmer zurück, um sich zumindest für ein paar Stunden hinzulegen und auszuruhen. Wüstenträne gesellte sich wenige Augenblicke später zu ihr. Sie schien die Stallungen nicht gemütlich zu finden und schickte Mica zur Erklärung Bilder von Pferdeäpfeln. Sie rümpfte angewidert die Nase und ließ es zu, dass sich der Greif am Boden vor ihrem Bett einrollte, wo er bald leise schnarchend einschlief.

Doch Mica konnte keinen Schlaf finden. Immer wieder wälzte sie sich hin und her. So lange, bis sie irgendwann entnervt aufgab, sich flach auf den Rücken legte und an die Decke über sich starrte.

Es war eine wolkenlose Nacht und entsprechend hell wurde ihr Zimmer vom Mondlicht erleuchtet.

Als es an ihrer Tür klopfte, schrak sie zusammen und beeilte sich, zu öffnen. Sie trug bloß ein leichtes Nachthemd, da es für alles andere viel zu heiß war. Sie hatte sogar überlegt, nackt zu schlafen, es dann aber verworfen, worüber sie jetzt froh war. Denn Néthan stand vor ihrem Zimmer.

»Du machst es einem Mann wirklich schwer, nicht über dich herfallen zu wollen«, raunte er, während sein Blick über ihren kaum verhüllten Körper glitt.

»Bist du hier, um mir zweifelhafte Komplimente zu machen?«, fragte sie stirnrunzelnd, als er an ihr vorbei zur Balkontür ging, die offen stand, um etwas Luft hereinzulassen.

»Das musst du dir ansehen«, sagte er, während er ins Freie trat und ihr zu verstehen gab, ihm zu folgen.

»Was denn?« Mica gesellte sich zu ihm auf den Balkon.

Noch ehe sie die Brüstung erreicht hatte, sog sie scharf die Luft ein.

Auf dem Meer, das vom Licht der Sterne erhellt wurde, konnte man in der Ferne sechs dunkle Flecke erkennen. Die Angreifer waren früher angekommen als erwartet.

»Das sind sie also.« Mica erzitterte unwillkürlich, während sie die Augen zusammenkniff und auf die Schiffe starrte, die in einiger Entfernung geankert hatten.

»Wir werden sie in die Flucht schlagen«, murmelte Néthan neben ihr.

»Cass ist auf einem dieser Schiffe ... und dein Onkel«, gab Mica zu bedenken.

»So wie Aren und Maryo über Kapitän Sarton gesprochen haben, ist es kein Verlust für diese Welt, wenn mein Onkel stirbt«, meinte Néthan mit einem bitteren Unterton in der Stimme.

»Aber wir müssen Cass retten ...« Mica starrte abermals zu den Schiffen hinüber und ihr Magen zog sich zusammen bei dem Gedanken, dass er jetzt so nah bei ihr war.

»Das werden wir.« Néthan legte ihr beruhigend eine Hand auf die Schulter und zog sie ein wenig an sich.

»Was, wenn er uns nicht erkennt? Wenn er uns angreift und verletzt wird?« Mit einem Mal kroch Panik in ihr Herz wie eine giftige Natter in einen Kaninchenbau. Sie war froh, dass Néthan bei ihr war und ihr Halt gab.

»Warum sollte er uns nicht erkennen?«, fragte er stirnrunzelnd.

»Nun ja, er könnte uns angreifen, noch ehe wir mit ihm haben sprechen können. Wir brauchen dringend einen Plan.«

»Versuch, ruhig zu bleiben«, murmelte Néthan und strich ihr sanft über den Rücken. »Die Tatsache, dass wir noch nicht von der Herrscherin alarmiert worden sind, zeigt, dass sie noch nicht mit einem Angriff rechnet. Ich bin mir sehr sicher, dass auch *sie* die Schiffe bereits entdeckt hat.«

Mica schüttelte seine Hand ab, die immer noch über ihren Rücken fuhr. »Hör zu.« Sie dämpfte ihre Stimme. »Wir müssen Cass warnen. Er soll wissen, dass wir hier sind und er uns nicht angreifen darf.«

»Und wie möchtest du das bitte sehr anstellen, ohne dass die Herrscherin davon Wind bekommt und es verhindert?« Néthan sah sie zweifelnd an.

»Ich werde mich auf eines der Schiffe schleichen«, antwortete Mica energisch. »Ich werde ihn finden. Und ich werde ihn warnen.«

Néthan legte seine Stirn noch stärker in Falten. »Dann werde ich mit dir kommen«, sagte er entschieden.

»Nein.« Mica legte eine Hand auf seine Brust. »Er mag dich nicht und er könnte uns angreifen oder laut werden, wenn er dich sieht. Das würde zu viel Aufmerksamkeit auf uns lenken.«

Néthan fluchte leise, da er zu erkennen schien, dass Mica recht hatte. »Sich auf ein Schiff zu schleichen wie ein Dieb, ist keine gute Idee«, sagte er nach einer Weile. »Ich will nicht, dass du dich unnötig in Gefahr begibst. Zudem, wenn sie dich entdecken und gefangen nehmen, haben sie ein Druckmittel gegen uns. Doch die Regeln des Meeres wird selbst ein Sarton nicht mit Füßen treten. Wir werden eine weiße Fahne mitnehmen und uns zu erkennen geben. Eine weiße Flagge darf nicht angegriffen werden.«

Mica überlegte einen Moment, ehe sie zustimmte. »In Ordnung. Du kannst mich bis in die Nähe der Schiffe begleiten und mit Meteor und Wüstenträne warten, bis ich mit Cass zurück bin.«

Néthan schüttelte den Kopf. »Wir werden nicht mit den Greifen dorthin fliegen. Das ist zu auffällig bei diesem wolkenlosen Himmel und könnte dazu führen, dass sie auf uns schießen, noch ehe wir unsere Absichten erklären konnten. Wir besorgen uns ein Boot. Damit können wir auf dem dunklen Wasser bis an die Schiffe heranfahren und sie sehen die weiße Fahne viel eher.«

»Gut.« Mica nickte. »Aber lass uns Aren mitnehmen. Ich weiß, du magst ihn nicht und vertraust ihm auch nicht. Aber ich tue es. Und er kennt deinen Onkel. Womöglich kann er ihn dazu überreden, nicht anzugreifen. Außerdem weiß er, wie Sartons Schiff aussieht.«

»Dir ist schon klar, dass die Herrscherin uns den Kopf abreißen wird, wenn sie von unserem Plan erfährt?«, sagte Néthan mit hochgezogenen Augenbrauen.

Mica zuckte mit den Schultern. »Sie kann uns dankbar sein, wenn dieser Plan dazu führt, dass der Angriff verhindert wird. Und falls uns das nicht gelingt, haben wir immerhin Cass aus dem Gefecht geholt. Er ist schließlich dein Bruder.«

»Nun gut«, murmelte Néthan. »Lass uns sofort aufbrechen. Jede Minute, die verstreicht, könnte dazu führen, dass die Barbaren einen Angriff wagen oder die Herrscherin nach uns rufen lässt. Obwohl ich im Grunde erst morgen mit einem Kampf rechne. Sie hätten uns längst attackiert, wenn das ihr Plan wäre. Sie sind weit gefahren und müssen erst noch eine Strategie zurechtlegen. Die Zeit haben wir daher vorerst auf unserer Seite. Fragt sich nur, wie lange …«

Mica nickte und folgte ihm zurück ins Zimmer, um die Vorbereitungen zu treffen.

34

MICA

Micas Herz klopfte bis zum Hals, als sie kurze Zeit später in einem kleinen Boot zu den Schiffen unterwegs waren. Nur mit viel Überredungskunst war es ihr und Néthan gelungen, ihre Greife dazu zu bringen, im Zirkel zu bleiben. Den Tieren widerstrebte es zutiefst, ihre Reiter alleine fortzulassen. Doch schließlich hatten sie eingewilligt, auf ihre Rückkehr zu warten.

Aren war von dem Plan zunächst ebenfalls wenig begeistert gewesen, hatte dann aber zugestimmt. »Ehe ihr beiden euch selbst in Gefahr bringt, werde ich mitkommen und dafür sorgen, dass ihr heil aus der Sache rauskommt«, hatte er gemurmelt.

Sie hatten am Ufer vor dem Zirkel bei einem Fischer ein Boot ausgeliehen. Für zehn Gold hatte der Mann es ihnen fast mit Handkuss überlassen. Zehn Gold bedeuteten ein halbes Jahr sorgenfreies Leben für ihn.

Mica hatte gestaunt, woher Néthan das Geld nahm, aber dieser hatte bloß mit den Schultern gezuckt und gemeint, das wären Überbleibsel von seinem Schurkenleben.

Der Fischer war gerade dabei gewesen, seine Netze für die Dämmerung vorzubereiten, die in drei Stunden einsetzen würde. Sie mussten sich beeilen, wenn sie noch vor Tagesanbruch zum Schiff wollten.

Obwohl Mica noch nicht geschlafen hatte, fühlte sie sich alles andere als müde. Die Aufregung vertrieb jegliche Schläfrigkeit und ihr ganzer Körper war zum Zerreißen angespannt.

Steinwind, der sie ebenfalls hatte begleiten wollen, passte nicht mehr in das kleine Boot. Sie rechneten damit, dass sie auf ihrem Rückweg im besten Fall eine Person mehr wären, wenn Cassiel sich ihnen anschloss. Steinwind war daher mürrisch am Ufer zurückgeblieben, hatte aber eingesehen, dass er zu viel Platz wegnehmen würde, wenn er ebenfalls mitkäme.

Das Meer wirkte wie ein bodenloses, schwarzes Loch, während das Boot über die leicht gewellte Oberfläche dahinglitt. Mica hatte die Hände zwischen die Knie gepresst und starrte stumm auf den Horizont, wo die Schiffe wie kleine Nussschalen wirkten. Néthan und Aren ruderten gemeinsam, sprachen aber kein Wort miteinander, was Mica recht war. Sie war viel zu aufgeregt, um zu sprechen und wollte einfach nur so rasch wie möglich zu den Schiffen gelangen.

Als sie bereits eine Viertelstunde lang unterwegs waren, bedeutete Aren seinem Sohn, die Fahrt zu verlangsamen. »Wir sind nun so nahe, dass sie uns bald sehen werden«, murmelte er.

Mica nickte und griff nach dem weißen Stoff, der aus Segelleinen bestand und zu ihren Füßen gelegen hatte. Nach kurzem Zögern schwenkte sie ihn über ihrem Kopf hin und her und versuchte, das taube Gefühl, das sich mit der Zeit in ihre Arme schlich, zu ignorieren.

Aren und Néthan ruderten weiter, bis sie den Feinden so nahe waren, dass sie die Köpfe der Matrosen an der Reling des Schiffes erkennen konnten, welches Aren als die Smaragdwind – Sartons Schiff – identifiziert hatte. Doch nichts deutete darauf hin, dass sie sie wirklich gesehen hatten.

Mica wurde zusehends unruhiger und überlegte schon, ob sie vielleicht Magie wirken sollte, um auf sich aufmerksam zu machen, da drang eine tiefe Stimme zu ihnen.

»Wer seid Ihr und was wollt Ihr hier?«

»Das ist Sarton«, raunte Aren Mica und Néthan zu. »Lasst mich mit ihm sprechen.«

Mica nickte und sah zu dem Schiff empor, das sich über ihnen mehrere Schritt aus dem Wasser erhob.

»Ich bin's«, antwortete der Meisterdieb mit lauter Stimme. »Aren aus Chakas. Lass mich und meine beiden Begleiter an Bord.«

Einige Sekunden lang herrschte Schweigen, dann wurde ein Lichtstrahl auf das Boot gerichtet, das auf dem Wasser unruhig schwankte. Mica blinzelte und hielt sich die Hand über die Augen, um etwas erkennen zu können.

»Aren …« Sarton klang überrascht. »Was machst du verdammt noch mal in Merita? Hast du nicht deine Ratten zu füttern? Was willst du hier?«

»Das erkläre ich dir, wenn du die Strickleiter runterlässt, damit wir hinaufkommen können«, antwortete der Meisterdieb mit undurchsichtigem Blick.

Mica konnte nicht feststellen, ob er sauer war ob der barschen Begrüßung seines Schwagers.

Wieder herrschte einige Augenblicke lang Stille. Dann folgte ein Befehl und sogleich wurde eine Strickleiter heruntergelassen. »Nun gut, klettert an Bord. Keine Waffen!«

Mica musste sich ein Schmunzeln verkneifen. Sie waren alle drei mächtige Magier und daher auf Waffen nicht angewiesen. Dennoch legte sie, wie die beiden Männer, ihren Dolch und ihr Schwert ab.

Néthan verknotete eine Leine am Ende der Leiter mit dem Boot, damit es nicht wegtreiben konnte, während Aren und Mica sich daranmachten, hinaufzuklettern.

Als sie oben angekommen waren, sah sich Mica zwei Dutzend Matrosen sowie einem breitschultrigen Mann Ende dreißig gegenüber, dessen dunkelblondes Haar ihm bis zu den Schultern reichte. Mehrere Männer hielten Fackeln in den Händen, was dazu führte, dass der Kapitän in dem Lichtkegel gut sichtbar war.

Als Erstes fielen Mica die schwarzen Augen des Kapitäns auf. Sie blickten misstrauisch und wirkten irgendwie kalt. Als er mit der rechten Hand über seinen Kinnbart fuhr, erkannte sie, dass er kein Magier war, denn er trug einen goldenen und keinen schwarzen Ring. In das Metall war eine Feuerrune eingelassen, die wie jene von Mica rot glühte. Seine Kleidung war die eines Schiffskapitäns. Elegant, aber zweckmäßig. Als Waffe trug er ein Schwert an seiner Hüfte.

»Nun? Was will eine Meisterratte also so weit weg von ihrem Loch?«, fragte er Aren. Seine Stimme klang melodisch, aber unterkühlt und seine Augen glichen jetzt schwarzen Steinen.

»Lass uns das in deiner Kabine besprechen«, antwortete Aren nicht minder emotionslos.

»Ich werde nicht so idiotisch sein und mich mit drei Magiern in einen engen Raum begeben.« Sarton hob eine Augenbraue und ließ den Blick zu Mica und Néthan schweifen. Ehe einer der drei reagieren konnte, hatte er in seine Tasche gegriffen und ihnen im nächsten Augenblick ein Pulver ins Gesicht gestäubt, das sie alle niesen ließ.

»Verflucht seist du, du Bastard!«, knurrte Aren, der sich als Erster wieder erholt hatte.

Micas Augen tränten von dem Pulver und als sie einen Schutzschild bilden wollte, versagten ihre Kräfte. Es war dasselbe Gefühl wie damals, als Cilian bei ihrem ersten Aufeinandertreffen auf dem Hinterhof ihre Magie blockiert hatte.

Damals hatte es nur ein paar Minuten gedauert, bis sie ihre Kräfte wiedererlangt hatte. Womöglich handelte es sich aber bei dem Pulver, das der Kapitän verwendet hatte, um ein anderes. Sie hatte inzwischen gelernt, dass es unterschiedlich starke Konzentrationen gab. Je nachdem konnte die Blockierung der Kräfte mehrere Stunden andauern, wenn man kein Gegenmittel erhielt. Wenn das Mittel eingenommen wurde, konnte seine Wirkung sogar für immer fortbestehen.

Sie starrte den Kapitän misstrauisch an, der nun selbstgefällig seine Arme vor der Brust verschränkt hatte.

»Ihr habt unsere Kräfte blockiert!«, fuhr ihn Néthan wütend an.

»Glaubt Ihr im Ernst, ich würde drei Magier einfach so an Bord holen, ohne gewisse … Vorkehrungen zu treffen?«, fragte Sarton mit schiefgelegtem Kopf. »Und jetzt sagt mir, was Ihr hier wollt, oder ich lasse Euch über Bord werfen!«

Néthan unterdrückte einen Fluch und ballte die Hände zu Fäusten, entgegnete jedoch nichts, da Aren ihn etwas zur Seite schob und zwischen ihn und Sarton trat.

»Wo ist Cassiel?« Der Meisterdieb sah den Kapitän aufmerksam an und seine Stimme hatte wieder einen ruhigen und gefassten Klang.

Sartons Blick blieb undurchdringlich, während er antwortete. »Nicht hier.«

Micas Herz stolperte bei seinen Worten. Verdammt, was bedeutete das? Wo war Cassiel?

Auch in Aren schien Besorgnis aufzukommen. »Wo ist mein Sohn?« Er wurde zusehends ungeduldiger – und auch wütender. »Hast du Bastard nicht auf ihn aufgepasst?! Lebt er?«

»Doch, hab ich und ja, er lebt«, entgegnete Sarton in herablassendem Tonfall. »Doch du kennst deinen Balg besser als ich. Er hat seinen eigenen Kopf …«

»Verflucht noch mal!« Jetzt war es um Arens Selbstbeherrschung vollends geschehen und er funkelte Sarton zornig an. »Sag mir, wo er ist!«

Der Kapitän legte abermals den Kopf schief und musterte den Meisterdieb ungerührt. »*Du* bist doch sein Vater. Hättest nicht *du* auf ihn aufpassen sollen? Doch mir scheint, euer Verhältnis ist noch schlechter, als es ohnehin schon war. Warum sonst ist er zu mir – seinem Onkel – gekommen, statt dir von seinen Sorgen zu erzählen?«

»Ich …« Aren blieb die Antwort ihm Halse stecken und er versuchte, tief durchzuatmen, was jedoch in einem Knurren endete.

»Aren.« Micas Stimme war sanft, als sie neben den Meisterdieb trat. »Das bringt doch nichts. Er wird es uns nicht verraten.«

Sartons Blick glitt zu ihr, während ein überhebliches Lächeln seine Mundwinkel anhob. »Und wer bist du, dass du meinen Neffen suchst? Etwa das Flittchen, dessentwegen er weggelaufen ist?«

Mica überhörte die Beleidigung und sah ihm fest in die Augen. »Ich heiße Mica«, antwortete sie ruhig. »Und ich bin hier, um Cass und Euch zu warnen. Ihr werdet den Mächten nicht gewachsen sein, denen Ihr gegenübersteht, solltet Ihr Merita tatsächlich angreifen.«

Ein schallendes Lachen dröhnte über das Deck und Sarton schlug sich mit der flachen Hand auf das Knie. »So etwas Dämliches habe ich noch nie gehört!« Er fuhr sich über die Augen, als wollte er Lachtränen wegwischen. »Du willst mir tatsächlich drohen, merkwürdiges Mädchen?«

Dabei spielte er auf ihr silberweißes Haar an, aber Mica ignorierte seine Provokation ein weiteres Mal.

»Nein. Ich drohe Euch nicht«, antwortete sie in beherrschtem Tonfall. »Es ist eine Tatsache: Ihr werdet sterben, wenn Ihr gedenkt, Merita anzugreifen.«

Abermals hallte das Lachen über das Oberdeck. Als der Kapitän sich beruhigt hatte, rief er nach einem der Schiffsjungen. »Hol mir unseren Meerjungfrauenflüsterer herbei«, befahl er, immer noch mit einem amüsierten Schmunzeln auf den Lippen. »Er wird unseren ›Gästen‹ zeigen, wozu wir fähig sind!«

Der Schiffsjunge nickte und huschte unter Deck davon. Wenige Augenblicke später kehrte er zurück. Ihm folgte ein junger Mann mit dunklen Locken und einfacher Seemannskleidung. Sein Gesicht war im Halbdunkeln auf den ersten Blick nicht zu erkennen. Als er aber in den Lichtkegel trat, stockte Mica der Atem.

Sie trat unwillkürlich einen Schritt zurück, dann wieder einen nach vorne und starrte den jungen Mann an, der sich jetzt neben Sarton stellte und die Neuankömmlinge ebenfalls neugierig musterte.

Nein, das konnte nicht sein … das war unmöglich.

Und doch musste sie ihm nur in die Augen blicken, um zu wissen, wen sie vor sich hatte. Diese Augen waren unverwechselbar. Sie waren ihre Vergangenheit und ihre Hoffnung gewesen, sie hätte sie unter Tausenden erkannt. Sie war dabei gewesen, als sie das Licht der Welt erblickt hatten, während sie ihrer Mutter bei der Geburt half. Sie hatte das dunkle Braun so oft strahlen sehen, wenn sie ihm eine Freude machen konnte. Und auch weinen, wenn es ihnen beiden schlecht gegangen war.

Die Augen ihres Bruders …

Er hatte alles für sie bedeutet … sie hätte ihr Leben für ihn gegeben … für so lange Zeit … bis sie vor drei Jahren getrennt worden waren und Mica geglaubt hatte, sie würde ihn nie wiedersehen.

Würde ihren Bruder nie wieder in die Arme schließen können, da er tot war.

Doch jetzt stand er hier, sah sie an und sie konnte in seinem Gesicht erkennen, dass auch er versuchte, sie einzuordnen. Er war erwachsen geworden, ein gut aussehender, junger Mann. Er glich ihrem Vater, besaß dieselben Gesichtszüge, in den dunklen Augen dieselbe Traurigkeit, die nie wirklich daraus weichen wollte …

Ihre Knie wurden weich und begannen zu zittern, ebenso wie ihre Hände und ihr Herz – alles an ihr bebte, als sie einen weiteren Schritt auf den jungen Mann zutrat, den Blick in seinem gefangen.

Sie hatte seinen Namen nie wieder ausgesprochen nach seinem Verschwinden, aus Angst, sein Tod könnte damit endgültig sein. Doch jetzt formten ihre Lippen die vertrauten Laute und ihre Zunge fühlte sich dabei an, als müsse sie das Sprechen neu erlernen.

»F … Faím?«, hauchte sie und versuchte, den Kloß, der sich in ihrer Kehle bildete, herunterzuschlucken. Doch er wurde nur größer und schmerzvoller. Ebenso wie die Angst davor, dass sie in diesem Augenblick einer Täuschung zum Opfer fiel. Dass es sich nicht um ihren Bruder handelte. Dass die Hoffnung, die mit aller Kraft in ihr aufwallte und ihr Herz zum Rasen brachte, im nächsten Moment enttäuscht würde.

Der junge Mann zog die Augenbrauen zusammen und runzelte die Stirn. Für die Dauer eines Lidschlags schien es, als wolle er den Kopf schütteln, als könne er sich nicht an sie erinnern.

In Mica stieg Übelkeit hoch und in ihrem Magen bildete sich ein Knoten.

»*Ich* bin es«, flüsterte sie. »Mica. Deine Schwester.«

Mit einem Mal schien sich Erkenntnis auf seinem Gesicht auszubreiten. Dann weiteten sich seine Augen und sein Körper verlor alle Spannung, sackte regelrecht in sich zusammen. Er trat einen Schritt vor und seine Hand zitterte, als er sie nach ihr ausstreckte.

»Das … das kann nicht sein«, stotterte er. Seine Stimme war viel tiefer, als sie sie in Erinnerung hatte. Tiefer, aber auch voller Wärme. »Ich habe deinen Namen geopfert … du bist doch … tot. Was spielen mir die Götter für einen üblen Streich?«

»Nein, ich lebe«, hauchte Mica und blinzelte die Tränen weg, die unversehens in ihre Augen traten und die Sicht auf ihren tot geglaubten Bruder verschleierten.

Ihn jetzt mit einem Mal hier in Merita vor sich stehen zu sehen, gesund und lebendig … das war zu viel. Sie sank auf die Knie, da ihre Beine einfach unter ihr nachgaben und spürte nicht einmal den Schmerz, der durch ihre Gelenke fuhr, als sie auf den Planken aufschlug, beide Hände auf ihr Herz gepresst, als wollte sie es davor bewahren, in ihrer Brust zu zerspringen.

Er stürzte zu ihr und noch ehe sie sichs versah, hatte er die Arme um sie geschlungen, drückte sie mit aller Kraft an sich.

»Mica!« Seine Stimme brach, noch während er ihren Namen keuchte. »Schwester …!«

Micas Antwort war eine Mischung aus Schluchzen und Lachen. All die Trauer, die Angst und der Schmerz der letzten Jahre entluden sich gleichzeitig in ihr und sie schlang die Arme um ihren Bruder.

»Faím … du … du lebst!«, stotterte sie überwältigt.

Sie hätte es nicht für möglich gehalten, hatte um ihn getrauert, um ihn geweint. Und jetzt drückte er sie an sich. Sie fühlte sein Herz im selben wilden Rhythmus schlagen wie ihr eigenes, spürte seine feste Umarmung, die warmen Tränen, die sich mit den ihren vermischten.

Alles um sie herum versank, verlor jegliche Bedeutung. Für einen Moment vergaß sie, dass sie auf der Smaragdwind war, dass Sarton, Aren und Néthan sowie mehrere Matrosen um sie herumstanden. Es zählte nur noch der Moment. Das Hier und Jetzt. Nur noch sie und ihr Bruder.

Sie wollte lachen und weinen gleichzeitig, hätte am liebsten ihr Glück laut in den Nachthimmel geschrien. Doch aus ihrer Kehle drangen nur weitere Schluchzer und sie vergrub ihre Hände in Faíms Locken, atmete seinen Geruch ein und spürte, wie ihr Herz mit jedem Schlag, den es tat, heilte.

Sie waren wieder zusammen. Sie und Faím.

Mit einem Mal wurde er von ihr weggerissen, mit einer Kraft, gegen die sie in ihrer Überwältigung machtlos war.

»Genug!«, dröhnte Sartons Stimme in ihren Ohren. »Das ist ja nicht zum Aushalten!«

Faím war einen Moment lang überrumpelt und taumelte, dann fing er sich wieder und riss sich von Sarton los. »Lasst mich!«, knurrte er und funkelte den Kapitän wütend an, während er sich die Tränen aus den Augen wischte. »Sie ist meine Schwester und wenn Ihr ihr etwas zuleide tut, werdet Ihr es mit *mir* aufnehmen müssen!«

»Ich habe so langsam genug von deiner Aufmüpfigkeit!«, zischte Sarton nicht minder zornig. »Du warst mir lieber, als du ein kleiner, naiver Bengel warst. Diese Meerjungfrau tut dir nicht gut.«

»Oh doch, das tut sie!«, fuhr Faím Sarton so laut an, dass Mica erstaunt ihren Bruder ansah.

Er hatte so ganz und gar nichts mehr von dem kleinen Jungen an sich, den sie in Chakas zum letzten Mal gesehen hatte. Er war ein selbstbewusster Mann geworden, der sich sogar gegen einen Kapitän behauptete.

35

Faím

Faím schnaubte vor Zorn und funkelte Sarton wütend an. Dieser erwiderte seinen Blick nicht minder verärgert. Dann sah Faím wieder zu Mica und er spürte, wie sein Herz für einen Schlag aussetzte.

So lange hatte er daran geglaubt, dass sie tot war. Hatte die Trauer über ihren Tod gar mit Chandras Hilfe zu unterdrücken versucht … und dennoch war eine Leere in seinem Herzen geblieben, wie er sie erst jetzt spürte, da er Mica lebendig vor sich sah. Es war, als hätte jemand sein Leben in diesem Moment wieder komplett gemacht.

Erst hatte er sie gar nicht erkannt. Sie hatte sich zwar im Gesicht nur geringfügig verändert, war etwas älter geworden, aber ihr einst dunkelbraunes Haar war nun von einem silbernen Weiß, sodass er zweimal hinschauen musste, um in ihr seine Schwester zu erkennen.

Ihr Name hatte ihm nicht einfallen wollen, da Chandra ihn aus seinem Gedächtnis gelöscht hatte, um seinen Schmerz über ihren

Verlust erträglicher zu machen. Aber als Mica ihn aussprach, waren mit einem Mal alle Erinnerungen wieder da gewesen. Mit einer Kraft, die er sich selbst nicht hatte erklären können, und die wie eine Flutwelle über ihn hereingebrochen war.

Jetzt erhob sie sich gerade mithilfe des dunkelhaarigen Mannes, der Mitte zwanzig sein musste und Sarton und ihm einen misstrauischen Blick zuwarf. Er berührte Mica mit einer Vertrautheit, die Faím verriet, dass die beiden mehr verband als Freundschaft. Doch jetzt war nicht die Zeit dafür, dies näher zu ergründen.

Faím atmete tief durch, um seinen Zorn auf Sarton abflauen zu lassen und sah Mica dann eindringlich an. »Warum seid ihr hier? Wisst ihr, dass wir morgen Merita angreifen werden?«

Beim letzten Satz entfuhr Sarton ein verärgerter Laut, da es ihm offenbar gegen den Strich ging, dass Faím seine Pläne verriet. Aber er beachtete den Kapitän nicht weiter, sondern sah unbeirrt seine Schwester an.

Mica nickte. »Ja, das ist uns bekannt und genau deswegen sind wir hier: Um diesen Angriff zu verhindern.«

Sie trat einen Schritt auf ihn zu und legte eine Hand auf seine Brust. Allein diese Geste führte dazu, dass Faím ein Kribbeln in seinem ganzen Körper verspürte, als fahre ein Blitz durch ihn hindurch.

Seine Schwester war hier, auf der Smaragdwind! Stand vor ihm und sah ihn mit dieser Wärme an, die er nie mehr zu sehen geglaubt hatte.

Er überragte sie um einen halben Kopf, was dazu führte, dass sie zu ihm hochblicken musste.

Es war unbeschreiblich, wie sehr sie ihm gefehlt hatte in all den Jahren. Am liebsten hätte er sie wieder in seine Arme geschlossen und fest an sich gedrückt. Nur, um sich sicher zu sein, dass er nicht träumte. Aber zuerst galt es zu klären, warum sie mitten in der Nacht auf das Schiff gekommen war. Er kannte Mica, sie musste einen guten Grund dafür haben, solch ein Wagnis einzugehen.

»Faím«, sprach sie seinen Namen ein zweites Mal mit so viel Zuneigung aus, dass ihm ganz schwindelig wurde. »Wenn ihr Merita angreift, werden deine Freunde sterben. Wir kamen hierher, um Cass zu warnen und von der Schlacht fernzuhalten. Er bedeutet uns sehr viel … ich …« Sie schüttelte den Kopf und senkte den Blick. Dann sah sie ihn abermals an und ihre Augen glitten rastlos über sein Gesicht. »Es ist so viel passiert in den vergangenen drei Jahren … ich weiß nicht, wo ich beginnen soll.«

Unwillkürlich fiel sein Blick auf ihre rechte Hand, die immer noch auf seiner Brust lag und an der ein schwarzer Magierring glänzte.

»Du … du bist jetzt eine Angehörige des Magierzirkels?«, fragte er staunend.

Mica nickte. »Ja. Ich wurde in den Zirkel von Chakas aufgenommen.« Auf ihrem ebenmäßigen Gesicht breitete sich ein schiefes Lächeln aus. »Das habe ich mir doch immer gewünscht, weißt du noch? Aber nicht nur das ist geschehen … ich bin auch eine Greifenreiterin. Ebenso wie Néthan, der Bruder von Cass.« Sie deutete mit dem Kopf in Richtung des jungen Mannes, der die Arme vor der Brust verschränkt hatte und Faím immer noch skeptisch betrachtete. Mica fuhr fort mit ihrer Erklärung: »Die Herrscherin hat uns zu sich gerufen und wir werden die Stadt für sie verteidigen.« Ihr Blick wanderte zu Sarton, der sie zornig anfunkelte. »Wie gesagt, Ihr werdet sterben. Denn Ihr habt selbst mit zehn Schiffen keine Chance gegen unsere Greife und ihre Magie. Gebt auf oder es wird Euer Untergang sein.«

Der Kapitän schnaubte abschätzig. »Du bist dir wohl deiner ziemlich sicher, überhebliches Mädchen«, knurrte er. »Aber auch *wir* haben magische Kräfte, die wir einsetzen werden.«

»Nein, werden wir nicht«, fiel ihm Faím ins Wort, während seine Augen unentwegt auf Mica ruhten. Er ergriff ihre Hand und hielt sie auf seiner Brust fest. »Keiner soll sterben wegen eines Artefakts, das Euch ohnehin niemals das geben kann, was Ihr wollt.«

»So?« Sartons Stimme glich einem nahenden Gewitter und Faím zuckte unvermittelt zusammen, als der Kapitän ihn grob an der Schulter packte. »Du wirst mir gehorchen, Kanalratte!«, knurrte er voller Zorn. »Das bist du mir schuldig! Das warst du von dem Moment an, als du auf mein Schiff kamst und *das* hier mitgebracht hast!«

Jetzt wandte sich Faím doch zu ihm um und seine Augen weiteten sich, als er sah, dass Sarton ihn losließ und stattdessen das goldene Ei aus seiner Weste hervorholte.

»Ich habe dich in der Hand. Dich und deine kleine Meerjungfrauenschlampe!«, donnerte der Kapitän. »Ihr gehorcht mir – und zwar beide!«

»Ihr seid übergeschnappt«, stellte Faím fassungslos fest. »Niemand kann mich oder Chandra dazu zwingen, Euch zu gehorchen.«

»Und ob ich kann.« Sarton war mit einem raschen Schritt bei einem seiner Männer und entriss ihm die Fackel. »Ich kann das Ei zerstören und deiner kleinen Fischfrau damit jegliche Hoffnung nehmen, jemals ihren Frieden zu finden. Wusstest du, dass die Seelen von Meerjungfrauen keine Flammen mögen?«

Er hielt das Ei über die Fackel und Faím spürte, wie sich im selben Augenblick alles in ihm zusammenzog. Ein Schrei, den nur er hören konnte, hallte in seinem Kopf und er stellte mit Grauen fest, dass es Chandra war, die gerade unvorstellbare Qualen leiden musste.

Er ließ Micas Hand los und presste stattdessen beide Handflächen an seinen Kopf, doch der Schmerz wollte nicht aufhören, breitete sich aus, als würde die Fackel direkt an seine Schläfe gehalten und ihn bis in die Seele verbrennen. Er war sich sicher, dass die Male, die Chandra ihm bei ihrem ersten Aufeinandertreffen beschert hatte, glühen mussten.

»Faím!«, drang Micas sorgenvolle Stimme in sein Bewusstsein. »Faím, was ist los?!«

Er spürte, wie seine Kehle brannte. Offenbar hatte er Chandras Schrei nicht nur in seinem Kopf gehört, sondern selbst, mit ihr zusammen, geschrien.

»Hört auf! Ihr tut ihm weh!«, fuhr Mica den Kapitän an.

Dieser lachte grimmig auf, schien jedoch nicht daran zu denken, das Ei von der Flamme wegzuhalten.

»Ihr verfluchter Bastard!« Das war die Stimme von Néthan, der die ganze Zeit hinter Mica gestanden hatte.

Faím nahm am Rande wahr, wie der junge Mann nach vorn sprang und sich auf Sarton stürzte. Diesem fielen das Ei und die Fackel bei der Wucht des Aufpralls aus den Händen. Was genau damit geschah, konnte Faím nicht feststellen, denn der Schmerz in seinem Kopf hörte so abrupt auf, dass er in die Knie sank. Hätte Mica ihn nicht gestützt, wäre er womöglich wie ein Sack nach vorne gefallen.

Es fühlte sich an, als sei er gerade tausend Tode gestorben. Ihm war übel und sein Hals schmerzte, während sein Kopf dröhnte.

Rasch suchte er mit seinem Geist nach Chandra und spürte mit Erleichterung, dass sie noch lebte. Jedoch schien sie ebenso mitgenommen zu sein wie er und trieb an der Wasseroberfläche in einiger Entfernung. Aber sie lebte. Das war alles, was zählte.

Er blinzelte und erkannte, wie Néthan mit dem Kapitän auf den Planken rang, darum bemüht, ihn darauf festzuhalten. Doch Sarton war ein geübter Kämpfer und ohne seine Magie war Néthan ihm nicht überlegen genug. Nach wenigen Augenblicken lag er selbst auf den Schiffsbohlen und der Kapitän kniete mit einem triumphierenden Lächeln über ihm.

»Ihr Magier verlasst Euch einfach zu sehr auf Eure Magie!«, knurrte Sarton wild, während er nach seinem Dolch griff.

Aren versuchte dazwischenzugehen und Néthan zu helfen, aber zwei Männer ergriffen ihn und hielten ihn fest, sodass er tatenlos zuschauen musste, wie Néthan versuchte, den Kapitän von sich herunterzubekommen.

Dann ging alles rasend schnell. Im nächsten Moment stieß Sarton seinen Dolch seitlich in Néthans Oberbauch, sodass dieser laut aufstöhnte. Er versuchte, sich zu befreien, wurde aber von Sarton ein zweites Mal in den Bauch gestochen, sodass er keuchend liegen blieb, die Hände an seinen Leib gepresst. Dann sprang der Kapitän auf die Beine, den Dolch immer noch in seiner Hand, um Néthan den Todesstoß zu verpassen.

Faím sah, dass Mica aufspringen wollte, um Néthan zu Hilfe zu eilen und den Kapitän daran zu hindern, ihn niederzustechen. Im selben Augenblick riss sich jedoch Aren von den zwei Männern los, die ihn festgehalten hatten und war mit zwei großen Sätzen bei Sarton. Er ergriff den Arm seines Schwagers und hielt ihn fest. »Hör auf damit! Sofort!«, befahl er donnernd.

Doch in den schwarzen Augen des Kapitäns wütete eine Wildheit, die keine Vernunft mehr kannte und in deren Tiefe der Wahnsinn loderte. Er wollte Aren zur Seite stoßen, doch dieser hielt Sarton abermals auf, indem er sich ihm in den Weg warf und ihn bei den Schultern packte.

Faím schien es, als stände die Zeit still.

Er sah, wie Micas Augen sich weiteten, während sie hinzusprang. Gleichzeitig ging ein Aufschrei durch die Mannschaft, als Aren nach hinten stolperte, beide Hände am Griff des Dolches, der ihn soeben durchbohrt hatte.

Sarton stand heftig schnaufend da, die Augen auf seinen Schwager gerichtet, der gerade keuchend neben seinem Sohn zu Boden sank.

Micas Schrei war so laut, dass er weit über das Meer hinweg zu hören sein musste. Sie stürzte zu Aren, dessen Körper leblos auf den Planken lag. Über ihr Gesicht rannen ungehindert Tränen.

»Ihr verfluchter Bastard!«, brüllte sie den Kapitän an.

Woher die Flamme in ihrer Hand kam, wusste Faím nicht, sie hätte nicht da sein dürfen, da Sarton ihr die Magie mit dem Pulver genommen hatte. Dennoch schleuderte sie sie jetzt mit aller Macht auf den Kapitän, der noch immer wie gelähmt dastand.

Sarton schien gerade erst zu begreifen, dass er seinen Schwager mit dem Dolch durchbohrt hatte, und war daher zu langsam, um dem Feuerstrahl auszuweichen, der auf ihn zuschoss. Die Flammen trafen ihn mitten in der Brust, brannten sich durch seinen Körper hindurch und hinterließen ein qualmendes Loch.

Mit ungläubigem Blick sank Sarton in die Knie und sein Mund klappte auf, als wollte er etwas sagen.

Dann fiel er nach vorne aufs Gesicht und regte sich nicht mehr.

Faím hatte sich hochgerappelt und sah, wie die Mannschaft sich auf Mica, Aren und Néthan stürzen wollte.

»Halt!«, rief er. »Keiner rührt sich! Steckt die Waffen ein!«

Die Männer zögerten, folgten dann aber seinem Befehl und Faím taumelte zu seiner Schwester, die immer noch am Boden kniete, das Gesicht vor Zorn und Trauer verzerrt.

36

MICA

Micas Augen brannten und sie zitterte, als sie die Hand sinken ließ, mit der sie auf den Kapitän gezielt hatte. Sie hatte die Magie in sich gespürt, noch ehe sie den Zauber gewirkt hatte. Offenbar war das Pulver, das Sarton ihr und den anderen ins Gesicht gestäubt hatte, von schlechterer Qualität gewesen als das, welches Cilian damals benutzt hatte.

Der Zauber war ein Reflex gewesen, sie hatte keine Zeit gehabt, darüber nachzudenken, hatte Sarton einfach nur tot sehen wollen. Das Grauen, das sie empfinden sollte, weil sie gerade zum ersten Mal einen Menschen getötet hatte, nahm sie nur am Rande wahr. Die Trauer darüber, dass Aren sterbend in ihren Armen lag, überdeckte jedes andere Gefühl.

Sie beugte sich über den Meisterdieb und ihre Augen glitten rastlos über sein Gesicht. Sie wusste nicht, was sie tun sollte und sah mit bangem Blick auf den Dolch, den er immer noch umklammert hielt und den er jetzt langsam aus seiner Brust zog. Dabei stöhnte er schmerzvoll auf und presste die Augen zusammen.

»Aren ...« Mica versuchte, das Entsetzen aus ihrer Stimme zu verbannen. Den Schmerz, die Trauer. Doch es gelang ihr nicht.

Alles in ihr weinte, schrie und brüllte, weil sie spürte, dass für den Meisterdieb jede Hilfe zu spät kommen würde. Der Dolch hatte ihn tödlich verwundet und ihm würden nur noch wenige Augenblicke auf dieser Welt vergönnt sein. Nur noch wenige Sekunden, die sie in seine Augen sehen konnte. Diese grünen Augen, die er Cassiel vererbt hatte ...

Er war wie ein Vater für sie gewesen, hatte sich um sie gekümmert, ihr geholfen und war für sie da gewesen. Er war es gewesen, der ihr ein neues Zuhause gegeben hatte. Er hatte ihr angeboten, ihre neue Familie zu sein ... das schien so lange zurückzuliegen und dennoch konnte sie sich noch sehr gut an den ersten Moment erinnern, in dem sie dem Meisterdieb gegenüber gestanden hatte. Diesem respekteinflößenden, charismatischen Mann, der jetzt in ihren Armen im Sterben lag.

Sie fuhr mit der Hand über seine Stirn, wischte ein paar schwarze Strähnen zur Seite, die ihm ins Gesicht gefallen waren. Schweiß bildete sich auf seiner Haut und seine Augenlider flackerten, als er sie zu öffnen versuchte, um Mica anzusehen.

»Néthan ...«, flüsterte er heiser. Das Sprechen schien ihm schwerzufallen und er hustete, was ihn das Gesicht vor Schmerz verzerren ließ.

Mica sah zu Néthan, der sich gerade auf alle viere gestemmt hatte und jetzt zu ihnen kroch. In seinen Augen konnte sie das Entsetzen lesen, das sich auch in ihrem Herzen wiederfand.

Als Néthan bei ihnen angekommen war, beugte er sich über Aren und Tränen rannen über seine Wangen, als er erkannte, wie es um ihn stand. Er machte sich nicht die Mühe, sie wegzuwischen, sondern sah den Meisterdieb unverwandt an. »Vater ...«

Auf Arens Lippen breitete sich der Anflug eines Lächelns aus. »Dass ich … dieses Wort … aus deinem Mund höre … macht mich im … Tode … glücklicher … als zu … Lebzeiten«, flüsterte er. Dann glitt sein Blick zu Mica, die inzwischen seinen Kopf in ihren Schoss gebettet hatte und ihm unablässig über das Haar strich, während sie versuchte, nicht zu schluchzen. »Finde … Cassiel. Sag ihm …« Er hustete erneut und Blut lief aus seinem Mund, rann über sein Kinn. »Sag ihm … er soll … mein Erbe antreten … er war … immer dafür bestimmt …«

Dann schloss er die Augen und tat einen letzten Atemzug.

Als Mica begriff, dass Aren gerade von ihnen gegangen war, schluchzte sie laut auf, während sich ihr Blick vor lauter Tränen verschleierte. »Nein, nein, nein«, hauchte sie heiser. »Das darf nicht sein … Aren! Du darfst uns nicht einfach verlassen!«

Sie ließ ihren Tränen freien Lauf, beugte sich über den regungslosen Körper, schüttelte ihn, als wollte sie damit bewirken, dass er wieder atmete. Dass er zu ihr zurückkehrte. Doch seine Augen blieben geschlossen.

»Mica … lass ihn los. Er ist … tot«, murmelte Néthan neben ihr kraftlos. Er ergriff ihre Schulter, wollte sie von dem Leichnam fortziehen.

Doch sie wehrte sich gegen ihn, schlug seine Hand weg. »Er *kann* nicht tot sein!«, schrie sie unwirsch und presste Arens Körper wieder an sich. »Das darf einfach nicht sein … nicht er …!«

»Mica.« Faíms Stimme klang angeschlagen und als sie den Kopf hob, sah sie, dass ihr Bruder neben ihr kniete und sich kaum aufrecht halten konnte. Er war immer noch stark mitgenommen durch den Schock, als Sarton das Ei über die Flammen gehalten hatte. »Es tut mir so leid …«

Mica verzog ihr Gesicht vor Trauer und presste die Augen zusammen, hoffte, dass sie, wenn sie sie wieder öffnete, aus diesem schlimmen Albtraum erwachen würde.

Doch als sie den Blick abermals auf Aren richtete, regte dieser sich immer noch nicht, lag leblos auf den Planken, das Gesicht in den Abendhimmel gerichtet, als sähe er den Göttern entgegen. Seine Kleidung war mit Blut getränkt. Seinem Blut ...

»Komm.« Néthan zog Mica auf die Beine.

Sie ließ es widerstandslos geschehen, während sie unentwegt Aren ansah. Sie wollte es einfach nicht wahrhaben, dass er tot sein sollte. Für sie war er immer unsterblich gewesen. Eine lebende Legende ...

Langsam, ganz langsam drang die Wahrheit in ihren Geist vor.

Sie begann zu verstehen, dass er sie nie wieder umarmen, ihr nie wieder seine Sicherheit und Zuversicht schenken würde. Dass er nicht mit ihnen nach Chakas zurückkehren würde.

Als ihr Bewusstsein es begriff, schluchzte sie erneut auf und vergrub ihren Kopf an Néthans Brust, der seine Arme um sie gelegt hatte.

Einige Sekunden standen sie reglos da, ehe Mica bemerkte, dass Néthan zitterte. Sie löste sich aus seiner Umarmung und ihre Augen weiteten sich, als sie sah, dass sein Hemd vor Blut glänzte.

»Néthan!«, rief sie. »Du ... bei den Göttern. Wir brauchen dringend einen Heiler!«

»Wir haben einen Schiffsarzt an Bord«, sagte Faím, der immer noch am Boden gekniet hatte und sich nun langsam erhob. »Seb!«, rief er.

Ein älterer Mann mit weizenblondem, halblangem Haar und braunem Umhang trat aus der Menge hervor, die um sie herumstand. Sein Blick war unergründlich, als er ihn auf Néthan richtete.

»Ich habe den Eid abgelegt, jeden Verwundeten zu heilen. Auch meine Feinde«, murmelte er. »Kommt in meine Kabine, ich werde sehen, was ich für Euch tun kann.«

»Geh mit ihm«, sagte Mica, als Néthan zögerte und ihr einen unsicheren Blick zuwarf. »Ich werde in der Zwischenzeit mit meinem Bruder ...«

Ehe sie zu Ende sprechen konnte, war über ihnen ein lauter Schrei zu hören und Mica spürte Wüstentränes Anwesenheit in ihrem Geist, noch bevor sie den Königsgreif sah.

»Verdammt ... sie machen ... wohl nie das, was sie sollten«, keuchte Néthan, der ebenfalls in den Nachthimmel sah.

Über ihnen kreisten nun Wüstenträne und Meteor. Beide schienen aufgebracht und besorgt zu sein, zumindest konnte Mica dies anhand der Bilder erkennen, die ihr Greif ihr sandte. Es waren Darstellungen von zerhacktem Fisch – Wüstentränes Art, ein Gemetzel darzustellen.

»Sie kommen gelegen«, bemerkte Mica. »Flieg mit Meteor zurück zum Zirkel. Die Magier dort können dich heilen – wohl besser als dieser Schiffsarzt.« Sie warf einen Blick zu Seb, der die Arme vor der Brust verschränkt hatte und sie gekränkt ansah.

Er war kein Magier, das konnte sie an dem goldenen Ring mit den Erdrunen erkennen. Und Néthan brauchte jetzt die beste Hilfe, die er bekommen konnte, denn er hatte bereits so viel Blut verloren, dass er taumelte und sich an der Reling abstützen musste.

»Und was ... wirst du in der Zwischenzeit ... machen?«, fragte er mit einem besorgten Blick zu ihr.

»Eine Schlacht verhindern«, antwortete sie grimmig. Dabei versuchte sie, Arens leblosen Körper nicht anzusehen. Wenn sie das täte, wäre sie sich nicht sicher, ob sie noch genug Kraft für das hatte, was auf sie zukommen würde. »Sag der Herrscherin, dass ich hier bin und versuche, mit den Barbaren zu verhandeln. Sie wird wütend sein, dass wir das auf eigene Faust machen, aber es war nicht so geplant ... Sag ihr, sie soll jemanden schicken, dem sie vertraut und der mir hilft, die Barbaren davon abzubringen, Merita anzugreifen.«

Néthan nickte und stieß einen leisen Pfiff aus, was Meteor dazu bewog, mitten auf dem Hauptdeck zu landen. Die Matrosen stoben zur Seite, offenbar hatten die wenigsten von ihnen schon einmal einen lebendigen Greif gesehen.

Allein die Tatsache, dass Néthan nicht widersprach, zeigte Mica, wie schlimm es um ihn stehen musste. Dieser Kapitän hatte ihm zweimal den Dolch in den Bauch gerammt und er hatte schwere, innere Verletzungen. Er musste zusehen, dass er so rasch wie möglich behandelt wurde.

Néthan schwankte zu seinem Greif und zog sich auf seinen Rücken. Noch ehe er richtig saß, hob Meteor ab und flog, so schnell er konnte, zurück zum Zirkel von Merita. Anscheinend spürte er ebenfalls, dass jetzt jede Sekunde zählte.

Wüstenträne war in der Zwischenzeit auf der Kommandobrücke gelandet, wo sie niemand behelligte, da die meisten Männer auf dem Hauptdeck unschlüssig herumstanden, als warteten sie auf Befehle. Diese erhielten sie wenige Sekunden später von Faím, der ihnen auftrug, die Leichen von Sarton und Aren unter Deck zu bringen sowie das Blut von den Planken zu waschen.

Mica wandte den Blick ab, als Aren davongetragen wurde und sah stattdessen Meteor hinterher, der bereits die Hälfte des Weges zum Zirkel zurückgelegt hatte.

Néthan würde überleben. Das *musste* er einfach.

Dann drehte sie sich zu ihrem Bruder um, der nicht mehr ganz so bleich aussah wie vorhin, als er zusammengebrochen war. »Geht es dir besser?«, fragte sie besorgt.

Faím nickte schwach. »Ja, danke.«

»Gut. Dann erklär mir mit möglichst wenig Worten, was es zu bedeuten hat, dass dieser … Kapitän«, sie warf einen Blick auf den Blutfleck, wo Sartons Körper gelegen hatte, »dich mit dem goldenen Ei aus dem Wassertempel von Chakas erpressen wollte.«

Faím zog die dunklen Augenbrauen zusammen, dann holte er tief Luft. »Ich habe mich, kurz nachdem ich auf der Smaragdwind gelandet bin, mit einer Meerjungfrau verbunden«, antwortete er. »Das goldene Ei ist der Schlüssel zu ihren Kräften. Wenn ich es für sie öffne, wird sie ihre Seele wiedererhalten, gleichzeitig aber alle umbringen, die sie davon ferngehalten haben. Sprich, die gesamte Mannschaft.«

Mica runzelte die Stirn. »Deswegen wollte Sarton es also vernichten, sollten du und die Meerjungfrau ihm nicht helfen wollen. Wo ist das Ei jetzt?« Sie sah sich suchend um.

»Es ist ins Meer gefallen.« Faím trat an die Reling und sah in das schwarze Wasser hinunter. »Aber keine Angst. Chandra – die Meerjungfrau – kann es nicht berühren. Und nur ich kann es für sie öffnen.«

»Dann müssen wir danach tauchen«, murmelte Mica, die neben ihren Bruder getreten war. »Aber zuerst muss ich wissen, wer nach Sartons Tod den Befehl über diese Flotte hat.« Sie wandte sich ihm wieder zu.

Faím runzelte die Stirn. »Die Männer haben in den letzten Wochen an Sartons Vorgehensweise zu zweifeln begonnen. Ich denke nicht, dass es ein Problem wird, das Kommando zu übernehmen beziehungsweise einen neuen Kapitän zu wählen. Die Smaragdwind wird bis dahin auf meinen oder Lencos Befehl hören, ebenso wie die Schwarze Möwe.« Er deutete auf das Schiff, das der Smaragdwind am nächsten war. »Lenco war Sartons Quartiermeister.

Er befindet sich jedoch als Gefangener auf einem der Barbarenschiffe. Genauer bei seiner Schwester, der Prinzessin der Barbaren.«

»Das ist ja eine schöne Verwandtschaft …«, bemerkte Mica mit zusammengezogenen Augenbrauen. »Kann ich mit dieser Prinzessin sprechen?«

Faím nickte. »Ich kann sie herrufen lassen – oder wir rudern zu ihr, jedoch ist sie Fremden gegenüber äußerst misstrauisch …«

»Dann ruf sie her. Wie steht sie zu dem Angriff auf Merita?«

Faím zuckte mit den Schultern. »Ihre Männer wollten einen Kampf, das ist alles. Sie will das Auge des Drachen nicht. Auch keinen Reichtum, davon hat ihr Sarton für diese Reise schon genug gegeben. Sie wird dich und die Herrscherin bestimmt anhören und mit sich verhandeln lassen.«

Er rief einigen Männern zu, einem der anderen Schiffe die entsprechenden Signale zu geben, damit die Prinzessin der Barbaren herüberkam. Dann wandte er sich wieder an Mica.

»Danke«, murmelte sie. »Dann warte ich gespannt auf diese Begegnung und hoffe, dass die Herrscherin ihrerseits bald jemanden herschickt. Es war ein dummer Plan, hierherzukommen, aber wir haben gehofft, dass wir Cass retten können. Wir wussten ja nicht, dass er sich nicht an Bord befindet.« Sie sah ihren Bruder eindringlich an. »Wo ist er? Der Kapitän wollte es uns vorhin nicht sagen.«

Faím trat auf sie zu und legte eine Hand an ihre Wange. »Cassiel bedeutet dir wohl viel, oder?«, fragte er leise.

Mica nickte langsam. »Wir waren zwar nur eine kurze Zeit zusammen, aber ich liebe ihn immer noch. Ich habe nie damit aufgehört«, antwortete sie. »Ich muss wissen, wo er ist. Bitte, sag es mir.«

Faím wich ihrem Blick aus und ihr Herz zog sich unwillkürlich zusammen.

»Lebt er noch?«, flüsterte sie.

»Ja, das tut er – hoffen wir jedenfalls«, antwortete Faím und ließ ihre Wange los, um stattdessen die Reling zu umklammern.

Er starrte in das Wasser, wo jetzt ein blonder Haarschopf auftauchte. Mica folgte seinem Blick und vermutete, dass es sich dabei um die Meerjungfrau handeln musste, denn Faíms Gesicht nahm einen liebevollen Ausdruck an, als er sie erblickte. Die Meerjungfrau schien sich erholt zu haben und sah zu ihnen hoch. Mica konnte jedoch ihr Gesicht nicht erkennen.

»Cassiel ist auf einer Insel«, fuhr Faím fort. »Wir glauben, dass er der Gefangene einer Nymphe ist. Genau wissen wir es jedoch nicht, da Sarton die Insel so rasch wie möglich verlassen wollte, um zu den Barbaren zu gelangen.«

»Ihr habt ihn einfach auf einer Insel zurückgelassen?«, fragte Mica entsetzt. »Wie konntet ihr das bloß tun?«

Faím sah sie mitfühlend an. »Wir hätten keine Chance gehabt, Cassiel zu befreien. Keiner entkommt einer Nymphe … zumindest nicht einfach so.«

»Ich werde ihn befreien und wenn es das Letzte ist, was ich tue«, sagte Mica entschlossen. »Er hat mir geholfen, als ich glaubte, alles verloren zu haben. Er hat mir eine Zukunft in Aussicht gestellt, mir Mut und Kraft gegeben, als ich dich tot wähnte. Er war für mich da, auch wenn ihn seine inneren Dämonen fast aufgefressen haben. Ich liebte ihn vom ersten Moment unserer Begegnung … und ich werde alles dafür tun, dass diese Nymphe ihn wieder gehen lässt!«

Faím lächelte unwillkürlich. »Du bist eine großartige Frau, Mica«, sagte er voller Bewunderung. »Ich bin so glücklich, dass ich dich wieder in meinem Leben habe. Ab jetzt wird uns nichts mehr trennen, das schwöre ich dir.«

37

Mica

Als die Prinzessin der Barbaren das Deck der Smaragdwind betrat, musterte Mica sie neugierig. Sie war eine beeindruckende Frau, nicht viel älter als sie selbst, mit braungebrannter Haut und schwarzem Haar, das im Licht der Fackeln einen fast unnatürlichen Glanz aufwies.

Sie kam in Begleitung von drei Kriegern, die allesamt breitschultrige, muskelbepackte Kerle waren, bis an die Zähne bewaffnet und jederzeit bereit, ihre Anführerin zu verteidigen. Ihre Blicke glitten unruhig über das Deck, als vermuteten sie einen Hinterhalt. Die Matrosen der Smaragdwind hatten sich auf Faíms Befehl hin ein wenig zurückgezogen. Sie schienen immer noch nicht genau zu wissen, wie sie sich verhalten sollten, hörten aber zumindest auf Faím.

Mica ging der Barbarenprinzessin mit ihrem Bruder zusammen entgegen.

Zalomé betrachtete sie nicht minder aufmerksam. Ihre dunklen Augen glitten über Micas Körper und blieben an ihrem silberweißen Haar hängen.

»Ihr könnt von Glück sagen, dass Ihr noch lebt«, bemerkte die Prinzessin mit ausdrucksloser Miene. Ihre Stimme hatte einen hellen Klang, doch der knurrige Akzent ließ sie rauer wirken. Offenbar hatte sie eine gute Bildung genossen, denn sie sprach fast fließend Temer. »Eine Begegnung mit einer Sirene überleben die wenigsten.«

»Ihr seid also die Prinzessin der Barbaren von Seoul«, entgegnete Mica, ohne auf Zalomés Bemerkung einzugehen. »Der Kapitän, der Euch hierher brachte, ist tot. Ihr seid also von Eurer Verpflichtung entbunden. Solltet Ihr Merita dennoch im Morgengrauen angreifen, werden wir Euch vernichten.«

Die Prinzessin sah Mica einige Lidschläge lang an, dann verzog sich ihr Mund zu einem leichten Lächeln. »Ihr müsst eine gute Kartenspielerin sein, so wie ihr täuschen könnt.«

»Ich täusche Euch nicht. Es entspricht der Wahrheit«, erwiderte Mica in festem Tonfall. »Seht Ihr den Greif?« Sie deutete auf Wüstenträne, die immer noch auf der Kommandobrücke stand und jetzt die Flügel ausbreitete, was sie noch imposanter erscheinen ließ. »Von denen gibt es eine Menge in Merita. Ihr werdet der Macht nicht gewachsen sein, der Ihr Euch gegenüberseht, solltet Ihr Euren Plan weiter verfolgen. Und mein Bruder wird sich Eurer Schlacht nicht anschließen.« Sie nickte zu Faím, der mit verschränkten Armen neben ihr stand.

»Uns wurde ein Kampf versprochen«, sagte Zalomé mit schmalen Augen.

Ehe Mica antworten konnte, war über ihnen ein lauter Adlerschrei zu hören. Als sie alle nach oben sahen, kreiste der Greif der Herrscherin über dem Schiff und schrie erneut.

Augenblicke später landete er elegant auf dem Hauptdeck, nur wenige Schritt von Zalomé, Mica und ihrem Bruder entfernt. Von seinem Rücken glitt die Herrscherin persönlich sowie ihr Leibwächter, der Dunkelelf.

Mica zog unwillkürlich den Kopf ein wenig ein, als sie den strengen Blick der Herrscherin auf sich spürte. Sie wusste, dass das, was sie getan hatte, im besten Fall eine lange Gefängnisstrafe nach sich zog. Sie hatte auf eigene Faust gehandelt, den Zirkel von Merita in Gefahr gebracht und würde für diese Tat geradestehen müssen.

Die Herrscherin trat zu ihnen, dicht gefolgt von ihrem Leibwächter, der die Hände an den Klingen hatte, bereit, seine Herrin zu verteidigen.

»Was fällt Euch ein, alleine hierherzukommen und mit dem Kapitän verhandeln zu wollen?«, fuhr sie Mica an. »Ihr habt nicht nur leichtfertigerweise Euer Leben aufs Spiel gesetzt, sondern auch das Eurer Freunde!«

Mica senkte den Blick. »Es tut mir leid«, murmelte sie reumütig. »Glaubt mir, wenn ich es rückgängig machen könnte, würde ich es tun. Ich habe in dieser Nacht sehr viel verloren ... aber wir wollten im Grunde bloß einen Freund retten.«

»Ihr hättet mit Eurer Bitte zu mir kommen können!«, sagte die Herrscherin streng. Dann fiel ihr Blick auf die Barbarenprinzessin. »Ich bin hier, um mit Euch zu verhandeln«, fuhr sie fort. »Ich will diesen Kampf nicht und ich weiß, dass Ihr Euren Männern ebenso wenig den Tod wünscht. Ich habe gehört, dass der Mann, der Euch hierhergebracht hat, nicht mehr lebt. Was verlangt Ihr, um vom Angriff morgen abzusehen? Eins vorweg: Das Auge des Drachen werde ich Euch nicht geben.«

Zalomé verengte die Augen und musterte die Herrscherin einige Augenblicke lang. »Wir sind nicht hierhergekommen, um dieses Artefakt zu stehlen«, sagte sie schließlich. »Mein Volk will einen Kampf und ich habe vernommen, dass Ihr im Moment Probleme habt, die Aufstände im Osten Eures Landes zu unterbinden. Ich biete Euch an, einige meiner besten Männer hier in Merita zu lassen. Als Gegenleistung verlange ich, dass Eure Kaufleute ab sofort wieder den Handel mit uns aufnehmen. In den letzten Jahrzehnten haben sie die Gewässer vor Seoul gemieden, was dazu führte, dass mein Volk Hunger leidet. Wenn Ihr Eure Händler zu uns schickt, werde ich dafür sorgen, dass sie nicht angegriffen werden und der Handel auch für sie zufriedenstellend wird, da wir über viel Gold verfügen. Ihr werdet außerdem meine Männer, die ich in Eure Obhut gebe, mit Respekt behandeln sowie in der Kultur und Sprache Eures Landes unterrichten. Wenn ihnen auch nur ein Haar gekrümmt wird, werde ich mit einer Flotte zurückkehren, die Eure Vorstellungskraft übersteigt, und sie rächen.«

Als sie geendet hatte, herrschte einige Sekunden lang Stille. Dann nickte die Herrscherin langsam. »Ich sehe, Ihr seid eine kluge Frau, die an das Wohl ihres Volkes und nicht an ihr eigenes denkt. Eure Forderungen sind vernünftig und erfüllbar.«

Faím trat einen Schritt vor, sodass der Blick der Herrscherin auf ihn fiel. »Verzeiht, wenn ich mich einmische«, sagte er. »Aber Lenco, einer unserer besten Männer, ist derzeit noch als Gefangener an Bord des Barbarenschiffes. Da unser Kapitän nicht mehr lebt, wäre es wichtig, dass wir ihn wieder hier haben. Die Mannschaft hört auf ihn.«

Die Herrscherin sah die Barbarenprinzessin mit schmalen Augen an. »Warum habt ihr den Mann gefangen genommen?«, wollte sie wissen.

Zalomé schürzte die Lippen. »Das geht Euch nichts an. Lenco ist bei uns, um für seine Vergehen bestraft zu werden. Er wird sich vor meinem Volk zu verantworten haben.«

Die Herrscherin nickte. »Da ich nicht weiß, was er getan hat, liegt es auch nicht in meiner Hand, über sein Schicksal zu entscheiden«, sagte sie an Faím gewandt. »Ihr werdet einen anderen Mann suchen müssen, der ihn ersetzt.«

Faím senkte den Blick und nickte, erwiderte jedoch nichts. Mica konnte ihm ansehen, dass ihn die Worte der Herrscherin trafen. Offenbar schien Lenco ein guter Freund gewesen zu sein, aber Faím sah auch ein, dass er sich den Gesetzen der Barbaren beugen musste.

»Dann ist das hier geklärt«, fuhr die Herrscherin fort. »Ich werde die Bedingungen schriftlich verfassen lassen und kehre zur Mittagszeit zurück, damit die Papiere von beiden Seiten unterzeichnet werden können.«

»Gut, ich erwarte Euch auf meinem Schiff«, antwortete Zalomé und schritt zur Reling, um die Smaragdwind zu verlassen.

Mica sah ihr hinterher und atmete sichtlich auf. Das war besser gelaufen, als sie erwartet hatte. Ihr Bruder würde nicht kämpfen müssen und war vorerst in Sicherheit ... auch wenn der Preis dafür sehr hoch gewesen war. Viel zu hoch ...

Mit einem Mal spürte sie Erschöpfung in sich hochsteigen und schwankte. Das Wiedersehen mit ihrem tot geglaubten Bruder, die Trauer um Aren, die Angst um Néthan und Cassiel ... alles schien sie mit einer Wucht zu überschwemmen, der sie nicht mehr gewachsen war.

»Mica, was ist los mit dir?«, fragte Faím, der besorgt an ihre Seite trat und sie stützte.

»Nichts, Bruder«, antwortete sie schwach. »Ich bin nur ... unendlich müde ...«

»Dann solltest du dich ausruhen«, murmelte er. »Möchtest du hier an Bord bleiben?«

»Sie wird mit mir zusammen nach Merita zurückkehren«, unterbrach ihn die Herrscherin. »Ich habe noch ein ernstes Wort mit ihr zu sprechen und sie wird sich für ihren Alleingang verantworten müssen.«

»Wie Ihr befehlt«, murmelte Mica schuldbewusst.

Sie rief im Geist nach Wüstenträne, die augenblicklich zu ihr flog und stillhielt, während Mica sich auf ihren Rücken schwang. Jedoch nicht, ehe sie sich von Faím verabschiedet hatte, der ihr versprach, in den Zirkel zu kommen, sobald er die Nachfolge von Kapitän Sarton mit seinen Männern geregelt hatte.

Wenige Sekunden später flog Mica auf Wüstenträne hinter der Herrscherin und ihrem Leibwächter durch die Nacht. Sie wollte nicht daran denken, wie ihre Strafe aussehen sollte, verspürte im Moment nur den brennenden Wunsch, die Augen zu schließen, zu schlafen und die Sorgen, die sich mit aller Macht in ihr Herz kämpfen wollten, zu verdrängen.

Als sie im Innenhof des Zirkels landeten, kam ihr Néthan mit besorgter Miene entgegen. Er wirkte noch ein wenig schwach, aber seine Wunden schienen verheilt zu sein. Die Erdmagier hatten ganze Arbeit geleistet und er hatte sich umgezogen, sah fast schon wieder so aus wie vorher.

»Wie froh ich bin, dich gesund wiederzusehen«, sagte er, als er bei ihr angekommen war und sie in seine Arme nahm. »Ich habe mir schon die größten Vorwürfe gemacht, dass ich dich allein gelassen habe.«

»Die Herrscherin hat ja persönlich dafür gesorgt, dass mir nichts passieren konnte«, murmelte Mica an seiner Brust. »Ich bin auch froh, dich zu sehen. Wie geht es dir?« Sie stieß sich etwas ab, um ihm ins Gesicht zu sehen.

»Ich bin fast wie neu«, antwortete Néthan mit einem schwachen Lächeln, das nicht wirklich Freude ausdrückte. »Aren ... ist er ...«

»Sein Körper ist noch auf dem Schiff. Aber mein Bruder sorgt dafür, dass er in den Zirkel gebracht wird, damit wir ihn angemessen bestatten können.«

Néthan nickte. Dann fiel sein Blick auf die Herrscherin, die zu ihnen getreten war.

»Ich denke, ich muss Euch nicht erklären, wie dumm und unüberlegt Euer Handeln war«, sagte sie und ihre dunklen Augen funkelten verärgert. »Ihr hättet mit mir über Eure Pläne sprechen sollen, statt auf eigene Faust auf das Schiff zu gehen.«

»Es tut uns leid«, sagte Néthan zerknirscht. »Wir wussten nicht, ob Ihr es uns erlauben würdet. Und im Grunde wollten wir nur ... Cassiel, meinen Bruder, warnen und aus dem Gefecht heraushalten.«

»Eure Beweggründe sind mir bekannt, aber es macht Eure Tat nicht weniger töricht«, sagte die Herrscherin streng. »Ihr könnt von Glück sagen, dass die Prinzessin der Barbaren vernünftig ist und mit sich verhandeln ließ. Ihre Bedingungen scheinen überlegt zu sein und ich denke, wir werden damit eine langfristige, friedliche Lösung erwirken können.«

»Da sind ja die zwei Übeltäter«, drang eine raue Stimme zu ihnen.

Mica sah, wie der Elfenkapitän Maryo Vadorís zusammen mit dem Gemahl der Herrscherin über den Innenhof auf sie zukam. Seine goldenen Augen blitzen und sein Gesicht drückte unverhohlenen Ärger aus.

»Was habt ihr Hornochsen euch dabei gedacht?!«, fuhr der Kapitän sie unwirsch an, als er bei ihnen angekommen war. »Ich hätte euch um einiges klüger eingeschätzt!« Sein messerscharfer Blick glitt von Mica zu Néthan und bohrte sich in dessen Augen.

»Es tut uns leid«, wiederholte Néthan seine Entschuldigung. Er legte unwillkürlich einen Arm um Micas Schultern, als wollte er sie vor dem wütenden Kapitän beschützen.

»Das will ich hoffen!«, fuhr ihn Maryo an. »Wenn Ihr Teil meiner Mannschaft wärt, würde ich Euch persönlich auspeitschen, bis Euch Hören und Sehen vergeht! Wie konntet Ihr die Herrscherin derart hintergehen und Euch freiwillig in die Hände dieses Bastards begeben?! Wisst Ihr, dass er damit das beste Druckmittel gegen uns in der Hand gehabt hätte? Ihr seid wirklich hirnverbrannte Deppen!«

»Maryo, beruhige dich«, sagte die Herrscherin und legte eine Hand auf seinen Arm, um ihn davon abzuhalten, noch näher zu Mica und Néthan zu treten und ihnen tatsächlich an die Gurgel zu springen. »Sie haben einen schweren Verlust dabei erlitten. Aren, der Meisterdieb, ist tot. Für ihr Vergehen werden sie eine gerechte Strafe bekommen.«

»Bitte«, sagte Mica leise. »Ich nehme jede Strafe an, die ich verdiene, aber bitte ... erlaubt mir, nach Cassiel zu suchen. Er ist Arens Sohn und Néthans Bruder. Seinetwegen haben wir das ganze Risiko auf uns genommen, als wir an Bord der Smaragdwind gegangen sind ... er ... er bedeutet mir mehr als mein eigenes Leben.«

»Und wohl auch mehr als das von allen anderen«, knurrte der Elfenkapitän.

Er schien sich noch nicht ganz von seinem Wutanfall erholt zu haben. Offenbar genügte allein die Vorstellung, die Herrscherin hätte in Gefahr sein können, um ihn in Rage zu versetzen.

Die Herrscherin sah Mica stirnrunzelnd an. Ehe diese etwas antworten konnte, trat jedoch ihr Gemahl neben sie und legte einen Arm um die Taille seiner Frau. »Ich habe Mica auf unserer Reise näher kennengelernt«, sagte er mit seiner sanften Stimme. »Sie ist eine mutige Frau mit einem großen Herzen. Fast so groß wie deines, Cíara. Lass sie die Liebe finden, die sie sucht. Wenn sie das nicht tun darf, bestrafst du sie viel mehr, als sie verdient hat. Verliebte handeln nun mal manchmal wie Narren ... zum Beweis musst du nur mich ansehen.« Sein Lächeln war voller Zuneigung.

Die Herrscherin musterte ihren Gemahl einige Sekunden lang nachdenklich. Dann nickte sie. »Ich vertraue dir und deinem Urteilsvermögen, das dich noch nie in die Irre geführt hat«, sagte sie, ehe sie sich wieder an Mica wandte. »Nun gut. Ich erlaube Euch, nach diesem Cassiel zu suchen. Aber ich werde Néthan als Pfand hierbehalten. Solltet Ihr mich nochmals hintergehen, werde ich ihn an Eurer Stelle bestrafen. Habt Ihr das verstanden?«

Mica atmete erleichtert auf, dann verbeugte sie sich vor der Herrscherin. »Danke. Danke vielmals. Ich werde Euch nicht wieder enttäuschen und kehre zurück, sobald ich Cass gefunden habe. Das schwöre ich Euch beim Leben meines Greifen.«

Ihr entging das leichte Lächeln nicht, das um den fein geschwungenen Mund des blonden Elfen spielte. Ein Lächeln, das ihr bestimmt war und das ihr neuen Mut gab. Mut und die Zuversicht, die sie brauchte.

Sie würde Cassiel finden.

38

CASSIEL

»Verflucht noch mal, wo bin ich?« Cassiel griff sich an den Kopf und zuckte zusammen, als bei dieser einfachen Bewegung ein heftiger Schmerz durch seinen Körper schoss.

Er blinzelte, konnte aber nichts als Dunkelheit erkennen. Langsam keimte in ihm die Erinnerung auf. Die Erinnerung an die Höhle hinter dem Wasserfall … die Erinnerung an die Nymphe, die ihn überlistet hatte.

Sie hatte ihm gesagt, sie wolle ihm ein Geschenk geben. Wolle seine Narben heilen.

Augenblicklich fuhr Cassiels Hand unter das Hemd und sein Atem stockte. Er spürte glatte, warme Haut unter seinen Fingern.

»Was bei den …« Er krempelte die Ärmel hoch und stieß ein Keuchen aus, als er auch an seinen Unterarmen keine vernarbte Haut mehr fühlen konnte.

»Nymphe!«, brüllte er. »Nymphe! Du verdammtes Biest! Was hast du mit mir gemacht?!«

Seine Stimme bebte vor Zorn und er schnaubte wutentbrannt.

Wie konnte diese verfluchte Hexe es wagen, seine Narben zu entfernen?! Das, was ihm noch von seiner Mutter und seiner Schwester geblieben war! Das, was ihn in der Vergangenheit gehalten hatte!

Er sprang auf, obwohl er nichts sehen konnte, und tastete wild um sich.

Mit einem Mal spürte er einen Lufthauch auf seinem Gesicht und griff nach vorne, von wo der Hauch gekommen war. Allerdings fassten seine Hände ins Leere.

Jetzt erklang ein glockenhelles Lachen, das rasch anschwoll, bis er sich die Ohren zuhalten musste, um nicht dem Wahnsinn zu verfallen.

»Hör auf!«, schrie er. »Hör auf mit dem Gelächter, du Hure!«

Augenblicklich verstummte das Lachen und stattdessen knurrte dieselbe Stimme so wild, dass Cassiel unwillkürlich zusammenzuckte.

»*Wie* hast du mich genannt?!«, zischte die Nymphe neben ihm.

Wieder griff er nach der Sprecherin, bekam sie jedoch nicht zu fassen.

»Das nimmst du zurück! Augenblicklich!«, fauchte die Nymphe. »Oder ich zerstöre alles, was dir in deinem Leben lieb und teuer war.«

Cassiel versuchte, durch die Schwärze, die ihn umgab, etwas zu erkennen. Aber vergebens. So sehr er sich auch anstrengte, er schien blind zu sein.

»Entschuldige dich bei mir!«, forderte die Nymphe jetzt mit unverhohlener Wut in der Stimme.

»Was hast du mit mir angestellt?!«, fuhr Cassiel sie nicht minder zornig an.

Reflexartig griff er nach seinem Dolch, nur um zu bemerken, dass er ihn nicht mehr trug, da er sich beim Eintritt in die Höhle in Luft aufgelöst hatte.

»Ich habe dir ein Geschenk gemacht – und du hast mich dafür beleidigt!«, erklang die Stimme der Nymphe kühl.

»Du hast meine Narben entfernt!«, brüllte Cassiel. »Wie konntest du das wagen?!«

»Ich habe dir nur die äußeren Narben genommen. Die Inneren wirst du dir selbst nehmen müssen«, erwiderte die Nymphe. Ihre Stimme war jetzt wieder nahe an seinem Ohr.

Als er nach ihr griff, spürte er einen Luftzug an seinen Fingern. Sie hatte also eben noch neben ihm gestanden.

»Dein Augenlicht werde ich dir erst wieder geben, wenn du narbenfrei bist«, fuhr die Nymphe fort. »Und jetzt entschuldige dich!«

»Ich werde mich bestimmt nicht entschuldigen!«, entgegnete Cassiel wutschnaubend.

Binnen eines Lidschlags durchzuckte ihn ein solcher Schmerz, dass er zu Boden sank, wo er sich unter Qualen krümmte. Es fühlte sich an, als stände jede einzelne Körperfaser in Flammen. Als würde er innerlich und äußerlich von einem unsichtbaren Feuer verbrannt, das ihn verzehrte. Gleichzeitig schien sein ganzer Körper zu zerreißen.

Er schrie aus voller Kehle, doch ihm wollte kein Laut entweichen.

»Wenn du dich entschuldigen möchtest, klopfe dreimal auf den Boden und ich gebe dir deine Stimme zurück«, sagte die Nymphe in sachlichem Tonfall. »Bis dahin überlasse ich dich deinen Dämonen.«

Die Schmerzen hörten so abrupt auf, dass Cassiel keuchte.

Einige Sekunden lang blieb er regungslos auf dem Höhlenboden liegen und versuchte, wieder zu Atem zu kommen. Sein Körper pulsierte von den Qualen, die er gerade durchlitten hatte, und seine Gedanken rasten.

Was hatte diese Nymphe mit ihm vor? Warum hatte sie ihm das Augenlicht und jetzt auch noch die Stimme genommen? Wie konnte er ihr entkommen?

Bertran hatte ihm erzählt, dass Nymphen Geschenke gaben und gerne beschenkt wurden. Doch diese hier war alles andere als in Schenklaune. Im Gegenteil. Erst nahm sie ihm seine Narben – seine Vergangenheit – und dann seine Sinne.

Aber er würde sich eher die Zunge abbeißen, als sich bei dieser Missgeburt zu entschuldigen!

Als er spürte, wie seine Kräfte zurückkehrten, richtete er sich so weit auf, dass er saß und fuhr sich durchs Haar. Seine Stirn war schweißnass, ebenso wie der Rest seines Körpers.

Verflucht noch mal, wo war er da bloß reingeraten? Waren das die letzten Stunden seines Lebens? Sahen sie so aus? Als Gefangener einer verrückt gewordenen Nymphe, der die Einsamkeit das wenige Gehirn zermalmt hatte?

»Ich höre dich denken, mein Lieber, und deine Gedanken gefallen mir nicht!«, ertönte ihre helle Stimme und im selben Moment begannen die Schmerzen von Neuem, raubten ihm seine übrigen Sinne und ließen ihn stumm schreien und um Gnade flehen.

Doch die Nymphe kannte keine Gnade. Sie ließ ihn leiden, sich winden und betteln, bis er das Bewusstsein verlor und sich der tröstenden Schwärze hingeben konnte.

Als er erwachte, schmerzten seine Glieder, als habe er das härteste Training der Diebesgilde hinter sich, das er je hatte absolvieren müssen.

Seine Kehle war wund und trocken und seine Augen verkrustet. Sein ganzer Körper bebte immer noch von der Pein, die er hatte erdulden müssen, und fühlte sich matt und ausgelaugt an.

Er rieb die Augen, um etwas sehen zu können, und erinnerte sich erst nach einer Weile, dass die Nymphe ihm das Augenlicht ja genommen hatte.

Mit aller Heftigkeit brach die Wut auf dieses Biest wieder über ihn herein und er setzte sich so schnell auf, dass seine Gliedmaßen schreiend protestierten.

»Schhh«, erklang die Stimme der Nymphe neben ihm und eine Hand legte sich auf seine Brust.

Jetzt erst bemerkte er, dass er wohl nichts mehr an seinem Körper trug – zumindest hatte sich die Hand auf seine nackte Haut gelegt und verweilte dort in feinen Streicheleinheiten.

Statt Erregung stieg jedoch Übelkeit in ihm hoch. Er griff nach ihr und hielt ihr Handgelenk umklammert, stoppte sie damit in ihrer Zärtlichkeit, die nicht mit Zuneigung verbunden war.

»Möchtest du mir etwas sagen?« Ihre Stimme war so weich und warm wie ihre Haut und liebkoste ihn fast mehr als ihre Finger.

Er knurrte und drückte ihr Handgelenk fester.

»Das klingt nicht danach, als möchtest du dich bei mir entschuldigen.« Enttäuschung schwang in ihrer Stimme mit. »Aber keine Sorge, zerbrochener Mensch. Du wirst dir noch wünschen, ich hätte nur eine Entschuldigung von dir verlangt.«

Er spürte, dass sich seine Hand ohne sein Zutun öffnete und ihren Arm freigab.

»Du hast ein stures Wesen und viel zu viel Wut in dir«, fuhr sie fort. »Doch beides werde ich dir zu nehmen wissen. Ob zu deinem Vorteil, bleibt dir selbst überlassen.«

Er spürte abermals einen Lufthauch und bemerkte, dass er alleine war.

Immerhin hatte sie ihm sein Gehör gelassen, doch außer dem Rauschen des Wasserfalls konnte er ohnehin nichts anderes wahrnehmen. Und auch dieses Geräusch schien weiter entfernt zu sein als vorhin.

Es dauerte eine Weile, bis er genügend Kräfte in sich spürte, um sich auf alle viere aufzurichten. Seine Arme zitterten unter der Anstrengung und am liebsten hätte er sich einfach wieder hingelegt, zusammengerollt und sich seinem Schicksal ergeben.

Doch er würde keinesfalls als Sklave dieser Nymphe den Rest seines Lebens verbringen. Niemals!

Er kroch über den felsigen Boden und bei jeder Bewegung bettelten seine Hände und Knie um Gnade. Aber das war ihm gleichgültig. Er musste hier raus, musste einen Ausgang finden.

Ihm war bewusst, dass die Nymphe in der Nähe war, ihn vielleicht sogar beobachtete. Doch solange noch ein Funken Leben in ihm weilte, musste er kämpfen.

Das lag in seiner Natur, hatte es immer schon getan.

Er hielt inne und atmete tief durch, als ihn diese Erkenntnis mit solcher Wucht traf, dass er sich darüber wunderte, warum er so lange dafür gebraucht hatte.

Ja, er war immer schon ein Kämpfer gewesen ... nur schien er das über die Jahre vergessen zu haben – oder verdrängt, wie auch immer.

Stattdessen hatte er zugelassen, dass seine Vergangenheit ihn auffraß. Dass die Schuld, die ihn belastete, mit jedem Jahr schwerer wog, bis er es nicht mehr aushielt, mit ihr zu leben.

Er hatte zugelassen, dass andere ihn als krank und kaputt bezeichneten. Er selbst hatte es so gesehen, ihnen zugestimmt und es verinnerlicht. Er war zu dem Außenseiter geworden, den die anderen in ihm sahen. Er hatte sich als unfähig erachtet, zu lieben – unwürdig, geliebt zu werden.

Wie falsch er doch in der ganzen Zeit gelegen hatte, spürte er in diesem Moment, in dem sein Leben zu enden drohte. Wo ihm mit einem Mal bewusst wurde, wofür es sich zu kämpfen lohnte.

Er sah ihr Gesicht vor sich, hörte das Echo ihrer Stimme in seinem Kopf, spürte den Nachhall ihrer sanften Berührung auf seinem Körper ...

Sie war es, die er wollte. Mehr als alles andere auf der Welt. Wofür er sein Leben geben würde: Mica.

Es war ein Hohn der Götter, dass ihm diese Erkenntnis erst jetzt kam. In einem Moment, in dem er sein Augenlicht und seine Stimme verloren hatte ... seine Stimme, mit der er Micas Augen zum Leuchten hatte bringen können, wenn ihm andere Mittel schon verwehrt geblieben waren.

Sie hatte ihn mit so viel Bewunderung angesehen, wenn er für sie sang, dass sein Herz jedes Mal erstarrt war vor Angst, dass diese Bewunderung nicht ihm gelten konnte. Dass sie ihn nicht als das sah, was er war ... *wer* er war. Er hatte sie von sich weggestoßen, wenn sie ihm zu nahe kam, denn es konnte nicht sein, dass sie ihn um seinetwillen liebte. Wie auch? Er war nicht liebenswert und es hatte für ihn keinen Sinn ergeben, dass ein Mädchen wie sie einen Mann wie ihn mit so viel Zuneigung ansehen konnte. Das hatte er sich zumindest damals eingeredet.

Jetzt ... war er sich nicht mehr sicher.

Wenn er seine Stimme nicht mehr hatte ... würde Mica ihn dennoch lieben? Würde sie ihn dennoch so ansehen, wie sie ihn jedes Mal ansah, wenn er sang?

Bilder blitzten vor seinem inneren Auge auf. Bilder, wie sie ihn angelächelt hatte. Wie ihre Augen gefunkelt hatten, wie sie sich über ihn gebeugt und ihn geküsst hatte.

Bei keinem einzigen dieser Bilder hatte er gesungen ... er hatte sie nur angesehen und ... es hatte genügt. *Ihr* hatte es genügt ... *er* hatte ihr genügt.

Verflucht, warum fiel ihm das erst jetzt auf? Warum merkte er erst jetzt, dass er womöglich doch der Richtige an Micas Seite gewesen war? Erst jetzt, da er der Gefangene einer Nymphe war, vielleicht für immer bleiben würde? Ein Gefangener ohne Augen und ohne Stimme?

Mit einem Mal wünschte er sich, dass er noch einmal Mica sehen könnte. Nur ein paar Sekunden lang, um ihr zu sagen, dass er sie liebte. Sie immer geliebt hatte und sie immer lieben würde.

Sie hatte an ihn geglaubt, hatte hinter die Mauer geschaut, die er um sich errichtet hatte, weil er seine Seele als hässlich empfand.

Doch sie hatte ihn dennoch geliebt. War dennoch bei ihm gewesen. Etwas, das er nicht ausgehalten hatte.

Es fiel ihm wie Schuppen von den Augen, wie dämlich er sich benommen hatte. Wie unreif und verletzend.

Ja, er hatte Mica verletzt. Er hatte sie so sehr verletzt, dass er damit nicht leben konnte und vor ihr geflohen war. Weit hinaus, auf das Meer. Drei verdammte Jahre lang.

Er war geflohen ... vor dem einzigen Menschen, der ihn als das gesehen hatte, was er war. Der ihn um seiner selbst willen geliebt hatte.

Verflucht nochmal! Warum war er bloß so stur gewesen?!

So unendlich engstirnig und idiotisch?

»Du scheinst langsam zur Besinnung zu kommen«, erklang eine Stimme an seiner Seite.

Er fuhr mit dem Kopf zur Quelle der Stimme herum und ließ ein Knurren hören. Dass die Nymphe die ganze Zeit neben ihm gewesen war, hatte er nicht gespürt. Und er mochte es immer noch nicht, wenn er die Kontrolle nicht hatte.

»Willst du mir *jetzt* etwas sagen?«, fragte sie forschend.

Er presste die Lippen zusammen und schüttelte den Kopf, dass sein Haar flog.

»Nun gut«, sie seufzte leise. »Wenn du so weit bist, sag mir bitte Bescheid. Nur bedenke, dass hier in meinem Reich die Zeit anders verläuft als im Reich der Sterblichen. Dir bleiben noch etwa zwei Stunden, dann muss ich dich wohl oder übel töten … denn dann wird sie hier sein.«

Ein Blitz durchzuckte ihn und sein Kopf fuhr abermals zu ihr herum.

»Ja.« Er hörte ein Lächeln in ihrer Stimme. »Sie wird kommen. Sie liebt dich. Und du siehst besser zu, dass du bis dahin mit deinen inneren Dämonen Frieden geschlossen hast. Eine verlogene Entschuldigung nehme ich nicht an – und glaub mir, ich erkenne eine Lüge, noch ehe sie entstanden ist. Es muss eine Entschuldigung sein, die aus deinem Herzen kommt. Denn ich will einen Teil davon für mich haben. Das soll dein Geschenk an mich sein.«

39
MICA

Mica ließ ihren Blick rastlos über den Horizont gleiten, wo die dicht bewaldete Insel seit einigen Minuten zu erkennen war. Sie umklammerte das Holz der Reling so fest mit ihren Händen, dass es beinahe wehtat. Ihr Körper zitterte, denn all ihre Hoffnung konzentrierte sich auf diesen kleinen Flecken Land.

Aber was würde sie tun, wenn Cassiel nicht mehr lebte? Oder wenn er nicht auf der Insel war?

Ihr Bruder war noch in derselben Nacht, in der sie sich wiedergefunden hatten, zum neuen Kapitän der Smaragdwind gewählt worden. Offenbar schienen die anderen Mannschaftsmitglieder trotz der Tatsache, dass er kaum achtzehn Jahre alt war, Respekt vor ihm zu haben.

Etwas, das Mica verwundert hatte, kannte sie ihren Bruder doch nur als schwächlichen Jungen, der alles andere als einflussreich oder selbstbewusst gewesen war. So viel hatte sich verändert in den drei Jahren …

Zum Quartiermeister hatte Faím einen Magier namens Bertran ernannt. Einen auf den ersten Blick unscheinbaren, rothaarigen Mann, der ihm und vor allem der Meerjungfrau jedoch treu ergeben war, wie Faím ihr erklärt hatte.

Bertran hatte Mica bei ihrem ersten Treffen neugierig gemustert. Ihr Bruder hatte ihr erzählt, dass sich der Magier vorherrschend mit den Kreaturen des Meeres beschäftigte und von daher seine Neugier für Mica rührte, da sie eine Begegnung mit einer Sirene überlebt hatte. Noch am ersten Tag, nachdem sie abgelegt hatten, fragte Bertran sie über alles Mögliche zu den Sirenen aus und Mica hatte ihre liebe Mühe gehabt, seinen Wissensdurst zu stillen.

Bevor sie jedoch aus Merita aufgebrochen waren, hatten sie und ihr Bruder zusammen mit Néthan, der Herrscherin, deren Gemahl sowie Maryo die Leichname von Aren und Sarton in Merita beerdigt. In einer stillen, aber feierlichen Zeremonie waren Sartons Körper dem Feuer und Arens Asche der Luft übergeben worden. Mica hatte versucht, nicht zu weinen, dennoch war sie schließlich schluchzend in die Knie gesunken. Néthan hatte sich bemüht, sie zu trösten, obwohl auch ihn der Tod seines Vaters schwer getroffen hatte. Aber es war ihm nicht gelungen, Mica zu beruhigen, und sie hatte so lange geweint, bis sie keine Tränen mehr besaß.

Die Aussicht, ohne Aren nach Chakas zurückzukehren, hatte ihr das Herz zerrissen. Was sein Tod für die Diebesgilde bedeuten mochte, wollte sie sich noch gar nicht ausmalen. Schließlich war er der Verbindungsmann zum König der Ratten gewesen ... der Anführer der Diebe. Sie *musste* Cassiel finden.

Einen Tag später hatten sie sich auf den Weg gemacht. Kapitän Maryo Vadorís begleitete die Smaragdwind mit seiner Cyrona. Er wollte anscheinend sichergehen, dass sie auch wiederkehrten. Ganz offensichtlich vertraute er Mica nicht mehr. Das konnte sie ihm nicht wirklich übel nehmen, auch wenn sie es bedauerte. Faím seinerseits hielt große Stücke auf den Kapitän. Er erzählte Mica, dass er ihn vor einigen Jahren bereits einmal getroffen hatte und er seither ein Vorbild für ihn gewesen sei.

Die anderen Greifenreiter waren in Merita geblieben und würden dort auf Maryos Rückkehr warten, damit er sie wieder nach Chakas bringen konnte. Die Herrscherin hatte einigen von ihnen angeboten, im Zirkel von Merita zu bleiben, was fünf der Reiter gerne angenommen hatten. Der Rest würde zum Greifenorden von Chakas zurückkehren und dort seine Ausbildung fortsetzen, ebenso wie Mica.

Ihr Bruder hatte inzwischen das goldene Ei vom Meeresgrund geholt und es wieder sicher auf der Smaragdwind verwahrt. Er hatte Mica erklärt, dass die Meerjungfrau vielleicht eine Lösung kannte, wie sie Cassiel von der Nymphe befreien konnten. Wie genau die aussah, hatte er ihr jedoch verschwiegen und Mica wusste, dass es nichts gebracht hätte, ihn darüber auszufragen. Sie hatte den Schmerz in seinen Augen gesehen und erkannt, dass es etwas damit zu tun haben musste, dass er das Ei für sie öffnete. Die Entscheidung schien ihm schon schwer genug zu fallen, sie musste ihn nicht auch noch drängen, es auszusprechen.

Jetzt starrte Mica auf die Insel und die Angst um Cassiel schnürte ihr fast die Kehle zu. Wie gerne hätte sie jetzt Néthan hier gehabt, der ihr bestimmt die notwendige Zuversicht hätte geben können. Aber er hatte im Zirkel bleiben müssen, hatte sie nicht begleiten dürfen.

Sie vermisste ihn und hoffte, dass sie ihn wiedersehen würde. Auch wenn sie kein Paar mehr waren, so war er neben Faím der Einzige, dem sie vertraute. Und ihr Bruder war im Moment zu beschäftigt damit, die Mannschaft der Smaragdwind zu befehligen.

Sie blickte zur Kommandobrücke, wo Faím gerade stand, die schwarzen Locken zu einem Zopf zusammengebunden, die dunklen Augen auf den Horizont gerichtet, während der Steuermann ihm erklärte, wo sie am besten ankerten.

In den vergangenen Wochen, die sie nun auf See unterwegs gewesen waren, hatten sie viel Zeit gehabt, sich darüber auszutauschen, was alles in den drei Jahren ihrer Trennung geschehen war. Mica hatte ihm von Cilian und dem Greifenorden erzählt, von Cassiel und den Dieben. Faím hatte so viele Fragen gestellt, dass sie kaum alle beantworten konnte. Und natürlich hatte sie die Geheimnisse der Gilde für sich behalten. Das hatte sie schließlich bei der Aufnahmezeremonie geschworen und daran würde sie sich halten.

Aber auch er hatte ihr so manches über seine Zeit bei Sarton und die Verbindung mit der Meerjungfrau berichtet.

Mica stellte sich die Verbindung zwischen der Tochter Aquors und ihrem Bruder ähnlich vor wie jene zwischen Wüstenträne und ihr selbst. Nur, dass der Königsgreif alles dafür getan hätte, sie zu beschützen. Im Gegensatz dazu schien Chandra in erster Linie ihre Seele zurückbekommen zu wollen. Dies würde jedoch unweigerlich dazu führen, dass sie Faím und die gesamte Mannschaft der Smaragdwind tötete, wenn dieser ihr nicht zuvorkäme.

Mica wollte sich dies nicht einmal ansatzweise vorstellen und hatte sogar schon überlegt, das goldene Ei über Bord zu werfen, um es für immer auf dem Grund des Meeres verrotten zu lassen. Aber Faím hütete es wie seinen Augapfel und sie wusste nicht einmal genau, wo er es versteckt hielt. Womöglich hätte es auch gar nichts gebracht, es zu versenken, denn die Meerjungfrau schien zu wissen, wo es sich befand.

Sie blickte zur Cyrona hinüber, wo sie vermeinte, den Elfenkapitän an der Bugseite stehen zu sehen und fröstelte unwillkürlich. Dieser Elf war ihr nicht geheuer und die Art, wie er mit seinen goldenen Augen in die Seele anderer Leute blicken konnte, ebenso wenig. Sie hoffte, dass es die letzte Reise mit ihm war, die sie unternehmen musste. Den Rückweg nach Chakas würde sie mit ihrem Bruder zusammen antreten – sofern sie alle dieses Abenteuer heil überstanden und Cassiel fanden.

Einige Zeit später lagen die beiden Schiffe in der Nähe der Insel vor Anker und Mica ruderte mit Faím und dem Wassermagier Bertran an Land. Sie hatten beschlossen, so wenige Leute wie möglich mitzunehmen, da sie nicht wussten, was sie erwarten würde. Die Cyrona hatte ebenfalls ein Boot zu Wasser gelassen, in welchem Mica neben dem Elfenkapitän zwei weitere Männer ausmachen konnte, die sie vom Sehen von der Reise aus Chakas kannte, an deren Namen sie sich jedoch nicht erinnerte. Aber mit Sicherheit waren es die geübtesten Kämpfer aus Maryos Mannschaft.

Micas Anspannung war jetzt fast mit Händen zu greifen und sie verknotete die Finger ineinander, um sie daran zu hindern, ihr Haar zu raufen. Ihr Herz schlug wie wild, sie fühlte einen Schweißfilm auf ihrer Oberlippe und Übelkeit in sich hochsteigen. Über ihr kreiste Wüstenträne, die nicht minder angespannt zu sein schien. Sie schickte ihr immer wieder aufgeregte Bilder von der Insel und krächzte leise.

Als sie den goldenen Sandstrand betraten, hielt Mica ihren Bruder am Arm fest und zog ihn ein wenig von Bertran fort. Der Elfenkapitän und seine Männer waren noch nicht an Land, da die Cyrona ein wenig weiter weg geankert hatte. Das verschaffte ihr Zeit, mit ihrem Bruder zu sprechen.

»Du hast mir erzählt, dass Chandra einen Weg kennt, Cass aus den Händen der Nymphe zu befreien«, raunte sie. »Jetzt wäre der richtige Zeitpunkt, es mir zu erzählen.«

Faím sah sie unruhig an. Er hatte jetzt meerblaue Augen, was Mica irgendwie unwirklich erschien. Dennoch waren es immer noch seine Augen und aus ihnen sprach Nervosität. Er holte tief Luft. »Ich erklärte dir doch, dass, wenn ich das Ei für sie öffne und sie ihre Seele erhält, sie alle töten wird, die sie davon abgehalten haben, sie zu bekommen.«

Mica nickte. »Es sei denn, du bringst sie vorher um ...« Sie brach ab und ihre Augen weiteten sich. »Du willst doch nicht jetzt das Ei öffnen und sie töten?!«

Faím wich ihrem Blick aus. »Es ist die einzige Möglichkeit, wie wir die Nymphe besiegen können. Chandra kann Cassiel befreien, wenn sie in ihrer menschlichen Gestalt in die Höhle der Nymphe eindringt. Einen anderen Weg gibt es nicht.« Er griff in sein Hemd und holte das goldene Ei hervor, das er aus dem Wassertempel von Chakas gestohlen hatte.

Es war das erste Mal, dass Mica das Kleinod aus der Nähe sah, seit sie es unter den Tunneln von Chakas in Faíms Händen entdeckt hatte und sie war überwältigt, wie kostbar das Schmuckstück anmutete. Die Edelsteine, die in den Seiten eingelassen waren, funkelten mit dem Gold um die Wette und blendeten sie beinahe.

Faím drehte das Artefakt in seinen Händen, sodass der Schließmechanismus nach oben zeigte.

»Warte, tu das nicht«, sagte Mica und legte eine Hand auf seine. »Ich möchte Cass finden und ihn befreien ... aber nicht zu diesem Preis. Mir ist bewusst, dass du die Meerjungfrau genauso liebst wie ich Wüstenträne und dass es dir das Herz brechen würde, wenn du sie töten musst. Ich kann mir nur annähernd vorstellen, wie schlimm das für dich sein müsste. Wie viel Schmerz es dir bereiten würde ... und ich könnte mit der Schuld nicht leben, dass ich der Grund dafür war.«

Wüstenträne, die in der Nähe gelandet war, trat zu ihnen und musterte das Ei neugierig. Dann stieß sie ein leises Krächzen aus und Mica konnte sehen, dass Maryo und seine Männer in wenigen Sekunden ebenfalls hier sein würden. Sie waren bereits im seichten Wasser angelangt und dabei, das Boot an den Strand zu ziehen.

In Faíms meerblauen Augen war Schmerz zu erkennen, als er ihr antwortete. »Und ich könnte nicht mit dem Wissen leben, dass ich den Schlüssel zu deinem Glück in der Hand hatte und ihn aus Egoismus nicht benutzt habe«, sagte er leise. »Mica, du bedeutest alles für mich und nichts liegt mir so sehr am Herzen, wie dich glücklich zu sehen. Dass ich dich wiederhabe ... das hätte ich nie für möglich gehalten und ich danke den Göttern dafür. Ich habe den Wassergott damals bestohlen, jetzt ist es an der Zeit, diese Schuld zu begleichen und seiner Tochter ihre Seele zurückzugeben. Ich habe mit Chandra in der vergangenen Nacht gesprochen. Sie ist damit einverstanden und Bertran kennt einen Zauber, der ihre Rachsucht ein wenig hinauszögern kann ... zumindest so lange, bis Cassiel befreit ist. Dann ...« Er brach ab und starrte mit leerem Blick auf das goldene Ei in seinen Händen.

In Micas Augen traten unwillkürlich Tränen. »Nein, ich möchte nicht, dass du das für mich tust«, flüsterte sie. »Ich will nicht schuld daran sein, dass du das verlierst, was dir so viel bedeutet. Ich sehe doch, dass du sie liebst ...«

»Diese Liebe war von Anfang an zum Scheitern verurteilt«, erwiderte Faím tonlos. »Jeder von uns beiden wusste, dass wir nicht zusammen sein können – eine Meerjungfrau und ein Mensch ...

das … es funktioniert einfach nicht … das ist der Fluch, den Aquor über seine Töchter gesprochen hat.«

»Lass mich mit ihr reden«, sagte Mica. »Bitte.«

Sie hatte die Meerjungfrau bisher erst aus der Ferne gesehen, da diese offenbar andere Menschen scheute, aber jetzt musste sie sie einfach treffen, musste die Worte selbst aus ihrem Mund hören.

Faím zögerte kurz, dann nickte er. »Gut, ich werde dich zu ihr bringen. Aber nur dich.« Sein Blick fiel auf den Elfenkapitän, der jetzt in einiger Entfernung stand und sie aufmerksam beobachtete. Dann rief er dem Magier zu: »Bertran, sag dem Kapitän, dass wir gleich wieder bei ihm sind.«

Der Magier nickte und ging auf den Elfenkapitän zu.

Dann wandte sich Faím an Mica und ergriff ihre Hand. »Komm.«

Er ging voran über den Strand davon und Mica war froh, dass Maryo ihren Wunsch zu respektieren schien und ihnen nicht folgte. Wüstenträne trabte leise krächzend hinter Mica und Faím her, offenbar war sie nicht gewillt, ihre Reiterin alleine einer Meerjungfrau gegenübertreten zu lassen. Sie war ein Tier der Lüfte. Kreaturen aus dem Wasser waren für sie entweder Futter oder Feinde. Etwas dazwischen konnte Wüstenträne sich nur schwer vorstellen.

Einige Dutzend Schritt weit weg gelangten sie zu ein paar Steinen, die in der Nähe des Strandes aus dem Wasser ragten. Faím hielt an, schloss die Augen und schien in Gedanken nach der Meerjungfrau zu rufen. Es dauerte eine Weile, dann tauchte aus den Wellen ein blonder Schopf auf, der langsam auf sie zugeschwommen kam.

Als Chandra das Ufer erreichte, sog Mica unwillkürlich die Luft ein. Sie hatte zwar schon von der Schönheit der Meerjungfrauen gehört, aber niemals mit einer solchen Anmut gerechnet, der sie sich jetzt gegenübersah.

Einzig der Schmerz in ihren meerblauen Augen verunstaltete die Schönheit der Meerjungfrau ein wenig. Gleichzeitig gab ihr diese Traurigkeit auch einen tragischen Ausdruck und eine Verletzlichkeit, die sie noch atemberaubender wirken ließ.

Als Chandra bei ihnen angekommen war, stemmte sie sich auf einen der Steine hinauf, sodass sie darauf sitzen konnte und nur noch ein Teil ihres silbern schimmernden Fischschwanzes im Wasser blieb. Dann musterte sie Mica von oben bis unten, während ihre Schwanzflosse unruhig mit dem Wasser spielte.

»Ihr seid also Mica. Und Ihr seid meinen heimtückischen Halbschwestern begegnet«, stellte sie mit einem Blick auf Micas silberweißes Haar fest. »Ihr müsst eine starke Frau sein, da Ihr immer noch lebt.«

Mica trat einen Schritt auf sie zu. »Es ist mir eine große Ehre, Euch kennenzulernen, Chandra«, begrüßte sie die Meerjungfrau respektvoll. »Ich habe von meinem Bruder viel über Euch gehört und auch, welches Schicksal Euch mit ihm verbindet.«

Chandra senkte den Blick, sodass die blauen Augen von ihren Wimpern verborgen wurden, und fuhr sich durch das lange, blonde Haar. »Euer Bruder ist ein besonderer Mensch«, sagte sie leise. »Es gibt nicht viele seiner Art und es tut mir leid, dass heute der Tag ist, an dem er seine innere Stärke gefunden hat ...«

»Gibt es einen Weg, der Euch von Eurer Rache abbringen kann?«, fragte Mica voller Hoffnung. »Irgendetwas, das Ihr ihm noch nicht verraten habt? Es *muss* doch einen Ausweg geben ... es kann doch nicht mit dem Tod enden.«

Chandras schöne Augen richteten sich wieder auf sie. »Alles endet im Tod, meine Teure«, sagte sie wehmütig. »Nur den wenigsten Lebewesen ist es vergönnt, diesen zu überlisten. Ihr Menschen gehört nicht dazu.«

Micas Herz zog sich bei diesen Worten zusammen und eine Gänsehaut rann trotz der Hitze über ihren Rücken.

»Liebt Ihr meinen Bruder?«, fragte sie.

Abermals wich die Meerjungfrau ihrem Blick aus, dann lenkte sie ihn auf Faím, der schweigend neben ihr ins Wasser getreten war, die Augen unverwandt auf Chandra gerichtet. Ein fast schon liebevoller Ausdruck glitt über ihr Gesicht, als sie weitersprach. »Faím Sturm ist einer der ehrenwertesten Menschen, die ich jemals kennengelernt habe. Ich wusste nicht, dass es Menschen wie ihn gibt … dass … dass ich mein Herz für einen von euch öffnen kann. Ihr sprecht gerne von der Liebe, ihr Geschöpfe des Landes. Wenn es in meinem Volk so etwas gäbe, würden wir es wohl auch so bezeichnen … ich denke, es ist das, was ich für Euren Bruder empfinde.«

Mica biss sich auf die Unterlippe und unterdrückte die Bemerkung, dass ein einfaches ›Ja‹ auch gereicht hätte. Dieser Zynismus war hier und jetzt nicht angebracht. Ganz und gar nicht.

»Und Ihr seid bereit, Euer Leben für ihn zu geben?«, wollte sie weiter wissen.

Chandra sah sie einige Sekunden lang regungslos an, dann nickte sie kaum merklich. »Es ist wohl das, was die Liebe ausmacht, oder? Füreinander zu sterben … ich habe von Eurer Geschichte gehört und gespürt, wie gut Ihr Faím tut, seit er Euch wieder an seiner Seite hat. Ihr seid von seinem Blut. Dank Euch hat er zu neuem Lebensmut gefunden. Zu ungeahnter Stärke. Es wäre vermessen, wenn ich ihm dies wieder nehmen würde – zumal ich das nicht kann. Heute ist der Tag, der alles verändern wird, denn heute werde ich meine Seele zurückbekommen. Auf diesen Tag habe ich eine lange Zeit gewartet und ich hätte nicht geglaubt, dass er jemals kommen würde. Ich habe eingewilligt, dass dieser … Magier«, sie warf einen Blick zu der kleinen Gruppe, die einige Dutzend Schritt weit entfernt stand, »dass er meine Rachegelüste unterbinden darf. Lange wird sein schwacher Zauber nicht halten, aber womöglich lange genug, damit ich mit meiner verzweifelten Halbschwester reden und sie überzeugen kann, Euren Geliebten freizugeben.«

Mica schauderte abermals. Trotz der Tatsache, dass diese Meerjungfrau so unnahbar wirkte, schien sie ihren Bruder wahrhaft zu lieben. Anders war nicht zu erklären, dass sie bereit war, ihr Leben für ihn zu geben. Und sie konnte in ihren Augen erkennen, dass sie sie nicht zu täuschen versuchte. Sie sprach die Wahrheit.

»Ich weiß nicht, wie ich Euch dafür danken kann«, flüsterte Mica ergriffen.

»Dankt mir, indem Ihr mein Opfer nicht vergebens macht«, antwortete Chandra gefasst. »Kümmert Euch um Euren Bruder, liebt ihn und lebt für ihn. Wenn er glücklich ist, kann ich diese Welt in Ruhe hinter mir lassen und zu meinem Vater zurückkehren.«

Mica nickte stumm, da der Kloß, der sich in ihrer Kehle bildete, keine Worte zuließ. Sie hätte womöglich auch keine gefunden, die als Dank angemessen gewesen wären.

»Es tut mir leid«, war alles, was sie hervorpressen konnte.

»Das tut es euch Menschen immer«, war die nüchterne Antwort der Meerjungfrau. Dann wandte sie sich an Faím. »Es ist so weit. Ich bitte dich ein letztes Mal darum: Öffne das Ei für mich und gib meine Seele frei.«

Auf Faíms Gesicht war eine Vielzahl von Gefühlen zu lesen, vor allem aber Schmerz und Trauer. Er zögerte, trat einen Schritt auf die Meerjungfrau zu und strich ihr über das blonde Haar. Sie sah ihn unverwandt an und nickte kaum merklich.

Faím erwiderte ihr Nicken. Dann winkte er zu der Gruppe hinüber und Mica sah, wie Bertran zu ihnen kam. Auch er schien angespannt zu sein, dennoch wirkte er gefasst.

Als der rothaarige Magier bei ihnen angekommen war, holte Faím tief Luft. »Nun gut, ich werde das Ei jetzt für dich öffnen«, flüsterte er heiser.

Ehe er seine Hände darum schloss, trat er einen weiteren Schritt auf Chandra zu, sodass er sich an den Felsen lehnen konnte. Er legte die freie Hand an ihre Wange und sah sie einige Sekunden lang voller Liebe an. Dann beugte er sich zu ihr und küsste sie. Er küsste sie mit so viel Verzweiflung, dass Mica abermals erschauderte und Tränen in ihre Augen traten.

Erst jetzt spürte sie, was Faím tatsächlich gerade bereit war, für sie zu opfern. Er liebte diese Meerjungfrau von ganzem Herzen und war gewillt, diese Liebe für sie aufzugeben.

Dieses Opfer war eindeutig zu groß. Das konnte sie einfach nicht von ihm verlangen.

»Nein!«, stieß sie hervor, ehe sie darüber nachdenken konnte. »Ich kann das nicht!«

Faím löste sich von der Meerjungfrau und sah sie verständnislos an. »Was soll das bedeuten?«, fragte er mit rauer Stimme.

Mica sank auf dem Sand in die Knie und Tränen liefen ungehindert über ihre Wangen. »Ich kann nicht dafür verantwortlich sein, dass du diese Liebe für mich opferst«, sagte sie traurig. Verzweiflung schwang in ihrer Stimme mit. »Du würdest nie wieder glücklich sein können und ich wäre schuld daran ... damit kann ich nicht umgehen. Es geht einfach nicht. Ich ... ich werde einen anderen Weg finden. Es *muss* einen anderen Weg geben.«

»Den gibt es aber nicht«, sagte Chandra kummervoll. »Ich kann meinem Schicksal ebenso wenig entrinnen wie Ihr. Wenn Ihr mich dazu verdammt, weiterhin ohne meine Seele zu leben, bestraft Ihr mich.« Sie sah Faím flehend an. »Lass mich endlich Frieden finden, bitte ... ich liebe dich, das stimmt, aber noch mehr sehne ich mich nach meiner Seele.«

Zum ersten Mal waren tiefe Trauer und Wehmut in Chandras blauen Augen zu erkennen und sie begannen unnatürlich zu glänzen. Es dauerte eine Weile, bis Mica begriff, dass die Meerjungfrau weinte.

Bertran, der neben ihr stand, stieß scharf die Luft aus. »Bei den Göttern ...«, flüsterte er und sank neben Mica in die Knie, als wollte er beten.

»Was?«, fragte sie verständnislos.

»Eine Meerjungfrau, die wegen eines Menschen weint ... das ... ich hätte nicht geglaubt, dass so etwas ... möglich ist ...«

Er holte tief Luft, um sich zu sammeln. Dann erhob er sich und trat so rasch ins Wasser zu Chandra, dass diese zu langsam war, vor ihm zurückzuweichen. Er strich ihr behutsam mit dem Finger über die Wange und Mica keuchte, als sie erkannte, dass er plötzlich eine durchsichtige Perle in der Hand hielt.

»Die Träne einer Meerjungfrau«, sagte der Magier voller Ehrfurcht, während er sie in seiner Handfläche begutachtete. »Sie wird tatsächlich hart, wenn menschliche Haut sie berührt ...« Er hob den Blick und seine Augen glänzten voller Tatendrang, als er Mica ansah. »Mit dieser Träne können wir die Nymphe bestechen. Lasst Euren Bruder bei der Meerjungfrau und folgt mir!«

Während der rothaarige Magier aus dem Wasser und über den Strand zu den anderen Männern zurückrannte, starrte Mica ihm ungläubig hinterher.

40

MICA

»Halt, nicht so schnell!«, rief Mica, während sie versuchte, mit Bertran Schritt zu halten.

Maryo und seine beiden Männer folgten ihnen durch das Dickicht des Waldes, wo ein schmaler Pfad zu erkennen war. Offenbar war er entstanden, als Bertran und Faím schon einmal hier gewesen waren. Wüstenträne flog über ihnen, aber Mica konnte sie wegen der dichten Baumkronen nicht sehen. Doch sie wusste, dass sie in ihrer Nähe war.

»Erklärt mir wenigstens, was Ihr vorhabt!«, forderte Mica.

Doch der Wassermagier hielt weder an noch erklärte er irgendetwas. Erst, als sie auf einer Lichtung ankamen, deren Schönheit Mica fast den Atem raubte, hielt er an.

Sie sah sich verwundert um. Vor ihr lag ein See, dessen Oberfläche kristallklar erschien. Rund um sein Ufer blühten bunte Blumen, Vögel sangen fröhlich ihre Lieder und es mutete Mica an, als wäre hier das Herz der Welt – oder der Hain der Götter.

Wüstenträne kreiste leise krächzend über ihren Köpfen. Sie schien dem Ort zu misstrauen, denn sie landete nicht auf der Lichtung, sondern blieb in der Luft.

»Wir sind da«, sagte Bertran überflüssigerweise. »Dort hinter dem Wasserfall hat die Nymphe ihr Reich.«

Maryo trat neben den Magier und musterte ihn aufmerksam. »Was habt Ihr nun vor?«, wollte er wissen.

Bertran lächelte. »Ich bin erstaunt, dass ich nicht früher darauf gekommen bin. Nymphen lieben Geschenke. Und sie lieben es, zu schenken, doch nur zu ihren Bedingungen. Diese Träne, die eine Meerjungfrau wegen eines Menschen geweint hat«, er hielt seine Hand etwas in die Höhe, in der die durchsichtige Perle glitzerte, »wird ihr helfen, ihren Platz, an den sie gebunden ist, zu verlassen. Tränen von Meerjungfrauen sind äußerst selten und enthalten eine einzigartige Magie, die den Nymphen ansonsten verwehrt bleibt: die Liebe. Mit ihrer Hilfe kann sie den Bann brechen, der sie an diesen Ort fesselt. Und im Gegenzug wird sie Cassiel freigeben. Da bin ich mir sicher.«

Mica hatte mit offenem Mund zugehört. »Woher wisst Ihr so viel über diese Wesen?«, fragte sie entgeistert.

»Ich habe mich schon immer sehr für Wasserwesen und ihre Magie interessiert«, antwortete Bertran, immer noch lächelnd. »Und Wassernymphen waren mir mit die liebsten Wesen. Sie sind einzigartig in ihrer Persönlichkeit.«

»Denkt Ihr ... denkt Ihr, dass Cass noch lebt?«, wollte Mica wissen.

»Wenn er meine Ratschläge befolgt hat, dann bestimmt. Er kam am Abend vor seinem Verschwinden zu mir und hat mich über Nymphen ausgefragt. Offenbar ist er ihr begegnet und wollte daher mehr über sie wissen.«

Mica nickte. Das sah Cassiel ähnlich.

»Dann lasst uns keine Zeit verlieren, und es hinter uns bringen«, sagte Maryo. »Wie ruft man eine Nymphe?«

»Normalerweise tauchen sie auf, wenn ihr Ort in Gefahr ist«, antwortete Bertran. »Aber ich würde nicht ...«

»Wir haben keine Zeit für Höflichkeitsfloskeln«, unterbrach ihn Maryo scharf.

Der Elfenkapitän hob die Hand und ein Feuerball schoss daraus hervor, der mitten in der Blütenpracht explodierte. Blumen, Blätter und Gräser flogen hoch in die Luft und fielen angekohlt auf die Wiese zurück.

Mica keuchte. Sie hatte bisher nicht gewusst, dass Elfen zu derartiger Magie fähig waren.

Es dauerte nur ein paar Lidschläge, bis das Wasser am Uferrand zu brodeln begann.

»Da ist sie«, flüsterte Bertran ehrfürchtig und machte einen Schritt rückwärts, sodass Maryos Gestalt ihn verdeckte. »Jetzt dürft Ihr Euch in aller Form für Euren Frevel entschuldigen. Ihr hättet sie nicht wütend machen sollen, das könnte unsere Chancen in dieser Verhandlung verringern ...«

»Das geht mir am Arsch vorbei«, knurrte Maryo, der zum Ufer trat. »Sie soll sich nicht so anstellen! Es sind nur ein paar Blumen. Die wachsen wieder nach.«

Die Nymphe war noch nicht zu sehen, aber Mica konnte ihre Präsenz förmlich spüren.

»Wer seid Ihr, Unwürdige, dass Ihr es wagt, mein Reich anzugreifen?«, donnerte eine durchdringende Frauenstimme. Sie hatte einen hallenden Klang, als ob sie sich in einer weitläufigen Höhle befände, obwohl sie im Freien standen.

»Ich bin Kapitän Maryo Vadorís«, antwortete der Elf nicht minder eindrucksvoll. »Zeigt Euch, Nymphe des Kristallsees. Wir haben etwas, das Euch interessieren dürfte – und Ihr habt etwas, das *uns* interessiert. Wie wär's mit einem kleinen Tausch?« Während er sprach, sah er sich wachsam um, aber auch er schien die Nymphe nicht zu entdecken.

»Ihr seid wegen des Menschen hier«, stellte die Nymphe fest, ohne auf seine Aufforderung einzugehen. »*Sie* soll vortreten. Ich will sie mir näher ansehen.«

Mica wusste, dass die Nymphe sie damit meinen musste, da sie die einzige Frau in der Gruppe war. Also trat sie neben Maryo und starrte auf das Wasser, das immer noch brodelte, als würde es kochen.

»Ihr seid ... außergewöhnlich«, stellte die Nymphe fest. Leichte Überraschung schwang in ihren Worten mit.

»Wo ist Cassiel?« Micas Stimme überschlug sich beinahe, da sie Angst vor der Antwort hatte. »Leb er? Geht es ihm gut?«

Ein helles Lachen war zu hören. Offenbar schien sich die Nymphe gerade köstlich zu amüsieren, was Micas Angst unwillkürlich in Wut umschlagen ließ. Doch noch konnte sie sie unterdrücken, auch wenn alles in ihr danach schrie, dieser Nymphe den Hals umzudrehen.

»Ich habe ihm gesagt, dass Ihr kommt«, meinte die Nymphe erheitert. »Und er ist bereit, Euch entgegenzutreten. Doch ich gebe ihn nicht einfach so frei.«

»Wir haben etwas, um für seine Freiheit zu bezahlen«, sagte Mica rasch. »Etwas, das Euch helfen wird.«

»Ihr Menschen könntet mir nichts geben, was mir in irgendeiner Weise von Nutzen ist«, sagte die Nymphe herablassend.

»Da bin ich mir nicht so sicher.« Bertran trat neben Mica und Maryo und hielt die funkelnde Perle zwischen Zeigefinger und Daumen der Sonne entgegen, sodass das Licht hindurchfiel.

Einige Augenblicke lang hörte das Wasser auf zu brodeln. Dann bildete sich ein Nebel über der Oberfläche. Mica kniff die Augen zusammen, als sie glaubte, eine Silhouette darin zu erkennen. Einige Lidschläge später trat tatsächlich eine nackte, junge Frau aus dem Nebel hervor, und kam direkt auf sie zu. Ihre Füße schienen das Wasser kaum zu berühren und erst, als sie festen Boden betrat, wirkte es nicht mehr, als würde sie schweben.

Ihr Haar war weiß wie die Wolken über ihnen und unzählige Blüten waren darin verflochten. Es fiel bis weit über ihren Körper und verdeckte damit den größten Teil ihrer Nacktheit. Das Gesicht war von einer Vollkommenheit, der nicht einmal die Schönheit der Meerjungfrau nahekam. Die silbern schimmernden Augen richteten sich auf Bertran, der wie erstarrt schien ob der Erscheinung.

»Wie kommt ein kleiner Zauberer an solch ein mächtiges Artefakt?«, wollte die Nymphe wissen. Immerhin hallte ihre Stimme nun nicht mehr so unnatürlich, aber sie klang dennoch eigenartig, als spräche sie von weit her.

»Wir geben es Euch, wenn Ihr Cassiel freilasst.« Mica trat vor den Magier und verhinderte damit, dass die Nymphe die Träne ergreifen konnte. Den Arm hatte sie bereits danach ausgestreckt.

Auf dem schönen Gesicht der jungen Frau breitete sich ein Lächeln aus. »Ihr seid mutig, Euch mir in den Weg zu stellen«, sprach sie amüsiert. »Mutig und dumm. Ihr befindet Euch auf meinem Boden und seid damit mir und meiner Macht ausgeliefert. Aber ich will Eure Dummheit nicht bestrafen, ebenso wenig wie Euren Mut. Ihr sollt Euren Menschen zurückerhalten. Darauf gebe ich Euch mein Wort. Doch zuerst gebt Ihr mir die Träne der Tochter Aquors.«

Mica zögerte, dann nickte sie. »In Ordnung. Aber zeigt mir zunächst, dass Cassiel wirklich noch am Leben ist.«

»Das ist er.« Die Nymphe deutete hinter sich, wo über der Wasseroberfläche immer noch Wasserdampf aufstieg. »Dort ist er, Euer Sohn des Nebels.«

Mica keuchte, als sie erkannte, wie aus den Nebelschwaden eine weitere Person trat. Sie erkannte Cassiel sofort und rannte zum Ufer. Aber sein Körper schwebte über dem Wasser, das sie nicht zu betreten wagte.

»Ihr Nymphen habt wohl eine Vorliebe für Nacktheit«, knurrte Maryo mit einem Blick zu dem Dieb, der tatsächlich ebenfalls keine Kleidung trug.

Mica versuchte, sich bemerkbar zu machen, rief seinen Namen. Doch er schien sie weder zu sehen noch zu hören, denn er tastete um sich, als sei er blind. Micas Augen weiteten sich, als ihr Blick über seinen nackten Körper streifte und sie erkannte, dass all seine Brandnarben verschwunden waren. Was war mit ihm nur passiert?

»Ihr Völker des Landes habt von den Göttern das Schamgefühl bekommen als Strafe dafür, dass ihr die Natur zu wenig schätzt«, sagte die Nymphe herablassend. »Hättet ihr diese Bürde nicht, könntet ihr euch ebenso frei und ungehemmt bewegen wie wir Nymphen.«

»Dann bin ich froh, dass ich ein Elf bin«, brummte der Kapitän. »Gebt also diesen Mann frei und nehmt die Träne. Dann sind wir quitt.«

»Auch wenn mir Euer Tonfall nicht gefällt und Ihr meine Blumen zerstört habt, so sehe ich, dass Ihr im Grunde ein gutes Herz besitzt«, sprach die Nymphe. »Ich schreibe es Eurer Unterentwicklung zu, was den Verstand betrifft, dass Ihr diese raue Art der Sprache benutzen müsst. Daher werde ich noch einmal darüber hinwegsehen.« Sie trat auf Bertran zu, der sie immer noch fasziniert anstarrte. »Wenn Ihr wollt, könnt Ihr mir gerne in meiner Höhle Gesellschaft leisten«, sagte sie in verführerischem Tonfall.

»Wenn Ihr die Träne habt, könnt Ihr dem Magier selbst überallhin folgen, solltet Ihr das tatsächlich wollen«, knurrte der Elfenkapitän. »Lasst uns diese Farce endlich beenden und gebt den Mann frei. Wir sind nicht hier, um Eurer Unterhaltung zu dienen.«

Die Nymphe schien zwar eingeschnappt zu sein, nickte dann jedoch. Offenbar war die Träne der Meerjungfrau so wertvoll für sie, dass sie über jegliche Beleidigung des Kapitäns hinwegsah.

»Nun gut, so sei es«, sprach sie feierlich. »Ein Geschenk gegen das andere.« Sie griff nach der durchsichtigen Perle und im selben Moment brach Cassiel am Ufer zusammen.

Mica stürzte zu ihm und zog seinen leblosen Körper aus dem Wasser. »Cass!«, rief sie. »Ihr habt ihn getötet!«

»Nein, er ist nur bewusstlos«, antwortete die Nymphe. »Ich hätte nichts von seinem Tod, daher lebt er.«

Mica sah sie wutschnaubend an. »Gebt ihm sein Bewusstsein wieder!«, rief sie erbost.

»Er wird von selbst aufwachen, sobald er diese Insel verlassen hat«, sagte die Nymphe lächelnd. »Ich wünsche Euch alles Gute – Euch und Eurem Geliebten.«

»Was wisst Ihr schon von der Liebe?«, knurrte Mica, die sich an Bertrans Worte erinnerte, dass die Liebe den Nymphen verwehrt war.

Die Nymphe lächelte herablassend. »Ihr Menschen glaubt, so viel von der Liebe zu verstehen, dass ihr dieses Wort ständig und viel zu rasch in den Mund nehmt. Dabei kennt ihr die einfachsten Zusammenhänge nicht.«

»Und die wären?«, fragte Mica.

Das Lächeln der Nymphe wurde ein wenig breiter. »Ich gebe Euch ein weiteres Geschenk, da Euer Geliebter mir ein paar unterhaltsame Stunden beschert hat«, sagte sie geheimnisvoll. »Merkt

Euch meine Worte: Hass, Rache und Zorn können nur mit einem einzigen Mittel bekämpft werden. Es ist nicht der Tod, sondern die Liebe.«

Mica starrte sie einige Augenblicke sprachlos an. Die Nymphe erwiderte ihren Blick bedeutungsvoll, ehe sie sich vor ihren Augen in Luft auflöste.

Bertran trat zu ihr und wickelte seinen Umhang um Cassiels nackten Leib. Dann hob Maryo den bewusstlosen Dieb auf seine Arme.

Mica stand auf und rannte ohne ein weiteres Wort zurück zum Strand. Sie hatte gerade begriffen, dass die Nymphe ihr ein wirklich wertvolles Geschenk gegeben hatte. Eines, das nicht für sie bestimmt war und das sie weitergeben musste, solange noch Zeit blieb. Maryo und Bertran würden schon dafür sorgen, dass Cassiel wohlbehalten auf die Smaragdwind zurückkam.

41

MICA

»Faím!«, rief Mica, die über den Strand auf ihren Bruder zurannte. Wüstenträne folgte ihr nicht minder aufgeregt und krächzte wie wild über ihr am Himmel.

Ihr Bruder lief ihr mit angespanntem Gesichtsausdruck entgegen. »Was ist? Habt Ihr Cassiel?«, fragte er besorgt, als er bei ihr ankam.

»Ja, er lebt … wir konnten die Nymphe … überreden«, keuchte Mica außer Atem. »Er ist … bewusstlos, aber es geht ihm gut … die anderen bringen ihn … gerade auf die Smaragdwind. Aber … ich habe gute Neuigkeiten … für dich und … Chandra!«

Wüstenträne landete neben ihr und stupste Mica an, die jedoch nur Augen für ihren Bruder hatte.

Faím runzelte die Stirn und sah auf seine Schwester hinunter. »Inwiefern?«

»Die Nymphe!« Mica keuchte abermals und holte tief Luft. »Sie hat den Schlüssel … zu eurem Schicksal … erkannt: Die Liebe!« Sie schnappte wieder nach Luft. Sie war so rasch gerannt, dass sie jetzt kaum Worte bilden konnte.

Faím schüttelte verständnislos den Kopf. »Wie meinst du das?«

Mica stemmte ihre Hände auf den Oberschenkeln ab und versuchte, ihren Atem zu beruhigen. »Der Fluch, der auf eurer Verbindung liegt. Er wurde bereits ... gebrochen. Ihr liebt euch! Liebe kann Rache ... besiegen, sie ist der stärkste Zauber! Stärker als jeder Fluch.«

»Du meinst ...«

»Ja!« Mica nickte mit Nachdruck. »Du kannst das Ei für sie öffnen und sie kann ihre Seele zurückerhalten, ohne dass sie dich wird töten wollen. Denn das kann sie nicht. Sie liebt dich. Ich habe es ja vorhin selbst gesehen!«

Faíms Augen weiteten sich, als er begriff. Dann rannte er mit Mica zusammen zurück zu Chandra, die immer noch auf dem Felsen saß und ihnen skeptisch entgegensah. Der Königsgreif folgte ihnen halb flatternd, halb rennend.

»Ihr glaubt doch nicht wirklich, dass das funktionieren wird?«, sagte die Meerjungfrau zweifelnd, als sie bei ihr angekommen waren. Sie hatte das Gespräch in Faíms Gedanken bereits vernommen.

»Einen Versuch ist es allemal wert«, erwiderte Faím und sah der Meerjungfrau fest in die Augen.

»Aber ... wenn ich dich dennoch töten will ... Bertran wird nicht hier sein, um meine Rache zu unterbinden.«

»Das kann ich mir nicht vorstellen«, sagte Faím lächelnd. »Denn *ich* will dich ja auch nicht töten. Eher würde ich mich selbst umbringen. Und dir geht es ebenso, das weiß ich.«

»Woher weißt du das?«, fragte Chandra argwöhnisch. »Dein Kapitän hat meine Schwester schließlich auch getötet.«

»Du hast zwar keine Seele, aber ein Herz«, sagte Faím. »Das Herz hat Sarton gefehlt, mir jedoch nicht. Ich weiß es, weil es schneller schlägt, wenn ich dich sehe und langsamer, wenn du nicht bei mir bist. Du bist der Inhalt meines Lebens, ich kann mir nicht vorstellen, jemals wieder eine Sekunde von dir getrennt zu sein. Und wenn es dir nur annähernd gleich geht, werden wir den Fluch brechen können.«

Chandra runzelte die Stirn. »In deinen Worten liegt Wahrheit, Faím Sturm«, sagte sie leise. »Auch ich empfinde so … aber sollte ich dennoch zu einem rachedurstigen Monster werden, so bitte ich dich: Töte mich, ehe ich dich vernichte.«

Faím lächelte und trat zu ihr, um sie auf den Mund zu küssen und sie damit zum Schweigen zu bringen. Dann legte er seine Stirn an ihre und seine Hände um ihre Taille, strich über die silbernen Schuppen an ihrer Hüfte.

»Genau deswegen werde ich jetzt das Ei öffnen«, murmelte er. »Diese Selbstlosigkeit kannst du nur empfinden, weil du mich liebst.«

Mica spürte einen Kloß in ihrer Kehle, während sie das Gespräch verfolgte und ihr Herz weitete sich. Ihren Bruder so stark und mutig zu erleben, erfüllte sie mit Stolz und Glück gleichermaßen.

Sie sah zu, wie er das goldene Ei abermals aus seinem Hemd zog und es in beide Hände nahm.

Die Meerjungfrau verfolgte die Geste stirnrunzelnd. Mica konnte in ihren Augen Angst und Hoffnung sehen. Eine eigenartige Kombination, die sie dieser Kreatur des Meeres nicht zugetraut hätte.

»Bist du bereit?«, flüsterte Faím.

Chandra nickte stumm und schloss die Augen, legte den Kopf in den Nacken, als wollte sie in den Himmel blicken.

Faím richtete seine Aufmerksamkeit auf das Ei und fuhr mit den Fingern über den Mechanismus. Es dauerte eine Weile, dann hörte Mica ein leises Knacken. Sie hielt den Atem an, als Faím die beiden Teile auseinanderschraubte.

Ein Wimmern war zu hören. Ob es aus dem Ei oder von der Meerjungfrau stammte, konnte Mica nicht feststellen. Es wurde immer lauter, bis sie sich die Ohren zuhalten musste.

Langsam drang ein fast durchsichtiger Nebel aus dem Ei, vermischte sich mit der Luft und stieg in die Höhe. Über dem Gesicht der Meerjungfrau bildete sich eine kleine Wolke und verharrte dort für ein paar Augenblicke. Dann schien es, als stoße ein Pfeil auf Chandra hinab, der Nebel drang in ihren geöffneten Mund und durch den ganzen Körper der Meerjungfrau glitt ein Zittern.

Das Wimmern endete abrupt und Chandra atmete keuchend ein, als sei es das erste Mal, dass sich ihre Lungen mit Luft füllten.

Dann, ganz langsam senkte sie den Kopf.

Sowohl Mica als auch Faím hatten den Atem angehalten.

Als sie die Augen aufschlug, starrte Mica sie entgeistert an. Chandras Iris war nicht mehr blau wie das Meer, sondern von einem warmen Goldbraun – genau wie Faíms Augen, die sich ebenfalls verändert hatten.

Ihr Bruder trat einen unsicheren Schritt auf sie zu und Chandra richtete den Blick auf ihn.

»Und?«, fragte Faím vorsichtig.

Die Meerjungfrau musterte ihn ausdruckslos. So lange, bis Mica drauf und dran war, ihren Bruder von ihr wegzureißen und einen Schutzschild um sie beide zu bilden, um ihn vor der Rache der Meerjungfrau zu bewahren.

Doch dann erschien ganz langsam ein Lächeln um Chandras Mund, das sich zu ihren Augen vorarbeitete, bis ihr ganzes Gesicht erstrahlte. »Faím Sturm«, flüsterte sie. »Ich kann dich nicht töten, auch wenn meine Seele es mir mit aller Kraft befiehlt. Aber mein Herz ist stärker, denn es hat sich mit deinem vereint. Ich werde weder dir noch deiner Mannschaft etwas anhaben, denn ich will, dass du glücklich bist.«

Faím sank vor ihr in die Knie und umklammerte weinend ihren Fischschwanz, während Chandra ihm zärtlich über die Locken strich. Eine Weile verharrten sie auf diese Weise, dann erhob er sich und küsste sie. Er küsste sie mit all seiner Zuneigung und seiner Leidenschaft, so wie nur ein Mann die Frau küssen kann, die er von ganzem Herzen liebt.

Als er sie freigab, lächelte Chandra immer noch. »Jetzt können wir zusammen sein«, hauchte sie. »So wie wir es immer schon wollten.«

Mica keuchte leise auf, als sie sah, wie sich der Fischschwanz vor ihren Augen auflöste und stattdessen zwei menschliche Beine erschienen. Chandra bedeckte ihre Blöße mit beiden Händen und schenkte Faím ein fast schon scheues Lächeln. »Du wirst mich tragen müssen«, sagte sie. »Ich habe noch nicht gelernt, zu gehen.«

Faím zog sein Hemd aus, um es ihr um den Körper zu wickeln. »Ich werde dich überallhin tragen – wenn's sein muss um die ganze Welt«, sagte er ergriffen und hob sie auf seine Arme. »Komm, Mica, lass uns auf die Smaragdwind zurückkehren. Dort wird Cassiel bestimmt schon auf dich warten.«

Mica folgte ihrem Bruder mit einem seligen Lächeln.

Wüstenträne stupste sie an und sandte ihr ein Bild von der Smaragdwind. Mica verstand. Sie schwang sich auf den Rücken ihres Greifen und flog zurück zum Schiff, um ihrem Bruder und Chandra die Zweisamkeit zu geben, die sie jetzt brauchten.

Tatsächlich empfing sie auf der Smaragdwind bereits Kapitän Maryo, der in der Zwischenzeit mit Bertran zusammen Cassiel hierhergebracht hatte. Sie hatten ihn unter Deck geschafft, da er offenbar immer noch angeschlagen war. Seb, der Schiffsarzt, kümmerte sich gerade um ihn.

»Sobald Faím wieder hier ist, werden wir ablegen«, sagte Maryo mit ernstem Blick. »Ich habe genug von dieser Insel, auch wenn wir einige Vorräte gebrauchen könnten. Aber je schneller wir hier weg sind, desto besser. Nymphen ist nicht zu trauen und ich will nicht riskieren, dass sie ihr ›Geschenk‹ zurückfordert.«

Mica nickte und warf einen Blick zu Faím und Chandra, die gerade in das Boot stiegen, um zurück zum Schiff zu rudern. »Ich danke Euch für Eure Unterstützung auf der Insel«, sagte sie.

Die goldenen Augen des Elfenkapitäns blitzten, während er sie mit verschränkten Armen musterte. »Dein Dank ist nicht notwendig. Ich wollte immer schon eine Nymphe aus der Nähe sehen. Jetzt weiß ich wenigstens, dass diese Biester genauso hinterlistig wie schön sind.« Ein leichtes Lächeln umspielte seinen Mund. »Und jetzt solltest du zu deinem Cassiel gehen. Er hat als Erstes nach dir gefragt, als er erwacht ist und war nicht sonderlich erfreut, sich einem Elf gegenüber zu sehen. Ich werde in der Zwischenzeit auf mein Schiff zurückkehren, dann fahren wir los.«

Mica nickte und ging rasch an ihm vorbei unter Deck. Ihr Herz klopfte bis zum Hals, als sie durch den Gang zur Kabine des Schiffsarztes ging. Seb kam ihr gerade entgegen, als sie sie erreicht hatte und schloss die Tür hinter sich.

»Er ist jetzt wach«, sagte der Heiler. »Es geht ihm den Umständen entsprechend gut, aber er braucht noch viel Ruhe, um das Erlebte zu verarbeiten. Und er hat die ganze Zeit nach Euch gefragt. Ihr solltet zu ihm gehen, ich lasse Euch beide nun alleine.«

Mica bedankte sich, dann starrte sie auf die geschlossene Kabinentür, hinter der sich Cassiel befand.

Sie zögerte und atmete ein paarmal tief durch.

Sie hatte vorhin auf der Insel gesehen, was die Nymphe mit ihm angestellt hatte. Die Brandnarben, die ihn all die Jahre begleitet, ihn in seiner Vergangenheit gefangen gehalten hatten, waren verschwunden. Wie er darauf reagierten würde, wusste sie nicht, konnte es sich nicht einmal ansatzweise vorstellen. Es war sein Schutz gewesen. Gegen sie, gegen die Welt, gegen alles, das ihn abermals verletzen konnte.

Ob er genug stark war, ohne diese Mauer weiterzuleben? Ob er sich ihr, trotz seiner Scham und seiner Selbstzweifel, ein weiteres Mal öffnen konnte?

Wie auch immer, sie würde es nicht herausfinden, wenn sie noch länger hier draußen auf dem Gang stehen blieb und das Holz anstarrte. Also straffte sie die Schultern, drückte die Klinke herunter und trat ein.

42

MICA

Als Erstes fiel ihr Blick auf die leere Pritsche, dann glitt er zum Bullauge, das in der Kabinenwand eingelassen war. Cassiel stand davor, den Rücken ihr zugewandt und starrte auf das Meer. Er trug einfache Seemannskleidung, eine lange Hose und ein Leinenhemd. Sein schwarzes Haar fiel ihm offen über den Rücken.

Die Smaragdwind nahm gerade langsam Fahrt auf und die Insel rückte bereits in die Ferne. Offenbar waren Faím und Chandra in der Zwischenzeit an Bord angekommen.

Mica schloss die Tür und räusperte sich.

Cassiel zuckte bei dem Geräusch merklich zusammen. Ganz langsam drehte er sich zu ihr um, als müsse er sich zu jeder Bewegung zwingen.

Er sah noch genauso aus, wie sie ihn in Erinnerung hatte. Sein schwarzes Haar umrahmte sein kantiges Gesicht, die grünen Augen mit dem leichten Goldstich hatte er verengt. Die Bartstoppeln verliehen ihm etwas Verwegenes.

Als sein Blick auf sie fiel, stieß er leise die Luft aus. »Mica?« Seine Augen glitten über ihr Haar und er trat einen Schritt auf sie zu, blieb dann aber stehen und starrte sie entgeistert an. »Was ... wie ist das geschehen?«, flüsterte er.

Mica griff sich in die silberweißen Locken und lächelte schief. »Ein Zusammenstoß mit einer Sirene«, sagte sie. »Scheint, als hätten wir mit den Geschöpfen des Wassers nicht wahnsinnig viel Glück.«

Cassiel zog die Augenbrauen zusammen. »Ich habe von Kapitän Vadorís bereits gehört, dass *du* es warst, die mich befreit hat ... oder besser dein Bruder. Ich ... ich danke dir. Das ist mehr, als ich verdient habe ...« Er senkte den Blick.

Mica trat einen Schritt auf ihn zu. »Du hättest dasselbe für mich getan ... außerdem ... ich musste dich wiedersehen.«

Cassiel hob die Augenbrauen und sah sie wieder an. Das Gold in seiner Iris flackerte unsicher. »Es ... es tut mir leid. Es tut mir so leid, was ich dir damals angetan habe. Ich war schwach, unsicher und ich hasste mich selbst. Ich hasste mich für alles, was ich war und was ich getan habe. Das weiß ich jetzt und es tut mir leid.«

»Cass.« Sie machte einen weiteren Schritt auf ihn zu und stand jetzt direkt vor ihm. Vorsichtig hob sie eine Hand und legte sie ihm an die Wange. »Es gibt so viel, was du nicht weißt ... Aren ... dein Vater ... er ist ... er ist tot. Es tut mir so leid ...« Der Schmerz, der bei der Erinnerung in ihr aufwallte, ließ sie verstummen.

»Aren ist ... tot?« Cassiel sah sie entgeistert an, dann überzog Trauer sein Gesicht. »Wie ... wann ...« Er wich ihrem Blick aus, konnte sie nicht länger ansehen.

Mica ließ seine Wange los, da sie merkte, dass er ihre Berührung nicht mehr aushielt. »Er hat sich für deinen Bruder geopfert«, sagte sie leise.

Cassiel runzelte die Stirn und seine Augen bohrten sich wieder in ihre. »Meinen ... Bruder?«, hauchte er ungläubig.

»Ja.« Mica nickte. »Néthan. Früher hieß er Léthaniel. Er ... lebt. Aren hat ihn in den Zirkel gebracht, damals, nachdem das Unglück mit deiner Familie geschehen war ... du hast seinen Tod nicht auf dem Gewissen. Aren hat versucht, euch beiden ein Leben zu ermöglichen, getrennt voneinander. Das war nicht richtig, aber er tat es aus Liebe zu euch. Néthan wartet in Merita auf dich. Er ... er liebt dich. Du bist sein Bruder und er hat dir vergeben.«

Über Cassiels Gesicht glitt einen Moment lang Fassungslosigkeit, die jedoch so rasch einer Wut wich, dass Mica es kaum nachvollziehen konnte.

Da war sie wieder: diese Unberechenbarkeit, das aufschäumende Temperament des schwarzhaarigen Diebes.

»*Er* hat *mir* vergeben?!«, knurrte er. »*Er* war es, der unsere Schwester getötet hat! Unsere Mutter!«

Mica legte beschwichtigend ihre Hände auf seine Brust. »Er war ein Kind, es war ein Unfall«, sagte sie besänftigend. »Liebe kann Rache und Hass besiegen ... Er ist dein Bruder und wird es immer bleiben. Ich bitte dich: Versuch, ihm eine zweite Chance zu geben. Ebenso ... wie ich dir eine geben will.«

Der letzte Satz ließ Cassiels Wut so rasch verpuffen, dass er keuchte. Er starrte sie entgeistert an und war einige Sekunden lang unfähig, etwas zu sagen. Dann ergriff er ihre Hände, die immer noch auf seiner Brust lagen.

»Du ... du willst mir eine zweite Chance geben?«, hauchte er ungläubig. »Warum?«

»Weil ich dich liebe. Ich habe nie aufgehört, dich zu lieben«, sagte Mica ebenso leise.

Cassiels Blick wanderte rastlos über ihr Gesicht. »Auch ich habe nie aufgehört, dich zu lieben«, flüsterte er dann.

Mica sah ihn unverwandt an. »Warum? Warum bist du damals abgehauen, ohne ein Wort des Abschieds? Und warum bist du nicht zu mir zurückgekommen, wenn du mich geliebt hast?«

Cassiel schüttelte den Kopf und wich ihrem Blick aus. »Ich ... ich weiß es nicht. Es ergibt keinen Sinn ... ich war einfach ... ich wusste selbst nicht, was ich wollte. Ich war ein Arsch und ein Feigling.«

Mica schnaubte leise. »Das kann man wohl sagen.«

Cassiel suchte ihren Blick und hielt ihn mit seinen Augen fest. »Ich weiß jetzt, dass ich mir selbst im Weg stand. Ich redete mir ein, dass ich nicht gut genug für dich war. Ich war ein kaputter Mensch ... ich wollte nicht, dass du ... dass du meinetwegen leiden musst. Ich wollte, dass du deine Ausbildung machen kannst. Ich wollte, dass du glücklich sein kannst.«

Mica lachte bitter auf und entzog ihm ihre Hände. Sie trat an ihm vorbei zum Bullauge und starrte auf das Meer hinaus.

»Glücklich? Ich war nicht glücklich, ich *habe* gelitten«, flüsterte sie und versuchte, die Tränen, die ihre Stimme zum Beben bringen wollten, zu unterdrücken. »Ich habe *deinetwegen* gelitten. Jeden verdammten Tag, seit du abgehauen bist.« Sie holte tief Luft, um ihre Stimme fester klingen zu lassen, als sie sich abermals zu ihm umwandte und ihm in die Augen blickte. »Weißt du, wie es ist, wenn du das Gefühl hast, alles zu verlieren? Alles Gute, ebenso wie alles Schlechte? Und jeder dir einreden will, dass du froh sein solltest darüber? Dass es dir jetzt besser gehen sollte?«

Sie schnaubte unwirsch und ihre Augen begannen zu glühen, während Tränen sich darin sammelten. Wut, Verzweiflung, Trauer und Schmerz stürmten in ihr Herz und ließen es schneller schlagen denn je.

»Du hast mir so viel bedeutet«, stieß sie hervor. »So unendlich viel und du Idiot hast es nicht begriffen! Du hast gedacht, dass du wüsstest, was mich glücklich macht? In deinem verdammten Selbstmitleid hast du nicht begriffen, dass ich die Antwort schon kannte! *Du* warst es, der mir Kraft und Zuversicht gegeben hat, als ich keinen Ausweg mehr sah! *Du* hast mir eine Zukunft gegeben! Ich *war* glücklich! An deiner Seite war ich es, denn du gabst mir Hoffnung! Von dem Tag an, als ich dir in dieser dreckigen Gasse begegnet bin ... als du mir geholfen hast ... als mein Bruder ...«

Ihre Stimme brach und sie schluchzte unwillkürlich auf, hasste sich selbst dafür. Aber sie konnte nicht anders, als den Tränen, die sich in ihr angestaut hatten, freien Lauf zu lassen. Der Schmerz der vergangenen Jahre brach über ihr zusammen und stürzte sich wie ein ausgehungerter Wolf auf ihr Herz, das bei der Erinnerung an all die schlaflosen Nächte zu bluten begann.

Sie wandte sich ab, damit Cassiel ihre Tränen nicht sehen konnte.

Einige Sekunden vergingen, dann spürte sie, wie er hinter sie trat, fühlte seinen Körper an ihrem Rücken, seine Arme, die er um sie legte, seinen Atem, der über ihre Wange strich.

Doch sie konnte seine Nähe noch nicht zulassen. Noch war sie zu sehr in der Vergangenheit gefangen, musste zuerst dieses Gespräch mit ihm beenden.

Sie versteifte sich in seiner Umarmung, wollte ihn wegstoßen, doch er ließ sie nicht los und hielt sie mit schier übermenschlicher Kraft an sich gepresst.

»Hör mir bitte zu, Mica«, sagte Cassiel heiser. »Der Mann, der dich damals verlassen hat, war tatsächlich nicht gut genug für dich. Er war ein Idiot. Ein Feigling. Ein kaputter, selbstzerstörerischer Mann, der mit seinen Gefühlen nicht klarkam. Der Mann, der ich damals war, war nicht bereit dazu, dich zu lieben. Nicht so, wie du es verdient hast. Das weiß ich jetzt.«

Sie schluchzte erneut. »Und jetzt? Jetzt bist du dazu bereit?«

Er zögerte einen Moment, dann drehte er sie zu sich herum, hob ihr Kinn an, sodass sie ihn ansehen musste. »Ja«, antwortete er in festem Tonfall, während seine grünen Augen sich in ihren versenkten. »Ich fühle mich bereit dazu, dich in mein Herz zu lassen. Dir mein Leben zu geben, meine Seele. Alles, was ich bin und alles, was du von mir willst. Ich bin bereit, voll und ganz dir zu gehören, mein Leben mit dir zu teilen. Unser Leben, unser Schicksal, weißt du noch?« Sein Blick flackerte. Die nächsten Worte fielen ihm nicht leicht, das konnte sie in seinen Augen erkennen. Er atmete tief durch. »Du sollst mich mit allen Fehlern sehen, mit allen Makeln. Denn ich weiß jetzt, dass du mich nicht verletzen wirst, auch wenn ich mich dir verletzlich zeige. Es tut mir so leid, dass ich dir derartige Schmerzen bereitet habe. Und ich habe keine Ahnung, was ich tun oder sagen könnte, um dies ungeschehen zu machen. Könnte ich die Zeit zurückdrehen, würde ich es tun … ich habe dich so verletzt und es tut mir unendlich leid.«

Mica sah ihn an und sie erkannte, dass er die Wahrheit sprach. Sie kannte Cassiel so gut. Hatte ihn von Anfang an durchschaut und ihn in ihr Herz gelassen. Sie hatte ihm vertraut … und er hatte sie enttäuscht.

Sie musste an die Worte der Nymphe denken: Hass, Rache und Zorn können nur mit Liebe bekämpft werden.

Als sie Cassiel so vor sich sah, wusste sie, dass sie bereit war, für ihre Liebe zu kämpfen.

»Ja«, flüsterte sie. »Du hast mich verletzt … und dennoch habe ich nie aufgehört, dich zu lieben. Und … verdammt noch mal, ich liebe dich noch immer …«

Cassiel senkte seinen Kopf, bis er nahe bei ihren Lippen verharrte. »Ich liebe dich auch, Mica. Ich liebe dich wie wahnsinnig. Du machst mich verrückt …«

»Du mich auch«, hauchte sie. »Und jetzt hör auf zu reden und küss mich endlich.«

Sie zog seinen Kopf noch ein Stück näher zu sich, sodass ihre Lippen sich trafen. Sein Mund glitt vorsichtig über ihren, warm und zärtlich. Mica verspürte einen Schauer, der über ihren Rücken jagte.

Wie sehr hatte sie diese Berührung vermisst. Wie sehr hatte sie *ihn* vermisst …

Sie schlang ihre Arme um seinen Nacken und drängte ihren Körper gegen seinen. Er drückte sie gegen die Wand der Kabine und sie vertiefte den Kuss, indem sie ihren Mund für ihn öffnete. Er keuchte unvermittelt auf und stöhnte leise, als sich ihre Zungen trafen.

»Mica«, flüsterte er, als er sich von ihr löste. »Wie habe ich dich bloß verdient.«

Sie sah ihm lange in die Augen. Dann legte sie eine Hand an seine Wange und strich mit dem Daumen über seine Oberlippe, die jetzt keine Narbe mehr trug. Doch sie wusste noch genau, wo sie sich befunden hatte und zeichnete sie nach.

Er küsste ihre Fingerkuppe wie damals und sie schloss die Augen, gab sich einen Moment seiner Zärtlichkeit hin.

Dann öffnete sie die Lider und sah ihn wieder an. »Würdest du mir einen Gefallen tun?«, fragte sie.

»Jeden.« Seine Augen flammten auf und sie erkannte diese Wärme darin, die sie vom ersten Augenblick an ihm geliebt hatte, die sie angezogen hatte wie eine Motte das Licht.

»Verzeih dir bitte selbst, so wie ich dir verziehen habe«, bat sie leise. »Du hast so viel durchgemacht und jetzt hast du alles Glück der Welt verdient. Lass das zu. Für dich. Für uns.«

Cassiel lächelte, dann beugte er sich zu ihr vor und küsste sie erneut. »Wenn du mir vergeben kannst, werde ich es hoffentlich auch können«, murmelte er. Dann wurde sein Lächeln ein wenig breiter. »Weißt du noch, das Lied, das ich in der Taverne gesungen habe, als wir uns noch nicht kannten?«

Mica nickte.

Er legte den Kopf schief und strich ihr über das silberweiße Haar. »Ich habe Lust, es für dich zu singen. Ich möchte deine Augen wieder so leuchten sehen wie damals.«

Über Micas Lippen glitt ebenfalls ein Lächeln. »Ich habe mir das so oft in meinen Träumen vorgestellt«, flüsterte sie.

43

NÉTHAN

Néthan stand neben Steinwind und der Herrscherin am Pier und sah zu den beiden Schiffen, die gerade anlegten. Dicht neben ihnen warteten der Leibwächter und der Gemahl der Herrscherin.

Néthan spürte diese tiefe Unruhe in sich, seit er erfahren hatte, dass sie endlich zurückkehrten. Sie hatte sich in ihm angestaut zu einem Damm, der jederzeit zu brechen drohte. Sein ganzer Körper war angespannt und erst, als er ihr silberweißes Haar hinter der Reling entdeckte, atmete er erleichtert auf.

Sie lebte noch, war tatsächlich zurückgekehrt.

Dann durchzuckte ein schmerzhafter Stich sein Herz, als er den schwarzhaarigen Mann an ihrer Seite sah, der den Arm um ihre Schultern gelegt hatte, und den Mica voller Zuneigung anlächelte.

Dieses Lächeln kam ihm vor wie tausend Klingen, die sich in seine Seele bohrten.

Ja, er war eifersüchtig auf seinen Bruder, obwohl er sich gleichzeitig für ihn und Mica freute. Dennoch war da eine gewisse

Wehmut, die er nicht verleugnen konnte. Er liebte sie immer noch, aber er wusste auch, dass er nicht der Richtige für sie war und ihrem Glück nicht im Weg stehen durfte.

Mica und Cassiel waren füreinander bestimmt. Das waren sie von Anfang an gewesen. Man musste die beiden nur ansehen, um dies festzustellen. Und er wäre der Letzte, der sich ihrem Glück in den Weg stellen wollte.

»Was werdet Ihr nun mit ihr machen?«, fragte Néthan zerknirscht.

Die Herrscherin wandte ihm ihr Gesicht zu und ihre dunklen Augen sahen ihn fast schon amüsiert an. »Ihre ›Strafe‹ werde ich meinem Cousin überlassen«, sagte sie. »Sie soll nach Chakas zurückkehren, wie es ihr Wunsch war. Ihr Bruder wird sie bestimmt gerne dorthin fahren. Und ich bin mir sicher, dass Cilian eine Aufgabe für sie und Cassiel hat.«

Néthan atmete erleichtert auf. »Das ist gut«, murmelte er. »Das ist sehr gut.«

»Was Euch betrifft, so habe ich für Euch ebenfalls eine Aufgabe«, fuhr die Herrscherin fort. »Ihr habt Lucja und Schatten ja bereits kennengelernt.«

Néthan runzelte die Stirn und sah zum Dunkelelf, der in der Nähe der Herrscherin stand. Der Leibwächter erwiderte seinen Blick ohne jegliche Gefühlsregung. Néthan konnte wie immer nicht erkennen, was er dachte.

Lucja, die Tochter des Zirkelleiters von Arganta, war nicht an den Pier gekommen. Aber Néthan hatte sie in den vergangenen Wochen während der Kampftrainings kennengelernt, die er hier im Zirkel erhalten hatte. Sie war eine junge, temperamentvolle Frau, die sich oft mehr wie ein Mann gab. Für ihn besaß sie wenig Reiz, aber ihm war nicht entgangen, dass den Dunkelelf und sie etwas Spezielles verband. Wenn sie auch kein Paar zu sein schienen.

»Ja«, antwortete er nun. »Sie sind beide hervorragende Kämpfer.«

Die Herrscherin nickte. »Das sind sie. Und ich vertraue beiden. Ihr werdet mit Steinwind und ihnen zusammen nach Fayl reisen und dafür sorgen, dass die Aufstände dort niedergerungen werden. Das soll Eure ... Bestrafung sein. Wenn Ihr diese Aufgabe zu meiner Zufriedenheit erfüllt, werde ich gerne darüber hinwegsehen, dass Ihr damals auf die Smaragdwind geschlichen seid.«

Néthan runzelte die Stirn. »Nun gut«, meinte er dann. »Mich hält in Chakas ohnehin nichts und Merita kenne ich noch nicht lange genug, als dass ich hier Freunde gefunden hätte. Eine Reise nach Fayl und der Kampf gegen Aufständische scheinen mir daher eine angemessene ... Bestrafung zu sein.«

»Sehr gut.« Die Herrscherin lächelte. »Und nun kommt, lasst uns Eure Freunde begrüßen.«

Néthan folgte ihr zur Rampe, die gerade von der Cyrona heruntergelassen wurde. Doch er hatte nur Augen für die beiden Menschen, die vom anderen Schiff an Land kamen. Während die Herrscherin Maryo und seine Mannschaft begrüßte, wandte Néthan sich Mica und seinem Bruder zu und ging ihnen einige Schritte entgegen. Steinwind folgte ihm wie ein Schatten, hielt jedoch Abstand.

Néthans Körper versteifte sich, als Micas Blick seinem begegnete. Wie gerne hätte er sie in die Arme geschlossen, aber das würde nie wieder geschehen. Damit musste er sich nun abfinden, denn das war der Preis, damit sie glücklich werden konnte.

Sie kam mit einem unsicheren Lächeln auf ihn zu. Auch sie schien sich in dieser Situation nicht wohlzufühlen. Cassiel folgte ihr und Néthan konnte nicht feststellen, ob sein Bruder wütend oder gleichgültig ihm gegenüber war. Im Gegensatz zu ihrer ersten Begegnung war Cassiels Miene jetzt undurchdringlich. Damals, als sie zum ersten Mal in der Nacht aufeinander getroffen waren, kurz bevor Mica in den magischen Zirkel kam, hatten die grünen Augen des Diebes vor Wut gefunkelt. Jetzt blickten sie Néthan ohne jegliche Gefühlsregung entgegen.

Mica blieb knapp vor Néthan stehen und sah ihn an. Ihre dunklen Augen musterten ihn einen Moment, ehe sie eine Hand auf seinen Arm legte. Mehr schien sie ihm nicht geben zu können. »Es ist schön, dich wiederzusehen«, sagte sie leise. Dann wandte sie sich zu Cassiel um. »Néthan, das ist dein Bruder ... Cass.«

Sie trat einen Schritt zur Seite, sodass sich die beiden Männer nun gegenüberstanden.

Néthan betrachtete Cassiel, als sei es das erste Mal im Leben, dass er ihn sah. Bei ihrer letzten Begegnung hatte er in ihm nur eine Bedrohung gesehen. Eine Bedrohung für Mica. Jetzt jedoch hatte sich etwas an ihm verändert. Er war ... ruhiger geworden. Das war wohl das Wort, das seine Wandlung am treffendsten beschrieb. Es schien, als sei ein Wüstensturm abgeflaut, hätte einem windstillen, sonnigen Tag Platz gemacht.

Ehe Néthan etwas sagen konnte, trat Cassiel einen Schritt auf ihn zu. Seine grünen Augen schauten Néthan aufmerksam an. »Mica hat mir während unserer Reise viel über dich erzählt«, sagte er. »Wir haben keine Geheimnisse mehr voreinander. Ich weiß, was zwischen euch vorgefallen ist.« Er hielt einen Moment inne und runzelte die Stirn. »Auch wenn ich dir am liebsten eine runterhauen würde dafür, dass du sie angefasst hast ...«

Mica trat unwillkürlich zu ihm und legte eine Hand auf Cassiels Schulter, als wollte sie ihn von einer Dummheit abhalten.

Aber der Dieb schenke ihr nur einen raschen Blick, ehe er sich wieder an Néthan wandte. »… auch wenn ich dir hundert Tode wünsche …« Seine Mundwinkel zuckten. »So möchte ich dir doch danken. Dafür, dass du auf sie aufgepasst hast.« Er streckte Néthan die Hand entgegen. »Ich weiß nicht, ob ich dir jemals vergeben kann, was damals mit Mutter und Laurana passiert ist. Vielleicht kann ich das irgendwann … aber nicht hier und nicht heute. Vorerst muss dir genügen, dass ich dir nicht die Eier abschneide … Bruder.«

Néthan merkte erst, dass sein ganzer Körper in Erwartung eines Kampfes alarmiert gewesen war, als sich die Anspannung beim Klang des letzten Wortes löste. Es fühlte sich an, als sei ein schwerer Stein von seiner Brust genommen worden. Womöglich der Teil, der sich Vergangenheit genannt hatte.

Néthan ergriff die Hand seines Bruders, die immer noch in der Luft zwischen ihnen schwebte und schüttelte sie. »Keine Worte könnten ausdrücken, wie leid es mir tut, was damals passiert ist«, antwortete er. »Aber ich bin froh, dass wir heute nicht mit Klingen aufeinander losgehen müssen.« Sein Blick schweifte zu Mica. »Das ist alles dein Verdienst, Greifenreiterin.« Er konnte sich ein leichtes Zwinkern nicht verkneifen und spürte, wie der Händedruck von Cassiel augenblicklich stärker wurde.

Dann ließ der Dieb seine Hand los und legte stattdessen seinen Arm um Micas Schultern, um sie an sich zu ziehen. »Ja, sie ist eine besondere Frau«, sagte er mit einem leichten Lächeln. Er drückte ihr einen Kuss auf die Schläfe und Mica hob den Kopf, um sein Lächeln zu erwidern.

In Néthans Brust bildete sich ein Knoten und ehe es noch unangenehmer wurde, wandte er sich ab, um den Pier entlang zurückzugehen. Dabei fiel sein Blick auf seinen Freund Steinwind, der sich die ganze Zeit zurückgehalten hatte. Er stand in einiger Entfernung und kam nun auf ihn zu.

»He, Anführer«, rief Steinwind. »Wann brechen wir in das neue Abenteuer auf, von dem die Herrscherin gesprochen hat?«

Der hochgewachsene Mann strahlte über das ganze Gesicht und Néthan konnte sich ein leichtes Lächeln ob des Tatendrangs seines alten Freundes nicht verkneifen.

»Später«, antwortete er und hob abwehrend die Hände. »Ich muss erst *dieses* Abenteuer hier verdauen.«

-ENDE-

… von diesem Abenteuer.
Weitere folgen, versprochen. ;-)

Epilog

»Mica, es ist schön, dich wiederzusehen.« Cilian kam auf sie zu und blieb knapp vor ihr stehen, um sie zu betrachten. »Ich habe von meiner Cousine schon gehört, dass du zurückkommen wirst. Dein Haar ... du bist also wirklich einer Sirene begegnet?«

Mica lächelte schief. »Ja, es ist so einiges passiert auf unserer Reise. Darf ich Euch ganz offiziell Cassiel vorstellen? Er ist der neue Meisterdieb und Anführer der Diebesgilde. Arens Sohn.« Über ihr Gesicht glitt ein trauriger Ausdruck.

Cilian hatte bereits vernommen, dass Aren gestorben war und auch er hatte um den Meisterdieb getrauert. Er hatte mit ihm einen guten Freund verloren – er besaß so wenige davon.

Jetzt fiel sein Blick auf den schwarzhaarigen Mann, der neben Mica stand und ihm seine Hand entgegenstreckte.

»Seid gegrüßt«, sagte Cassiel. »Unser erstes Aufeinandertreffen stand ja unter einem etwas ... ungünstigen Stern.«

Cilian ergriff die Hand und schüttelte sie. »Nun ja, jeder hat eine zweite Chance verdient, nicht wahr?« Seine azurblauen Augen blitzten. Dann richteten sie sich wieder auf Mica. »Die Herrscherin hat mir gesagt, dass du und Néthan euch eines Vergehens schuldig gemacht habt und ich mir eine angemessene Strafe für dich ausdenken sollte. Das habe ich getan, aber ich muss es unter vier Augen mit dir besprechen können.« Er warf einen Blick zu Cassiel.

»In Ordnung«, sagte der Dieb, ehe Mica antworten konnte. »Ich warte draußen auf dich.« Er nickte dem Zirkelrat zu und verließ den Raum.

Cilian blickte ihm amüsiert hinterher. »Der ist ja richtig handzahm geworden«, meinte er lächelnd.

Mica folgte seinem Blick. »Wie gesagt, es ist so einiges passiert auf unserer Reise«, meinte sie mit einem warmen Lächeln. »Was wolltet Ihr mit mir besprechen?«

Cilians Gesicht wurde wieder ernst. »Du weißt, dass es einen König der Ratten gibt?«, fragte er ohne Umschweife.

Mica nickte und runzelte die Stirn. »Ja, das ist mir bekannt. Cass und ich haben auch schon überlegt, wie wir ihn kontaktieren könnten. Denn Aren war leider der Einzige, der ihn persönlich kannte und er hinterließ keinerlei Hinweise, wer es sein könnte. Wir haben schon in Erwägung gezogen, ob er es vielleicht selbst war, aber das wäre zu naheliegend. Jedoch ist es für die Gilde äußerst wichtig, dass wir weitere Aufträge und Geld erhalten, um uns zu ernähren.«

Cilian zog die Augenbrauen zusammen und verschränkte die Arme vor der Brust. »Was wäre, wenn ich dir sagte, dass *ich* der König der Ratten bin?« Sein Blick heftete sich auf sie.

Mica grunzte zunächst belustigt, dann breitete sich Verblüffung auf ihrem Gesicht aus, als sie erkannte, dass er keinen Scherz gemacht hatte. »Ist das Euer Ernst?«, fragte sie verdutzt. »*Ihr* seid der König der Ratten?«

Cilian nickte. »Ja. Ich habe das Amt von meinem Vater übernommen, als dieser starb. Aber ich bin es leid. Diese Art von ›Arbeit‹ liegt mir nicht. Daher würde ich diese Aufgabe gerne auf dich übertragen. Als Angehörige des Greifenordens wirst du so manches aufschnappen, was für eure Gilde wichtig sein könnte. Und ich werde dir gerne zur Seite stehen und dich über Aufträge informieren, die auch für den Zirkel wichtig sind. Ich denke, es ist sinnvoll, wenn du dieses Amt übernimmst. Denn mit dem Anführer der Diebesgilde an deiner Seite ist es das Naheliegendste. Natürlich würde der Titel weiterhin in der männlichen Form verwendet werden, denn wenn wir dich ›Königin der Ratten‹ nennen, wäre es viel zu offensichtlich, dass du es bist.«

Micas Blick hätte nicht ungläubiger sein können. »Aber … ich … also. Es wäre mir eine Ehre«, sagte sie und verneigte sich knapp.

Cilian verengte die Augen. »Wo wirst du in Zukunft leben? In der Diebesgilde?«

»Ich weiß es noch nicht.« Mica zuckte mit den Schultern. »Einerseits möchte ich an der Seite von Cass bleiben, aber Wüstenträne fühlt sich in den Tunneln unter Chakas nicht wohl, da sie dort schlechte Erfahrungen gemacht hat, damals, als sie hierher kam. Daher werde ich wohl die meiste Zeit im Zirkel sein, wenn Ihr es erlaubt. Ich habe ja auch immer noch eine Menge zu lernen …«

»Das stimmt.« Cilian lächelte unwillkürlich. »Ich freue mich natürlich, wenn du im Zirkel bleibst. Wenn Cassiel es möchte, können wir für ihn ebenfalls ein Zimmer herrichten lassen.«

Jetzt lachte Mica leise auf und schüttelte den Kopf. »Das wird nicht nötig sein. Er wird sich womöglich niemals hier im Zirkel wohlfühlen«, sagte sie. »Aber danke für Euer großzügiges Angebot.«

»Jederzeit.« Cilian sah sie warm an. »Kann ich sonst noch etwas für dich tun?«

»Ihr habt schon sehr viel für mich getan …« Mica senkte den Blick und Cilian konnte ihr ansehen, dass sie um die richtigen

Worte rang. Als sie ihn wieder anschaute, lächelte sie unsicher. »Aber ich hätte tatsächlich noch zwei Anliegen. Mein Bruder ist in der Stadt. Er hat sich mit einer Meerjungfrau verbunden, die zum ersten Mal an Land sein kann. Sie möchte natürlich alles hier in Chakas sehen. Wäre es möglich, dass die beiden hier im Zirkel unterkommen können für die Dauer ihres Aufenthaltes? Ich glaube nicht, dass eine Herberge in der Stadt das Richtige für sie ist. Die Meerjungfrau ist scheu und wenn es sich herumspricht, wer sie ist, wird sie sich vor den neugierigen Menschen nicht verbergen können. Zudem … mein Bruder möchte nach einem geeigneten Ort suchen für die Hochzeitszeremonie.«

Cilians Mund klappte unwillkürlich auf, dann schloss er ihn rasch wieder. »Dein Bruder wird eine Meerjungfrau heiraten?«, fragte er entgeistert. »Das ist ja … ähm … ich bin gerade etwas sprachlos. Aber natürlich. Natürlich darf er hier im Zirkel mit ihr wohnen. Ich lasse gleich alles arrangieren.«

Mica lächelte ihn dankbar an. »Das ist sehr nett, danke. Mir ist bewusst, dass ich Eure Großzügigkeit strapaziere, aber ich … hätte noch eine weitere Bitte.«

Cilian sah sie stirnrunzelnd an, da er spürte, dass ihr die nächsten Worte noch schwerer fielen. »Was ist es?«, fragte er vorsichtig.

Mica holte tief Luft und sah ihm dann in die Augen. »Cass und ich … wir wollen ebenfalls heiraten. Und ich wollte Euch fragen, ob Ihr … würdet Ihr … die Zeremonie vollziehen?«

Cilian spürte einen leichten Stich in seinem Herzen, aber er ließ sich nach außen hin nichts anmerken. »Das werde ich sehr gerne machen«, antwortete er. »Ich gratuliere dir und wünsche euch nur das Beste.«

Mica lächelte verlegen. »Danke, das wünsche ich Euch auch. Ich bin mir immer noch sicher, dass auch Ihr irgendwann die Liebe finden werdet, die Ihr verdient.«

Dann wandte sie sich ab und verließ seine Gemächer.

Cilian starrte noch eine Weile auf die Tür, die hinter ihr ins Schloss gefallen war.

»Das hoffe ich auch«, flüsterte er, ehe er sich an den Schreibtisch setzte und seine Diener herbeirief. Schließlich galt es, zwei ungewöhnliche Hochzeiten zu organisieren.

Fan-Art

Ich habe einen Fan-Art-Wettbewerb initiiert, bei dem die Leser mir ihre Bilder oder Texte, zu denen sie die Greifen-Saga inspiriert hat, zusenden konnten.

Da ich mich beim besten Willen nicht für 5 Gewinner entscheiden konnte, findet Ihr alle Einsendungen auf den nachfolgenden Seiten. Die Reihenfolge ist zufällig.

Herzlichen Dank an alle, die mir etwas zugeschickt haben. ♥

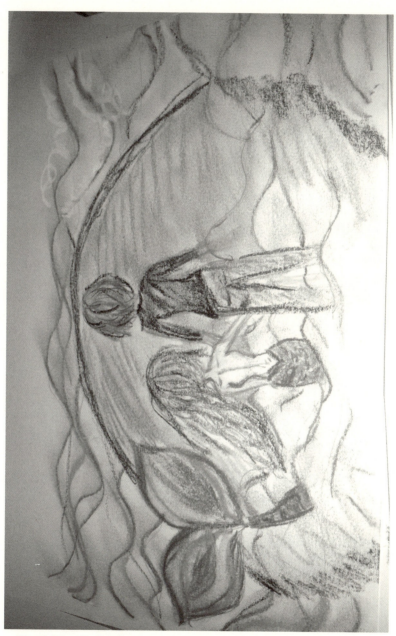

Nessi (Nessi's Bücher)

Caro Lebkuchen Meow

Babsi (Engel's Lesehimmel)

Wüstenträume

(Verfasserin: Samantha Louda)

Die Wüste. Schön und anmutig wie eine Dirne und doch gleichzeitig verrucht und geheimnisvoll wie die Tunnelsysteme von Chakas. Niemand war sich dessen so sehr gewahr, wie Néthan, der Anführer der Sandschurken. Er kannte die Wüste besser als jeder andere in Altra.

Zumindest erweckte es stets den Eindruck, wenn er nachts den Kopf zwischen den Tüchern seines Zeltes hervorstreckte und mit scheinbar erfahrenem Blick in den Himmel schaute.

Nichts an diesem Himmel schien ihm fremd und dennoch gab es etwas, nach dem sein Wissensdurst verlangte.

Er suchte nach Antworten. Jeden Tag über. Jede Nacht lang. Antworten auf die Alpträume und den Schmerzen in seinen Schläfen.

Das Gesicht, das ihn in seinen Träumen verfolgte brauchte einen Namen. Es brauchte eine Erklärung. Nur dann würde er seinen inneren Frieden finden. Eines Tages. Ja, eines Tages würde die Zeit kommen, an dem all seine Fragen beantwortet wären. Eine Zeit des Friedens.

Bianca Ritter (Bibis Bücherparadies)

Heiko Hille

Doris Schober (Thoras Bücherecke)

Magdalena Pauzenberger

Beatrice Barby

GLOSSAR

Altra – Reich, das aus den folgenden sechs Regionen besteht: Lormir, Fayl, Arganta, Chakas, Oshema und Merita.

Arganta – Region südöstlich von Lormir mit der gleichnamigen Hauptstadt Arganta

Aufnahmezeremonie in die Elementgilden und Zirkel – Die Aufnahmezeremonie findet jedes Jahr zur Sonnenwende statt. Dabei dürfen alle dreizehnjährigen Menschen, die eines der vier Elemente oder gar Magie in sich tragen, für eine der vier Gilden und den magischen Zirkel kandidieren. Für die magischen Zirkel gilt, dass nur jene, deren magisches Potenzial erheblich ist, beitreten müssen. Den anderen ist es freigestellt, sich in einer der Elementgilden in ihren magischen Kräften unterrichten zu lassen.

Baltros – Insel südlich von Altra.

Chakas – Region südwestlich von Lormir mit der gleichnamigen Hauptstadt Chakas

Diebesgilde – Diebesgilden gibt es seit Menschengedenken in allen größeren Städten. Sie sind gut organisiert und unterstehen meist einem obersten Dieb, der dafür sorgt, dass die Verbindung nicht auffliegt. Um als vollwertiges Mitglied in dieser Gilde aufgenommen zu werden, ist es unabdingbar, dass man einer Elementgilde angehört.

Dunkelelfen – Auch Berg-, Schwarz-, oder Schattenelfen genannt. Sie sind einfach an ihrer dunklen Haut, den roten, lichtempfindlichen Augen und dem weißen Haar zu erkennen. Dunkelelfen leben in den Bergen und unter der Oberfläche, sind bekannt für ihre Grausamkeit und Kampfeskünste. Sie halten Zwerge und Menschen als Sklaven und sind bei beiden Völkern verhasst. Aber auch die Waldelfen machen einen großen Bogen um sie.

Element Feuer – Menschen mit der Begabung Feuer sind gute Schmiede und Kämpfer. In Verbindung mit Magie kann das Feuer beherrscht werden. Zudem sind diese Magier besonders geschickt in der Kampfmagie. Beispiele für Kampfmagie-Elemente: Inferno, Meteorregen, Feuerpfeil, Feuerball, Feuerwelle, Feuer-Dämon beschwören. Angehörige dieses Elements verehren den Gott Ignas.

Element Wasser – Menschen mit der Begabung Wasser sind gute Fischer, Seefahrer und können tagelang ohne Trinkwasser auskommen. In Verbindung mit Magie kann das Wasser beherrscht werden, diese Magier sind in der Lage, Wasser zu finden und können zudem Regen entstehen lassen. Beispiele für Kampfmagie-Elemente: Wasserwelle, Eispfeil, Eisregen, Eis-Dämon beschwören. Angehörige dieses Elements verehren den Gott Aquor.

Element Luft – Menschen mit der Begabung Luft sind gute Jäger und können Gedanken von anderen erahnen. In Verbindung mit Magie können das Wetter sowie die Gedanken anderer beeinflusst werden. Beispiele für Kampfmagie-Elemente: Sturm, Illusionen, Panik hervorrufen, Luft-Dämon beschwören. Angehörige dieses Elements verehren den Gott Aurel.

Element Erde – Menschen mit der Begabung Erde sind gute Bauern und können sich sowohl um Menschen als auch Tiere gleichermaßen kümmern. Sie können daher sowohl versorgende als auch heilende Berufe erlernen. In Verbindung mit Magie können Erdbeben erzeugt, aber auch Lebewesen vollständig geheilt werden. Beispiele für Kampfmagie–Elemente: Erdbeben, Giftpfeil, Giftwolke, Golem beschwören. Angehörige dieses Elements verehren den Gott Tellos.

Elfen – Am bekanntesten sind die Licht- oder Waldelfen. Daneben gibt es noch die Dunkelelfen, die jedoch selten Tageslicht erblicken.

Fayl – Region im Osten von Altra mit der gleichnamigen Hauptstadt Fayl

Furrina – Schutzheilige der Diebe

Gorkas – Volk, das nach eigenen Aussagen mit dem Volk der Elfen verwandt ist. Ihr Körperbau gleicht dem des Menschen, sie sind jedoch größer und muskulöser. Wenn überhaupt, würde man sie wohl am ehesten dem Element Feuer zuordnen, da sie sehr gute Kämpfer sind und tödliche Waffen herstellen können. Sie leben zurückgezogen in den Wäldern.

Greif – Diese Wesen können sehr alt (meist über 100 Jahre) werden. Ihr Körper ähnelt dem eines Löwen, ihr Kopf sowie die Flügel denen eines Adlers. Sie sind sehr groß, ihre Länge kann bis zu vier Schritt betragen und ihre Flügelspannweite gar acht bis zehn Schritt. Sie sind eher scheu, misstrauisch und leben in den Bergen. Falls sie sich bedroht fühlen, greifen sie auch Menschen an, leben sonst aber friedlich außerhalb von menschlichen Siedlungen.

Harpyien – Auch Töchter des Windes genannt. Sie leben in kleinen Gruppen in der Nähe von Gewässern und bevorzugen warme Gegenden. Ihre Körper sind mit einer ledernen Haut überzogen, die an Aasfresser erinnert. Die Flügel, die aus ihren Schultern wachsen, haben eine Spannweite von über vier Schritt. Sie haben telepathische Fähigkeiten und können in den Geist von Menschen eindringen. Nur mit starkem Zauber können Harpyien besiegt werden.

Karinth – Kontinent westlich von Altra

Kelmen – Tiere, die vor allem in der Wüste anzutreffen sind. Sie können tagelang ohne Wasser auskommen, da sie in ihren vier Höckern, zwischen denen man gemütlich sitzen kann, massenweise Wasser speichern können. Sie gleichen in ihrem Aussehen – abgesehen von den vier Höckern und den Klauen – weißen Pferden.

Lichtelfen – Der Körperbau der Licht- oder Waldelfen ist athletisch und ihre Schönheit legendär. Angehörige dieses Volkes können tausende von Jahren alt werden und sind damit beinahe unsterblich. Elfen sind hervorragende Jäger, beherrschen Magie und haben noch viele andere verborgene Talente, die jedoch den wenigsten Menschen bekannt sind. Denn sie hüten ihre Geheimnisse und bleiben meist unter sich in den Wäldern.

Lormir – nördlichstes Gebiet von Altra mit der gleichnamigen Hauptstadt Lormir

Magierzirkel – Es existieren sechs Magierzirkel in Altra, die jeweils von einem Zirkelrat geführt werden.

Maße – In Altra herrscht ein eigenes Maßsystem, das sich wie folgt aufbaut: 1 Fingerbreit = Breite eines Fingers; 1 Handbreit = 4 Fingerbreit; 1 Fuß = 16 Fingerbreit; 1 Elle = 1.5 Fuß; 1 Schritt = 2.5 Fuß; 1 Yard = 1000 Schritt

Meerjungfrauen – Auch »Töchter Aquors« genannt. Meerjungfrauen werden im Wasser, ihre Seelen jedoch an Land geboren. Nur ein Mann kann ihnen dabei helfen, sie wiederzubekommen. Oft werden die Seelen in kostbaren

Gefäßen in die Wassertempel gebracht, wo sie bewacht werden. Manchmal gelingt es einer Seele jedoch, zu entkommen. Der Kuss einer Meerjungfrau führt dazu, dass sich diese an den Mann bindet, dem sie ihn gegeben hat. Dies kann sie jedoch nur ein einziges Mal in ihrem Leben tun. Die Träne einer Meerjungfrau verfügt über eine große, magische Kraft und ist äußerst selten, da Meerjungfrauen nur weinen, wenn sie sich in einen Menschen verliebt haben – was so gut wie nie passiert.

Menschen – Die Lebenserwartung der Menschen in Altra beträgt etwa sechzig Jahre. Die meisten Menschen haben bis zum dreizehnten Lebensjahr eine Begabung in einem der vier Elemente entwickelt. Einige davon haben sogar eine Magie-Begabung und können für die Aufnahme in einen der Magierzirkel in Altra kandidieren. Menschen leben in Dörfern und Städten. Nur die mächtigsten Magier können älter als siebzig Jahre werden, wenn sie ihre Jugend erneuern können.

Nymphen – Meist treten Nymphen in Form junger, wunderschöner Frauen auf. Sie wurden durch einen Fluch der Götter an einen Ort gebunden, den sie bewachen und beschützen müssen. Sie können ihn nicht verlassen und sind daher oft sehr einsam – und in ihrer Einsamkeit entwickeln sie manchmal skurrile Eigenheiten. Die meisten Nymphen lieben jedoch Geschenke und sie schenken auch gerne selbst. Allerdings nur zu ihren eigenen Bedingungen, die sich von den Vorstellungen der Menschen stark unterscheiden können.

Oshema – Region im Südosten von Altra mit der gleichnamigen Hauptstadt Oshema

Sirenen – Diese Kreaturen sind mit den Harpyien verwandt. Im Gegensatz zu ihnen leben sie jedoch im Wasser, in unterirdischen Höhlen und Tunnelsystemen zwischen Klippen. Sie besitzen zwar Flügel, diese sind jedoch nicht so gut ausgebildet wie jene der Harpyien, daher können sie nur kurze Strecken fliegen. Ihr Gesang vermag Männern den Verstand zu vernebeln. Besonders anfällig sind jene, die an sich und ihrem Leben zweifeln. Sie lassen sich einfacher von den Sirenen verführen.

Tarnkatze – Äußerst seltene Tiere, die in ihrem Aussehen großen Katzen ähneln. Sie besitzen jedoch eine Wolfschnauze und Flügel, mit denen sie weite Strecken zurücklegen können. Über ihre Fähigkeiten ist nicht allzu viel bekannt, sicher ist jedoch, dass sie sich und andere tarnen können, sobald Gefahr droht. Daher stammt auch ihr Name. Sie sind sehr intelligent und können mit auserwählten Lebewesen über Gedanken kommunizieren.

Warft – Diese Tiere sind nachtaktiv und gehen auf zwei Beinen wie Menschen. Ihr Körper gleicht dem eines Wolfes und sie haben gelbe Augen, die sehr gut im Dunkeln sehen können. Durch die tödlichen Krallen und ihre Gewandtheit sind sie gefährliche Gegner, denen man besser aus dem Weg geht.

Zwerge – Dieses Volk, deren Lebenserwartung etwa 200 bis 300 Jahre beträgt, lebt vorwiegend in den Bergen. Ihr Körperbau ist stämmig und sie sind etwa eineinhalb Schritt groß und sehr kräftig. Sie beherrschen Zwergenmagie und sind hervorragende Schmiede. Zwerge verstehen es wie keine andere Rasse, Waffen zu schmieden.

Dank

Als Allererstes bedanke ich mich bei allen Lesern und Bloggern, die mich auf der Reise von Mica und Faím begleitet haben. Dieses Buch ist entstanden, weil es EUCH gibt. Ohne Euch hätte ich den Schritt in die Autoren-Selbstständigkeit niemals gewagt und ich bereue ihn keine Sekunde lang. Danke dafür, dass Ihr an meine Geschichten und an mich glaubt, immer wieder ein Ticket nach Altra löst und mit in meine Fantasie reist. Ich freue mich über jede Nachricht, die ich von Euch erhalte und empfinde es als Privileg, für Euch Geschichten schreiben zu dürfen.

Danke auch an all meine Facebook-Follower, die mir schon in so mancher Stunde, wenn die Motivation gesunken ist, wieder auf die Beine geholfen, mich angetrieben und unterstützt haben. Ich liebe es, mich mit Euch auszutauschen, sei es über die Bücher, das Leben oder unsere Fantasie. Ihr seid großartig!

Dann geht ein ganz großes Dankeschön an meine supertollen Testleser: Jasmin vom Blog »Bücherleser«, Santina vom Blog »Lina's BücherTraumWelt« und natürlich an meinen Vater Franz sowie meinen Mann Andi. Danke, dass Ihr mit Euren vielen Hinweisen, Kommentaren und Anmerkungen dieser Geschichte den letzten Schliff verpasst habt.

Außerdem bedanke ich mich beim ganzen Sternensand-Team und speziell bei den Sternensand-Bloggern, die mich bei den drei Büchern der Greifen-Saga mit so viel Hingabe und Energie unterstützt haben. Sei es mit Blogtouren, Gewinnspielen, Release-Partys oder Flashmobs ... Ihr habt geholfen, Leser auf die Geschichte von Mica und Faím aufmerksam zu machen und dafür bedanke ich mich von ganzem Herzen. Nachfolgend findet Ihr eine Auflistung von allen Bloggern, die im Sternensand-Team mitwirken.

Schreiben ist oft ein einsamer Beruf, aber ich habe inzwischen so viele liebe Autoren kennenlernen dürfen, mit denen ich mich jederzeit austauschen und stundenlang unterhalten kann. Besonders erwähnen möchte ich hier Jasmin Romana Welsch, eine mir sehr liebgewordene Autorin und vor allem Freundin.

Und danke auch an Marlene Rauch, welche die Greifen-Saga mit ihrer wundervollen Stimme in Hörbuchform erzählt hat. Du bist ein wahnsinnig lieber Mensch.

Ich könnte hier noch viele, viele Namen aufzählen, es gibt so viele Menschen, die mich im Alltag unterstützen, mir zuhören und mich so akzeptieren, wie ich bin – mit all meinen Charakteren in meinem Kopf. ;-) Danke an meine Familie und meine Freunde.

Ich hoffe, dass Ihr alle noch oft in meine Fantasien reist und freue mich auf ein Wiedersehen in Altra oder vielleicht auch in einem meiner New Adult Romane. ;-)

Bis dahin, passt gut auf Euch auf. ♥

Eure Corinne

Über die Autorin

C. M. Spoerri wurde 1983 geboren und lebt in der Schweiz. Ursprünglich aus der Klinischen Psychologie kommend, schreibt sie seit Frühling 2014 erfolgreich Fantasy-Jugendromane (›Alia-Saga‹, ›Greifen-Saga‹) und hat im Herbst 2015 zusammen mit ihrem Mann den Sternensand Verlag gegründet. Weitere Fantasy- und New-Adult-Projekte sind dabei, Gestalt anzunehmen.

Kontakt:
Homepage: www.cmspoerri.ch
E-Mail: info@cmspoerri.ch
Facebook: www.facebook.com/c.m.spoerri
Instagram: www.instagram.com/c.m.spoerri

Weitere Titel aus unserem Fantasy-Programm

Carolin Emrich
Elfenwächter (Band 1): Weg des Ordens
15. Januar 2017, Sternensand Verlag
308 Seiten, broschiert

High Fantasy
Als Taschenbuch und E-Book

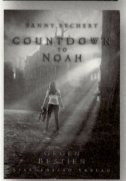

Fanny Bechert
Countdown to Noah (Band 1): Gegen Bestien
17. September 2017, Sternensand Verlag
300 Seiten, broschiert

Jugendroman-Dystopie
Als Taschenbuch und E-Book

Nadine Roth
Bloody Mary: Du darfst dich nicht verlieben
12. März 2017, Sternensand Verlag
560 Seiten, broschiert

Paranormal Romance
Als Taschenbuch und E-Book

Besucht uns im Netz:

www.sternensand-verlag.ch

www.facebook.com/sternensandverlag